Lilian Hintermeyer

Die Frösche meiner besten Freundin
Roman

Lilian Hintermeyer

Die Frösche meiner besten Freundin

Roman

Bibliografische Information der Deutschen Nationalbibliothek:
Die Deutsche Nationalbibliothek verzeichnet diese
Publikation in der Deutschen Nationalbibliografie;
detaillierte bibliografische Daten sind im Internet
über http://dnb.dnb.de abrufbar.
Die automatisierte Analyse des Werkes, um daraus
Informationen insbesondere über Muster, Trends und
Korrelationen gemäß §44b UrhG („Text und Data Mining")
zu gewinnen, ist untersagt.
© 2024 Lilian Hintermeyer
Verlag: BoD · Books on Demand GmbH, In de Tarpen 42,
22848 Norderstedt
Druck: Libri Plureos GmbH, Friedensallee 273, 22763 Hamburg

ISBN: 978-3-7597-9627-1

Für vergangene, bestehende und zukünftige
Freundschaften.

Dies ist eine Geschichte über Freunde. Beste Freunde.
Vielleicht sogar mehr als Freunde.
Jeder hat sie. Naja, vielleicht nicht jeder…aber viele von
uns. Die meisten, schätze ich mal.
Und wir sind froh, dass wir sie haben.
Eigentlich sollte jeder zumindest Einen haben!

Es wurden schon viele Geschichten über Freunde erzählt.
Und auch viele über BESTE Freunde.
Doch das wirft für mich die Frage auf…
WAS SIND EIGENTLICH BESTE FREUNDE?

Was macht sie aus?
Was tun sie?
Was macht sie so besonders?
Warum sind sie so, wie sie sind?

Im Grunde genommen, sind es Menschen wie du und ich.
Menschen, die leider viel zu oft, in der grauen Masse des
Alltags einfach so untergehen. Für die einen sind sie
selbstverständlich, für die anderen nichts.
Doch für einen selber, sind sie oft der Rettungsanker, der
uns bei einem stürmischen Seegang Halt gibt.
Viele Freundschaften überdauern Jahre…Jahrzehnte.
Einige ein Leben lang…so Gott will. Manche dauern nur
ein paar Monate, was sie aber nicht schlechter macht, als
die, die Jahre halten.
Deswegen sind sie nicht weniger wertvoll.
Nicht die Quantität macht es aus, sondern die Qualität!
Beste Freunde sind Menschen, die meist unverhofft in dein
Leben schneien. Vielleicht erkennt man sie auf Anhieb
nicht als beste Freunde…bis sie sich eines Tages selbst
enttarnen und für dich da sind.

Sie reden mit dir, trösten dich bei Bedarf, kochen Kaffee, wenn das Wehklagen etwas länger dauert, helfen beim Umzug, wenn die ‚netten' Bekannten in letzter Sekunde mit einer fadenscheinigen Ausrede absagen und sie organisieren Überraschungspartys, wenn du meinst, die ganze Welt hätte deinen Geburtstag vergessen.

Vielleicht haben sie auch unglaublich geschickte Hände und reparieren dir deine Rostlaube, weil sie wissen, dass an diesem altersschwachen Vehikel dein Herz hängt.

Sie Lachen mit dir, aber sie Weinen auch mit dir. Und ihre Anwesenheit ist meistens nur einen Telefonanruf entfernt.

Ein bester Freund besitzt die Gabe, zu erkennen ob es dir gut geht oder du am Boden zerstört bist, auch wenn du keinen einzigen Ton von dir gibst.

Sie gehen mit dir durch Dick und Dünn. Selbst wenn du mit einer rosaroten Verliebtheitsbrille auf der Nase, mit 180 Sachen frontal auf ein Beziehungs-Desaster zurast und die Katastrophe unausweichlich ist, dann sind sie da und stellen sich als emotionalen Airbag zu deiner Verfügung, um den harten Aufprall einer gecrashten Liebe abzufedern.

Ein bester Freund wird niemals versuchen, dich zu verbiegen, damit du angenehmer in sein eigenes Leben passt. Er wird auch nie kneifen, wenn es darum geht, dir einmal die Leviten zu lesen.

Dein bester Freund wird dich lieben, so wie du bist.

Das sind beste Freunde.

Doch stell dir einmal vor, du hast einen besten Freund, aber er will irgendwann nicht mehr dein bester Freund sein! Was geschieht dann?

*

Kennen Sie eigentlich Edward Lorenz?

Nein?

Nun ja, er war ein amerikanischer Theoretiker.

Ein ziemlich berühmter Theoretiker sogar.

Dieser Mann war ein amerikanischer Theoretiker. Ein ziemlich berühmter Theoretiker sogar. Er war DER Chaos-Theoretiker, der die Sache mit dem Flügelschlag eines Schmetterlings in die Welt gesetzt hat. Als er seine, zugegebenermaßen haarsträubend klingende Theorie im Jahre 1963 der Welt präsentierte, hielten alle diesen Mann für völlig bekloppt. Oder wenigstens für leicht durchgeknallt. Möglicherweise mochte der Mann aber auch einfach keine Schmetterlinge und hat die armen Tierchen deswegen für seine These missbraucht. Wer weiß das schon.

Edward Lorenz hatte damals entdeckt, dass ein Schmetterling, der irgendwo in China, möglicherweise war es Shanghai, wenn der Schmetterling also dort mit seinen bunten Flügelchen wackelt, könnte das arme kleine Tier damit, rein theoretisch einen gewaltigen Wirbelsturm in New York auslösen. Ziemlich abgefahren, oder nicht?

Leider hatte dieser Chaos-Theoretiker ziemlich viel mit mir gemeinsam. Allerdings nicht der Theoretiker selbst, sondern eher das Chaos.

In meinen Augen war diese Schmetterlings-Geschichte nur total abgefahren, wenn man nicht gerade Opfer einer dieser Chaos-Theorien wurde.

Und Schwupps…alle Wege führten nach Rom oder besser gesagt, alle Thesen führten zu Phili!

Diesen obligatorischen, ach so unschuldigen Flügelschlag konnte man gut und gerne auch in das normale Leben übertragen. In diesem Fall in mein Leben. Doch bei mir handelte es sich nicht um einen popeligen Schmetterling, der mal kurz seine Flügelchen wippen ließ.

Nein, bei mir handelte es sich eben um meine beste Freundin Phili. Und bei mir handelte es sich auch nicht nur um EINEN Wirbelsturm, sondern um einen 26, nein, fast 27 Jahre andauernden Wirbelsturm.

Phili…dieses kleine egoistische Miststück.

Entschuldigung. Das klang bestimmt ziemlich hart, zumal ich ihr bester Freund gewesen bin und sie eigentlich nicht so betiteln sollte. Man beachte: Die Betonung lag eindeutig auf ‚gewesen bin'. Also durfte ich dieses Frauenzimmer getrost Miststück nennen.

Was dieser Chaos-Theoretiker nun mit Phili zu tun hatte? Nun, Phili war MEIN rabiater Schmetterling.

Phili, oder wie ich sie früher manchmal genannt hatte, Rapunzel, stampfte nun seit einer gefühlten Ewigkeit in glitzernden High Heels durch die Welt und walzte rigoros alles platt, was ihren sagenhaften Stilettos nicht ausweichen konnte. Vorwiegend Männerherzen.

Obwohl da bestimmt auch das ein oder andere Frauenherz darunter sein könnte. So genau wusste ich das auch nicht.

Mit ihrem blonden Haar (manchmal ein Hauch rosè) und nur schrumpfigen 162 Zentimeter entsprach sie eigentlich nicht dem Ideal einer herkömmlichen Traumfrau, dass jeder Mann tief in seiner Hypophyse genetisch beherbergte, dennoch rissen sich all die Jeans, Jaques, Carlos, oder wie sie alle hießen, freiwillig ihre schmelzenden Herzen aus der Brust und warfen es ihr zu Füssen. So wie man Perle vor die Säue warf.

Phili spießte diese liebestrunkenen Herzen dann triumphierend grinsend mit ihren spitzen Hacken auf, grillte sie und verspeiste sie zum Nachtisch.

Oder wahlweise auch zum Frühstück.

Das war nicht nett, doch das war Phili.

Sie klimperte mit ihren großen unschuldigen Puppenaugen und erwartete, dass die Welt sich plötzlich in die entgegengesetzte Richtung drehte. Tat sie dies nicht, füllten sich diese kullerhaften Puppenaugen mit Christbaumkugeln großen Krokodilstränen und durchweichten jeden gestählten Männerkern, bis er nur noch Wackelpudding in ihren Händen war. Leider fand Phili Wackelpudding ziemlich doof und der arme Kerl wanderte ohne Umwege auf ihre geistige Müllkippe.

Nach so vielen Jahren müssten sich die Kerle dort eigentlich gegenseitig auf den Füssen herumtrampeln. Vielleicht sollte man einmal Green Peace benachrichtigen? Gehörten solche abservierten Softies nicht eher auf den Sondermüll? War ich gerade zu hart in meinem Urteil? Egal…

Nun hockte ich wie ein gottverdammter begossener Pudel auf dieser dämlichen Bank, mitten auf diesem dämlichen Bahnhof, wo ich dennoch irgendwie hoffte, dieses Miststück aufzugabeln. Dabei blies ich rabenschwarzen Trübsal in die Morgenluft.

Phili besaß eigentlich den wunderschönen Namen Philomena. Er war Griechisch und bedeutete: Die die der Liebe treu bleibt. HAH…

Da hatten ihre Eltern wohl auf einer sarkastischen Ader geschlafen, als sie ihrem entzückenden Satansbraten diesen klangvollen Namen verpasst hatten.

Allerdings würgte der Nachname so einiges an Erhabenheit in diesem Namen ab. Phili hieß mit vollem Namen: Philomena Müller. Aber alle nannten sie Phili. Das passte irgendwie auch besser zu diesem kleinen Wildfang. Früher, in der Kindergarten- und Grundschulzeit hatte Phili lange goldblonde Locken gehabt. Bis über den Po. Daher auch der der geheime, mein geheimer Spitzname Rapunzel. Ich war auch der Einzige der sie so nennen durfte. Jedem anderen, der sie so nannte, knuffte sie äußerst schmerzhaft und ohne mit der geschwungenen Wimper zu zucken, auf das Nasenbein.

So lange, bis es blutete.

Ich dachte lange Zeit, dass es eine sagenhafte Bedeutung haben musste, weil sie mir NIE auf die Nase boxte, doch da hatte ich mich gewaltig getäuscht. Allerdings hatte es lange, unendlich lange 26, nein, fast 27 Jahre gedauert bis ich dies endlich erkannt hatte.

Meine Funktion in Philis Leben war von jeher die, einer emotionalen Mülltonne. Oder wahlweise auch der eines Mechanikers, einer Bank, eines Schreiners, eines Klempners, einer Jobvermittlung, einer Ausrede und so weiter. Die Liste meines Aufgabengebietes in Philis Leben war ellenlang.

Doch am heutigen Tag hatte dies ein Ende. Die kleine Phili überspannte den Bogen nun einmal zu viel. Deswegen saß ich auch hier am Bahnhof in St. Wendel und grübelte dunkle, böse Gewitterwolken. Es war der 13. April 2017 um genau 10 Uhr 32. Plötzlich lachte ich hart, denn mir fiel auf, dass es nicht nur ein einfacher 13. April war, nein, wir hatten Freitag, den 13.!

Ein kalendarischer Pechtag, der nun der Beginn meines neuen Lebens darstellte.

Ein Leben ohne Phili!

Und trotzdem saß ich hier auf der Bank, starrte auf die verwaisten, rostigen Gleise, kochte vor Wut über meine Naivität und wartete. Auf was? Keine Ahnung.

Ich wusste nur, der Drang aufzustehen und wegzulaufen wurde immer mächtiger.

Ich wollte einfach nur weg. Weg von Phili, an deren Schuhspitze nun wiederholt auch mein Herz sein blutiges Ende gefunden hatte.

Das hatte ich nicht verdient. Ehrlich nicht.

Ich war und bin ein rechtschaffener Mensch, der wusste wie man das Wort Verantwortung schrieb.

Ich besaß einen Beruf, der mich mit Freude erfüllte, ich war und bin überdurchschnittlich intelligent und die Baupläne meines Traumhauses lagen auch schon in meiner Schublade. Zweistöckig, mit großem Garten und einem alten, knorrig gewachsenen Baum darin, wo ich die Schaukel für meine Kinder daran aufhängen konnte.

Ich war und bin ein wirklich netter Mensch.

Und trotzdem schlitterte ich immer wieder in diese Falle.

In die Phili-Falle.

Das machte mich gerade so richtig wütend.

Unglaublich wütend.

So wütend, dass ich Phili am liebsten schütteln wollte, bis ihre chaotisch herumschwirrenden Gehirnzellen wieder an den richtigen, den vernünftigen Platz rutschten.

Genau deswegen saß ich hier auf dieser dämlichen Bank, auf diesem dämlichen Bahnhof.

Allerdings müsste ich ihr dann wieder gegenübertreten.

Doch dieses Opfer würde ich nur zu gerne bringen.

Aber ich weiß nicht einmal wo sie ist.

Also…, wenn ich ehrlich zu mir selbst war, so richtig ehrlich, dann würde ich dieses Opfer doch lieber nicht bringen wollen. Jetzt nicht mehr.

Wir waren um 9 Uhr in der Hotellobby verabredet gewesen, doch sie war nicht erschienen, sondern hatte sich einfach in Luft aufgelöst. Wiedermal.

Das machte mich nicht nur wütend, sondern auch irgendwie traurig, denn mir wurde auf einmal klar, dass dieser, von mir beschlossene, schwerwiegende Freundschafts-Bruch von nun an ein schwarzes Loch in meinem Leben hinterlassen würde.

Ein Phili-Loch.

Es ist ein großes Loch, von dem ich noch nicht wusste mit was ich es stopfen sollte.

Innerlich kochend erhob ich mich und stampfte zurück zum Auto, wobei ich krampfhaft versuchte an etwas anderes außer Phili zu denken.

Zum Beispiel dreckige Wäsche…die Spritpreise…der nächste Friseurbesuch…warum Bienen beim Fliegen summen…wie groß die Möglichkeit war, dass ein Blitz zweimal an der gleichen Stelle einschlägt oder wann der Penner auf der anderen Straßenseite das letzte Mal ordentlich hatte duschen können…

Mit versteinerter Miene und zerfleddertem, blutendem Herz, stieg ich ins Auto und fuhr nach Hause.

*

Wer ICH bin? Verzeihung!
Offensichtlich vergaß ich in meiner angekratzten
Männerehre mich vorzustellen.
Mein Name ist Laurin. Laurin van Boon und nein, ich bin
kein Holländer. Sondern stolzer Hermeskeiler.
Meine Geburtsstadt und auch die von Phili. Wir beide
haben nämlich am selben Tag Geburtstag und wenn man
es genau nimmt, sind wir schon seit der Wiege befreundet.
Also schon unser ganzes 27-jähriges Leben.
Doch vielleicht beginne ich mal ganz am Anfang.
Naja, nicht ganz am Anfang. An die Geburt und die
Sabberphase kann ich mich natürlich nicht mehr erinnern.
Will ich auch nicht. Beginnen wir doch einfach mit der
ersten Erinnerung, die mein überfülltes Gedächtnis mit der
sagenumwobenen und chaotischen Philomena verknüpft…

„Nun geh schon Laurin. Die Kinder werden dich schon nicht beißen. Und schau mal…da hinten im Sandkasten ist die kleine Philomena. Geh und spiel mit ihr. Ich setze mich zu Philomenas Mutter auf die Bank. Wenn du Durst oder Hunger hast, dann komm zu mir. Na, hopp…nicht so schüchtern."

Eine große Hand legte sich auf meine schmalen Schulterblätter und schob mich rigoros ein Stück nach vorn, Richtung lärmender, spielender Kinder. Trotzig stemmte ich die Hacken in den weichen Sand unter meinen Füßen. Ich hörte den lauten Seufzer meiner Mutter. Er klang irgendwie müde und genervt. Trotzdem hatte ich keine Lust in diesem doofen Sandkasten zu spielen. Lieber wollte ich auf Mamas warmen Schoß sitzen, die hellen Sonnenstrahlen auf dem Boden betrachten und die mächtigen Bäume um mich herum bewundern.

Ich schaute hilfesuchend zu ihr auf. Da ich meinen Wunsch, mangels verbalen Wortschatzes, noch nicht richtig artikulieren konnte, begann ich einfach zu weinen. Kein richtiges Heulen. Nur ein paar aufsteigende Tränen, die meine Augäpfel etwas unter Wasser setzten, damit Mama begriff, dass ich nicht zu den anderen Kindern wollte. Das laute Kreischen, die laufenden Rotznasen und der Geruch nach Pipi, der an einigen Kindern zu kleben schien, behagte mir überhaupt nicht.

Und ich wollte auch nicht, dass ein anderes Kind seinen Popel an meiner Jacke abwischte.

Das geschah nämlich manchmal. Hatte ich selbst schon beobachtet. Selbst mit meinen nicht ganz drei Jahren fand ich grünen, schleimigen Popel so eklig, dass ich würgen musste, wenn ich einen sah.

Und hier auf dem Spielplatz waren viele Nasen, in denen eklige, glibbrige Popel lauerten.

Doch meine Mama blieb standhaft. Sie packte mich einfach an der Hand und zog mich in Richtung des Sandkastens, wo einige Kinder gerade dabei waren, sich Sandkuchen in den Mund zu stopfen.

DAS fand ich mindestens genauso eklig wie Popel.

Obwohl ich mich mit Händen und Füßen wehrte, wurde ich einfach in den braunen Sand gepflanzt. Dann drückte mir Mama eine blaue Plastik-Schippe in die Hand, leerte den Beutel mit den Förmchen vor mir aus und stopfte mir einen Lutscher in den weinerlich verzogenen Mund.

Abermals schaute ich bettelnd zu ihr auf, doch an ihrer Miene erkannte ich, dass sie sich nicht erweichen lassen würde. Heute nicht.

„Spiel doch wenigsten so lange im Sand, bis der Lolli leer ist. Machst du das?"

Ich kniff meine Augen zusammen und überlegte tatsächlich ob ich das süßliche, pappige Ding in meinem Mund einfach auf der Stelle zerbeißen sollte, entschied mich aber dagegen, als ich den weichen, bittenden Blick meiner Mutter sah. Ihr schien viel daran zu liegen, dass ich im Sand spielen sollte. Warum? Das wusste ich nicht.

Trotzdem begann ich widerwillig an dem Lolli herumzulutschen und rammte meine blaue Schaufel lustlos in den Sand neben mir. Mama seufzte erneut. Doch diesmal klang es irgendwie erleichtert. Sie richtete sich auf, drehte sich um und ging zu einer Bank, wo schon eine andere junge Mutter saß. Sie begrüßten sich lachend und waren auch sofort in ein Gespräch vertieft, dem ich von meinem Platz jedoch nicht lauschen konnte.

Nun saß ich hier und sollte sinnlose Löcher buddeln, die andere Kinder wieder zuschütten würden.

Toll. Nein, eben NICHT toll…

Am Lolli nuckelnd schob ich gelangweilt die Förmchen zu einem Haufen und begann sie mit Sand zu überschütten. Vielleicht würden sie ja dabei irgendwie verlorengehen? Eine Schaufel nach der anderen landete auf den bunten Förmchen, die ich so hasste. Doch kurz darauf stellte ich fest, dass ich immens viel Sand benötigen würde.

Das dauerte mir entschieden zu lange. Also grub ich mit meiner Schaufel ein Loch, stopfte zwei Förmchen hinein und bedeckte sie mit Sand. Weg waren sie. Zufrieden nuckelte ich weiter an der süßen Masse in meinem Mund und begann das nächste Loch zu graben.

Dann erhaschte ich plötzlich aus den Augenwinkeln eine Bewegung. Misstrauisch schielte ich mit erhobener Schaufel hoch, bereit, einen möglichen Popel-Angriff abzuwehren. Doch es war nur das kleine blonde Mädchen, dass bei uns in der Nachbarschaft wohnte. Ich kannte sie von diversen Spaziergängen, wenn unsere Mütter uns im Buggy nebeneinander herschoben. Doch bis Dato hatte ich sie ignoriert. Nicht weil sie ein Mädchen war, nein, dieser Unterschied war mir trotz meiner jungen Jahre schon bewusst, sie interessierte mich einfach nur nicht wirklich. Ob nun Mädchen oder Junge? Egal!

Ich mochte Kinder im Allgemeinen nicht. Sie alle hatten schmierbereite Popel in der Nase. Doch bei Philomena machte ich mir keine Sorgen über Popel.

Es waren ihre Augen. Große, blaue Augen, umrahmt von langen, wirklich langen Wimpern, mit denen sie immer so komisch wackelte. Es waren Puppenaugen und ich hatte Angst vor Puppen. In meinen kindlichen Gedanken waren dies gruselige Geschöpfe, die dich den ganzen Tag über beobachteten, dabei unschuldig mit den Augen klackerten, eine starre Grinse-Miene, die so unnatürlich wie der Sandkuchen hier im Sandkasten war und die sich nachts in Monster verwandelten. Monster, die nur darauf lauerten, mir die Haare vom Kopf zu fressen, wenn ich schlief.

Diesen Spruch hatte ich von Papa. Er sagte das immer, wenn wir am Tisch zusammen aßen und mir Mamas Pfannkuchen besonders gut schmeckten.

Aber ich wollte nicht, dass mir eine dieser Monsterpuppen die Haare vom Kopf fraß. Ich mochte meine Haare.

Sie waren schwarz und lang. So lang, dass der Wind sich in ihnen verfing und mit ihnen spielte. DAS fand ich lustig. Es fühlte sich toll an.

Aus diesem Grund wollte ich um jeden Preis meine Haare behalten. Und aus diesem Grund mochte ich keine Puppen. Und aus diesem Grund hatte ich auch ein klein wenig Angst vor Philomena, denn sie hatte ja Puppenaugen. Das besagte Mädchen mit den Puppenaugen näherte sich und ließ sich mir gegenüber einfach in den Sand plumpsen. Ihr kleiner roter Puppenmund verzog sich zu einem Grinsen. Sie wies auf die bescheuerten, bunten Förmchen, „Helfen?"

Völlig überrumpelt von diesem netten Angebot, nickte ich automatisch. Philomena entriss mir sofort die Schaufel und wies nun in einer herrischen Geste auf den weißen Stiel, der aus meinem Mund ragte, „Will lutschen!"

Keine Bitte, ein Befehl!

Ihre gierigen Puppenaugen, mit denen sie mich anstierte, schüchterten mich dermaßen ein, dass ich bereitwillig den Mund aufklappte und zuließ, dass Philomena sich nun auch den süßen Lolli unter den Nagel riss. Speichel lief an meinem Kinn herunter. Klebriger, zuckriger Speichel.

Ich wusste nicht, was mich am meisten schockierte. Der Sabber in meinem Gesicht? Der Verlust der Schaufel?

Die Tatsache, dass ich in einem schmutzigen Sandkasten saß, eingepfercht mit einem angsteinflößenden Puppenmädchen oder die Erkenntnis, dass ich nun nicht wusste, wie lange ich in diesem Sandkasten hocken musste, da meine Zeitangabe sich nun in einem fremden Puppenmund befand.

All das war in diesem Moment einfach zu viel für mich. Erste Tränchen sammelten sich in meinem Augenwinkel, bereit sich an meiner kindlichen Wange herabzustürzen. Philomena nuckelte ungerührt an dem Lolli und taxierte mein Gesicht. Dann fuhr sie ihren knubbeligen Zeigefinger aus und stach mir damit in den Augenwinkel. Instinktiv presste ich die Augenlider zu, was dazu führte, dass die versammelten Tränen nun gewaltsam herausgequetscht wurden und einen verfrühten Abgang hatten.

„Oh!"

Dieses kleine, leise gehauchte ‚Oh' ließ mich überrascht die Augen wieder öffnen. Philomena betrachtete sich gerade einen Wassertropfen auf ihrer rosigen Fingerkuppe.

Bei diesem Wassertropfen handelte es sich eindeutig um eine meiner Tränen.

So langsam wurde ich sauer. Nicht nur dass dieses Puppenmädchen sich meine Schaufel gekrallt hatte, dann auch noch meinen Lolli, nein, nun entriss sie mir auch noch meine Tränen.

War ihr den Garnichts heilig?

Ihre runden, blauen Puppenaugen schauten mit einem Mal zu mir auf und völlig perplex erkannte ich darin ebenfalls Tränen. Meine Wut verpuffte mit einem Schlag, genau wie meine Angst vor Philomena. Verdutzt streckte ich nun ebenfalls einen Finger aus und tupfte sachte in ihrem Augenwinkel herum.

Dann zog ich den Finger wieder zurück und betrachtet erstaunt den kleinen Wassertropfen auf MEINER Fingerkuppe. In diesem Moment näherte sich Philomenas Zeigefinger vorsichtig. Ganz sachte drückte sie ihre Fingerkuppe gegen meine und die beiden Tränen verschmolzen zu einem riesigen Tropfen, der sofort an unseren Zeigefingern herablief.

Fasziniert beobachtete ich seinen Verlauf, bis er im Ärmel meiner Jacke verschwand. Dann blickte ich wieder auf, direkt hinein in dieses Gesicht mit den großen Kulleraugen. Mit einem leisen ‚Plop' zog Philomena den Lolli zwischen ihren Lippen heraus und stopfte ihn zurück in meinen verdutzten Mund. Dann grinste sie mich breit an, beugte sich vor und umarmte mich mit ihren kurzen Stummelärmchen.

Dies war DER Moment, als unsere Freundschaft begann. Besiegelt mit jeweils einer Träne.

Oder war es doch der Moment gewesen, als wir die letzten Förmchen in diesem dämlichen Sandkasten verscharrt hatten und meine Mutter später die Hälfte nicht mehr fand? Nein, ich denke, es waren die beiden Tränen gewesen, die unser weiteres Schicksal miteinander verwoben hatten.

Ganz sicher waren es diese beiden Tränen gewesen.

Zwar hatte ich meine Angst vor Puppen noch immer nicht abgelegt, aber die Angst vor Philomenas Puppenaugen war komplett verschwunden. Eigentlich sah es doch ganz niedlich aus, wenn sie mit ihren langen Wimpern klimperte. Wenn ich meine Wange ganz nah an ihr Gesicht brachte, kitzelten sie sogar und es fühlte sich so ganz und garnicht gruselig an. Außerdem futterte Philomena keine Haare. Sie liebte Wassereis und das in rauen Mengen. DAS beruhigte mich damals ungemein.

Die Tatsache, dass wir in der Nachbarschaft wohnten, begünstigte unsere heranwachsende Freundschaft natürlich und da unsere Mütter sich wohl auch mochten, verbrachten wir viel Zeit miteinander. Wir teilten alles, sogar die Badewanne. Und hier stellte Phili auch fest, dass ich ein anderes Wesen war als sie. Ich war ein Junge. Möglicherweise war ICH ja daran schuld, dass ihr Interesse am männlichen Geschlechtsteil im Nachhinein so ausgeprägt war? Auf jeden Fall hatte sie der Anblick meines kleinen Piepmatzes beeindruckt, so dass es auf jeden Fall der Erste war, den sie in ihrer Hand gehalten hatte. Und obwohl sie das mickrige Würstchen doch ziemlich fest eingequetscht hatte, weinte ich nicht.

Im Gegenzug musste ich gestehen, dass ich doch ziemlich argwöhnisch ihre kahle Stelle zwischen den speckigen Beinchen beäugelte. Natürlich unauffällig, denn in meinen Augen stellte das Fehlen eines Piepmatzes definitiv ein Manko dar. Ein Manko, dass ich meiner kleinen Freundin nicht unter die Nase reiben wollte.

Vielleicht war Phili ja krank?

Wie machte sie ohne Piepmatz eigentlich Pipi?

Diese Frage würde sich für mich erst im Kindergarten beantworten, als ich mich, völlig verängstigt von der dortigen Puppenschar, aufs Mädchenklo verirrte und hier von einer älteren Kindergarten-Bekanntschaft aufgeklärt wurde. Leider war mir der Name, dieses äußerst freizügigen Mädchens entfallen, doch ich wusste noch, dass sie rote Zöpfe hatte. So wie Pippi Langstrumpf.

Ich konnte mich deshalb noch so gut an die rothaarige Pippi erinnern, weil Phili sie grob an den Ratten-Zöpfchen gezogen hatte, als sie einmal mitbekam, wie diese Pippi mir eine leicht gebräunte Apfelschnitze aus ihrer Brotdose angeboten hatte. Phili war sehr eingenommen.

Vor allem von meiner Person. Niemand durfte sich mir nähern, wenn sie mit mir spielte und sie spielte oft mit mir. Gottlob zwang sie mich nie zu furchtbaren Puppenspielen. Sie wusste, dass ich Puppen nicht mochte. Allerdings wusste sie NICHT, dass ich Angst vor ihnen hatte. Diese Information behielt ich tunlichst für mich.

Ein gesundes Maß an Misstrauen war bereits in meinen kindlichen Augen äußerst vernünftig. Es begleitete mich bis weit in das Erwachsenenleben und bewahrte mich vor so mancher Enttäuschung. Allerdings muss ich gestehen, dass nicht nur Phili sehr vereinnahmend gewesen war. Ich war es auch. Wir verschmolzen praktisch miteinander und bereits nach kurzer Zeit hatten wir unseren Spitznamen im Kindergarten weg. Alle Erzieherinnen nannten uns nur noch ‚die Siamesischen Zwillinge'.

Wo immer Phili hinging, ich war stets dabei und umgekehrt war es genauso.

Wir rutschten zusammen.

Wir schaukelten zusammen.

Wir malten zusammen.

Wir aßen zusammen und wir ruhten zusammen.

ICH kämmte IHRE Haare, sie meine.

ICH putzte IHRE Nase, sie meine.

ICH pflückte Gänseblümchen, Phili knotete sie zu einem Armband, dass sie MIR dann schenkte.

Meinen Geburtstags-Schokokuss reichte ich bereitwillig an Phili weiter. Ich zog IHRE Socken an, sie meine.

Wenn Phili weinte, weinte ich auch.

Und wenn Phili lachte, ging mir das Herz in der Brust auf.

So putzig und herzig diese ungewöhnlich intensive Nähe auch gewesen war, sie hatte nicht nur gute Seiten gehabt. Nach jener zurückliegenden Tränen-Brüderschaft betrachtete ich Phili als eine Art Eigentum von mir.

Genau wie mein Bagger, meinen Stoffaffe Umpf und all die Bauklötze, die sich in meinem Kinderzimmer wie Konfetti verstreuten. Wenn ich mitbekam, dass jemand über Phili lachte oder sie ärgerte, sprang ich sofort in die Presche und warf todesmutig meinen noch ziemlich schmächtigen Körper zwischen die beiden Streithähne.

Jeder Erwachsene, unsere Mütter miteingeschlossen, fanden dieses kindliche Klammern ja sooo süß.

Es war an einem Tag im Mai, an dem ich einen weitgreifenden Entschluss publik machen wollte.

Wir feierten im Garten unseren Geburtstag nach.

Wir feierten IMMER zusammen, da wir ja auch am gleichen Tag auf die Welt gekommen waren.

Am 23.04.1990.

Und heute, an meiner, nein unserer 5. Geburtstagsfeier schien mir der beste Zeitpunkt um meine Familie und auch Philis Familie in meine zukünftigen Lebenspläne einzuweihen. Ich trat also mutig einen Schritt nach vorne, hämmerte mit einem Löffel auf mein Saftglas ein und wartete mit feierlicher Miene bis alle Anwesenden mir ihre Aufmerksamkeit schenkten. Dann zog ich Phili, die ebenfalls noch nichts von meinen Plänen wusste, neben mich und verkündete meine frohe Botschaft, „Ich werde Phili heiraten und wir werden drei Kinder kriegen!"

Erst starrten sich die Erwachsenen völlig verblüfft an. Phili bekam ganz rote Wangen und hauchte mir doch tatsächlich einen keuschen Kuss auf die Wange. Mein Vater kickste plötzlich und als ob dies ein geheimer Startschuss gewesen wäre, prusteten plötzlich alle Erwachsenen los. Sie lachten und lachten, bis ihnen die Tränen die Wange herunterliefen. Ich dachte, es wären Freudentränen. Das dachte ich damals wirklich.

Erst als Phili wutentbrannt losschnaubte und wie ein Miniaturpanzer auf meinen Vater losging, ihn mit voller Wucht gegen das Schienbein trat, begriff ich, dass sie sich über mich lustig machten. Was für eine Schmach!

Ich stand kurz davor in Tränen auszubrechen. Philis Puppenaugen blitzten böse in Richtung der Kuchentafel. Dann zog sie mich hinter den am weitesten entfernten Rosenbusch, nahm meine Hände und versicherte mir, „Die sind ja alle so blöd. Von denen laden wir keinen auf unsere Hochzeit ein. Ist das klar, Laurin?"

Ich nickte gerührt und schluckte eilig die aufsteigenden Tränen herunter. Phili wollte mich auch heiraten. Mehr musste ich nicht wissen. Ich war in diesem Augenblick der glücklichste kleine Junge im ganzen Universum.

Es war allerdings auch ein Verhalten, dass Phili schnell prägte, wie es sich am Abschlussfest unserer Kindergartenzeit zeigte. Damals hätte ich vielleicht noch die Möglichkeit gehabt, die Reißleine zu ziehen und Phili in ihre Schranken zu weisen. Doch ich hatte diesen sich entwickelnden Charakterzug erst bemerkt, als es bereits zu spät war. Allerdings wusste ich das zu diesem Zeitpunkt noch nicht. Möglicherweise wäre es mir aber auch egal gewesen. Auf jeden Fall war die erste ERNSTE Eskalation damit vorprogrammiert.

In unserer Mäusegruppe selbst, hatten wir keinen Rabauken. Aber in der Gruppe gegenüber war EIN Junge, Felix, den ich am liebsten auf den Mond geschossen hätte, weil er sich ziemlich oft mit Phili anlegte.

So auch an jenem Tag.

1996

„Ich will aber nicht den doofen Chinesenhut anziehen.
Und den Tanz will ich auch nicht machen. Das sieht doch
voll bescheuert aus!"
Mit bockiger Miene verschränkte Phili die Arme vor der
Brust und blitzte ihre Kindergärtnerin, die Helene, böse an.
Die versuchte natürlich zu beschwichtigen, „Aber
Schätzchen. Wir haben den Chinesentanz doch extra für
das Abschlussfest eingeübt. ALLE die den Kindergarten
verlassen, führen etwas auf. Und dir hat der Tanz doch
auch gefallen."
„Ich will aber nicht den doofen Hut anziehen."
„Aber warum denn nicht?" Hilfesuchend schaute Helene
sich nach einem Rettungsanker um. Dabei fiel ihr Blick in
die Bastelecke, wo ICH gerade meinen Chinesenhut mit
Papierschnipsel und Kleber aufpolierte, wobei die Hälfte
des Klebers an meinen Händen pappte.
Helenes stiller Hilferuf prallte unbemerkt an mir ab.
Also half Helene lautstark nach, „LAURIN? LAAAURIIIN!
KOMMST DU MAL BITTE?"
Etwas verärgert, da man mich so rüde aus meiner
gebündelten Konzentration gerissen hatte, stapfte ich zu
der Kindergärtnerin rüber und wurde auch sofort als
Vorführmodell missbraucht. Helene packte mich an den
Schultern und platzierte mich genau vor Phili, „Sieh mal!
Laurin zieht auch seinen Chinesenhut auf. ER findet ihn
Super!"
Wahrscheinlich hoffte Helene, dass MEIN leuchtendes
Beispiel Phili nachziehen würde. Tat es aber nicht.
Stattdessen warf sie ihren selbstgebastelten Hut auf den
Boden und trat wild darauf herum.

Ich war etwas erstaunt, denn ihr Hut war einer der
Schönsten in unserer Gruppe gewesen. Als er völlig
plattgetrampelt sein Papierleben auf dem Fußboden
ausgehaucht hatte, kickte Phili ihn unter den Tisch und
funkelte MICH böse an, als ob ich etwas dafürkönnte.
Ähm…wofür überhaupt?
Wie zur Entschuldigung zuckte ich kaum merklich mit den
Schultern und versuchte einen stummen Dialog mit meiner
besten Freundin in Gang zu setzten. Meine Augen saugten
sich hypnotisch an Philis Augen fest.
Sie erwiderte den Blick.
Für Außenstehende sah dies vielleicht aus, als ob sich
einfach nur zwei Kinder feindselig anstarrten, doch dem
war nicht so. Ganz im Gegenteil.
Jetzt ging es erst richtig los.
*[Laurin] Warum hast du deinen Hut kaputt gemacht. ICH habe
dir noch beim zusammenkleben geholfen. Er war doch schön.*
*[Phili] Es war ja garnicht der Hut. Der war wirklich schön. Und
danke, dass du mir geholfen hast. DEIN Hut sieht aber auch toll
aus.*
Philis Blick wanderte an mir vorbei, rüber zum Basteltisch.
Ich schaute nicht rüber, denn ich war noch immer von der
ungebetenen Unterbrechung verstimmt. Dementsprechend
hartnäckig stierte ich sie weiter an.
*[Laurin] Lenk jetzt nicht ab. Jetzt sag schon. Warum bist du auf
einmal gegen Hut und Tanz? Gestern warst du noch Feuer und
Flamme gewesen.*
Phili schaute unter sich und scharrte mit den Füssen.
Es war eine verlegene Geste. Ich schnaufte genervt und
stampfte kaum merklich mit meinem rechten Fuß auf,
was Philis Blick wieder hob. Helene betrachtete sich etwas
ratlos dieses Blickduell und hatte überhaupt keine Ahnung
was hier vor sich ging.

[Phili] Die Dumpfbacke aus der anderen Gruppe hat gesagt, ich sehe aus wie ein Clown.

Ganz kurz flitzen ihre Augen zur Tür rüber. Meine Stirn runzelte sich fragend und ich neigte leicht den Kopf nach links.

[Laurin] Wen meinst du? Etwa den blöden Felix?

Phili nickte zaghaft und auch nur für mich erkennbar. Ich war ratlos. Was sollte ich denn jetzt machen? Der Felix war halt doof. Das konnte man nicht ändern.

Phili löste die verschränkten Arme, ballte ihre Hände zu Fäusten und rammte sie in die Taschen ihrer Latzhose.

Ihr Kinn schob sich angriffslustig nach vorn.

Mit zusammengekniffenen Augen taxierte sie mich.

[Phili] Ich will, dass du ihm auf die Nase haust. Ganz fest. Damit er mit dem Lachen aufhört.

Erschrocken riss ich die Augen auf. Helene straffte bei meinem alarmierten Anblick augenblicklich die Schultern.

[Laurin] Ich soll ihn schlagen? Bist du irre?

Phili holte ihre Hände wieder aus den Hosentaschen und kreuzte sie demonstrativ vor ihrer Brust.

[Phili] Du bist doch mein bester Freund, oder nicht? Außerdem bist du ein Junge. Wenn Jungen sich prügeln ist das normal!

Philis Kopf nickte unmerklich und ein zaghaftes Lächeln erschien auf ihrem Gesicht.

[Phili] Bitte, Laurin! Bitte, bitte, bitte…

Ich seufzte leise. Dabei sackten meine Schultern verzagt nach unten.

[Laurin] Na gut. Aber das mache ich nur für dich!

Philis Gesicht erhellte sich mit einem Schlag. Es war, als ob die Sonne aufgehen würde.

[Phili] Danke, Laurin. Du bist der Beste!

Ich erwiderte dieses breite Grinsen jedoch nur mit einem schiefen Lächeln.

So ganz wohl fühlte ich mich ja nicht in meiner Haut. Mit hängendem Kopf trottete ich zurück zum Basteltisch. Helenes erstaunter Blick wanderte von meiner Wenigkeit zu Phili und dann wieder zurück in die Bastelecke zu mir. Fragend wand sie sich der kleinen Phili zu, die nun fröhlich vor sich hin pfiff und nach ihrem Hut unter dem Tisch grabschte, um ihn notdürftig wieder in Form zu drücken. Die Kindergärtnerin beugte sich neugierig vor, „Und? Philomena?"

Phili zuckte einfach nur mit den Schultern, „Ist gut. Ich mache mit!"

Dann hopste sie auf einem Bein zu mir rüber und ließ sich von mir helfen, ihren eigenen Hut wieder zu richten. Helene erhob sich mit einem großen Fragezeichen im Gesicht. Dieser stumme Dialog war ein unlösbares Rätsel für sie. Doch was immer Laurin getan hatte, es wirkte. Und das war die Hauptsache. Guter Laurin!

Ich seufzte erneut und warf der netten Kindergärtnerin, die nun einen äußerst zufriedenen Gesichtsausdruck zur Schau trug, einen traurigen Blick zu. Wenn DIE wüsste.

Ich wartete eigentlich nur, bis ihre Aufmerksamkeit auf einem anderen Kind lag oder sie in den Nebenraum ging um Bastelnachschub herbei zuschleifen. Dieser Zeitpunkt kam meiner Meinung nach viel zu früh.

Keine fünf Minuten später verschwand sie bereits in der Kammer und kramte in den großen Holzboxen herum. Sofort wurde ich unsanft geknufft. Philis glitzernde Augen wanderten zur Tür, während sie leise zischte, „Jetzt, Laurin. Mach schon!"

Was sollte ich tun? Phili war meine beste Freundin und ich hatte es ihr irgendwie versprochen. Und was man versprach, dass musste man auch einhalten. Das sagte mein Papa immer.

Meistens nagelte er mich dabei auf mein lasches Versprechen fest, mein Zimmer *gaaanz bestimmt* vor dem Zubettgehen aufzuräumen.

Dies war auch irgendwie eine Aufräumaktion.

Ich räumte Felix auf. Für Phili.

Mit klopfendem Herzen schlich ich an der offenen Kammer vorbei, drückte lautlos die Klinke nach unten, warf noch einen bittenden Blick zu meiner besten Freundin, der jedoch ignoriert wurde und schlüpfte dann hinaus in den leeren Flur.

Direkt gegenüber meiner Mäusegruppe befand sich die Elefantengruppe. Leicht zu erkennen an dem riesigen, lachenden Elefanten, der auf der Tür klebte. An **unserer** Tür pappte eine braune Maus, die sich gerade ein Stück Käse in den Mund schob.

Doch MICH interessierte nur die Frage, wie ich ungesehen in die Elefantengruppe gelangen konnte, um diesem Großmaul von Felix mal die Leviten zu lesen.

Das Schicksal meinte es wohl gut mit mir (oder auch nicht), denn genau in diesem Augenblick öffnete sich die Elefantentür und ein kleiner Junge rannte in Richtung Klo. Dabei verlor er sogar einen Schlappen, den er aber liegenließ. Offensichtlich musste er ziemlich dringend Pipi.

Mein Blick wanderte zurück zur Elefantentür und ich grinste. Natürlich hatte er NICHT die Tür hinter sich zugemacht. Sie stand einen Spalt offen und lud mich ein, in mein Verderben zu laufen. Denn Felix war nicht nur ein einfacher Rabauke, nein, Felix war ein großer, kräftiger Rabauke, der mich in Null Komma nix zu einer Brezel verbiegen konnte.

Hier half also nur ein Überraschungsangriff. Ich musste sozusagen aus dem Nichts auftauchen, ihn kloppen und sofort wieder abtauchen.

Bestenfalls, ohne dass er mich erkannte.

Trotzdem hatte ich Angst. Angst erwischt zu werden. Angst erkannt zu werden und Angst vor den Folgen meiner Tat. Das Grinsen fiel mir aus dem Gesicht. Meine Hände zitterten und mein Herz raste. Jetzt oder nie!

Wie ein flinkes Eichhörnchen huschte ich über den breiten Flur, linste vorsichtig in die Elefantengruppe und sondierte hektisch blinzelnd die Lage. Die Kindergärtnerin saß an einem Tisch. Vor ihr lagen Akten. Ich wusste, dass es die Akten DER Kinder waren, die nach den Ferien in die Schule gehen würden. Genau wie ich.

Wenn sie also in den Akten vertieft war, hatte sie keinen Rundumblick. Zumindest für eine kleine Weile. Mein Zeitfenster war also extrem winzig. In Sekundenschnelle glitten meine Augen über die spielenden und bastelnden Kinder. Felix, mit seinem krausen Haar fiel sofort auf, was aber möglicherweise auch an seiner Lautstärke lag, mit der er einen rotweißen Kipplader über den Boden schob.

„Rrrrrrrrrrrrrrrr…Rrrrrrrrrrrrrrr…Rrrrrrrrrr!"

Ich schluckte hastig und glitt wie ein Schatten in die Gruppe hinein. NOCH hatte mich niemand bemerkt.

Also schlich ich weiter in die Höhle des Löwen und näherte mich DEM Jungen, der meine beste Freundin immer piesackte. Da er mit dem Rücken zu mir saß und sich weit nach vorne gebeugt hatte, konnte ich das gestreifte Gummiband seines Schlüpfers sehen, dass etwas nach unten gerutscht war und mir damit auch ein Stück seiner weißlich schimmernden Poritze offenbarte.

Maurer-Dekolleté nannte mein Vater sowas.

Kein wirklich appetitlicher Anblick.

Deshalb betrachtete ich mir lieber den leicht gebuckelten Rücken und schluckte erneut.

Dann stand ich hinter ihm.

Ich wusste nicht genau was mich verraten hatte. War es mein laut pochendes Herz? Oder mein Schatten? Oder war es die geballte Aura der Angst, die mich wie klebrige, aufgebauschte Zuckerwatte zu umgeben schien?

Vielleicht war Felix aber auch einfach nur fertig mit seinem Spiel. Was es auch gewesen war, er drehte sich auf jeden Fall um und erlöste mich somit zumindest von dem unschönen Anblick seines halb entblößten Hinterns.

Seinen dämlichen Gesichtsausdruck, als er MICH, ein Kind aus einer anderen Gruppe, hinter ihm stehen sah, werde ich nie vergessen. Ich genoss diesen kurzen, wirklich sehr kurzen Moment. Ehe mich der Mut verließ, ballte ich meine rechte Hand zur Faust und hämmerte sie Felix mitten auf die dämliche Nase.

Es klatschte nicht so laut wie ich befürchtet hatte.

„LAURIN!"

Ertappt zuckte ich unter diesem lauten Ruf zusammen. Im gleichen Moment begann Felix wie eine Sirene zu heulen und hielt sich mit beiden Händen DAS Körperteil, dass soeben Opfer meiner hinterhältigen Attacke geworden war.

Im nächsten Moment wurde ich auch schon am Arm gepackt, ziemlich unsanft herumgedreht und glotzte nun mit weit aufgerissenen Augen in das böse Antlitz der Kindergärtnerin. Was hatte ich getan?

„LAURIN! KANNST DU MIR MAL VERRATEN, WAS DAS SOLL? WAS MACHST DU ÜBERHAUPT IN DIESER GRUPPE? WO IST HELENE?"

„MEINE NASE BLUTET! HILFE! AUA…DAS TUT WEH!"

„LAURIN! BLEIB HIER STEHEN UND RÜHR DICH NUR JA NICHT VOM FLECK!"

Felix wurde unter den Achseln gepackt und zum kleinen Hand-Waschbecken geschleift.

Dort jammerte er weiter, wie ein Baby, während seine Kindergärtnerin einen Waschlappen mit kaltem Wasser tränkte, dass sie ihm in den Nacken legte. Dann riss sie einige Papiertücher aus dem Behälter an der Wand, die eigentlich zum Fingerabtrocknen gedacht waren, nun aber unter Felix Nase untergebracht wurden, wo sie sich langsam aber sicher mit hellrotem Blut vollsaugten. Felix jammerte noch immer. Dabei warf er mir einen Blick zu, den ich zunächst nicht zuordnen konnte.

Doch dann dämmerte es mir.

Es war Angst die ich in seinen Augen lesen konnte.

Einfache, nackte und ungeschnörkelte Angst.

Der große, blöde Felix hatte Angst vor mir. Einem kleinen schmächtigen Jungen, der noch immer die Hände zu Fäusten geballt hatte und ihn angriffslustig anstarrte.

[Laurin] So, dass hast du nun davon, du doofer Blödmann. Lass bloß Phili in Ruhe, sonst boxe ich dich nochmal! Verstanden?

Ich wusste nicht ob meine stumme Botschaft ankam, denn Felix glotzte mich einfach weiterhin an, wie ein dummes Schaf. Vielleicht war ihm DIESE Art der Kommunikation ja nicht vertraut? Ja, so musste es sein. So ein blöder Kopf konnte ja nur ein Spatzenhirn beherbergen.

Bei dieser gedanklichen Feststellung schnaufte ich abwertend, während die anderen Kinder ihre jeweilige Tätigkeit unterbrochen hatten und mich nun ehrfürchtig, fragend und teilweise auch grinsend betrachteten.

Einige schienen sich also wirklich zu freuen, dass Felix, das Großmaul, mal eine ordentliche Abreibung bekommen hatte.

Während Felix also notdürftig am Waschbecken verarztet wurde, stand ich still und stumm und harrte der Dinge, die nun geschehen mussten.

In diesem Augenblick stürmte Helene, MEINE Kindergärtnerin herein. Ihr auf dem Fuß folgend, Phili, die die Lage sofort mit einem Blick erfasste und ein paar andere Kinder, die keinen blassen Schimmer hatten, was hier gerade passiert war.

Nur ich sah, wie Phili heimlich den Daumen in Hüfthöhe nach oben hob und mir einen stolzen Blick schenkte. Dann wurden sie alle jedoch hinausgescheucht.

Wie eine Herde unwilliger Gänseküken.

„Ab, zurück in die Gruppe Kinder. Hier gibt es nichts zu sehen. Los! Hopp!"

Helene erfasste die Lage nicht ganz so schnell wie Phili. Mit einem fragenden Blick auf den blutenden Felix, kam sie auf mich zugeeilt, ging in die Hocke und packte mich nun ebenfalls an den Schultern. Ihr fragender Blick suchte nun den meinen, „Laurin? Was ist los? Was machst du hier?"

Allerdings wartete sie meine Antwort nicht ab. Stattdessen musterte sie erneut den weinenden Felix, schaute dann etwas ratlos zurück auf meine noch immer geballten Fäuste und dann in mein verkniffenes Gesicht, „Laurin, warst du das? Hast DU Felix geschlagen?"

Ich nickte standhaft.

Was sollte ich auch sonst tun. Es gab eine Menge Zeugen, die gesehen hatte, wie ich Felix geboxt hatte. Klatsch! Mitten auf die dämliche Schweinsnase!

Dieser Vergleich ließ mich grinsen. Allerdings war es wohl der falsche Zeitpunkt um zu grinsen, denn Helene richtete sich auf, stemmte die Hände in die Hüften und schaute extrem verärgert auf mich hinunter, **„Das ist nicht zum Lachen, Laurin. Felix blutet und du bist schuld daran. Ich möchte, dass du dich auf der Stelle bei ihm entschuldigst. Verstanden?"**

Mein Grinsen verrutschte und wurde durch einen leicht entsetzten Blick ersetzt, den Helene mit Genugtuung zur Kenntnis nahm. Ihr Zeigefinger richtete sich auf den blöden Felix, **„Und zwar sofort."**

Unter den Blicken aller anderen Kinder musste ich doch tatsächlich zum Waschbecken trotten und in die verheulten Felixaugen glotzen. Doch irgendwie sträubte sich mein innerer Schweinehund, diesem Vollpfosten entschuldigend die Hand zu reichen. Erst ein sanfter Knuff in meinen Rücken, brachte meinen störrischen Arm dazu, sich auszustrecken.

„Entschuldigung."

Mein Blick saugte sich an seinen rotverquollenen Augen fest. Ein Blick der sagte: *Garnix tut mir leid. Wenn du Phili nochmal ärgerst, dann boxe ich dich wieder auf die Nase und das noch viel fester wie eben.*

DIESE nonverbale Botschaft kam offensichtlich an, denn Felix nickte unmerklich und reichte mir zaghaft die Hand. Dazu nuschelte er in die Papiertücher, „Klasse Rechte!"

Ich stutzte verblüfft. Ein Lob von Felix? Dem Felix, dem ich gerade die Nase verbogen hatte?

Ich war völlig baff. Damit hatte ich nun nicht gerechnet. Und dann schüttelte er doch tatsächlich meine Hand, „Cool Mann. Freunde?"

Total geplättet starrte ich zuerst auf den männlichen Handschlag hinunter und dann wieder rauf in Felix verunstaltetes Gesicht. Mit viel Mühe konnte ich ein Grinsen erkennen. Ein erstaunlicherweise ehrlich wirkendes Grinsen. SO ein Grinsen hatte ich bei Felix noch nie gesehen. Was so ein Boxhieb doch ausmachen konnte? Und eigentlich war der Felix ja garnicht so verkehrt.

Er konnte super Klettern und ich hatte sogar mal beobachtet, wie er einen Regenwurm von der Straße aufgehoben und wieder in die Wiese gesetzt hatte.

So etwas tat man nicht, wenn man abgrundtief schlecht war. Mein Handdruck verstärkte sich und ich hörte mich selbst sagen, „Freunde!"

Helene schien mit diesem unverhofften Ergebnis höchst zufrieden, denn sie lächelte nun ebenfalls.

Doch dann wurde ihre Miene wieder ernst, „Das wird trotzdem Konsequenzen haben, junger Mann und wir werden diese Sache auch Felix Eltern mitteilen müssen. Sie werden sich ganz sicher NICHT darüber freuen. Und DEINE Eltern werden auch informiert."

Der Schreck fuhr mir durch alle Glieder, doch ich ließ mir nichts anmerken. Als Felix dann jedoch für mich in die Presche sprang, schrumpfte der Schreck auf die Größe einer Erbse.

„Ist ja nicht so schlimm und es tut auch fast nicht mehr weh. Ich habe Laurin gestern auf dem Klo getreten und er hat es keinem erzählt. Bestimmt hat er mich deswegen gehauen!"

Erneut musterte ich diesen Jungen. Er log.

Er log ohne mit der Wimper zu zucken. Er log für mich.

Felix hatte mich ja garnicht getreten.

Meine Verwunderung schlug über in Bewunderung.

Felix war doch ein toller Kerl.

Trotzdem hatte meine Attacke Konsequenzen. Zwar reagierten die Eltern von Felix ziemlich gelassen, zumal die Nase ja auch nicht mehr blutete, als seine Mutter ihn nachmittags abholte, doch meine Mutter fiel aus allen Wolken.

IHR Sohn ein Schläger? IHR kleiner, schüchterner Laurin? Unfassbar.

Selbst die sofort herbeieilende Hilfe meiner besten
Freundin, die ihr wirklich äußerst glaubhaft versicherte,
dass es nur ein *gaaanz kleiner* Schlag gewesen war,
bewahrte mich am Abend nicht vor dem zornigen und
fassungslosen Donnerwetter meines Vaters, dass sich
eimerweise über meinem schmächtigen Haupt ausleerte.
Zudem wurde mir auch noch das Taschengeld für einen
Monat gestrichen und ich musste den kompletten
Mülldienst übernehmen, obwohl wirklich JEDER wusste,
wie eklig ich Küchenmüll fand.
Doch das war noch nicht alles.
Die Strafe meines Fehlverhaltens erstreckte sich auch bis in
den Kindergarten.
Ich wurde rigoros aus der Chinesen-Tanzgruppe entfernt
und durfte meiner Abschlussaufführung nur als Zuschauer
beiwohnen. Für Phili, meine beste Freundin, ein Glück.
Denn nun konnte sie MEINEN Chinesenhut tragen, da ihr
Hut, die Wurzel allen Übels, ja plattgetrampelt worden
war. War es das alles wert gewesen?
Klar…für Phili immer!

1997

Es war kurz vor den Sommerferien, die uns nach Ablauf der sechs herrlichen Sommerwochen direkt in 2. Schuljahr katapultieren würde. Natürlich waren Phili und ich in einer Klasse gelandet. Und noch ein Dritter, sozusagen ein Überraschungsgast, war Teil dieses Bundes geworden. Felix. Ja, man mochte es kaum glauben, aber Felix und ich wurden richtig gute Kumpel. Zwar gab es zwischen ihm und Phili hin und wieder noch ein paar kleinere Dispute, doch im Großen und Ganzen kamen die beiden ebenfalls gut miteinander klar.
Dennoch kam die Männerfreundschaft qualitätsmäßig nicht an die Freundschaft zwischen Phili und mir heran. Phili und ich…das war etwas ganz Besonderes.
So besonders, dass meine Eltern heilfroh waren, als ich eines Tages mit Felix im Schlepptau zuhause erschien. Vor allem mein Vater freute sich riesig über diesen freundschaftlichen Männerzuwachs, obwohl er Phili sehr mochte. Doch Phili war ein Mädchen und somit seinem Anspruch an eine handfeste Kumpelkiste nicht gewachsen. Das Phili ein ziemlich wildes Mädchen war, spielte für ihn keine Rolle.
Auch nicht, dass sie wie ein Affe klettern konnte oder dass sie mich regelmäßig im Kirschkern-Weitspucken schlug. Mädchen war Mädchen und ihn seinen Augen brauchte ein Junge einen Kumpel mit dem er irgendwann über Mädchen herziehen konnte.
Er hatte gesagt, dass dies mit Phili nicht möglich war. Das hatte ich einmal mitbekommen, als er mit meiner Mutter abends vor dem Fernseher geredet hatte. Außerdem sagte er noch, „Diese Phili ist ja ein nettes Mädchen, aber sie wird aus unserem Sohn einen richtigen Softie machen.

Er ist eh schon schmächtig für sein Alter, da muss er sich nicht noch von einer Nachwuchs-Amazone herumkommandieren lassen." Mama lachte nur.

Ich musste zu diesem Zeitpunkt dringend aufs Klo und hatte dies rein zufällig belauscht. Zuerst war ich stocksauer auf ihn gewesen, doch dann? Nun ja. Wenn man es genau betrachtete? Wo er Recht hatte, da hatte er recht.

Deswegen teilte ich ab diesem Zeitpunkt meine Freizeit gerecht zwischen den Beiden auf, so dass sich keiner benachteiligt fühlen konnte. Doch hin und wieder unternahmen wir auch was zu Dritt und auf dem Schulhof in den Schulpausen gluckten wir eh immer zusammen. Unser geheimer Spitzname, den wir uns selbst gegeben hatten, war: Die drei Musketiere.

Geil, nicht wahr? WIR fanden es auf jeden Fall geil.

Es war auch in einer jener großen Pausen, kurz vor den besagten Sommerferien, in denen ich zum ersten Mal bemerkte, dass Phili ein Mädchen war. Natürlich war mir das vorher auch schon klar gewesen, doch an jenem Tag verschob sich meine Sichtweise ein klein wenig…wie soll ich sagen…es verschob sich ein klein wenig mehr in die Männerwelt. Phili war nicht nur ein Mädchen, sondern sie war ein M ä d c h e n. Ich konnte mir diesen Unterschied selber nicht erklären. Es war halt so.

Festgestellt hatte ich dies auf der hohen Kletterspinne, die für Phili wie ein zweites Zuhause war. Sie hangelte sich mit einer Selbstverständlichkeit an den dicken Seilen entlang, als ob diese zu ihrem Körper gehören würde, wie zusätzliche Arme. Mal baumelte sie von oben der Spitze herab, mal lauerte sie wie eine vierbeinige Spinne auf dem wackeligen Gitter in der Mitte des Gerüstes oder sie hakte sich einfach mit den Knien ein, egal in welcher Höhe und hing dann wie eine Fledermaus kopfüber nach unten.

Und hier geschah es…hier keimte meine Erkenntnis auf, dass Phili nicht einfach nur ein Mädchen war, sondern eben ein M ä d c h e n.

Einige sommerliche Sonnenstrahlen bohrten sich an diesem Tag gerade durch eine fluffige Wolke am Himmel und verfingen sich in Philis herabhängendem Haar. Dieses lange, unglaublich lange blonde Haar, dass in diesem Licht nun aussah, wie gesponnenes Gold.

Ich stand genau unter ihr und starrte wie hypnotisiert in diese goldglänzende Fülle, die mich fast an der Nasenspitze kitzelte.

Voller Bewunderung schaute ich hoch zu ihr und ohne, dass ich es wollte, schlüpfte es auch schon aus mir heraus, „Du siehst mit deinem langen goldenen Haar aus wie Rapunzel."

Zuerst glotzte Phili verblüfft, dann jedoch zogen sich ihre Augenbrauen erbost zusammen und sie schwang sich wie eine akrobatische Zirkusartistin von der Spitze runter, bis sie direkt vor mir stand. Da sie fast einen halben Kopf größer war als ich, musste ich gezwungenermaßen den Kopf etwas in den Nacken legen.

In diesem Moment dachte ich echt, sie würde mir eine scheuern. Doch plötzlich änderte sich ihre Miene.

Sie wurde irgendwie weich. Mit einer komischen langsamen Geste strich sich Phili mit gespreizten Fingern durch das nicht enden wollende lange blonde Haar und ihre großen blauen Puppenaugen glitzerten auf mich hinunter, „Rapunzel? Echt? Cool! Gefällt mir!"

Sie lächelte zuckersüß mit ihrem erdbeerroten Mund…

…zumindest so lange bis ein lauter Ruf ertönte, **„Phili und Laurin küssen sich, lieben sich, küssen sich, lieben sich…ha, ha!"**

Ich sah, wie Phili bei diesem Schmähruf knallrot anlief und fragte mich doch allen Ernstes warum. ICH fände es nicht schlimm, wenn ich ihren Erdbeermund küssen dürfte.

Gottlob hatte ich diesen Gedanken nicht laut ausgesprochen, denn Philis Röte entsprang nicht etwa einer mädchenhaften Verlegenheit, nein, ihr Gesicht lief puterrot an, weil sie vor Wut wie ein Teekessel kochte. Ihre eben noch butterweiche Miene verhärtete sich mit einem Schlag und sie wirbelte kreischend um die eigene Achse, „WER HAT DAS GESAGT? NA LOS…WER?"

Angesichts der wild kreischenden Furie am Klettergerüst, verstummten alle Kinder im Umkreis von zehn Metern und schauten mit großen Augen und offenen Mündern in unsere Richtung. DIES war MIR wiederrum peinlich, deshalb lief meine Birne nun auch rot an. Verlegen senkte ich den Blick und hoffte inständig, dass sich der Boden unter mir auftun und mich verschlingen würde. Diesen Gefallen tat er mir natürlich nicht. Deshalb konnte ich nur eines tun. Philis Wutgebrüll über mich ergehen zu lassen, obwohl ICH ja eigentlich NICHT Zielobjekt ihrer blinden Raserei war, worüber ich, ganz nebenbei bemerkt, ganz froh war.

Philis keifte weiter, wie eine von der Tarantel gestochenen Furie, „WELCHER FEIGLING HAT DAS GESAGT? LOS! ZEIG DICH, DU SCHLEIMIGE BETTWANZE!"

Tatsächlich löste sich dieses Rätsel. Ein großer schlaksiger Junge aus der dritten Klasse trat höhnisch lachend vor. Martin, war glaube ich, sein Name. Martin Kunze.

Er trug sogar einen Ohrstecker am linken Ohrläppchen und er machte nicht den Eindruck, als ob ihn vor Wut kreischende Mädchen beeindrucken, geschweige denn, einschüchtern würden.

Furchtlos verschränkte er die Arme vor der Brust,

stellte sich breitbeinig hin und röhrte, „Ich war das, Rapunzelchen. Was willst du jetzt machen? Mir deinen kleinen Erdnuckel auf den Hals hetzen?"

Sein Blick wanderte bei diesen Worten kurz zu mir rüber und er schnaubte dabei abfällig, ehe er sich mit einem weiteren Vorschlag wieder der wutschäumenden Phili zuwandte, „Oder willst du mich vielleicht mit deinem laaaangen güldenen Haaren fesseln und knebeln?"

Selbstbewusst und Beifall heischend grinsend schaute er sich in der Menge um. Doch niemand klatschte oder lachte. Alles was sich in dieser Phili-Wut-Blase befand, war verstummt. Dies schien ihm nicht zu gefallen.

Seine Miene verfinsterte sich zusehends.

Dann geschah etwas, womit wohl keiner gerechnet hatte…ich nicht und Phili wohl am allerwenigsten.

Es ertönte ein neuer Schrei. Diesmal klang es jedoch eher wie Kriegsgeschrei, **„UAAAAAAAHHHHH…!"**

Man sah nur kurz einen grüngeringelten Schatten und schon im nächsten Augenblick lag Martin mit einer äußerst verdutzten Miene auf dem Rücken. Diese verdutzte Miene währte jedoch nur sehr kurz. Und zwar nur so lange, bis die erste Faust seinen Magen traf und die verblüfft angehaltene Luft gewaltsam seine Lunge verließ. Dann folgte ein weiterer Hieb und noch einer.

Und jedes Mal ‚uffte' Martin.

Doch auch hier lachte niemand, obwohl es sich echt witzig anhörte. Begleitet wurde diese raue Behandlung von wildem Gebrüll, **„NIEMAND MACHT SICH ÜBER PHILI LUSTIG! NIEMAND! KLAR? UND AUCH NICHT ÜBER LAURIN! DU HAST JA KEINE AHNUNG, ARSCHLOCH! WENN DU EINEN VON BEIDEN AUCH NUR NOCH EINMAL SCHIEF ANGUCKST, HAUE ICH DIR SO IN DIE FRESSE,**

DASS DEINE ZÄHNE IM ARSCH KLAVIER SPIELEN! UND JETZT HAU BLOSS AB!"

Das Grünweiß geringelte Etwas sprang auf und spuckte verächtlich auf den, am Boden liegenden Jungen herunter, „Schleich dich, du Wurm!"

Mit offenem Mund starrte ich völlig entgeistert auf den Jungen, der sich so todesmutig in die Kampfarena geschwungen hatte. Es war Felix.

Felix, der nun wutentbrannt, mit pumpenden Fäusten wie ein drohendes Gewitter über Martin hing, der sich rücklings wegschlängelte…eben wie ein Wurm.

Dann sprang er plötzlich auf und lief weg. Zurück blieb mein Kumpel Felix. Blitzschnell warf ich Phili einen Blick zu. Würde sie jetzt sauer sein, weil ein anderer ihren Kampf ausgefochten hatte?

Doch Philis Miene verriet eher Ratlosigkeit. Offensichtlich war sie noch nie in solch einer Situation gewesen und wusste nun nicht, wie sie damit umgehen sollte. Ich versuchte ihr dabei zu helfen, trat auf sie zu und verkündete stolz, „Typisch Felix!"

Phili warf mir einen verblüfften Seitenblick zu, ehe sie in helles Lachen ausbrach und dann leise giggelnd bestätigte, „Das stimmt. Das ist typisch Felix!"

Erst jetzt schien sich ihre Starre zu lösen. Sie lief zu unserem Freund rüber. Grinsend schaute sie ihn mit leuchtenden Augen an, „Und? Wie hat es sich angefühlt ihn zu boxen?"

Ich verdrehte die Augen. **Das** war eben typisch Phili. Warum bedankte sie sich nicht einfach?

Felix schien jedoch keinen sonderlich großen Wert auf blumige Dankeshymnen zu legen. Mit einer Begeisterung, die mir schleierhaft war, begann er lang und breit auszuführen, in welchem Bogen man am besten boxte, um eben dieses komische ‚Uff' zu erzielen und dass es sich anfühlte, als ob man in eine Schüssel Wackelpudding haute. Ich verdrehte erneut die Augen.

Solche Informationen langweilten mich, da ich sie aufgrund meiner mickrigen Statur eh nie anwenden könnte. Phili und Felix steckten mit ihren Köpfen zusammen und fachsimpelten weiter über das Für und Wider, eines eingedrehten Daumens oder nicht, während wir uns auf den Weg in unseren Klassenraum befanden. ICH dackelte wie ein unbeachteter begossener Pudel hinter ihnen her. Doch plötzlich blieb Phili stehen, packte Felix am Oberarm und beugte sich in einer fast drohend wirkenden Pose vor, „Aber DU nennst mich NICHT Rapunzel, klar?"

Felix schnaubte empört und wies dann auf mich, „Nee, ganz sicher nicht. Außerdem war es Laurins Idee. ER kann dich ja so nennen, wenn er will!"

Da läutete gottlob die Pausenglocke und ersparte mir die restliche Ausführung einer gepflegten, halbwegs fairen Keilerei und eventuelle spöttische Bemerkungen seitens meines Kumpels.

Felix überraschende Rettungsaktion hatte Folgen.

In meinen Augen sehr angenehme Folgen. Die Ferien begannen und die ‚Drei Musketiere' klebten wie Pech und Schwefel aneinander. Jede freie Minute verbrachten wir zusammen. Vom frühen Vormittag bis die Dämmerung einsetzte. Musste einer von uns anderwärtige Verpflichtungen erfüllen, wie zum Beispiel Oma und Opa besuchen oder einen familiären Geburtstag feiern, hockten die anderen beiden so lange auf den Stufen des jeweiligen Hauses und bliesen Trübsal, bis der Dritte im Bunde endlich auftauchte und von der mütterlichen Hand in die Freiheit entlassen wurde.

Der Beginn dieser Ferien wurde allerdings doch ziemlich spektakulär eingeläutet.

Nämlich mit einem Krankenhausaufenthalt meinerseits.

Dabei fing der Tag eigentlich ganz harmlos an.

Wir hatten uns an der großen Trauerweide im Park verabredet und wollten an diesem Tag einen Streifzug in der Umgebung von Hermeskeil machen. Ziel unserer Tour war der Waldspielplatz. Ein kleiner Abenteuerspielplatz am Rande eines weitläufigen Tannenbestandes, der erst in Nonnweiler endete. Da wir dort den ganzen Tag verbringen wollten, hatte jeder von uns etwas Proviant eingepackt. Limo, Süßigkeiten und Wurstbrote.

Also alle wichtigen Grundnahrungsmittel, die Kinder in unserem Alter zwingend benötigten. Auf unseren Fahrrädern gondelten wir Rucksackbepackt durch die Stadt, durchquerten das letzte Neubaugebiet und radelten auf einem holprigen Feldweg entlang, bis wir unser Ziel erreichten. Hier tobten wir in gepflegter Wildwest-Manier durch das Unterholz, bis wir uns völlig verschwitzt und erschöpft in einem hölzernen Spiele-Wigwam zurückzogen um dort wieder Kraft zu tanken. Natürlich unter Mithilfe von Wurstweck und Schokoriegeln. Der niedrige Blutzuckerspiegel wurde großzügig mit Limo aufgefüllt. Allerdings füllte sich der Spielplatz am Nachmittag mit Müttern, die ihre quäkende Brut an der frischen Luft spazieren führten, was dazu führte, dass auch der Geräuschpegel rasant anstieg. Die kleinen Kinder empfanden wir Großen natürlich als störend.

Ständig waren die Schaukel und die Wippe besetzt.

Dazu das ewige Rumgeheule, wenn einer dieser winzigen Wackelkandidaten hinfiel, Durst hatte und pullern musste.

Das nervte ganz schön.

Also schwangen wir uns irgendwann wieder auf die Räder und machten uns auf den Weg in den Stadtpark, da dort ein wunderschöner großer Springbrunnen vor sich hinplätscherte, an dem wir eine kleine Wasserschlacht veranstalten wollten. Der Rückweg führte abermals über den holprigen Feldweg. Dabei kamen wir auch an ein paar Wild-Obstbäumen vorbei. Phili legte unverhofft eine Bremsspur hin, dass es nur so staubte. Ich hatte Mühe, ihr nicht ins Hinterrad zu schlittern.

„Sag mal. Hast du sie noch alle?"

Ihre Augen leuchteten begeistert, als sie auf ein besonders großes knorriges Exemplar wies, „Guck doch Laurin! Lass uns klettern. Komm schon, Felix, ich wette um den letzten Schokoriegel, dass die Äpfel ganz oben schon reif sind."

Ich schaute leicht zweifelnd auf den ausgewählten Kandidaten, der seine mächtige Krone weit in den Himmel reckte. Und tatsächlich baumelten ziemlich weit oben ein paar kleine Äpfel, die bereits sachte rote Bäckchen aufwiesen. Aber sie hingen eben ziemlich hoch und genau dies merkte ich nun an, obwohl ich genau wusste, dass ich wie ein Spielverderber klang, „Die sind aber ganz schön weit oben. So hoch können wir garnicht klettern."

Offensichtlich traf ich bei Phili mit dieser Behauptung einen empfindlichen Nerv. Sie schnaufte spöttisch, schwang ihren Lenker herum und trat kräftig in die Pedale. Ich warf Felix einen hilfesuchenden Blick zu. Der zuckte jedoch nur kurz mit den Achseln, hievte sich ebenfalls in den Sattel und folgte Phili, die bereits ihr Rad einfach in der Wiese fallengelassen hatte und nun von unten her, durch die Äste des mächtigen Baumes, nach oben blinzelte.

Ich konnte mir ein Seufzen nicht verkneifen. Immer Philis Dickkopf. Bestimmt waren die doofen Äpfel sauer wie die Nacht. Das würde Phili recht geschehen.

Trotzdem setzte auch ich mich in Bewegung und ließ mein Rad gleich darauf neben Philis Rad fallen. Nun standen wir drei an diesem ungewöhnlich großen Apfelbaum und schielten gemeinsam bis hinauf zum Wipfel. Ehe ich mich versah, schwang Phili sich bereits auf den untersten Zweig und zog sich hoch zum nächsten. Doch dann geschah, was geschehen musste. Ihr langes offenes Rapunzel-Haar verfing sich in den feinen Verästelungen der Zweige, was offensichtlich, wie man gleich darauf hörte, sehr schmerzhaft war.

„AUA! MEINE HAARE! ICH SITZE FEST!"

Felix kicherte, hielt aber sicherheitshalber die Hand vor den Mund, damit Phili nicht sein breites feixendes Grinsen sah. Phili hing im Baum, wie die Fliege im Spinnennetz, nur dass dieses Netz aus ihrem eigenen Haar bestand. Je heftiger sie zog und zappelte, umso mehr verfingen sich die feinen Strähnen im Geäst. Es musste wirklich ziemlich wehtun, denn ich konnte bereits die ersten Tränen in ihren Augen erkennen und Phili weinte selten. Wirklich selten. Bevor sie endgültig wie eine Sirene losheulte, erbarmte ich mich, griff nach dem untersten Ast und zog mich hoch. Bei ihr angekommen, löste ich geschickt eine Strähne nach der anderen, bis ich sie befreit hatte. Schnell wie ein Wirbelwind hopste sie in einem Satz vom Baum und zupfte sich unten kleine abgebrochene Zweige aus dem verstrubbelten Haar.

Ich schaute ihr noch ein paar Sekunden zu, dann blinzelte ich nachdenklich zwischen dem Astgewirr nach oben. Ohne großartig weiter nachzudenken, griff ich nach einem dicken Ast über mir und kletterte weiter.

Ich hatte schon über die Hälfte der Höhe erklommen, da bemerkten meine zurückgebliebenen Freunde, dass ich ja gar nicht runtergestiegen war. Felix erblickte mich als erstes und ahnte auch gleich was ich vorhatte.

„Mensch, pass bloß auf. Die Äste da oben sind bestimmt morsch."

Hörte ich da etwa Sorge aus seiner Stimme? Ich grinste großspurig, beugte mich vor und schielte nach unten,

„Memme!"

Natürlich war dies nicht böse gemeint. Ich wollte ihn nur ein bisschen aufziehen. Doch Großmut kommt bekanntlich vor dem Fall. In meiner Situation konnte man das Wort ‚Fall' ruhig wörtlich nehmen. Der nächste Ast, dem ich mein Fliegengewicht anvertraute, knackte unverhofft. Es reichte gerade noch für einen verdutzten Blick meinerseits, dann sauste ich bereits in Richtung hartem Boden. Den Aufprall selbst bekam ich tatsächlich noch mit, doch alle weiteren Begebenheiten versanken in einem tiefen schwarzen Loch.

Wach wurde ich erst wieder, als ich einen kühlen Luftzug auf meiner Stirn spürte. Sofort riss ich die Augen auf und blinzelte verwirrt. Wo war ich? Und wer waren, verflixt nochmal die vielen fremden Leute und warum trugen sie so komische Klamotten?

Es dauerte ein paar lange Sekunden, bis ich die Kleidung und auch die fremde Umgebung identifizieren konnte. Bei den komisch gekleideten Menschen handelte es sich um Krankenschwestern und Pfleger und der Raum, in dem ich lag, musste ein Behandlungsraum sein. Was war passiert? Bei dieser Frage stöhnte ich angestrengt, was mir jedoch nicht wirklich bewusst war. Sofort erschien ein Gesicht. Eigentlich war es nur ein halbes Gesicht, denn die untere Hälfte wurde von einer Mundmaske verborgen, die jedoch sofort heruntergezogen wurde, als ich leicht erschrocken versuchte zurückzuweichen. Die untere Hälfte dieses fremden Gesichtes lächelte beruhigend, „Ah, da ist ja unser kleiner Reinhold Messner. Wie geht es dir? Hast du Schmerzen? Weißt du was passiert ist und wo du bist?" Da mir auf Anhieb keine Antwort einfiel schwieg ich. Dies fiel jedoch nicht sonderlich auf, da in diesem Moment meine Mutter laut schluchzend hereinwehte und mich sofort mit ihrer mütterlichen Sorge von oben bis unten abscannte, **„Ach du liebe Güte! Laurin! Was ist passiert? Geht es dir gut?"**

Auch hier blieb mir keine Zeit zum Antworten, denn meine Mutter drehte sich der neben ihr stehenden Schwester zu, **„Wie geht es ihm? Hat er Schmerzen? Ist er sehr schwer verletzt? Was ist denn eigentlich passiert?"**

Die letzte Frage konnte oder wollte die nette Schwester nicht beantworten, aber für die ersten zwei hatte sie eine Antwort parat, wenn auch nicht DIE Antwort, die meine Mutter gerne hören wollte.

„Wir müssen noch ein paar Untersuchungen machen. Erst dann kann ich ihnen sagen, was ihrem Sohn fehlt. Vielleicht reden sie mal mit seinen Freunden? Die haben nämlich sehr schnell reagiert und den Krankenwagen gerufen."

Zusammen mit den Augen meiner Mutter, wanderten auch meine Augen in die Ecke des Behandlungsraumes, wo ich nun Felix und Phili entdeckte. Beide kauerten ziemlich eingeschüchtert auf jeweils einem Hocker und schauten mit ängstlichem Blick zu mir herüber. Irrte ich mich, oder hatten beide Tränenspuren im Gesicht?

Ich versuchte ein Lächeln, um ihnen zu signalisieren, dass alles okay war, doch mein stummes Signal ging im lautstarken Gezeter meiner Mutter unter, **„Was habt ihr denn schon wieder ausgefressen? Kann man euch denn nicht eine Sekunde aus den Augen lassen? Ich werde ganz sicher ein ernstes Wörtchen mit euren Eltern sprechen, dass könnt ihr mir glauben und das wird ganz sicher nicht ohne Folgen bleiben. Phili! Also wirklich. Gerade von dir, als Mädchen, hätte ich doch mehr Vernunft erwartet."**

Ich sah, wie meine beiden Freunde auf ihren Schemeln immer kleiner und kleiner wurden und ich sah auch, dass Phili kurz davorstand, in Tränen auszubrechen.

SO hatte sie meine Mutter noch nie erlebt.

Hier griff die Schwester ein, „Ich kann ihre Sorge ja verstehen, Frau van Boon. Doch Laurin kann sich glücklich schätzen solche Freunde zu haben. Andere wären vielleicht einfach vor lauter Angst abgehauen und hätten Laurin liegen gelassen. Doch diese Beiden sind ihm nicht von der Seite gewichen. Das Laurin von einem Baum gefallen ist, war nur ein Unfall."

Hätte sie die Sache mit dem Baum mal lieber nicht erwähnt.

Kaum das der Ausdruck ‚Baum' gefallen war, drehte meine besorgte Mutter erst richtig auf, **„Einen Baum? Er ist von einem Baum gefallen? Felix, stimmt das? Warum hast du ihn nicht abgehalten? Du weißt doch, dass Laurin nicht so gut klettern kann. Und du Phili! Hast du ihn etwa dazu angestiftet? Was habt ihr überhaupt auf dem Baum zu suchen gehabt? Habt ihr euren Verstand denn an der Mülldeponie abgegeben? Also eines kann ich euch sagen. Mit dem Herumstreunen ist ein für alle Mal Schluss!"**

Sie unterstrich ihr Vorhaben mit einer resoluten Geste ihrer Hand. Felix blickte total erschrocken zu mir rüber. Ich sah, wie seine Mundwinkel verdächtig zu zittern begannen und hier platzte mir endgültig der Kragen. Ich richtete mich halbwegs auf und ließ meiner Wut freien Lauf, „**Phili und Felix können ja gar nix dafür. Sie haben auch nicht mitbekommen, wie ich auf den Baum geklettert bin. Ich habe mich weggeschlichen und wollte die beiden nur ein bisschen erschrecken. Du kannst froh sein, dass ich vor ihre Füße geplumpst bin. Sonst würde ich wahrscheinlich noch immer unter dem bescheuerten Apfelbaum liegen. Die beiden haben mir das Leben gerettet und anstatt zu meckern, solltest du froh sein, dass ich solche Freunde habe! ICH jedenfalls bin es!"**

Natürlich war die Sache mit dem Leben retten etwas an den Haaren herbeigezogen, doch ich war sooo sauer, dass Mama die beiden anblökte, dass ich ganz bewusst etwas dicker auftrug.

Kleine Schweißperlen erschienen auf meiner Stirn und mir wurde plötzlich leicht schummrig in der Birne. Erschöpft sackte ich zurück auf die Liege. Dennoch sah ich den bewundernden Blick meiner Freunde. Trotz meines angeschlagenen Zustandes war ich für sie in die Presche gesprungen und hatte mich demonstrativ auf IHRE Seite geschlagen.

Meine Mutter wechselte einen unsicheren Blick mit der Krankenschwester, die aber offensichtlich ebenfalls auf meiner Seite war, wie ihr Augenzwinkern verriet. Deshalb schaute meine Mutter nun zu mir. Die Sorge um mich, war ihr so deutlich anzusehen, dass es mir schon fast wieder leidtat, sie so angepflaumt zu haben. Aber sie war auch irgendwie selbst schuld daran. Was keifte sie auch so blöd herum. Ich war vom Baum gefallen. Na und?

Es gab Schlimmeres. Fußpilz oder Bettnässer. Ja, das war eklig. Aber keines dieser beiden Sachen traf auf mich zu. Das sollte sie besser nie vergessen.

In diesem Moment wurde die schwere Schiebetür geöffnet und ein weißbekittelter Arzt vervollständigte diese Szene, „So, du bist also Laurin. Hast dich wohl ein bisschen überschätzt, was? Nun, dann wollen wir mal sehen, wie es dir geht!"

Dann schaute er sich um und sortierte rigoros die Anwesenden aus, „Frau van Boon…würden sie bitte mit den beiden Kindern draußen im Wartebereich Platz nehmen?"

Meine Mutter leistete dieser autoritären Anweisung sofort, aber auch leicht widerwillig Folge, schnappte sich Phili und Felix und verließ mit ihnen den Behandlungsraum. Beide warfen mir noch einen mitfühlenden Blick zu, dann schloss sich die schwere Schiebetür.

Ich blieb alleine zurück. Alleine zwischen fremden Menschen, die mich nun auf den Kopf stellen würden, um zu schauen, was meine blödsinnige Eselei für Folgen gehabt hatte.

Ein bisschen Angst hatte ich nun doch. Was, wenn ich doch mehr abbekommen hatte, als ich befürchtete? Mein Kopf tat ziemlich weh. Vielleicht war mein Schädel doch keine so harte Nuss, wie ich immer angenommen hatte. Und zwickte da nicht mein Fußgelenk?

Plötzlich wünschte ich, meine Mama wäre dageblieben. Die Untersuchung dauerte allerdings nicht lange. Ich wurde an der Wirbelsäule und am Hals geröntgt, um etwaige Landeblessuren ausfindig zu machen. Aufgrund meiner Kopfschmerzen verpassten man mir danach eine Halskrause. Der harte Aufprall hatte wohl eine leichte Gehirnerschütterung verursacht, meinte der Arzt.

Dann klatschte mir eine Schwesternhelferin eiskaltes Gel auf die nackte Bauchdecke, damit das Ultraschallgerät gut über meine Haut flutschte. Ich fluchte leise.

Konnten sie die Pampe nicht vorher anwärmen?

Mit einem unscheinbaren Ding, dass aussah, wie eine ultramoderne, flache Taschenlampe kontrollierten sie meine Innereien. Ich vermutete, dass mein Sturz ein ganz schönes Durcheinander in meinem Bauch angerichtet haben musste, doch der Arzt meinte, es wäre alles da, wo es hingehörte und sähe gut aus. Ich stierte angestrengt auf den schwarzweißen Monitor und fragte mich, wie er DAS anhand dieses krisseligen Bildes feststellen konnte.

Er musste viel Fantasie haben. Doch ich gab mich mit seiner Aussage zufrieden. Immerhin war ER der Arzt.

Da ich davon ausging, dass mit mir alles in Ordnung war, schockierte mich die nachfolgende Ansage doch ziemlich.

„Wir werden dich vorsichtshalber bis Morgen hierbehalten."

Völlig entgeistert glotzte ich den Mann im weißen Kittel an. Hatte er nicht eben gesagt, es wäre alles okay?

Der Arzt lachte nur, als er meinen ängstlichen Blick bemerkte und beruhigte mich sofort, „Keine Angst. Das ist nur eine Vorsichtsmaßnahme. Wir beobachten dich über Nacht. Morgen kannst du dann wieder nach Hause! Allerdings ist eine Woche Schonzeit angesagt. Haben wir uns verstanden?"

Er zwinkerte belustigt und mir wurde klar, dass er mit ‚Schonzeit' das ‚nicht-Bäume-klettern' meinte.

Mich beschäftigte im Moment aber eher die Sache mit der Beobachtung. Diese Androhung war mir doch etwas schleierhaft. Saß dann die ganze Nacht jemand in meiner Zimmerecke und starrte mich an? War das nicht ein bisschen gruselig? Wie sollte ich denn dann schlafen?

Ich war mir sicher, dass ich kein Auge zu machen würde, wenn mich jemand derart beobachten würde.

Doch bevor ich meine Zweifel an dieser Behandlung loswerden konnte, wurde ich mit einem Fahrstuhl auch schon hoch in die Kinderstation verfrachtet.

Während der sanften Fahrt fragte ich mich besorgt, ob irgendjemand meiner Mama Bescheid geben würde. Nicht, dass sie mich noch suchte. Und was war mit Phili und Felix? Ging es ihnen gut? Waren sie noch da? Hatte Mama doch noch mit ihnen geschimpft?

Die Fahrstuhltür öffnete sich und ich lugte sofort den Flur entlang. Doch da war keine Mama, keine Phili und auch kein Felix. Langsam wurde ich unruhig. Ich wollte nicht alleine hier im Krankenhaus bleiben.

Ich wollte nach Hause.

Schon spürte ich die ersten heißen Tränen, die sich in meinem Augenwinkel zum Absprung bereit machten. Ich schluckte hart, denn ich wollte ganz sicher nicht vor fremden Menschen als Weichei oder Heulsuse dastehen. Aber es war sehr schwer, die Tränen zurückzuhalten. Unauffällig tupfte ich etwas überschüssige Flüssigkeit in meinen Augen mit dem Zipfel der Decke weg und starrte dann ergeben an die Flurdecke. Eine Deckenplatte nach der anderen huschte über mir vorbei, was meine Übelkeit noch einmal leicht verstärkte.

Unterbrochen wurden die Deckenplatten von langgezogenen Deckenleuchten, die erbarmungslos jede noch so kleine Krankheit anstrahlten. Ziemlich am Ende des Ganges, bremsten wir ab. Die Schwesternhelferin öffnete die Tür, lächelte mich an und schob mich hinein, „So! Hier ist dein Zimmer, junger Mann!"

Eine, mir sehr bekannte Stimme überschlug sich fast bei meiner Einfuhr, **„Da bist du ja, Schatz. Wie geht es dir?"** Dann etwas sanfter, „Papa wird später auch noch kommen. Er bringt dir deinen Schlafanzug und dein Kopfkissen vorbei. Und wenn er daran denkt, auch deine Batman-Figur und Umpf. Ich weiß ja, dass du ohne den Affen nicht einschlafen kannst!"

Meine Mutter! Sie hatte mich gefunden. Gott sei Dank!

Ein verhaltenes Kichern erklang. Es kam jedoch nicht aus dem mütterlichen Mund, sondern vom Fenster her.

Neugierig hob ich den Kopf und erblickte sofort Phili und Felix, die wie Hühner auf der Stange auf dem breiten Fensterbrett hockten und mir schüchtern zuwinkten.

Dieser Anblick erleichterte mich noch viel mehr.

Das hieß, Mama hatte sie nicht ausgeschimpft.

Wie im Chor tröteten die beiden, „Hi Laurin!"

Meine Mutter lächelte auf mich runter, „Brauchst du was, Schatz? Hast du Durst oder Hunger? Willst du Fernseher schauen? Musst du aufs Klo?"

Ihre gluckenhafte Bemutterung war mir schon ein bisschen peinlich vor meinen Freunden und der jungen Schwesternhelferin, die wissend vor sich hinlächelte. Obwohl ich froh über ihre Anwesenheit war, wollte ich sie gerne loswerden. Zumindest bis Phili und Felix weg waren. Deshalb äußerte ich notgedrungen einen erfundenen Wunsch, „Hat der Kiosk unten noch auf? Die haben bestimmt Comics. Kann ich eines haben?"

„Aber sicher, mein kleiner armer Liebling. Ich gehe sofort runter. Dann telefoniere ich auch gerade mit Philis und Felix Eltern. Ich sage ihnen Bescheid was los ist und dass wir die Kinder später nach Hause bringen! In Ordnung? So lange können sie dir noch Gesellschaft leisten."

Und schon schulterte sie ihre Handtasche und verschwand. Die junge Schwesternhelferin parkte mich noch ordnungsgemäß ein, zog die Bremse fest und verschwand dann ebenfalls.

Nun waren wir drei alleine. Sofort rutschte Felix von der Fensterbank und platzierte sich, wie selbstverständlich auf meinem Bett.

„Mensch Laurin. Das war mal ein ordentlicher Flug. Aber an der Landung musst du noch ein bisschen herumfeilen."

Ich lachte und nickte gleichzeitig, obwohl dies meine Kopfschmerzen etwas verstärkte. Doch das war mir egal. Nun kam auch Phili. SIE setzte sich nicht auf die Matratze, sondern blieb neben meinem Bett stehen und schaute mich mit ihren großen blauen Puppenaugen an, „Du hast uns echt einen Riesenschreck eingejagt, Laurin. Weißt du das? Du hättest tot sein können. Und das alles nur wegen ein paar doofer Äpfel, die wahrscheinlich noch nicht einmal reif sind und schmecken wie eingelegte Zitronen. Du hast einfach nur dagelegen und keinen Pieps mehr von dir gegeben. Völlig regungslos. Ich bin noch nie so schnell gefahren, wie heute. Felix ist bei dir geblieben. Aber er hat sich so erschrocken, dass er sogar geweint hat! Und im Krankenwagen hat er sogar nochmal geheult, weil du nicht aufgewacht bist."

„Habe ich nicht!"

„Hast du doch. Ich hab's gesehen!"

„Das stimmt nicht!"

„Doch, das stimmt!"

„Du hast geheult!"

„Nee, nee. Ganz sicher nicht!"

„Doch hast du!"

„Du bist ja so doof!"

Trotzig verschränkte Felix die Arme vor der Brust.

Schmunzelnd half ich meinem Freund aus der Klemme, „Wahrscheinlich hat er nur einen Zweigkrümel ins Augen bekommen. Da tränen die Augen halt."

Felix griff sofort nach diesem rettenden Strohhalm, „Ja genau. Da ist echt was runtergekommen. Du hast auch eine ganz schöne Schneise gezogen, als du durch diese morschen Äste gesaust bist. Da ist mir ganz sicher was ins Auge geraten."

Phili warf Felix einen spöttischen Blick zu, „Na gut! Wenn du meinst."

Dann schaute sie wieder mich an, „Ist ja auch egal. Hauptsache dir ist nichts Schlimmes passiert."

Sie nahm meine Hand und drückte sie und da war es wieder…dieses komische Gefühl in meiner Brust, dass ich schon einmal gefühlt hatte. Vor ein paar Wochen, auf dem Schulhof, als Philis langes blondes Haar von der Kletterspinne wie ein goldener Vorhang heruntergehangen hatte. Ich schluckte und entriss ihr etwas grob die Hand, „Musst ja nicht gleich so gefühlsdusselig werden. Was ist? Gehen wir am Samstag ins Schwimmbad? Mal schauen, wer von uns genug Mumm in den Knochen hat, um vom Dreier zu hopsen!"

„Hier hopst am Samstag gar keiner, mein Lieber!" Unbemerkt war meine Mutter zurückgekommen. Viel schneller als ich erwartet hatte. Sie legte drei Comichefte auf meinem Nachttisch ab und rügte mich unterschwellig, „Du musst bestimmt noch eine Woche Ruhe haben. Schwimmbad kannst du da streichen."

Philis und Felix Mienen sackten enttäuscht herab, doch sie beugten sich der Autorität, die meine Mutter für sie darstellte. Nur ich wagte mich murrend vor, „Och man. Da geht eine ganze Woche von den Ferien flöten.

Was soll ich denn den ganzen Tag machen? In der Nase bohren und mich selbst an den Fußsohlen kitzeln?"

Felix schnaubte lachend, hörte aber sofort auf, als ihn die strengen Blicke von Phili und meiner Mutter trafen.

„Wir leisten dir natürlich Gesellschaft, …wenn wir dürfen." Philis große blaue Augen hefteten sich bettelnd an meine Erzeugerin.

Als nicht sofort eine Antwort kam, fügte meine Freundin schmeichelnd hinzu, „Wir können uns auch um ihn kümmern und wir spielen bestimmt nur Spiele, die Laurin nicht überanstrengen. Großes Indianer-Ehrenwort!"

In einer dramatischen Geste hielt sie sich drei ausgestreckte Finger auf das Herz und rempelte Felix mit Nachdruck sehr auffordernd an.

Der folgte dieser übertriebenen Geste und vereidigte sich sozusagen selbst, „Ja, ich schwöre!"

Ich hatte echt Mühe mir ein Lachen zu verkneifen und als ich auf meine Mutter schaute, erkannte ich, dass es ihr wohl genauso ging wie mir. Ihre Mundwinkel zuckten und sie starrte angestrengt an meinem Freunden vorbei.

Dann flüchtete sie ins Badezimmer. Phili und Felix schielten ihr verdutzt nach, doch ich konnte sie beruhigen, „Keine Panik. Sie ist bestimmt einverstanden."

Mein Besuch blieb noch eine viertel Stunde, dann schaute meine Mutter, die mittlerweile wieder aus dem Badezimmer gekommen war, auf die Uhr, „So ihr Lieben. Laurins Vater wird gleich da sein. Dann fahren wir auch direkt los. Eure Eltern warten nämlich schon auf euch."

Phili umarmte mich kurz und bündig, „Wir sehen uns ja morgen!" Felix wollte mich schon kameradschaftlich auf den Arm boxen, eigentlich so, wie er sich immer verabschiedete, unterließ dies aber nach einem vorsichtigen Seitenblick auf meine Mutter.

Stattdessen zog er mir die Decke ans Kinn.
*ER ZOG MIR WIE BEI EINER TATTRIGE OMA DIE
DECKE ANS KINN? Was war denn mit dem los?*
Begleitet wurde diese unsinnige Geste mit den
geschwollenen Worten, „Werde schnell wieder gesund
und schick dich!"
Ich starrte meinen Freund völlig entgeistert an, doch meine
Mutter nickte bei diesem verbal herausgekackten Blödsinn
auch noch zufrieden.
In diesem Moment klopfte es und im gleichen Augenblick
betrat mein Vater diese Abschiedsszene. In seiner Hand
baumelte eine große Plastiktüte, die meine Mutter
argwöhnisch taxierte, „Sag jetzt nicht, du hast alles in diese
Tüte gestopft. Konntest du nicht die Sporttasche vom
Kleiderschrank nehmen?"
Unschuldig zuckte mein Vater mit den Schultern, „Die
habe ich nicht gefunden!"
Mama stöhnte, „Die ist doch wirklich nicht zu übersehen.
Jetzt schlappst du hier, wie ein Penner mit einer ordinären
Plastiktüte rein. Was sollen denn die Leute von uns
denken."
Papa zwinkerte mir zu und stellte die Tüte auf meinem
Bett ab, „Sie werden denken, dass der arme Mann ganz
sicher nicht die Sporttasche auf dem Schrank gefunden hat.
Was sonst?"
Ich kicherte. Phili und Felix ebenfalls. Nur meine Mutter
machte ein Gesicht, als ob sie in eine Zitrone gebissen hätte
oder besser noch…in einen von Philis unreifen Äpfel, die ja
die eigentlichen Schuldigen in diesem ganzen Desaster
waren. Papa strich mir ganz sanft durch das Haar.
Normalerweise strubbelte er wild, doch heute schien er
Angst zu haben mit wehzutun.

Bevor ich ihn beschwichtigen konnte, deutete er auf die verschmähte Plastiktüte am Fußende des Bettes, „Umpf ist irgendwie verschollen. DEN habe ich nicht gefunden. Aber ich habe deine komische Figur gefunden. Sie lag in der Ritze zwischen Matratze und Wand."

Plötzlich wurde seine Miene ernst. So richtig todernst und er bohrte nach, „Und weißt du, was ich dort noch gefunden habe, mein lieber Laurin?"

Obwohl ich mir absolut keiner, aber auch wirklich KEINER Schuld bewusst war, meldete sich augenblicklich mein schlechtes Gewissen, dass in Windeseile die letzten Wochen gedanklich abklapperte, nach DEM Etwas, dass MÖGLICHERWEISE zwischen meinem Bett und der Wand klemmte.

Ausgelutschter Kaugummi?

Angefressene Brötchen?

Eine Coladose?

Schmutzige Unterwäsche?

Oder das Klassenfoto auf dem ich Philis Gesicht mit einem Herz umrahmt hatte? Nein, das lag ja unter der Matratze.

Da nichts von diesen Dingen in Frage kam, schüttelte ich vorsichtig den Kopf.

Mein Vater beugte sich vor und kniff die Augenbrauen zusammen, während er mich eindringlich musterte, „Überleg mal ganz genau! Was habe ich in deinem Zimmer gefunden?"

Eine unheilvolle Stille breitete sich aus.

Dann richtete Papa sich auf, zog die Augenbrauen hoch und im nächsten Moment prustete er los, „**Nichts! Ich habe sonst absolut nichts gefunden!**"

Die angespannte Stille verpuffte mit einem Schlag, als Phili wie ein irres Lama loswieherte.

Sie grunzte sogar wie ein kleines Ferkel.

Felix warf Phili einen zutiefst erstaunten Blick zu, der jedoch nur eine Sekunde währte, dann begann auch er herumzugackern wie ein gedoptes Huhn. Dieses Konzert aus Grunzen, Lachen, Kicksen, Schnauben und tiefem Röcheln brachte wiederrum MICH zum Lachen.

Mein Vater schenkte mir einen zufriedenen Blick und erhob sich.Sogar meine Mutter schmunzelte, „Ach, Schatz. Du bist ein solcher Kindskopf!"

Dann räumte sie eilig die Plastiktüte aus und verstaute dieses hässliche, knisternde Utensil im Kleiderschrank, wo sie niemand sehen konnte. Schließlich drehte sie sich mit hoheitsvoller Miene um, „Und? Seid ihr fertig? Können wir dann jetzt fahren? Laurin wird müde sein."

Ich kassierte noch einen feuchten Gute-Nacht-Kuss auf die Stirn, eine Ghettofaust von meinem Papa und zweimal ein High-Five von meinen Freunden, ehe die Stille wieder Besitz von diesem Krankenzimmer ergriff und ich zu meiner Schande feststellte, dass ich WIRKLICH total fertig war. Hoffentlich schaffte ich es später noch in den Schlafanzug.

Ich schaffte es und auch das Abendessen schaffte ich und erstaunlicherweise auch zwei der drei mitgebrachten Comic-Hefte. Erst dann löschte ich das Licht und fiel auch sofort in einen tiefen traumlosen Schlaf.

Die Nacht verlief ohne Zwischenfälle und gottlob bestand das gefürchtete Beobachten nur darin, dass hin und wieder eine Schwester ins Zimmer lugte, kurz meinen Puls prüfte und dann wieder verschwand.

Am nächsten Tag musste ich leider noch die Visite abwarten, doch dann wurde ich endlich in die Freiheit entlassen. Zumindest fühlte es sich so an. Dabei war ich gerade mal eine Nacht im Krankenhaus gewesen.

Aber Zuhause war es doch wesentlich gemütlicher.

Außerdem huschte Mama dort herum, die mir jeden meiner Wünsche quasi von den Lippen abschabte.

Mir ging es richtig gut und als meine Freunde auch noch Wort hielten und mich den Rest der Woche mit ihrer gutgelaunten Anwesenheit belustigten und bespaßten, fühlte ich mich wie im siebten Himmel.

Als meine Mutter mich nach Ablauf der Schonfrist wieder für Straßentauglich erklärte, zogen wir natürlich sofort los und taten all die Dinge, die Kinder in den Sommerferien eben taten. Ins Schwimmbad gehen. Stundenlang Radfahren. Grashüpfer fangen. Im Wald Robin Hood spielen. Skatebord- Kunststücke üben…dies allerdings nur mit mäßigem Erfolg. Wir zelteten sogar bei uns im Garten, obwohl mein Vater einige Bedenken äußerte. Schließlich war ein Mädchen dabei. Seine Bedenken wogen so schwer, dass die Zeltaktion fast auf der Kippe stand. Erst als meine Mutter sich als lächelndes Zünglein an der Waage auf unsere Seite schlug, knickte er ein und baute uns am Ende sogar sein altes Viermann-Zelt auf, dass er mühsam aus dem Keller herausschleifte. Sobald es dunkel geworden war, entfachte er das Feuer in seiner gemauerten Grillstelle, damit wir nicht nur aufgeplatzte Würstchen mit Ketchup inhalieren konnten, sondern als Nachtisch, auch noch Marshmallows über und in den Flammen anschmoren konnten, deren heiße, klebrige Masse verantwortlich für Philis Lippenblase war.

Doch störte uns das? Nein! Es war einfach nur super.

Ich ließ mich sogar dazu hinreißen, zu behaupten, dass dies der schönste Sommer in meinem Leben war.

Dieser Meinung würde ich auch später noch sein.

Doch das war mir zu diesem Zeitpunkt noch nicht klar.

Wie alle Kinder waren wir der Meinung, dass die mickrigen sechs Wochen Ferien viel zu wenig waren.

Was waren denn schon sechs Wochen, wenn man den Kopf voller Unfug hatte. Aber der Sommer zeigte sich, wie jedes Jahr, erbarmungslos und beim gefühlten nächsten Wimpernschlag hockten wir wieder in der Schule und brüteten über dicken Wälzern, deren Inhalt sich mit Händen und Füssen dagegen wehrte, sich in unseren Köpfen einzunisten.

Gut, ich hatte da ja keine Probleme. Ich lernte zwar nicht gerne, aber das musste ich auch nicht. Mein Gehirn tat mir unaufgefordert den Gefallen, alles Gelesene und Gesehene einfach abzuspeichern und bei Bedarf auf Abruf auch wieder auszuspucken.

Eine äußerst angenehme Eigenschaft. Vor allem bei Klassenarbeiten. Zwar wusste ich als unerfahrener neunjähriger Bengel diese Eigenschaft noch nicht vollends zu würdigen, aber ich spürte schon, dass es mir mein weiteres Leben unendlich erleichtern würde.

Deshalb mochte ich mein Gehirn. Und Felix mochte es auch, denn ohne MEIN Gehirn wäre er am Ende des Schuljahres ganz sicher hängengeblieben.

Doch wofür hatte man denn Freunde?

Phili missbilligte zwar diese kleinen, wirklich klitzekleinen Schummeleien, doch sie duldete sie stillschweigend. Vielleicht hatte sie ja insgeheim Angst, dass dieses Dreiergespann auseinanderbrechen würde, wenn einer durch Sitzenbleiben herausgerissen würde? Denn auf ihre eigene verkorkste Art und Weise mochte sie Felix.

Das sah ich an der Art, wie sie ihn hin und wieder mit schief geneigtem Kopf anlachte. Obwohl dieses Lachen mir manchmal doch einen kleinen Stich ins Herz verpasste und sich dummerweise so etwas wie Eifersucht in mir breitmachte, konnte ich diese unschönen

Gefühlswallungen so geschickt verbergen, dass niemand sie je bemerkte.

Okay...manchmal knuffte ich meinen Kumpel dann ein bisschen fester auf den Oberarm, aber das konnte Felix locker wegstecken, da er nicht so schmächtig gebaut war wie meine mickrige Wenigkeit.

Was wir aufgrund unseres jungen Alters jedoch vergaßen, war die Tatsache, dass das Leben nicht nur aus Spielen, Toben, Radeln, Schokokuss-Wettessen, Verstecken spielen, Blindschleichen fangen und Klassenarbeiten bestand.

Es gab so viel mehr.

Und nicht alles davon war gut...

1999

Dies war das Jahr, in dem wir in der Grundschule in die Oberliga aufsteigen sollten. **Nach** den großen Ferien wären WIR die Ältesten auf dem Schulhof und könnten uns ENDLICH all die Bosheiten rausnehmen, die wir selbst drei Jahre lang erdulden mussten. Das war zwar gemein, doch das eben war auch der Lauf der Dinge. Es war schon immer so gewesen, dass die Viertklässler, alles schikanierten, was NICHT in der vierten Klasse war und dies würde sich bestimmt auch nie ändern.

Und wenn ich ehrlich war, würde ich den ein oder anderen Rempler ausgiebig genießen.

Ich freute mich schon darauf, wenn die Kleinen sich sofort von der Pausenbank, die unter ein paar Ahornbäumen stand, erhoben und uns den Platz freiräumten. Es war mit Abstand der schönste Platz auf dem Pausenhof, von dem man den totalen Überblick genießen konnte und gebührte aus Tradition den Viertklässlern. Nun also UNS!

Von all diesen Dingen träumten wir, als die letzte Woche anbrach und unser aller Leben auf den Kopf stellte. Doch diesem alles verändernden Ereignis, ging noch eine ziemlich unschöne Sache voraus.

Beide Dinge hatten im Grunde genommen nichts miteinander zu tun, doch für mich würden sie in meinem späteren Leben immer zusammengehören und sie gaben mir einen ersten Vorgeschmack, auf alles, was noch auf mich zukommen sollte.

Es war an einem heißen Tag in der vorletzten Woche der Ferien. Es könnte ein Mittwoch gewesen sein. Oder doch ein Montag? So genau wusste ich das nicht mehr und eigentlich spielte es auch keine Rolle, welcher Tag es nun gewesen war. Der Inhalt dieses Tages war wichtig.

Er lehrte mich die erste harte Lektion im Leben:

Du kannst nicht alles bekommen, was du dir wünschst.

Wie immer trafen wir uns gegen zehn Uhr in meinem Vorgarten und rüsteten uns für einen langen, nassen Tag im Schwimmbad. Felix war schon da und zeigte mir gerade seine neueste Errungenschaft.

Zwei rote Gummiringe, die man ins Wasser warf und die aufgrund ihres Gewichtes sofort auf den Boden sanken.

Damit konnten wir heute Wetttauchen.

Oder auch ein Geschicklichkeits-Wettschwimmen veranstalten.

Hierzu müssten die beiden Kontrahenten sich lediglich den Gummiring auf den Kopf legen und im Karacho lospaddeln. Gewonnen hatte DER, der als erstes den gegenüberliegenden Beckenrand erreichte und zwar MIT Gummiring auf dem Kopf.

Das würde bestimmt lustig werden.

Doch plötzlich schaute ich hoch, „Wo bleibt denn Phili heute? Sie ist schon spät dran!"

Auch Felix hob nun den Kopf und spähte über die halbhohe Hecke, die Straße hinab, „Keine Ahnung. Vielleicht hat sie ja verschlafen?"

Wir schauten uns erst kurz verdutzt an und dann kicherten wir, als ob dies ein urkomischer Witz gewesen sein sollte, denn Phili war, wie wir beide wussten, ein pedantischer Frühaufsteher. Sie hatte noch NIE verschlafen. Etwas besorgt linste nun auch ich die Straße hinab, „Vielleicht sollten wir sie abholen gehen?"

Felix grunzte, räumte seine Sachen wieder ein und murmelte, „Wenn es sein muss."

Ich packte mir meinen Rucksack auf den Rücken und blökte in einer Lautstärke, die Tote hätte wecken können, in Richtung offener Haustür, „**WIR FAHREN LOS, MAMA! BIS SPÄTER!**"

Jetzt wusste nicht nur meine Mutter Bescheid, sondern auch die restliche Nachbarschaft.

Somit konnte die olle Frau Schmidt, von rechts nebenan, sich getrost mit ihrer sonnengegerbten, faltigen Lederhaut auf die Gartenliege packen, sich wie ein verbranntes Hähnchen weiter rösten lassen und sie müsste keine Angst haben, dass ihr ein stramm geschossener Fußball auf den speckigen Bauch platschte.

Die Frau war ja sowas von empfindlich.

Ohne eine Antwort aus dem Hausinneren abzuwarten, schwang ich mich in den Sattel, trat feste in die Pedale und schoss durch die Hecke hindurch. So musste ich das Gartentor nicht noch umständlich öffnen und wieder schließen. Mein Vater würde die Krise bekommen, wenn er sehen würde, wie wir Kids mit seiner heiligen Abgrenzung umgingen. Doch er war nicht da.

Felix folgte mir auf dem Fuße, oder besser, dem Reifen und schon nach ein paar Sekunden quietschten unsere Bremsen, als wir in Philis Garageneinfahrt einbogen. Sie wohnte ja nur zwei Häuser weiter. Zwischen uns lagen nur ein Haus (nicht das von der Lederhaut-Schmidt), ein großer Kartoffel-, Kräutergarten, eine Seitenstraße und ein freier Bauplatz, dessen Gras Mannshoch vor sich hin wucherte und in dem man wunderbar Verstecken spielen konnte. Allerdings beherbergte er auch viele anhängliche und hungrige Zecken, die uns abends dann regelmäßig aus der Haut gezupft werden mussten. Dies machte meine Mutter immer. Bei uns allen dreien. Sie hatte sich im Laufe der Zeit zu einer richtigen Profi-Zecken-Zieherin entwickelt. Man spürte kaum, wie sie die Biester mit einer speziellen Pinzette am knubbeligen Hinterteil packte und vorsichtig herauszog.

Doch daran dachte ich nicht, als ich das Rad schwungvoll in den Rasen warf und zu Philis Haustür eilte.

Felix wartete. Gerade als ich den Finger ausstrecke um den Klingelknopf zu drücken, wurde die Tür plötzlich aufgerissen und Phili stand vor mir. Erschrocken hüpfte ich einen Schritt zurück, strauchelte und wäre dabei fast von der Stufe gefallen. In letzter Sekunde fing ich mich jedoch und glotzte meine Freundin an.

Sie stierte provokativ zurück, „Ist was?"

Felix übernahm die Antwort für mich, „Du bist zu spät!"

Doch das schien Phili überhaupt nicht zu kratzen.

Mit erhobenem Kopf schritt sie hoheitsvoll zu ihrem Fahrrad, dass an der Hauswand lehnte und zuckte einfach nur mit den Schultern, „Na und. Jetzt bin ich ja da!"

Sie schnappte sich den Lenker ihres Fahrrades und schwang sich auf den dazugehörigen Sattel.

Dann schaute sie mich an, „Was ist, Laurin? Willst du dort Wurzeln schlagen?"

Ich stand noch immer an der Stufe zur Haustür und blickte auf Phili, deren sommergebleichtes blondes Haar in sanften Wellen über ihren Rücken fiel. Ihre rüde Frage riss mich jedoch aus meiner Betrachtung heraus und ich rannte mit hochrotem Kopf zu meinem eigenen Fahrrad, ohne ein weiteres Wort.

Während der Fahrt zum Schwimmbad setzte ich meine Betrachtung jedoch fort. Die Tatsache, dass ich mich am Ende dieses Mini-Konvois befand, war da natürlich sehr hilfreich. So konnte ich auch weiterhin das lange blonde Haar bewundern, dass nun vom Fahrtwind luftig aufgebauscht wurde und nun wie ein gleißender Kometenschweif hinter ihr her wehte. An unserem Ziel angekommen, erwartete mich die nächste Überraschung.

Normalerweise gab es folgende Liege-Reihenfolge: Felix, ich und dann Phili. Deswegen platzierte ich mich, wie sonst auch, in der Mitte. Heute jedoch zerrte Phili mein Handtuch ein Stück zur Seite, „ICH liege heute in der Mitte!"

Erstaunt musterte ich ihr Treiben, sagte aber nichts dazu. Dann lag ich heute eben Rechts. War doch egal, oder nicht? Sofort, nachdem wir uns häuslich eingerichtet hatten, stürzten wir hinunter zum kühlen Nass und platzierten unsere Körper mit einer gepflegten Arschbombe im Nichtschwimmerbecken.

Bei Felix spritzte das Wasser besonders hoch. Aber er war ja auch der größte und kräftigste von uns Dreien. Nach einer Stunde ausgelassenen Spielens, wies Felix dann auch einmal zum Sprungturm am Schwimmerbecken, „Sollen wir heute mal da runterspringen?"

Ich schaute mit zusammengekniffenen Augen zu dem Turm rüber. Aus meiner jetzigen Warte schien er nicht sonderlich hoch, doch ich wusste, er WAR hoch. Ganze drei Meter. Das klang nicht viel, aber mein Vater hatte mich einmal mitgenommen. Der Blick aus dieser Höhe war mehr als respekteinflößend.

War Felix überhaupt schon einmal da oben gewesen?

Meine Augen suchten nun Phili.

Was hielt SIE von dem Vorschlag?

Phili schaute mich an und ein kurzer, stummer Dialog entstand.

[Laurin] Was hältst du davon?

[Phili] Ach komm, Laurin. Sei jetzt kein Spielverderber.

[Laurin] Das ist aber ganz schön hoch.

[Phili] Willst du mich jetzt verarschen?

[Laurin] Nee, will ich nicht. Aber das sind DREI Meter, Das IST hoch!

Philis linke Augenbraue wanderte spöttisch nach oben.

[Phili] Herrgott Laurin. Mann oder Memme. Entscheide dich!

Ich ignorierte diese magere Auswahl und bettelte stumm.

[Laurin] Ach komm schon, Phili. Lass uns einfach hier weiterspielen.

„Sind die Herrschaften jetzt endlich fertig und können wir nun rüber ins andere Becken?"

Felix Stimme klang leicht angesäuert und ich wusste auch warum. Er mochte diese wortlosen Unterhaltungen zwischen Phili und mir nicht.

Er mochte sie nicht, weil er sich mit Phili NICHT so unterhalten konnte und das war ihm ein Dorn im Auge. Irgendwie verstand ich ihn.

Also beendete ich diesen stummen Dialog, indem ich den Blickkontakt zwischen Phili und mir abbrach. Phili schien dies nicht zu stören.

Sie drehte sich einfach rum und paddelte Richtung Beckenrand. Dazu schrie sie lachend, „**Der Letzte ist ein lahmes Weichei!**"

Irgendwie wusste ich, dass sie mich damit gemeint hatte und an Felix feixendem Lachen erkannte ich, dass auch ER wusste, dass sie diese Aussage auf mich gemünzt hatte.

Mich juckte es doch tatsächlich unter den Nägeln, ihre locker dahingeworfene Bemerkung einfach mal grammatikalisch zu verbessern.

Ein Ei konnte nicht lahmen! Das war absoluter Käse.

Ich unterließ meine parat stehende Belehrung jedoch, da ich nicht noch als Klugscheißer betitelt werden wollte.

Trotzdem wurmte mich diese Aussage, doch ich ließ mir nichts anmerken. Mit hocherhobenem Haupt, zusammengebissenen Zähnen und angekratztem Ego schaufelte ich mich ebenfalls zum Beckenrand, „IHR könnt ja rübergehen. ICH muss auf jeden Fall erst einmal aufs Klo und ich habe Hunger."

Dann hievte ich mich, so elegant es eben ging, aus dem Becken, schüttelte mich kurz wie ein nasser Hund und stolzierte in Richtung sanitärer Anlagen.

Ein kleiner, dünner Junge, der wütend leise vor sich hinköchelte.

Sollten die beiden doch machen was sie wollten.

ICH jedenfalls würde ganz sicher nicht freiwillig DREI Meter in die Tiefe hüpfen.

Ohne meinen Freunden noch einen weiteren Blick zu schenken, stakste ich los. Auf dem Klo ließ ich meinem Frust dann erst einmal freien Lauf. Ich heulte.

Als ich endlich wieder aus der Kabine kroch und mich anschließend im fleckigen Spiegel musterte, erschrak ich, denn an meinen roten Augen konnte man ganz klar ablesen, dass ich wie ein Baby geflennt hatte.

So ein Mist aber auch. Mit kaltem Wasser kühlte ich die heiße Schwellung an meinen Augenrändern und verharrte noch gute zehn Minuten. Erst dann verließ ich, die nach Urin stinkende Toilette und begab mich wieder zu unserem Liegeplatz. Und hier traf mich der nächste Schlag. Phili und Felix waren zurück. Doch nicht **diese** Tatsache warf mich aus der Bahn, sondern die Tatsache, dass Philis Lippen an Felix Lippen klebten.

Ganz klar konnte ich diese Verbindung sehen. So klar, wie ihr tropfendes, langes Haar, die glitzernden Wassertropfen auf ihren sonnengebräunten Schultern und das pinkfarbene Bikinioberteil, dessen Bindekordel im Nacken leicht einschnürte.

Phili hatte die Augen geschlossen. Felix nicht.

Er glotzte mit aufgerissenen Augen in das Gesicht, dass dicht vor seinem schwebte. Ich fand das ziemlich unfein, denn meiner Meinung nach, schloss man beim Küssen die Augen. So machten es die Leute im Fernseher auf jeden Fall immer. Da hatte ich noch nie einen gesehen, der bei Küssen glotzte, wie ein dummes Schaf.

ICH hätte die Augen zugemacht.

Doch Phili küsste Felix und nicht mich. Eine Tatsache, die mich gerade zutiefst schockierte. Bis dato hatte ich angenommen, dass Phili MICH einmal küssen würde.

ICH war doch ihr bester Freund. WIR kannten uns doch schon ewig und WIR konnten uns ohne Worte unterhalten. Nicht Felix! Der war…naja…der war nur Felix.

Doch dieser Erste-Kuss-Traum wurde nun durch den verstörenden Anblick der beiden knutschenden Freunde mit einem Hieb in tausend Trümmer zerschlagen.

Wie zur Salzsäule erstarrt stand ich auf der Wiese, etwa zehn Meter von diesem Spektakel entfernt und wusste nicht wie ich reagieren sollte.

Musste ich Felix nun verhauen? Musste ich Phili verhauen? Oder musste ich mir selbst eine saftige Ohrfeige verpassen, denn immerhin hatte ICH ja vor dem Springturm gekniffen. Bestimmt küsste Phili Felix, weil ER gesprungen war. Dachte ich zumindest.

Gefangen in einem wirbelnden Gefühlschaos, warf ich dem Sprungturm einen unsicheren Blick zu. Dann fällte mein Gehirn eine Entscheidung, mit der ich ganz und gar nicht einverstanden war. Aber da war es bereits zu spät. Meine dünnen Beine setzten sich bereits in Bewegung und steuerten den drei Meter hohen Sprungturm am Schwimmerbecken an. Ich sah, wie meine Füße zwei Minuten später die stählerne Leiter erklommen, doch ich fühlte keine einzige der geriffelten Stufen unter meinen tauben Sohlen. Dann stand ich auch schon oben.

Es zog überraschend heftig, so dass ich fröstelnd die Schultern anhob. Wie in Zeitlupe machte ich einen Schritt nach dem anderen vorwärts, obwohl sich alles in mir dagegen sträubte.

War ich denn jetzt wahnsinnig geworden?

An der Kante angekommen, stierte ich mit großen Augen nach unten. Hätte ich das mal besser nicht getan.

Das Wasserbecken unter mir schien tausend Kilometer entfernt zu sein. Mindestens. Wenn ich da unten aufschlug, würde nur noch matschige Pampe von mir übrigbleiben.

Am besten, ich stieg wieder runter.

Eine kluge Entscheidung, die jedoch von meinen besserwisserischen Beinen nicht mitgetragen wurde. Sie blieben einfach am Rand der Plattform stehen.

Ich schaute hinunter auf meine Füße, um wenigstens SIE zu überzeugen, wie dumm dieser selbstmörderische Akt doch war. Leider erblickte ich lediglich Zehen, die sich an die Kante krallten und mir signalisierte, dass sie NICHT nach unten steigen wollten (oder konnten).

Ich saß also ganz schön in der Klemme.

„Na mach schon, Kleiner. Wir wollen hier oben nicht übernachten. Spring oder geh heim zu deiner Mami und heul dich dort aus. Nur mach irgendwas!"

Erschrocken warf ich einen Blick über die Schulter. Zwei pubertierende, pickelübersäte Teenagerjungen lehnten sich lässig an das Geländer und warfen mir teils spöttische, teils mitleide Blicke zu. Ich schluckte und lenkte meinen Blick nun rüber zur Liegewiese. Rüber zu Phili und Felix.

Doch die beiden hatten meinen waghalsigen Entschluss gar nicht mitbekommen. Selbst auf diese Entfernung konnte ich erkennen, wie sie vergnügt lachend auf ihren Handtüchern hockten und ihre erste Mahlzeit verschlangen. Es schien, als ob sie meine Abwesenheit noch nicht einmal bemerkt hätten. Dies befeuerte meine Wut aufs Neue. Entschlossen kniff ich den Mund und die Augen zu, holte so tief Luft, als ob ich ohne Sauerstoffflasche zum Tiefseetauchen wollte und machte einen großen Schritt ins Leere.

In meinem ganzen Leben hatte ich noch nie solch ein Gefühl der Panik, wie in DEM Augenblick, als mir bewusst wurde, dass sich KEIN Boden unter meinen Füssen befand und ich ziemlich unschön, wie ein nasser Mehlsack in die Tiefe plumpste. Gottlob reichten drei Meter nicht aus, um wie ein kleines Mädchen zu kreischen. Ehe mein Gehirn die explodierende Panik an meine entsetzten Stimmbänder weiterreichte, klatschte ich auch schon auf. Im selben Moment, als die Wassermassen über meinem Kopf zusammenschlugen, begann ich instinktiv, hektisch, mit aufgeplusterten Backen, wie ein junger Welpe mit allen Vieren zu strampeln und zu paddeln, bis mein Kopf wieder durch die Wasseroberfläche schoss und ich mit weit aufgerissenen Augen nach Atem rang.

Von hoch oben ertönte amüsiertes Gelächter, „**An der Technik musst du aber noch ein bisschen arbeiten, Kleiner!**"

Ich schaute mich verdutzt um und ein Gefühl der Euphorie packte mich schlagartig.

Ich lebte. Ich war vom Drei-Meter-Brett gesprungen und lebte noch. WAHNSINN!

Den Körper vollgepumpt mit Adrenalin schwamm ich in langen Zügen zum Beckenrand, lachte laut und winkte den beiden Teenagern, die noch oben auf dem Turm standen, überschwänglich zu, ehe ich mich in Gang setzte.

DAS musste ich unbedingt meinen Freunden erzählen.

Dieser Gedanke bremste mich jedoch jäh wieder aus.

Meine Freunde?

Die hatten diesen Sprung ja gar nicht mitbekommen.

Die hatten ja lieber geknutscht, anstatt meinen mutigen Sprung zu bewundern. Sofort gesellte sich zu meinem überschäumenden Adrenalinfluss, die vergessenen Wut.

Mit böser Miene stampfte ich zu unserem Liegeplatz, raffte grob mein Handtuch zusammen und knüllte es, unter den erstaunten Blicken meiner Freunde, achtlos in meinen Rucksack. Felix fand als erstes die Worte wieder, „Ey, Alter. Was machst du da?"
Ich schwieg und zerrte wie wild an dem Reißverschluss meines Rucksackes herum.
Nun schaltet sich auch Phili ein, „Laurin? Was hast du denn? Wo warst du überhaupt? Wir haben dich schon gesucht."
Diese Lüge hatte die Wirkung eines Rammbockes. Sie durchbrach die stumme Barriere, die ich um mich aufgebaut hatte und in einem hässlichen Schwall ergoss sich nun mein ganzer Zorn über sie, „GESUCHT? GESUCHT? WENN WILLST DU DAMIT VERARSCHEN? ICH HABE GANZ GENAU GESEHEN WAS IHR GEMACHT HABT. MEINT IHR, ICH WÄRE BLÖD, ODER WAS? WENN IHR LIEBER ALLEINE SEIN WOLLT…BITTE…ICH GEHE. DANN KÖNNT IHR IN ALLER RUHE DORT WEITERMACHEN, WO IHR AUFGEHÖRT HABT. SOLCHE FREUNDE BRAUCHT KEIN MENSCH. ICH AM WENIGSTEN!"
Völlig außer mir warf ich meinen Rucksack über die Schulter, latschte absichtlich über Philis und Felix Handtuch, kickte dabei eine Banane zur Seite und rauschte wie ein Hurrikan von dannen.
Zurück blieben meine Freunde.
Und das ziemlich verdattert.
Noch auf dem Weg zu meinem angeketteten Fahrrad malte ich mir, ihr folgendes Gespräch ziemlich realistisch aus.
Realistisch für mich.

„Weißt DU, was er damit gemeint hat?"

„Ja! Er hat uns knutschen gesehen!"

„Na und? Das ist doch kein Grund um einfach abzuhauen."

„Aber Phili…er mag dich!"

„Kann sein. Aber ich mag DICH."

„Sollen wir ihm nachfahren?"

„Nein, lass ihn. Der wird sich damit abfinden müssen, dass wir jetzt ein Paar sind!"

„Du hast recht. Aber wir laden ihn doch ein, wenn wir heiraten?"

„Hmmm! Mal sehen."

„Oder er könnte der Patenonkel unseres Kindes werden. Zumindest vom ersten Kind!"

„Oje. Lieber nicht. Dafür ist Laurin doch viel zu mickrig!"

„Du hast recht. Das ist er wirklich. Ein winziger, dürrer Stecken in der Landschaft. Eigentlich brauchen wir ihn ja auch nicht! Oder?"

„Nein, Felix. Wir haben ja uns. Das reicht."

Allein schon die Vorstellung, dass dieses Gespräch so ablaufen **könnte**, machte mich rasend.

Blind vor Wut trat ich in die Pedale. Ich wollte so schnell wie möglich von den Beiden weg. Nach Hause.

Dort konnte ich mich in meinem Zimmer verbarrikadieren und in aller Ruhe darüber nachdenken, wie diese Sache weiterlaufen würde und vor allem, wie ich die letzte Woche der großen Ferien OHNE Freunde herumbringen sollte. Bestimmt würde ich mich tierisch langweilen.

Ich hatte ja nur die beiden. Jetzt hatte ich niemanden mehr. Ein erschreckender Gedanke, den ich nur sehr schwer akzeptieren konnte.

Die Idee, dass ein klärendes Gespräch hier hilfreich sein könnte, kam mir erst gar nicht.

Für mich war es sonnenklar, dass ich mein zukünftiges Leben von nun an einsam und allein fristen müsste.

Als Phili und Felix einige Zeit später an meiner Haustür läuteten, ließ ich ihnen durch mein mütterliches Sprachrohr ausrichten, dass ich sie nicht sehen wollte. Oben, an meinem Fenster, durch die Gardinen hindurch, konnte ich jedoch klammheimlich ihre ratlosen Gesichter beobachten und genau das brachte mich noch mehr auf die Palme. Aus diesem Grund ließ ich mich die darauffolgenden Tage auch verleugnen.

Ich wollte keinen von beiden sehen. Nie wieder!

Meine Mutter versuchte zwar ein oder zwei Mal, mich verbal weichzuklopfen, um an hilfreiche Informationen meiner jetzigen Situation zu kommen, doch ich blieb standhaft. DAS ging sie nichts an. Basta!

Die Tage flossen also dahin. Ich igelte mich ein oder half meiner Mutter im Haushalt, auch wenn ich unterschwellig spürte, dass es sie eigentlich störte. Nun ja…vielleicht war ,stören' das falsche Wort. Sie war es eben einfach nicht gewohnt, dass ich wie ein alter Kaugummi an ihrer Schlappenbesohlte Ferse klebte. Ich war es auch nicht gewohnt und wunderte mich, dass die Arbeit meiner Mutter offensichtlich NIE endete.

Immer war irgendwas zu tun.

Geschirr. Kochen. Wäsche. Staubsaugen. Staubwischen. Einkaufen. Nähen. Unkraut zupfen.

Und dann ging es auch schon wieder von vorne los.

Meine Mutter quälte ganz offensichtlich noch nicht einen einzigen Tag in der Woche gähnende Langeweile.

Da hatte mein Vater es wesentlich besser.

Er kam von der Arbeit und legte dann die Beine hoch, weil er so erschöpft war.

Am Wochenende mähte er mal den Rasen oder schmiss den Grill an. Wenn es ihn überkam, wusch er auch mal das Auto. Aber das war es auch schon.

Meine Bewunderung für meine Mutter wuchs. Sie war eine außerordentlich fleißige Frau. Dennoch schwor ich mir, dass MEINE Frau später einmal, nicht wie ein Ackergaul schuften musste. ICH würde ihr helfen, wo immer es ging. In dieser Zeit trat noch ein anderer Charakterzug meiner Mutter zu Tage. Sie war nicht nur fleißig wie eine Biene, nein, sie war auch äußerst verständnisvoll.

Natürlich wusste sie, dass etwas vorgefallen sein musste, doch sie stellte ihre anfängliche Spurensuche schnell ein und schien nun darauf zu warten, dass ich von alleine kommen würde, um ihr mein Herz auszuschütten. Dafür war ich ihr sehr dankbar, doch soweit war ich noch nicht.

Es war Samstagabend, als sie wiedermal mein Zimmer betrat. Da sie zusammengelegte Wäsche auf dem Arm trug, wie so oft, dachte ich, sie wollte sie nur wegräumen und öffnete ihr zuvorkommend meinen Kleiderschrank.

Doch Mama legte die Wäsche auf meinem ungemachten Bett ab und setzte sich daneben. Ihre Hände knüllten sich im Schoß. Sie wirkte extrem unsicher.

Dann klopfte sie sachte auf den Platz neben sich.

„Komm her Laurin. Setz dich zu mir."

Ich gehorchte, wenn auch widerwillig. Ich wollte noch immer nicht über die Geschehnisse im Schwimmbad sprechen. Aber Mama hatte etwas ganz anderes auf dem Herzen, wie sich gleich darauf herausstellte.

„Die Iris, Philis Mama hat heute Mittag angerufen."

Ich zuckte mit den Schultern und starrte unter mich. Also doch Schwimmbad. Na und!

Mama seufzte zitternd und nahm meine Hand.

Eine ungewohnte Geste, die mich nun doch etwas verunsicherte. Was war denn hier los?

„Schatz. Dein Vater und ich haben lange überlegt, wie wir dir das sagen sollen."

Ich schaute fragend in ihr Gesicht. Was sagen? Und warum waren ihre Augen so feucht?

SO hatte ich meine Mutter noch nie erlebt. Sonst war sie immer so taff und geradeheraus. Doch in diesem Augenblick schienen ihr irgendwie die passenden Worte zu fehlen. Ihr Blick wanderte zur Zimmerdecke, als ob sie dort DIE Buchstaben finden könnte, die sie als Wort zusammensetzten könnte. Ich schaute ebenfalls zur Zimmerdecke. Doch ich sah nur weiß.

„Schatz! Es geht um Felix."

Sofort senkte sich mein Blick und ich starrte wieder trotzig auf den Boden. Plötzlich spürte ich ihre kalten, klammen Finger an meinem Kinn. Sie hob mein Gesicht an und drehte es zu sich, damit sie mir in die Augen schauen konnte. Dann platzte die unglückselige Bombe.

„Laurin. Schatz. Felix…er hatte einen Unfall."

Sofort wich der Trotz einer gesunden Neugier, wechselte dann aber in Besorgnis, als ich die Miene meiner Mutter sah. Das Feuchte in ihren Augen waren ungeweinte Tränen. Tränen, die nun doch an ihrer Wange herabliefen. Warum weinte Mama? Wenn Felix sich auf dem Skatebord wie eine Dreckschippe überschlagen und nun das Knie zugepflastert hatte, war das noch lange kein Grund zu weinen. So ein aufgeschlagenes Knie heilte doch in Null Komma nix. Ich wollte meiner Mutter diese tröstenden Worte schon mit einem beruhigenden Lächeln überreichen, als sie stockend weitersprach, „Seine Mutter und er waren gestern Abend auf dem Heimweg gewesen. Niemand weiß, was genau passiert ist, doch der Wagen überschlug sich und prallte gegen einen Baum. Seine Mutter liegt schwerverletzt im Krankenhaus."

Betroffenheit breitete sich schlagartig in meinem Magen aus. Ein Unfall? Armer Felix. Arme Mama von Felix. Sofort bot ich, ohne großartig darüber nachzudenken, an, „Felix kann doch so lange bei uns bleiben, bis seine Mutter wieder gesund sind. Er darf auch mein Bett haben, wenn er will. Und ich gebe ihm Umpf."

Ein äußerst großzügiges Angebot meinerseits, zumal ich ja noch immer sauer auf ihn war. Meine Mama begriff, dass ich offensichtlich **nicht** begriff und schüttelte kaum merklich den Kopf, „Das ist nett gemeint von dir, Laurin, doch das geht nicht. Felix ist tot!"

Ich starrte meine Mutter ungläubig an. Blinzelte.

Und blinzelte nochmal.

Die Betroffenheit, die sich eben noch in meinem Magen eingenistet hatte, rebellierte plötzlich.

Natürlich wusste ich was ‚tot' bedeutete. Jemand war gestorben. Der Hamster. Der Hund. Oder der quäkende Kanarienvogel. Manchmal auch ein Opa oder eine Oma, wenn sie besonders alt waren. Oder eine entfernte Tante, mit Mundgeruch, die eh niemand leiden konnte, weil sie ein absoluter Geizkragen war. Alle starben und waren dann tot. Doch Felix war weder ein Hund, noch ein Kanarienvogel und auch kein Hamster. Er war auch kein Opa und keine Tante und Mundgeruch hatte er auch keinen. Geizig war er ebenfalls nicht. Er gab mir immer von seinem Fruit-Kaugummi ab.

Sowas tat kein Geizkragen.

Ich schluckte hart. Mein Magen hob sich bedenklich und ehe ich es zurückhalten konnte, kotze ich auch schon den Fußboden voll.

Felix, mein bester Freund, sollte tot sein?

Wenn das ein Scherz sein sollte, dann war es ein wirklich schlechter Scherz.

Felix war doch erst neun. Genauso alt wie ich. Mit neun konnte man nicht einfach tot sein. Unmöglich.

Der Arm meiner Mutter legte sich sanft auf meine Schultern. Es fühlte sich in dem Moment allerdings an, als ob ein ganzes Gebirge auf ihnen lasten würde.

Ein unerträgliches Gefühl.

Deswegen schüttelte ich den Arm sofort wieder ab.

Mir war noch immer übel und ich versuchte auch noch immer, Mamas Worte, die auf meiner pelzigen Zunge wie Gammelfleisch schmeckten, zu verdauen.

Mein Freund war tot. Wie konnte das sein? Er hatte doch Phili geküsst. Und die Schule begann in einer Woche. Wir kamen doch in die vierte Klasse. Und er wollte sich ein Tattoo stechen lassen, wenn er erwachsen war.

Das hatte er mir einmal anvertraut. Einen brüllenden Löwenkopf. Auf den rechten Oberarm. Er hatte mir die Stelle sogar schon gezeigt. Wie sollte er sich denn den Arm tätowieren lassen, wenn er tot war? Das ging doch gar nicht. Und er hatte Phili geküsst. Phili.

Eine weitere Welle der Übelkeit kündigte sich in einer rasanten Geschwindigkeit an. Da ich nicht noch einmal meiner Mutter vor die Füße kotzen wollte, schlug ich eilig die Hand vor den Mund, sprang hektisch auf und flüchtete ins Badezimmer. Es reichte gerade noch um die Tür abzuschließen und den Klodeckel hochzureißen, dann schoss der zweite Schwall aus mir heraus und landete platschend in der weißen Keramikschüssel.

Ein kalter Schweißfilm überzog in Sekundenschnelle meinen Körper. Ich fühlte die eisigen Perlen langsam an meiner verkrampften, zitternden Rückenmuskulatur herabrinnen.

Dann rollte bereits die dritte Welle heran, die mich letztendlich in die Knie zwang.

Den Kopf tief in der Kloschüssel vergraben, würgte ich mir die Seele aus dem Leib. Meine Blase entleerte sich unkontrolliert und durchnässte meinen Schritt.

Doch das war mir egal.

Ich hatte immer das Bild des lachenden Felix vor meinem inneren Auge.

Einen Felix, den ich SO nie wiedersehen würde.

Ich wusste nicht, wie lange ich vor dem Klo kauerte. Es könnten Minuten vergangen sein oder auch Stunden.

Meine Mutter klopfte ein paarmal an die Tür, das bekam ich noch mit. Doch ich war einfach nicht in der Lage ihr zu antworten, obwohl ich das gerne getan hätte.

Ich lechzte förmlich nach Trost und Zuspruch.

Stattdessen hockte ich mit dem Rücken an den kalten Heizkörper gelehnt, auf dem Boden, hielt meine angezogenen Knie ganz fest umschlungen, zitterte wie Espenlaub und dümpelte geistig in der Vergangenheit herum. Am längsten hielt ich mich jedoch im letzten Tag auf. DEM Tag, an dem ich das letzte Mal Zeit mit Felix verbracht hatte. Als ich das letzte Mal sein Lachen gehört hatte. Als ich das letzte Mal mit ihm gesprochen hatte.

Allerdings war es auch DER Tag, an dem ich unsere Freundschaft in Frage gestellt hatte.

Gefangen in meinem schlechten Gewissen, bat ich im Stillen um Absolution. Immer und immer wieder.

Mein schäbiges Verhalten tat mir so unendlich leid.

Ich mochte Felix doch.

Gut, er hatte Phili geküsst. Na und. Er war trotz allem mein Freund und nur das zählte.

Ich wünschte mir in diesem Moment nichts sehnlichster, als die Zeiger der Uhr zurückdrehen zu können. Meinem besten Freund sagen zu können, dass alles in Butter war.

Doch das ging leider nicht.

Die darauffolgenden Tage durchlebte ich wie in Trance.

Philis Mutter kam irgendwann mal vorbei. Allerdings OHNE Phili. Als ich sie sah, verkrümelte ich mich sofort in mein Zimmer und schloss mich ein.

Ich wollte nicht mit Philis Mutter reden.

Aber ich hätte gerne mit Phili gesprochen.

Doch die hockte wohl auch in ihrem Zimmer und versuchte das Unmögliche zu verstehen. Genau wie ich.

Vielleicht weinte sie sich auch gerade die Augen aus dem Kopf? Immerhin war auch SIE Felix Freundin. Und man durfte nicht vergessen…sie hatte ihn geküsst.

ER war der erste Junge, der ihre Lippen mit seinen Lippen hatte berühren dürfen.

Doch nun war Felix tot. Mausetot.

DIESE unumstößliche Tatsache schwebte wie eine dunkle, klebrige Wolke über mir und schien sich nicht verscheuchen lassen zu wollen. Ob es Phili auch so ging wie mir? Vielleicht sollte ich mich rausschleichen und zu ihr gehen? Nur, um zu schauen, wie es ihr ging.

Das tat ich dann aber doch nicht. Ich blieb Zuhause.

Eingehüllt in meine dunkle, anhängliche Wolke.

Eine Wolke, die mir immer wieder ins Ohr flüsterte:

Dein Freund ist tot.

Doch das wirklich Schlimme stand uns noch bevor.

Der Tag der Bestattung.

Ja, auch neunjährige Jungen wurden beerdigt. Einfach im Boden verscharrt, um vor sich hin zu schimmeln und irgendwann in Vergessenheit zu geraten.

Es war der letzte Freitag vor Schulbeginn. An diesem Vormittag saß ich oben in meinem Zimmer und lauschte der lautstark geführten Diskussion meiner Eltern. Obwohl sie sich unten in der Küche aufhielten, unser Esszimmer und der Treppenaufgang dazwischenlagen, konnte ich verstehen, um was es im Wesentlichen ging. Sie waren sich uneins, ob ich an Felix Beerdigung teilnehmen sollte oder nicht. Mein Vater fand, ich wäre zu jung. Meine Mutter konterte mit unserer engen Freundschaft. Mein Vater schob den Schulbeginn ins Feld.

Meine Mutter toppte dieses Argument mit meinem Gefühlsleben. Mein Vater wiederrum befürchtete, ich würde einen Knacks wegkriegen, was immer das auch heißen sollte. Meine Mutter verstummte plötzlich. Nein, so richtig stumm war sie nicht. Sie schluchzte leise.

So ging es jetzt schon seit einer geschlagenen Stunde, während ich auf meinem Bett saß, in den offenen Kleiderschrank starrte und eigentlich schon die Entscheidung gefällt hatte.

Es stand außer Frage, dass ich meinen Freund ein letztes Mal begleitete. Was wäre ich denn für ein Freund, wenn ich das nicht täte? Ich hoffte nur, dass er noch gut aussah und nicht wie Hackfleisch aus der Dose.

Mit einem leisen Seufzen erhob ich mich, ging zum Schrank und zog mir dort meinen schwarzen, festlichen Kommunionsanzug heraus. Felix würde sich schlapplachen, wenn er mich darin sehen würde.

Ich grinste. Doch dieses Grinsen erlosch sofort wieder. Nein, Felix würde nicht lachen. Nicht mehr.

Ein weiterer Seufzer entrang sich meinen Lippen. Dann stülpte ich mir das dazugehörige blaue Hemd über, stieg in die Bundfaltenhose, die ich wie die Pest hasste und zerrte zu guter Letzt noch das unbequeme Sakko darüber.

Zum Schluss quetschte ich meine Füße in ein Paar schwarzer Slipper. Sie fühlten sich wahnsinnig eng an und drückten hinten an der Ferse. Unglücklich betrachtete ich diese bescheuert aussehenden Schuhe. Vielleicht sollte ich doch lieber die dicken Tennissocken, gegen andere Socken austauschen? Ach nee. War schon in Ordnung so.

Dann schlurfte ich ins Badezimmer, nässte meine Haare an und kämmte sie ausgiebig. Sogar den Seitenscheitel bekam ich akkurat hin.

Meine Mutter hätte ihn nicht besser ziehen können.

Dann ging ich wieder zurück in mein Zimmer, kramte so lange in meiner Schreibtischschublade herum, bis ich fand, was ich suchte. Ein nagelneues Kaugummipäckchen. Nicht der, mit dem künstlichen Minze-Geschmack, sondern der Exotische, bei dem der Atem wie eine süße Obstplantage roch. Den hatte Felix besonders gerne gemocht. Geschickt verstaute ich die Streifen in meiner engen Hosentasche.

Dann zog ich ein letztes Mal mein Sakko am Kragen zurecht und stieg leise die Stufen hinab, hin zu den Stimmen, die bei jedem Schritt lauter wurden.

„JETZT HÖR ABER AUF, HANS. DER JUNGE IST DOCH KEIN KLEINES KIND MEHR."

„ER IST SCHLIESSLICH ERST NEUN, MEINE LIEBE. VERGISS DAS MAL NICHT. UND ICH BIN MIR SICHER, DASS ER DAS EINZIGE KIND AUF DEM FRIEDHOF WÄRE."

„DAS GLAUBST ABER NUR DU. IRIS UND PETER NEHMEN PHILOMENA AUCH MIT."

„ACH, DANN MUSS DEIN SOHN AUCH DIREKT HINSCHLAPPEN…MITTEN HINEIN IN FREMDE MENSCHEN, DIE SICH DIE SEELE AUS DEM LEIB HEULEN."

Bei dem Namen Philomena war ich abrupt im Türrahmen stehengeblieben. Mein Herz pochte wild in der Brust und mein Mund fühlte sich plötzlich wie ausgedorrt an. Vielleicht war das der Grund, warum meine Eltern mich nicht hörten.

„Ich gehe zu Felix."

„MENSCH HANS! ICH BIN DOCH AUCH DABEI. WENN ICH MERKE, DASS…!"

„ACH. DU WIRST DOCH AUCH IN DEINEN KROKODILSTRÄNEN WEGSCHWIMMEN."

„Mama, Papa?"

„DU BIST JA SO EIN GEFÜHLLOSER KLOTZ. DER JUNGE IST DOCH HIER EIN UND AUS GEGANGEN. **HIER** AM KÜCHENTISCH HAT ER GESESSEN. GENAU HIER!"

Ich sah, wie meine Mutter grob an dem Stuhl am Kopfende herumrüttelte und konnte plötzlich, wie eine schemenhafte Fatamorgana, meinen Freund dort sitzen sehen.

Genau dort hatte Felix gesessen, als er einmal so derbe rumgeblödelt hatte, dass ihm unverhofft sprudelnde Limonade aus der Nase geschossen war. Rotzfäden wie wabbelige, grün, gelbe Spagetti, die ihm bis auf das Kinn gehangen hatten. Es war wirklich ein dramatisch ekliger Anblick gewesen. Lange, schleimige Fäden, gemischt mit Orangenlimonade.

Ohne dass ich es bemerkte, hoben sich meine Mundwinkel leicht an. Ich sah auch Philis Schattenfigur, wie sie sich theatralisch an die Kehle griff und widerliche Würgegeräusche von sich gab und Felix danach lachend auf den Oberarm boxte.

DEN Oberarm, der später einmal für das geile Löwen-Tattoo herhalten sollte.

Unendlich langsam setzte ich mich in Bewegung, den Blick starr auf eben jenen Stuhl gerichtet und näherte mich wie in Trance DER Stelle, an der gerade meine Erinnerung, wie an einem seidenen Faden baumelte.

Das meine Eltern bei meinem geisterhaften Eintreten mit einem Schlag verstummten, registrierte ich nur am Rande.

Als ich den Stuhl erreicht hatte, löste meine Mutter eilig ihre Finger von der Rückenlehne, als ob sie plötzlich siedend heiß wäre. Besorgt beobachtete sie mich.

Ich lächelte, da ich nun sogar die vergangenen Geräusche hören konnte, die Felix beim Limo-Rotzen verursacht hatte. Ein schleimiges Grunzen, gepaart mit kotzigem Prusten und feuchtem Schmatzen.

Dazwischen Philis helles Mädchen-Giggeln.

Ich setzte mich an den Tisch, auf eben JENEN Stuhl, legte beide Hände flach auf den Küchentisch und blickte meinem Vater fest in die Augen, „Ich werde zu Felix gehen. Zusammen mit dir und Mama. Felix ist mein bester Freund. Felix ist super und ich vermisse ihn. Ich kann ihn jetzt nicht im Stich lassen! Das kann ich nicht!"

Mein Vater schluckte hart und schluckte nochmal. Dann warf er meiner Mutter einen hilflos wirkenden Blick zu, nickte schließlich wortlos, erhob sich und ging nach oben. Ich vermutete mal, er schmiss sich nun ebenfalls in dunkle, triste Trauerkleidung. Mein glasiger Blick wanderte nun zu meiner Mutter, die besorgt an ihrer Unterlippe kaute. Ich wusste, sie machte sich riesige Sorgen um mich und ich hätte sie gerne getröstet. Doch mein Herz wog so schwer in meiner Brust, dass ich es einfach nicht vom Stuhl hochschaffte. Deshalb blieb ich sitzen und verharrte in dieser Position, bis mein Vater wieder die Treppe nach unten kam. Zu dritt verließen wir stumm das Haus, setzten uns ins Auto und fuhren quer durch die Stadt,

bis zum Friedhof. Obwohl er Mühe hatte, noch eine freie Parklücke zu erwischen, waren wir pünktlich.
Eigentlich sogar überpünktlich.
Der Geistliche war noch nicht erschienen und so hatte ich Zeit, um mir all die unglücklichen Menschen auf diesem traurigen Fleckchen Erde zu Gemüte zu führen.
Jeder Anwesende hier, hatte Felix auf irgendeine Art und Weise gekannt oder war sogar mit ihm verwandt.

Viele Leute kannte ich jedoch gar nicht, bis auf einmal etwas Helles, etwas Blondes durch die Menschenmenge blitzte. Phili!
Sofort beschleunigte sich mein Puls und ich reckte den Kopf, um sie besser orten zu können. Doch der Strom der vielen Leute hinderte mich. Verzagt sackten meine Schultern nach vorn. In diesem Moment spürte ich den festen Druck einer Männerhand auf meinen Schultern und ich schaute überrascht auf. Es war allerdings nur mein Vater, der mir mit einem knappen Lächeln signalisiert ‚Alles ist gut. Ich bin da'.
Ich nickte ihm zu, so wie ER mir immer zunickte. Es war ein Männernicken und mein Vater verstand. Er nahm mich nicht wie ein Kind an der Hand, sondern respektierte dieses Neue, dieses Unbekannte, dass das Kind Laurin verdrängt hatte.
Die Menge kam in Bewegung und schob sich nun wie eine träge, faule Schlange den Kiesweg entlang. In diesem Moment erschien meine Lehrerin wie aus dem Nichts.
 Mir fiel auf, dass ihr erster Gruß MIR galt und nicht meinen Eltern, „Hallo Laurin. Es tut mir so leid für dich. Ich…ich…!"
Offensichtlich fiel ihr nichts mehr ein, denn sie schwenkte abrupt mit ausgestreckter Hand zu meiner Mutter um,

„Hallo Frau van Boon, Herr van Boon. Es freut mich, dass sie beide gekommen sind. Philomena und ihre Eltern stehen etwas weiter vorn. Ich begleite sie gerne dorthin…zusammen mit Laurin. Es wäre doch schön, wenn die Klassenkameraden, die gekommen sind, beisammenstehen und Abschied nehmen."

Ohne die Antwort meiner Eltern abzuwarten, legte sie mir ihre eiskalte Hand in den Nacken und bugsiert mich zwischen der Trauergemeinde hindurch, bis ich die ersten bekannten Gesichter erblickte. Überrascht stellte ich fest, dass über die Hälfte der Klassenkameraden erschienen war. Alle in Klamotten gezwängt, die sie wohl am liebsten auf einem Scheiterhaufen verbrannt hätten. Man, da hätte Felix aber was zum Lachen gehabt. Er hätte sich jeden einzelnen dämlichen Frack gemerkt und die betroffene Person bis zum St. Nimmerleinstag damit aufgezogen. Doch Felix konnte ja nicht mehr lachen und er würde auch nie wieder jemanden foppen.

Schade. Das war immer sehr lustig gewesen.

Zwischen all den Kindern stach EIN Mädchen besonders heraus. Es schien, als ob eine undefinierbare Aura sie bewusst von der grauen Masse abheben wollte.

Es konnte aber auch das sonnengebleichte, offene Haar gewesen sein, dass meinen reizüberfluteten Nerven einen Streich spielte. Es handelte sich um Phili.

Wie eine Wachsfigur stand sie da. Hocherhobenen Hauptes, blasse Haut und leichte, dunkle Ringe um die Augen, die ihr etwas Geheimnisvolles verliehen. Sie schaute stur geradeaus. Ich folgte ihrem Blick. Im selben Moment jedoch, als ich sah, was sie sah, hätte ich mich am liebsten herumgedreht und wäre weggelaufen. Phili starrte auf einen weißen, relativ kleinen Sarg, mit silbernen Beschlägen.

Ich fragte mich sofort, wie sie Felix dort hineinbekommen hatten? Hoffentlich mussten sie ihn nicht reinquetschen. Felix brauchte immer viel Platz um sich. Für den Fall, dass sich mal ein besonders hartnäckiger Furz aus seinem Arschloch quetschte.

So sagte er jedenfalls immer und lachte dann wiehernd. Der Kindersarg stand auf rohen Bohlen, die verhinderten, dass er in die, darunter ausgehobene Grube fiel.

Mein Magen vollzog einen kleinen, unangenehmen Purzelbaum. Ich schluckte den säuerlichen Geschmack in meinem Mund runter und hoffte inbrünstig, dass ich nicht gerade JETZT reihern musste.

Ich wusste ja noch nicht viel vom Leben, aber dass man bei einer Beerdigung nicht auf dem Friedhof kotzte, DAS wusste ich.

Nun erschien auch endlich der Geistliche. Er fing mit einer Predigt an, bei der ich mich fragte, wann Felix denn endlich den Deckel des Sarges aufstemmte und diesem Schwallheini eine auf die Birne gab.

Bei diesem Gedanken musste ich wieder grinsen.

Das wäre doch eine Nummer, oder nicht?

Ich grinste noch immer, als mein Blick auf Phili fiel. Erschrocken stellte ich fest, dass sie nicht mehr den Sarg anschaute, sondern mich.

Ihre blauen Puppenaugen schimmerten dunkel.

[Phili] Hi Laurin!

[Laurin] Hi Phili!

[Laurin] Wie geht es dir?

Phili zuckte leicht mit den Achseln.

[Laurin] Hast du gesehen, was für bescheuerte Klamotten die anderen anhaben?

[Phili] Hast du mal in den Spiegel geschaut?

Ein kaum erkennbares spöttisches Lächeln erschien in Philis Mundwinkel, als sie mich vom Scheitel bis zur Sohle musterte. Ganz automatisch schaute ich ebenfalls an mir herunter. Doch sofort suchte ich wie ein Ertrinkender wieder ihren Blickkontakt.

[Laurin] Es tut mir leid. Wegen...du weißt schon.

[Phili] Ja, mir auch.

[Laurin] War Felix sauer auf mich?

[Phili] Nein, er hat es nur nicht verstanden. Und er hat dich vermisst.

Ich schluckte betroffen.

[Phili] Aber er wollte dir jetzt am Wochenende die Bude einrennen und dir den Kopf zurechtdrehen. Das hat er gesagt.

Mein Gesicht hellte sich auf, sackte aber sofort wieder in sich zusammen.

[Laurin] Ich wollte, ich könnte ihm sagen, wie leid mir mein doofes Verhalten tut.

[Phili] Ja, das wollt ich auch.

Etwas erstaunt hob ich eine Augenbraue an. Irrte ich mich oder klang Phili irgendwie angepisst.

Sofort hakte ich gedanklich nach.

[Laurin] Du klingst so komisch. Bist du böse mit mir?

[Phili] Ja!

Mit diesem letzten Gedankenpfeil drehte sie ihren Kopf abrupt um und schien nun aufmerksam den Worten des Geistlichen zu lauschen. Verwirrt schüttelte ich den Kopf. Warum war Phili denn sauer auf mich? Sie hatte doch gar keinen Grund. ICH hatte Grund gehabt, nicht sie.

Mein Blick wanderte wieder zu diesem weißen Sarg, der so unwirklich schien, wie ein regenbogenfarbenes Einhorn auf einem Skatebord.

Erst jetzt fiel mir der grobschlächtige Mann VOR dem Sarg auf.

Er stand zwar mit dem Rücken zu mir, doch ich erkannte sofort, dass es sich hier um Xaver handelte.

Felix Vater.

Ein vergnügter Ex-Bayer, der der Liebe wegen nach Hermeskeil gezogen war. Xaver war urig, witzig und wenn er lachte dröhnte die ganze Bude.

Eigentlich die perfekte Erwachsenen-Ausgabe von seinem kleineren, weniger kompakteren Sohn. Sein Keller war voll mit eigentümlichem Werkzeug, mit deren Hilfe er uns vor knapp zwei Jahren im Garten ein äußerst futuristisches Baumhaus gezimmert hatte.

Felix ganzer Stolz. Zu Recht!

Mit Xaver hatten wir immer viel Spaß gehabt, wenn er mal Zuhause gewesen war. Als Brummifahrer war dies leider nicht so oft der Fall, wie Felix es sich gewünscht hatte.

Ob Xaver dies bewusst gewesen war? Machte er sich deswegen jetzt bittere Vorwürfe? Haderte er gerade mit dem Leben? Bestimmt.

Nachdenklich betrachtete ich die gespannte Rückseite seines schwarzen Hemdes, dass unübersehbar Mühe hatte, die Muskelberge darunter in Schach zu halten.

Felix Vater war ein Mann wie ein Mammut-Baum. Eigentlich.

Doch in diesem Moment schien er irgendwie…winzig…als ob er nur aus zerbrochenen Scherben zusammengekittet wäre. Trotz seiner mächtigen Schultern, dem klotzigen Kopf und den Baggerschaufeln, die seine Hände darstellen sollten, wirkte er verletzt…einsam… aber vor allem unendlich verzweifelt.

Eine Hundertjährige Eiche, gespalten von einem gigantischen Schicksals-Blitz.

Ich hatte noch nie einen Mann bitterlich weinen sehen. An diesem Tag sah ich einen.

Plötzlich verstummte die Predigt und riss mich damit aus meiner mitleidigen Betrachtung heraus. Einzelne Leute setzten sich nun in Bewegung und gingen nach vorn, um am Sarg Abschied zu nehmen. Ich wollte da eigentlich nicht hin, doch ich wusste, ich würde hingehen. Doch ich war mir nicht sicher WANN ich gehen sollte.

Durften Kinder überhaupt nach vorne zum Sarg?

Hilfesuchend schaute ich mich nach meinen Eltern um und blieb an Phili hängen, die mich mit einem leicht genervten Blick musterte. Dann nickte sie unmerklich. Ich atmete erleichtert auf und schob mich unauffällig in ihre Richtung, bis ich neben ihr stand. Zusammen warteten wir, bis wir der Meinung waren, JETZT wäre der Zeitpunkt gekommen. Dann setzte sich Phili in Bewegung.

Ich mit ihr.

Wie ein altes Ehepaar näherten wir uns vorsichtigen Schrittes dem tiefen Loch. Voller Bestürzung erkannte ich, dass man den Sarg bereits hinabgelassen hatte.

Wann war DAS denn geschehen? Ich warf meiner Freundin einen unauffälligen Seitenblick zu. Sie wirkte gefasst, doch das war nur äußerlich. In ihrem Inneren tobte ein Orkan. Das konnte ich fühlen. Ihre Hand streckte sich aus und sie warf eine weiße Lilie auf den Sarg hinab.

Wo hatte sie denn so plötzlich die Blume her?

Die musste ich wohl übersehen haben.

Diese Lilie war wunderschön. So voller Leben.

Doch das würde sie bald nicht mehr sein.

So ganz ohne Wasser und sieben Fuß unter der Erde.

Ob ihr bewusst war, dass sie gleich sterben würde?

Konnten Blumen denn überhaupt etwas wissen?

Oder fühlen? Hatte Felix gespürt wie er gestorben war?

War IHM das in jenem Moment klar gewesen?

Gab es diese EINE Sekunde, in der einem klar wurde, dass man am nächsten Morgen nicht mehr die Augen aufschlug? Sich ein Marmeladenbrot schmierte? Oder ein Ei in die Kloschüssel legen würde?

Phili rempelte mich leicht an und blinzelte fragend. Erst da schlitterte ich aus diesem antwortlosem Fragenkatalog heraus.

Etwas umständlich wurschtelte ich in meiner engen Hosentasche herum und zog das Päckchen mit dem Kaugummi heraus. Mit dem orangefarbenen Kaugummipäckchen in der Hand schaute ich hoch in Philis Gesicht.

[Phili] Kaugummi? Echt jetzt?

Ich zuckte leicht mit den Schultern.

[Laurin] Er mag diesen Kaugummi.

Philis Augenbrauen wanderten unmerklich ein Stück nach oben. Dann schaute sie wieder in das offene Loch. Etwas unsicher betrachtete ich mir den Kaugummi in meiner Hand. Er fühlte sich warm und weich an.

Außerdem waren die Ecken eingedrückt. Doch ich war mir sicher, dass es Felix nicht stören würde. Mit einem leichten Schlenker aus dem Handgelenk warf ich das neue Kaugummipäckchen in die Grube. Es klönkte kurz, als es auf dem weißen Deckel aufschlug, direkt neben der anmutigen Lilie. Auf einmal überkam mich der Drang, wenigsten ETWAS zu sagen. Also räusperte ich mich und nuschelte, „Futter nicht alles auf einmal, Kumpel!"

Ich spürte wie Phili neben mir leicht zusammenzuckte. Doch ehe ich mich fragen konnte, ob sie zuckte, weil sie es für witzig hielt oder vielleicht weil sie völlig entsetzt war, wurden wir beide auch schon in ein paar männliche Schraubstöcke gezwängt.

Xaver kniete vor uns und drückte uns an sich. Es fühlte sich merkwürdig an, in den Armen eines fremden Mannes zu stecken, obwohl Xaver ja nicht wirklich fremd war. Ich hielt ganz still. Phili auch. Der Druck hielt noch ein paar Sekunden an, dann lockerte sich der Griff und ich schaute in ein Gesicht tiefster Verzweiflung.

In dieser Sekunde wünschte ich, er würde mich weiter umarmen und mir diesen schrecklichen Anblick ersparen. Doch das tat er nicht.
Stattdessen tätschelte er unsere Wangen, „Danke, dass ihr Felix Freunde gewesen seid. Er hatte echt viel Spaß mit euch. Kommt doch vorbei und sucht euch was aus seinem Zimmer aus. Als kleines Andenken an Felix."
Ich schüttelte den Kopf und richtete mich zu meiner vollen Größe auf, „Danke, Xaver. Aber ich brauche nichts. Ich erinnere mich auch so an Felix. Schließlich war er unser bester Freund. Nicht wahr, Phili?"
Meine Augen suchten Philis Zustimmung, fanden jedoch nur Tränen vor. Ihre Unterlippe zitterte verdächtig.
Deshalb nahm ich sie einfach bei der Hand und richtete mein Wort wieder an Felix Vater, „Niemand ist wie Felix. Er ist einfach unersetzbar."
Ziemlich geschwollene Worte für einen Neunjährigen.
Etwas verlegen schaute ich zu Boden und scharrte mit den polierten Schuhspitzen in der Erde. Ich hatte das Gefühl etwas sagen zu müssen, das mehr nach MIR klang und das tat ich, „Ist doch Scheiße ohne ihn."
Xavers rotgeweinte Augen weiteten sich erstaunt.
Er schnappte kurz nach Luft.
UPS! Vielleicht hätte ich das Wort ‚Scheiße' doch nicht benutzen sollen.
Aber so dachte ich nun mal.

Ich fand Felix Unfall einfach nur Scheiße.

Plötzlich lächelte der große Mann vor mir und wuschelte durch mein akkurat gekämmtes Haar, „Du hast Recht, Laurin. Es IST Scheiße. Gut das du das Kind beim Namen nennst. Tu mir den Gefallen und behalte diese Eigenschaft bei. Damit wirst du so manchen wieder zurück auf den Boden der Tatsachen bringen, wenn das Chaos mal wieder allzu mächtig wird."

Dann knuffte er mich spielerisch auf den Oberarm, so wie Felix es am Ende eines ausgefüllten Spieltages auch oft getan hatte, „Wir sehen uns, Kumpel!"

Das unverhofft auftauchende Wasser in meinen Augen versuchte ich hastig wegzublinzeln.

Auch die Worte waren die gleichen gewesen. Genau DAS hatte Felix auch immer gesagt:

Wir sehen uns Kumpel!

Und plötzlich war Phili weg. Ich hatte noch nicht einmal bemerkt, wie sie meine Hand losgelassen hatte. Nun stand ich etwas verloren zwischen all den Trauergästen herum und wusste nicht genau, was ich jetzt tun sollte.

Phili suchen? Meine Eltern suchen? Direkt zum Auto marschieren? Oder doch lieber wie ein einbalsamierter Ölgötze hier stehen bleiben?

Ich musste nichts dergleichen tun, denn meine Eltern fanden mich und nahmen mich mit nach Hause.

Montags marschierte ich dann wieder zur Schule. Hinein in mein Leben als Viertklässler. So, als ob nichts geschehen wäre. Ohne Felix und wie ich feststellte auch ohne Phili, denn die mied mich und schloss sich einer anderen Clique an. Einer Clique, die ebenfalls nur aus Jungs bestand.

Allerdings spielten sich in DIESER Clique andere Dinge ab, als in unserer ‚alten' Clique. Ich musste beobachten, wie sie in den Pausen immer wieder einen anderen Jungen auserkor, der an ihrer Seite wandeln musste, was dieser auch klaglos tat. Phili konnte da sehr resolut sein. Und ich bekam mit, dass sie die meisten dieser Jungen auch küsste. So, wie sie Felix geküsst hatte. Mitten auf den Mund. Zuerst war ich erstaunt, doch dann eher frustriert, anschließend sauer und am Schluss resignierte ich. Sollte sie doch machen was sie wollte. Wenn DAS von nun an, ihr auserkorener Lebensinhalt war, dann sollte sie knutschen, wen immer sie wollte.

ICH brauchte sie nicht.

Aber ich vermisste sie trotzdem. Sogar ganz schrecklich. Es war nicht die Tatsache, dass ich wochenlang alleine auf dem Schulhof herumschlenderte und ihre Gefühlseskapaden miterlebte. Auch nicht, dass ich in der Klasse niemanden hatte, mit dem ich herumfrotzeln konnte. Und es lag auch nicht daran, dass ich jeden Mittag alleine abhängen musste. Es war einfach die Tatsache, dass sie mir fehlte. Als Mensch.

Ich vermisste ihre komischen Puppenaugen. Ich vermisste ihr mitreißendes Lachen. Ich vermisste ihren Ideenreichtum, ihre ausschweifenden Gesten, die Art, wie sie immer eine Augenbraue anhob und gleichzeitig die Lippen leicht zusammenkniff, wenn ich mal eine Bemerkung machte, die nicht ihrem Geschmack entsprach. Oder wie sich der feine blonde Haarflaum an ihren Unterarmen aufrichtete, wenn sie zu hastig ihr Eis herunterschlang. Ich vermisste auch diesen typischen Phili-Duft. Eine Mischung aus Apfel und Kokos. Manchmal mit einem Hauch frischen Schweiß, wenn wir allzu heftig getobt hatten.

An all dies dachte ich auch kurz vor den Weihnachtsferien, als ich mal wieder meine fertiggestellten Hausaufgaben in den Ranzen einpackte und anschließend regungslos auf meinem Schreibtischstuhl hockte und blicklos aus dem Fenster starrte. Hinaus in eine graue, triste Welt, die das Abbild meines momentanen emotionalen Zustandes war. Unten, im Hausflur, klingelte das Telefon. Ich hörte, wie meine Mutter dranging und versuchte die Ohren vor den heraufschwirrenden Worten zu verschließen. Es ging nicht. „Echt? Ich hätte nicht gedacht, dass er das wirklich durchzieht. Aber irgendwie kann ich ihn auch verstehen. Was hält ihn denn noch hier?"

Nun doch neugierig geworden, erhob ich mich und schlich an den Treppenrand, von wo aus ich ungesehen mitlauschen konnte, obwohl man dies ja nicht tun sollte. Dennoch horchte ich mit. Ich verstand zwar die Worte des Anrufers nicht, konnte mir jedoch anhand der Antworten meiner Mutter nach und nach ausmalen, von WEM hier die Rede war und WER möglicherweise gerade einige interessante Informationen durch die Strippe jagte.

Am anderen Ende der Leitung könnte sich Philis Mutter befinden, die meine Mutter jetzt mit dem neuesten Tratsch versorgte. Und die Person um die es ging, war höchstwahrscheinlich Xaver, Felix Vater. Man munkelte schon seit Längerem, dass er sein Haus verkaufen wollte, um zurück in seine Heimat zu ziehen. Eigentlich munkelte man dies schon, seit seine Frau letztendlich AUCH verstorben war. Genau vier Wochen nach Felix Beerdigung. Doch bei DIESEM Begräbnis war ich NICHT zugegen gewesen. Ich hätte es nicht noch einmal ertragen, Felix Vater durch das Tal einer verzweifelten Hoffnungslosigkeit schreiten zu sehen.

Meine Eltern waren jedoch dort gewesen und sie erzählten mir, dass es eine sehr schöne Beerdigung gewesen war. Eine befremdliche Umschreibung für einen schrecklichen Vorgang. Aber irgendwie war mir schon bewusst, dass meine Mutter die Blumen, den Sarg und die Predigt meinte. Dennoch hätte ICH das Wort ‚schön‘ nicht verwendet. Die Stimme meiner Mutter riss mich wieder gedanklich zurück auf den Treppenabsatz.

„Ja, das stimmt. Es ist eine Tragödie. Der arme Mann. Solch schlimme Verluste in kürzester Zeit. Das kann einem das Rückgrat brechen.“

Die eintretende Pause verriet mir, dass nun am anderen Ende der Leitung eine Antwort gequakt wurde. Zumindest so lange, bis meine Mutter wieder redete.

„Ja, vielleicht war es wirklich besser so. Wer weiß, welche Schäden zurückgeblieben wären und stell dir mal vor, sie wäre aufgewacht und man hätte ihr gesagt, dass ihr einziger Sohn den Unfall nicht überlebt hätte. Die Frau wäre Zeitlebens nicht mehr glücklich geworden. Irgendwie kann man doch froh sein, dass sie nicht mehr aus dem Koma erwacht und einfach nur sanft eingeschlafen ist.“

Ich hatte genug gehört. Und ich hatte auch genug vom Tod. Seit Monaten schien ÜBERALL der Tod zu lauern. Zumindest hatte ich dieses Gefühl.

Leise stemmt ich mich hoch und schlich wieder in mein Zimmer, wo ich lautlos die Tür hinter mir zudrückte, um das weitere Telefonat aus meinem kindlichen Privatbereich zu verbannen.

Dennoch spukten die Worte meiner Mutter weiter in meinem Kopf herum. Als ob sie eine Fahne schwenken würden, auf der etwas stand, dass ich einfach nicht lesen konnte. Meine Vermutung, dass die beiden Mütter über Xaver geredet hatten, war also richtig gewesen.

Felix Vater war also endgültig zurück nach Bayern gezogen. Obwohl mir dies leidtat, hoffte ich, dass seine Familie dort, ihm den Halt gaben, den er nun bitter nötig hatte. Dennoch störte mich etwas an dieser Information und es dauerte doch noch tatsächlich bis Heiligabend, bis der eingeklemmte Groschen endlich fiel.

Ich wachte an jenem Morgen auf und fragte mich, WER Felix und seine Mutter denn nun besuchen würde? Heute, am Heiligen Abend zum Beispiel oder an ihren Geburtstagen?
Wer würde die Marmor-Grabplatte sauber halten?
Wer würde ihnen Blumen bringen?
Wer würde sich all diese Mühe machen?
Xaver war nicht mehr da!
Der Gedanke, dass mein Freund alleine auf dem Friedhof rumdümpelte und niemand ihn besuchte, behagte mir überhaupt nicht. Und was war mit seiner Mutter?
Die war immer nett zu uns gewesen. Ziemlich still, aber nett. Zwar hatte ich mich kaum mit ihr unterhalten, doch das Lächeln, dass zu ihrem kleinen Pfannkuchengesicht gehörte, wie die Lasur auf ihrem bombastischen Marmorkuchen, würde ich nie vergessen.
Ich mochte lächelnde Pfannkuchengesichter.
Doch nun lag auch sie, zusammen mit ihrem nicht mehr vorhandenen Lächeln, auf dem Friedhof und niemand würde sich um ihr Grab kümmern. Das fand ich unglaublich traurig und es bewog mich zu einem Entschluss, den ich meiner Mutter eine Stunde später mitteilte, „Mama?"
Meine Mutter unterbrach ihre hauswirtschaftliche Tätigkeit in der Küche und schaute mich fragend an, „Was ist Schatz?"

Ohne zu zögern rückte ich mit meinem Anliegen heraus, „Mama, kann ich ein paar Mark haben? Ich meine Euro. Ich wollte Felix und seiner Mama etwas Kleines zu Weihnachten holen. Wenn Felix Vater weg ist, kümmert sich doch keiner mehr um die Beiden."

Zuerst musterte mich meine Mutter erstaunt, doch dann griff sie in die Küchenschublade, fischte ihr Portemonnaie heraus und reichte mir einen Zwanzig-Euro-Schein.

Der Anblick des fremdwirkenden Geldes verunsicherte mich noch immer. Anfang des Jahres erst war dieser komische Euro eingeführt worden. Niemand schien ein gutes Wort für diese eingeführte Neuerung zu haben. Jeder war am Meckern. Keiner wirkte zufrieden und Mama rechnete im Geschäft noch immer leise nuschelnd alles in D-Mark um. Außerdem sahen die neuen Scheine wie Spielgeld aus. Doch mir fiel die Umstellung nicht ganz so schwer wie meiner Mutter. Ich hatte ja auch noch nicht so lange mit der D-Mark gelebt wie meine Eltern. Deshalb gehörte ICH wohl zu der Generation, die diesem Euro eine Chance geben würden, sich in der Gesellschaft zu etablieren. Ob gemocht oder nicht.

Der Euro war wie der Tod. Er war einfach gekommen und nicht vermeidbar gewesen.

Ich griff nach dem Geld und knüllte den Schein achtlos in meiner Hand zusammen.

Meine Mutter beobachtete, wie der Schein in meiner Hosentasche verschwand und schaute dann auf, „Das ist aber eine nette Idee, Laurin. Vielleicht gehst du ja in den Blumenladen, unten bei der Eisdiele. Die haben bestimmt etwas, was du auf die beiden Platten stellen könntest."

Ich nickte sofort, da ich denselben Gedanken gehabt hatte. Ich kannte den Laden. Mein Vater schleifte mich regelmäßig jedes Jahr zu Muttertag dorthin.

Es war ein kleiner Laden, mit altmodischer Holztheke und durchgetretenem grünbraunen Linoleumboden. Es roch nach feuchter Erde und Blumen. Ein Geruch, der mich, aus Gründen die mir selbst fremd waren, stets berührte und fast zum Weinen brachte.

Bevor ich in den Flur lief, um nach meiner gefütterten Winterjacke zu grabschen, versicherte ich meiner Mutter, „Ich bin vor dem Mittagessen wieder zurück!"

Diesmal nickte sie und entließ mich damit in den kalten Dezembermorgen. Nach einer guten halben Stunde betrat ich völlig außer Atem das kleine Blumengeschäft, in der Bahnhofstrasse. Sofort erfasste mich dieses bekannte Gefühl der Ehrfurcht als ich mich schüchtern in der grünen Oase umsah und darauf wartete, dass die ältliche Besitzerin hinter dem grünen schweren Vorhang hervortreten und mich nach meinem Wunsch fragen würde. Dies geschah, einige Sekunden später. Sie lächelte mich freundlich an, „Guten Morgen junger Mann. Womit kann ich dir helfen? Suchst du was Bestimmtes? Oder willst du eine Bestellung abholen?"

Etwas unsicher näherte ich mich einigen rotblühenden Blumen und tat so, als ob ich daran riechen würde.

Die Ladenbesitzerin lachte leise und trat zu mir, „Sie sehen hübsch aus, nicht wahr? Sie duften aber nicht. Eigentlich schade."

Sofort ruckte ich, wie ertappt, wieder hoch und ließ meinen Blick schweifen, „Ich suche was für meinen Freund." Dann ergänzte ich schnell, „Und für seine Mutter!"

Mein Anliegen schien ungewöhnlich zu sein, denn die Augenbrauen der ältlichen Frau rückten fragend zusammen, „Der Mutter könnte ich eine hübsche Gerbera mit etwas Schleierkraut binden. Hat sie Geburtstag?

Aber dein Freund? Mag er denn überhaupt Blumen? Wie alt ist er denn?"

Und plötzlich, ohne Vorwarnung schossen mir die Tränen in die Augen. Ich konnte sie einfach nicht zurückhalten. Durch meinen Tränenschleier hindurch sah ich die Bestürzung im Gesicht der Ladeninhaberin. Sie zupfte eilig ein Taschentuch aus ihrer schmutzigen grünen Schürze heraus und tupfte mir damit unbeholfen unter meinen Augen herum, „Ach herrje. Kind…ist alles in Ordnung? Tut dir was weh? Soll ich deine Eltern anrufen?"

Ich schüttelte den Kopf und ließ mich ohne Gegenwehr in das Hinterzimmer führen. Dorthin, wo Blumensträuße geboren und Triebe in Form gestutzt wurden. Es gab EINEN Stuhl und auf den wurde ich draufgedrückt. Plötzlich hielt ich, wie von Zauberhand, einen Becher Tee in meiner Hand, „Trink! Das ist Pfefferminztee. Ich habe etwas Kandiszucker reingetan."

Ich nippte gehorsam und schämte mich, dass ich mich so wenig im Griff hatte.

Deshalb sah ich mich auch zu einer Erklärung genötigt, „Es tut mir leid. Ich wollte nicht losheulen und sie damit erschrecken. Ich suche etwas Kleines, dass ich auf den Friedhof stellen kann. Mein Freund und seine Mutter sind nämlich tot!"

Wenn die Frau schockiert war, ließ sie es sich nicht anmerken. Sie nickte einfach nur verständnisvoll, „Das ist bestimmt schlimm für dich. Ich vermute mal, dass es noch nicht so lange her ist?"

Schnaubend bestätigte ich diese Annahme, „Mein Freund ist in der vorletzten Woche von den großen Ferien gestorben. Seine Mutter ein paar Wochen später. Die beiden hatten einen schlimmen Autounfall."

Die Miene der älteren Frau lichtete sich ein wenig, „Meinst du etwa den Unfall auf der Hunsrück-Höhenstrasse? Richtung Nonnweiler? Das war doch irgendwann im August gewesen? Nicht wahr? Ich habe sowas im Stadtanzeiger gelesen. Mutter und Sohn. Meinst du DIESEN Unfall!"

Ich nickte unglücklich und versenkte meine Nase wieder tief in den Teebecher, ehe meine Tränen einen erneuten Vorstoß wagten.

Der Blick der Frau flirrte betroffen umher, „Das war wirklich erschütternd. Ein wirklich böser Unfall. Es tut mir sehr leid für dich, Junge."

Statt einer Antwort schlürfte ich umständlich den Tee leer und stellte den Keramikbecher zum Schluss einfach auf der Arbeitsfläche hinter mir ab.

Dann wischte ich mir mit dem Ärmel meiner dickwattierten Jacke über den Mund und rutschte vom Stuhl herunter, „Danke für den Tee. Haben sie denn etwas, was ich auf den Friedhof stellen kann? Ich habe zwanzig Mark dabei, nein Euro. Mehr darf es nicht kosten."

Die nette Ladeninhaberin führte mich wieder in den kleinen, vollgestopften Verkaufsraum und bugsierte mich in die hintere, von tiefhängendem Farn verdeckte, Ecke. Dort standen einige Keramikfiguren. Manche Figuren hockten in einem Pflanzenbett, andere standen alleine auf dem rauen Regalbrett. Ich griff zielsicher nach einer Handtellergroßen Steinschale, in der ein kleiner Engel ruhte, der aussah, als ob er friedlich auf einer grünen Wiese vor sich hindösen würde. Schüchtern schaute ich zu der älteren Frau, „Das finde ich ganz schön."

Ich traute mich jedoch weder nach dem Preis zu fragen, noch die Anmerkung in den Raum zu werfen, dass es nur diese EINE Schale gab. Ich brauchte ja zwei.

Ob da mein Geld reichen würde?

Meine Zweifel wuchsen mit jeder Sekunde.

Die ältere Dame nahm mir die bepflanzte Schale aus der Hand und musterte sie, „Das ist römische Teppich-Kamille. Sie ist sehr strapazierfähig und pflegeleicht und sieht aus, wie ein Federbett. Das hat mir auch sehr gut gefallen und der Engel passt hervorragend dazu. Ich habe sogar noch eine Schale, die so ähnlich aussieht, wie diese. Ich könnte dir direkt eine zweite Schale bepflanzen. Du brauchst ja zwei, nicht wahr?"

Ich nickte ein klein wenig erleichtert. Unbewusst schob ich meine schwitzigen Finger in die Hosentasche und knüllte den Zwanzig-Euro-Schein nervös zusammen. Diese Schale sah wirklich sehr schön aus.

Entweder verriet meine Miene, was gerade in meinem Kopf vorging oder die Ladenbesitzerin konnte Gedankenlesen. Sie lächelte auf mich hinab, drehte sich um und ging zum Tresen, „Die Schale ist auch garnicht so teuer. Da hast du Glück. Ich mache dir nur schnell die andere fertig."

Bevor ich mich vergewissern konnte, ob ‚garnicht-so-teuer' weniger als meine zwanzig Euro betrugen, verschwand die Frau hinter dem schweren Vorhang und ließ mich alleine im Verkaufsraum zurück.

Es dauerte auch nicht lange, da erschien sie wieder mit einem triumphierenden Lächeln auf ihren Lippen. Sie stellte die zweite Schale neben die erste und ich staunte nicht schlecht, als ich sah, dass dies Zwillinge sein könnten. So wurde ich auch der schwierigen Entscheidung enthoben, wer welche Schale bekommen sollte.

Doch nun ging es ans Bezahlen.

Schnell wühlte ich den zerknautschten Schein aus meiner Hosentasche und legt ihn auf den Tresen, in der Hoffnung, dass es reichen würde. Ohne mit der Wimper zu zucken, griff die ältere Frau zu und der Schein verschwand in der Lade ihrer altmodischen Kasse. Erleichtert wollte ich nach den beiden Pflanzschalen greifen, als sie mir unverhofft einen Schein zurück in die Hand stopfte.

Dann schnappte sie sich meine soeben erworbene Ware und verschwand abermals hinter dem schweren grünen Vorhang, „Ich suche dir noch einen Karton, damit du die beiden Schätzchen besser tragen kannst."

Ich nickte perplex und starrte dabei verwundert auf den Zehner, den sie mir zurückgegeben hatte, ehe ich zutiefst erleichtert blökte, „DANKE!"

Ob der von Herzen kommende Dank dem hilfreichen Transportmittel galt oder dem überraschenden Rückgeld, konnte ich allerdings beim besten Willen nicht sagen.

Die Ladenbesitzerin kam zurück. Die beiden Schalen ruhten nun in einem handlichen, quadratischen Karton, den ich sofort an mich nahm. Mit strahlenden Augen verabschiedete ich mich, „Vielen Dank. Ich bringe sie direkt zu Felix und seiner Mutter."

„MACH'S GUT, KLEINER!"

Die Floristin winkte mir nach, als die Türglocke mich mit einem leisen Bimmeln verabschiedete.

Stolz wie Oskar trug ich meine Errungenschaft vor mir her. Immer wieder linste ich auf die beiden ruhenden Engel und stellte mir im Geiste schon vor, wie ich sie auf die Gräber stellte.

Nach einer guten halben Stunde hatte ich den Friedhof erreicht. Etwas mulmig war mir schon zumute, als ich durch das schmiedeeiserne Tor trat. Ich war noch nie alleine auf einem Friedhof gewesen.

Die hohen Steinmauern verschluckten die Außengeräusche der Lebenden, so dass mich eine beklemmende Stille empfing. Etwas befangen schritt ich den Kiesweg entlang, in DEN Bereich, wo Felix und seine Mutter lagen.

Von meiner Mutter wusste ich, dass man Felix Mutter ganz in der Nähe ihres Sohnes verbuddelt hatte.

Ich fand es trotzdem sehr schade, dass sie nicht nebeneinander liegen konnten.

Also wenn ich…ach, daran wollte ich lieber nicht denken. Erstaunlicherweise war ich an diesem Tag, dem Heiligen Abend, nicht alleine auf diesem Friedhof. Ein paar ältere Leute schienen den gleichen Gedanken gehabt zu haben, wie ich. Sie wünschten einem verstorbenen Menschen Frohe Weihnachten. Aber vielleicht waren sie auch nur einsam und suchten in diesen Gemäuern DIE Gesellschaft, die sie vermissten. Doch niemand von denen beachtete mich. Also stampfte ich, trotz Unwohlsein in meiner Magengrube, weiter, bis ich vor Felix Grab stand.

Etwas schüchtern blieb ich davorstehen. Ich war seit der Beerdigung nicht mehr hier gewesen. Dies rüttelte an meinem schlechten Gewissen. Felix war seit Monaten völlig alleine hier. Naja, nicht ganz.

Seine Mutter war ja auch da. Trotzdem.

Eine Mutter ersetzte in meinen Augen keine Freunde. Ich stand also vor der Grabplatte, betrachtete den vertrauten eingravierten Namen, drückte das Mitbringsel fest an mich und sah mich doch tatsächlich zu einer Entschuldigung genötigt, „Hi Kumpel. Wie geht's? Tut mir leid, dass ich jetzt erst komme. Ich hatte viel um die Ohren, weißt du? Schule und so'n Kram."

Bei dieser Lüge, denn es handelte sich um eine Lüge, senkte ich ertappt den Blick und lief rot an. Sofort als ich diese Worte ausgesprochen hatte, war mir klar geworden, dass Felix, oben im Himmel, ja die Wahrheit sehen konnte. Nicht die Schule war der Grund meines Nicht-Erscheinens gewesen und ich hatte auch nicht übermäßig viel um die Ohren gehabt. Im Gegenteil. Da ich nun keine Verabredungen mehr hatte, gestaltete sich meine jetzige Freizeit ziemlich eintönig und ich hätte Zeit gehabt, meinen besten Freund zu besuchen.

Zumindest eine kurze Stippvisite hin und wieder. Deshalb schaute ich mich vorsichtig um, ob sich niemand in meiner Nähe aufhielt und rückte dann etwas stockend mit der Wahrheit raus, „Das stimmt nicht. Ich HÄTTE kommen können, doch ich hatte Angst. Nicht vor dir, sondern vor…ach, keine Ahnung vor was. Vielleicht weil Friedhöfe im Allgemeinen irgendwie gruselig sind? Aber du MUSST ja hier liegen, ob gruselig oder nicht. Ich hätte dich wenigstens einmal besuchen kommen können. Es tut mir echt leid Kumpel."

Ich wusste nicht was ich erwartet hatte. Das ein unsichtbarer Knuff meinen Oberarm traf? Dass eine leichte Windbö Felix lachende Stimme zu mir trug?

Doch nichts dergleichen geschah. Das Grab rührte sich nicht. Ich hörte keine wispernde Stimme und ich fühlte auch keinen Knuff. Etwas enttäuscht seufzte ich leise und wies dann auf mein Weihnachtsgeschenk, „Ich hätte dir ja viel lieber ein Spielzeugauto oder Ähnliches mitgebracht. Aber ich glaube, solche Sachen darf man nicht auf den Friedhof stellen und bestimmt würde man es dir auch klauen. Und bestimmt hast du im Himmel eine Tonne voll Spielsachen…denke ich. Aber ich habe dir einen pofenden Engel mitgebracht. Du bist ja auch ein Langschläfer. Ich dachte, dass passt ganz gut."

Vorsichtig stellte ich den Karton ab und fummelte eine der beiden Schalen heraus.

Dabei fiel mir ein kleiner orangefarbener Klebezettel auf, der am unteren Ende pappte.

Ich knibbelte ihn vorsichtig ab. Es handelte sich um das Preisschild, wie ich bei näherem Hinsehen feststellte.

Erstaunt las ich den Preis, „7 Euro 99?"

Ich schaute runter in den Karton zu der zweiten Schale, die ja dann auch so viel gekostet haben musste und rechnete flugs in meinem Kopf, „Das wären ja eigentlich fast 16 Euro gewesen. Aber ich habe zehn Euro zurückbekommen. Wow. Cool."

Ein Gefühl der Dankbarkeit erfüllte mich, als mir klar wurde, dass die nette Ladenbesitzerin ihr Mitgefühl in einem nicht unwesentlichen Rabatt ausgedrückt hatte.

Sachte stellte ich die steinerne graue Schale auf der schwarzen Marmorplatte ab, direkt neben Felix eingravierten Namen. Dann positionierte ich mich wieder an das Fußende des Grabes, faltete die Hände unbewusst vor dem Bauch und nuschelte leise,

„Frohe Weihnachten Kumpel."

Ich hörte knirschende Kies-Schritte in meinem Rücken, ignorierte sie jedoch. Das war bestimmt nur ein alter Mensch, der hier ebenfalls jemanden einen Besuch abstatten wollte.

Vertieft in Felix eingravierten Namen, hörte ich nicht, dass die knirschenden Schritte neben mir endeten. Erst als ich aus den Augenwinkeln etwas Rotes erhaschte, bemerkte ich die zusätzliche Anwesenheit. Ich zuckte ganz kurz erschrocken zusammen und drehte den Kopf zu der unbekannten Person. Als ich sah, um WEN es sich handelte, beruhigte ich mich nicht nur sofort, sondern war auch hocherfreut. Es war Phili. Eingehüllt in einen roten Wollmantel, den ich noch garnicht kannte. War der neu? Phili schaute stur geradeaus und beachtete mich nicht.

Obwohl ich mich freute sie hier zu sehen, fühlte ich tiefe Traurigkeit in mir aufsteigen. Es tat weh, neben meiner ehemals besten Freundin zu stehen und einfach ignoriert zu werden. Ihre abwehrende Haltung hielt mich davon ab, wenigstens ein mageres ‚Hallo' herauszuquetschen. Also wand ich mich wieder um und starrte weiter die dunkle Grabplatte an.

Plötzlich kam Bewegung in Phili. Sie ging um das Grab herum, bückte sich und stellte einen weiteren Engel ab. Sie platzierte ihn genau hinter MEINER Schale. Ihr Engel war doppelt so groß wie mein dösender Engel. IHR Engel hatte den Kopf geneigt und schien sich nun, mit einem fein gemeißelten Lächeln MEINEN schlafenden Engel zu betrachten.

Mit etwas Fantasie sah es aus, als ob eine Engelmutter über ihr schlafendes Engelkind wachte. Der Anblick rührte mich, doch ich zwängte die aufsteigenden Tränen sofort zurück. Ich würde doch nicht vor Phili weinen.

Ganz sicher nicht.

Also hielt ich den Blick stur auf den neuen Grabschmuck gesenkt. Gleich darauf hörte ich ein leises Schniefen und ihre leise zitternde Stimme, „Die sehen aus, wie Mama und Sohn. Findest du nicht auch, Laurin?"

Meine Überraschung über diese Bemerkung, die mir eben gerade auch durch den Kopf geschossen war, verbarg ich. Ich nickte einfach nur stumm.

Philomena drehte sich zu mir um. Dabei griff sie auch schüchtern nach meiner Hand. Ich überlegte tatsächlich, ob ich ihr meine Hand einfach entreißen sollte, tat es dann aber doch nicht. Philis Hand in meiner fühlte sich einfach zu gut an.

Diese unterlassene Abweisung schien sie zu erleichtern, denn sie atmete geräuschvoll aus und wandte sich wieder Felix Grab zu, „Meinst du, er sieht uns?"

Ich fand dies eine äußerst komische Frage. Natürlich konnte man vom Himmel aus alles sehen. Das wusste doch jedes kleine Kind. Aber ich hörte eine gewisse Unsicherheit in Philis Stimme, deswegen bequemte ich mich doch zu einer, zugegebenermaßen etwas flapsigen Antwort, „Klar sieht er uns. Oder meinst du, er sitzt den ganzen Tag auf einer bescheuerten Wolke und klimpert auf einer dämlichen Harfe herum? Felix doch nicht!"

Phili kicherte neben mir. Sofort ging mir das Herz auf und mir wurde ganz warm in der Brust. Wie sehr hatte ich dieses verschmitzte Lachen vermisst!

Ich grinste nun ebenfalls und schaute, ermutigt durch ihre Reaktion, zu meiner ehemals besten Freundin rüber, „Stell dir das nur mal vor. Felix in einem weißen Flatter-Kittel, ohne Unterhose und Socken, mit einer Harfe auf den Knien, an der er wie wild herumzupft."

Philis Kichern wurde lauter. So laut, dass sich eine gramgebeugte Oma, zwei Reihen vor uns, mit einem mürrischen Blick, der uns wohl sagen sollte ‚auf-dem-Friedhof-lacht-man-nicht' zu uns herumdrehte.

Ich verstand dies nicht. Warum sollte man denn nicht auf dem Friedhof lachen? Die Leute, die hier begraben lagen, würden sich bestimmt mehr über Lachen freuen, als über Trauerklops-Gesichter. Davon war ich felsenfest überzeugt. Deshalb unterstützte ich Phili und lachte ebenfalls laut. Als unser, zugegebenermaßen leicht hysterisch klingendes Lachen schließlich nach und nach abebbte, schauten wir uns in die Augen und bevor ich es verhindern konnte, schlüpfte es auch schon aus mir heraus, „Du hast mir echt gefehlt!"

In derselben Sekunde biss ich mir jedoch auf die Zunge und senkte den Blick hastig zu Boden.

Deshalb konnte ich Philis Reaktion auf mein Geständnis nicht sehen, aber ich konnte es hören, wenn auch nur sehr leise „Du hast mir auch gefehlt, Laurin. Sehr sogar!"

Mein aufgeregter Herzschlag stolperte ein paar unbeholfene Schläge vorwärts, dann schlich sich ein glückliches Lächeln auf mein Gesicht.

Ich hatte Phili gefehlt. Wow!

Das war mehr als ich mir zu erhoffen gewagt hatte und dieses kleine Geständnis weckte Hoffnung in mir.

Hoffnung, dass diese Freundschaft nicht beendet war, sondern nur eine winzige Pause eingelegt hatte.

In diesem Moment bemerkte Phili den kleinen Karton, neben meinen Füßen. Neugierig beugte sie sich ein wenig vor und schielte an mir vorbei.

„Für wen ist denn DAS?"

Verlegen scharrte ich mit den Schuhen im Kies und nuschelte kaum hörbar, „Das ist für die Mama von Felix. Ich dachte, es wäre eine nette Idee."

Aus irgendeinem Grund bezweifelte ich nun den netten Sinn meiner Geste. Phili fand das bestimmt komisch, wenn nicht sogar doof. Warum sollte ein kleiner Junge der Mutter eines Freundes ein Geschenk kaufen?

Phili ließ meine Hand los, was ich sehr bedauerte. Doch sie tat dies nur, um die zweite bepflanzte Schale aus seinem Papp-Gefängnis zu befreien. Vorsichtig hob Phili sie hoch. Ihr Blick wechselte zwischen der Schale auf Felix Grab, zu der Schale in ihrer Hand. Dann schaute sie mich an.

Mit hochroter Birne erwiderte ich ihren Blick und sah…

…Bewunderung. Ja, aus Philis Blick sprach eindeutig Bewunderung. Diese Bewunderung setzte sich in ihrer Stimme fort, als sie meine Idee kommentierte,

„Das ist aber verdammt nett von dir, Laurin. Das du überhaupt daran gedacht hast. Irre. Felix würde sich bestimmt tierisch darüber freuen, dass du seine Mutter nicht vergessen hast. Laurin, du bist wirklich ein außergewöhnlicher Freund."

Ich grinste schief, was meine Verlegenheit nur noch unterstrich. Natürlich bemerkte Phili mein peinlich berührtes Ego. Und dann tat sie etwas, womit ich nie im Leben gerechnet hätte. Ihre weichen Lippen berührten meine Wange und hinterließen ein unsichtbares, brennendes Stigma, dass ich noch am Abend, in meinem Bett, spüren sollte.

Verwundert griff ich mir an die Wange und starrte Phili mit großen Augen an. Meine Verwunderung steigerte sich, als ich sah, dass Phili nun einen knallroten Kopf hatte.

Da ich galanter Weise ihre Verlegenheit nicht noch mehr verstärken wollte, nahm ich ihr die Schale aus der Hand, „Lass uns noch zu Felix Mama gehen und frohe Weihnachten wünschen. Auf dem Heimweg lade ich dich zu einer heißen Schokolade ein. Ich habe noch etwas Geld über!"

Und genau das taten wir dann auch. Nachdem wir mein weihnachtliches Mitbringsel auf dem Grab von Felix Mutter abgestellt hatten, verließen wir den stillen Ort des Todes. Gerne würde ich jetzt sagen, wir knüpften da an, wo wir aufgehört hatten, doch dem war nicht so.

Felix früher und überraschender Tod hatte eine Schneise geschlagen. Eine Schneise, die wir, die an der Schwelle zur Pubertät standen, nicht auffüllen konnten, obwohl er als dritter im Bunde, lediglich dazugestoßen war. Wir entwickelten also ein Ritual, das weniger ein Ritual war, sondern eine Aussage, bei der so manchem Erwachsenen die Augenbrauen erstaunt nach oben wanderten.

Egal was wir in Zukunft unternahmen oder welchen
Unsinn wir anstellten, wir kommentierten jeden Scheiß mit
‚Felix-würde-sich-im-Grab-schlapplachen'.
Dies ersetzte zwar nicht seine laute und grobmotorische
Anwesenheit, doch sie gab uns das tröstende Gefühl, er
wäre bei unseren Streifzügen dabei.

2000

Obwohl Philis und meine Freundschaft diesem
Schicksalsschlag trotzte trafen wir uns nicht mehr täglich.
Aber wir telefonierten regelmäßig abends, sehr zum
Leidwesen meines Vaters, der sich offensichtlich durch
unsere nichtssagenden Möchtegern-Teenager-Gespräche
beim Genuss seines allabendlichen Fernsehprogrammes
belästigt fühlte.
Meist kauten wir immer die gleichen Sachen durch. Die
Wahl des jeweiligen Gesprächsopfers kürte regelmäßig
unser Mathepauker, Herr Plum. Obwohl dieser Mensch
doch mit einem recht amüsanten Nachnamen ausgestattet
war, wurde er diesem Namen ganz sicher nicht gerecht.
Herr Plum war keineswegs amüsant. Im Gegenteil.
Herr Plum war ein Lehrer der alten Schule. Zumindest
bezeichnete er sich selbst so und nach dem ersten Jahr
glaubten wir ihm dies auch.

Herr Plums Wesen war frei von jeglichem Humor und ihm fehlte offensichtlich auch das Wissen, dass er Wesen unterrichtete, deren verknotete Gehirnwindung sich gerade in der Aufbauphase befanden und deren Verständnis vom Leben leider nicht mit seinem Verständnis einherging. Abgesehen von seinem mangelnden Verständnis, sah er in seinen Karo-Sakkos, von denen er offensichtlich an die hundert Stück besitzen musste, wie ein abgehalfterter Clown aus. Die kahle Platte auf der Mitte seines Hauptes, eingerahmt von einem strohigen, grauen Haarkranz und der roten Knollennase unterstrichen diesen Eindruck noch. Es fehlten nur noch die gigantischen, übergroßen Clownsschuhe.

Die trug er natürlich nicht. Herr Plum trug blütenweiße Leinenschnürer. Und zwar immer. Sommer wie Winter. Daher rührte auch sein lächerlicher Spitzname: Schneepfote.

Jeden Tag, pünktlich um sieben Uhr abends, also nach dem Abendessen, klingelte bei mir zuhause das Telefon. Mein Vater richtete es sich gerade in seinem bequemen Nachrichtensessel gemütlich ein, während meine Mutter den Tisch abräumte und die Küche wieder auf Vordermann brachte. Während mein Vater schon genervt mit den Augen rollte, stürzte ich in den Flur und schnappte mir den Hörer, „Hi Phili!"

Mir kam nie der Gedanke, dass sich mal ein anderer um diese Uhrzeit ans andere Ende der Leitung verirren könnte. Diese Uhrzeit war für Phili reserviert. Basta!

„Hi Laurin. Und? Wie isses?"

Aus dem Hintergrund konnte ich meinen Vater brummeln hören, „Ihr habt euch doch in der Schule gesehen. Was gibt es dann jetzt noch zu quatschen. Morgen seht ihr euch wieder!"

Ich ignorierte meinen genervten Erzeuger, lehnte mich an die Flurwand und rutschte daran herunter, um es mir auf dem Boden, neben der Telefonkommode gemütlich zu machen. Man saß ganz gut dort. Vor allem wenn ich mir den schmalen Flokati-Läufer unter den Hintern schob. Das Gehäuse des Hörers knarzte leise, als ich es an mein Ohr drückte, „Gut. Und bei dir?"

„Ach, Papa nervt mal wieder."

Ich beugte mich ein wenig vor und schielte ins Wohnzimmer, wo MEIN Vater, die Fernbedienung wie eine geladene Pistole auf die Glotze gerichtet, angestrengt in den Flimmerkasten stierte. Ich verstand einfach nicht, wie man sich so verbissen durch das langweilige Programm zappen konnte.

Warum half er nicht mal Mama? Das wäre mal was Sinnvolles und Mama könnte dann auch mal die Füße hochlegen. Etwas verdrossen löste ich den Blick von meinem Vater und schnaufte, „Ja, meiner nervt auch." Dann lenkte ich unser Gespräch in andere Bahnen, „Was gab es denn bei euch zum Essen?"

Phili lachte, „Kalte Küche. Fenster und Türen standen offen."

Obwohl dies ein uralter Witz war, dessen Pointe wie ein langer weißer Rauschebart am Boden schleifte, grunzte ich amüsiert, „Immer noch besser als Erbseneintopf."

„Bäh...ihr hattet Erbseneintopf?"

„Nein!"

„Warum sagst du dann ,immer noch besser als Erbseneintopf'?"

„Na, weil Wurstbrote besser sind als Erbseneintopf!"

„Ach so!"

„Wir hatten Schnitzel, Kroketten und Salat!"

„Oh! Hmmm…lecker."

„Ja schon. Aber es war der krause Salat. Der komische, fransige, der aussieht wie die hohle Birne von Schneepfote."

Ich grunzte lachend, was meinen Vater dazu bewog ebenfalls zu grunzen. Sein Grunzen klang jedoch nicht amüsiert, sondern extrem genervt.

Ich rollte mit den Augen. Durfte man in diesem Haus noch nicht einmal laut Lachen?

Meine Mutter steckte ihren Kopf neugierig in den Flur, „Ist das Phili?"

Ich nickte verdrossen. Mama wusste doch, dass es um diese Zeit nur Phili sein konnte. Und wie jeden Abend schmetterte sie die immer gleiche Bitte hervor, „Sie soll ihrer Mutter einen schönen Gruß von mir sagen."

Ich nickte erneut und nuschelte in den Hörer, „Hast du gehört?"

Im gleichen Augenblick hörte ich meine Freundin brüllen, „MAMA? EINEN SCHÖNEN GRUSS VON LAURINS MAMA!"

Meine Mutter stand im Türrahmen, rieb sich die Hände an dem feuchten Geschirrtuch trocken, mit dem sie eben noch die abgeschwenkten Teller abgerieben hatte und wartete. Auch dieses Ritual nervte mich tierisch, denn ich wusste genau, was nun kommen würde. Philis Mama würde völlig überrascht tun, direkt ans Telefon gerauscht kommen und mit meiner Mutter reden wollen.

Natürlich nur ganz kurz.

Wie auf Kommando raschelte es gleich darauf am anderen Ende der Leitung und eine Frauenstimme quakte erwartungsvoll, „Gudrun?"

Im Hintergrund hörte ich Phili maulen, „Hey, man! ICH war am Telefonieren!"

Ein lautstarkes Flüstern ertönte, „Kannst du ja gleich wieder Schatz. Ich will die Gudrun nur schnell was fragen!"

Das war eine glatte Lüge, wie ich aus Erfahrung wusste.

Im Grunde genommen war Phili und mein Gespräch nun vorbei. Unsere Mütter würden sich so lange festquatschen, bis wir Kinder ins Bett mussten. Mich ärgerte nicht, dass sich unsere Mütter unterhielten, mich ärgerte ihre Scheinheiligkeit, mit der sie unsere heiligen Gespräche immer abwürgten.

Ich stöhnte, rollte übertrieben meine Augäpfel zur Decke und schlurfte die Treppe nach oben in mein Zimmer.

Jeden Abend das gleiche Theater.

Konnten die denn nicht telefonieren, wenn wir in der Schule waren? Mütter!

Und plötzlich waren sie da. Die großen Ferien.

Die Grundschule würgte einen Schwall angehender Teenager hervor, um sie nach Ablauf von sechs Wochen in verschiedene weiterführende Schulen zu verteilen.

Zugeordnet nach dem jeweiligen Intelligenzlevel. Meine Wenigkeit sollte auf das Gymnasium, wogegen ich mich allerdings schon Anfang des Jahres tapfer zur Wehr gesetzt hatte. Schützenhilfe bekam ich damals aus einer völlig unerwarteten Ecke. Von meinem Vater.

Es war vier Wochen vor meinem 10. Geburtstag. Eine handfeste, aber vor allem sehr laute Diskussion riss mich aus einem trägen Dämmerschlaf. Meine Eltern.

Sie schienen sich über irgendetwas uneins und fochten anscheinend einen erbitterten Kampf, der sich durchs Wohnzimmer zog, den Flur kreuzte und in der Küche endete. Um was es ging, verstand ich im ersten Moment nicht.

Dann fiel mir mein Geburtstag ein und mein Wunsch nach einem großen, ferngesteuerten Geländewagen, den meine Mutter allerdings fast erschrocken fallenließ, als sie den Preis sah. 199,99 Euro! ICH fand den Preis angemessen, meine Mutter weniger. Vielleicht war ja dieser Megawagen Ursache für diese Diskussion? Sofort schwang ich mich aus den Federn und schlich barfüßig zum Treppenabsatz, damit ich lauschen konnte. Die Stimme meiner Mutter klang ungefähr sieben Oktaven höher als sonst, was auf eine gewisse Aufregung schließen ließ.

„Hans! HANS. HÖR AUF WEGZULAUFEN. ICH BIN NOCH NICHT FERTIG!"

Ich hörte meinen Vater genervt schnaufen und dann scharrten Stuhlbeine über den Küchenboden. Ich schloss daraus, dass er sich an den Tisch gesetzt hatte. Vor meinem geistigen Auge baute sich die heimatliche Küchensituation auf. Mama, die sich hektisch am Hals kratzte und Papa, der seine Hände auf der Tischplatte faltete und meine Mutter mit dem Kinn herbei nickte.

Der nächste Satz bestätigte meine Annahme.

„Setz dich, Gudrun. Und hör endlich auf an deinem Hals herumzukratzen, als ob du Flöhe hättest. Nachher ist wieder alles wund und du jammerst wieder."

Ein leiser Schluchzer kroch schwerfällig die Stufen nach oben. Erstaunt lupfte ich eine Augenbraue. Was machte die denn für ein Wind? Wegen einem ferngesteuerten Auto? Wenn es zu teuer war, dann war es halt so. Schließlich hing mein Leben nicht daran. Es war doch nur ein Geburtstag. Den hatte ich schließlich jedes Jahr.

Trotzdem wäre genau dieses ferngesteuerte Auto zu eben diesem Geburtstag ganz schön. Deswegen spitzte ich weiter hoffnungsvoll die Ohren.

„Ach, Schatz. Jetzt weine doch nicht. Es ist doch kein Weltuntergang, wenn er auf der Hauptschule bleibt. Die rutscht er doch auf einer Arschbacke ab."

Erstaunt schlug ich mir auf den Mund. Mein Vater hatte das A-Wort benutzt? Und das in Gegenwart meiner Mutter? Doch offensichtlich hatte meine Mutter nur mit halbem Ohr zugehört.

Sie ging überhaupt nicht auf dieses Wort ein, sondern schnupfte leise, „Ich weiß. Das ist es ja. Er ist viel zu klug für die Hauptschule. Er wird dort herausstechen wie eine Rose im Distelfeld. Hans, der Junge ist viel zu klug. Er MUSS auf das Gymnasium."

In diesem Augenblick verpuffte der tolle Geländewagen in meinem Kopf wie eine Seifenblase und meine Augenbrauen zogen sich böse zusammen.

Aha. Daher wehte also der Wind.

Eigentlich war ich davon ausgegangen, dass dieses leidige Thema bereits abgehakt war.

Nun, für meine Mutter offensichtlich noch nicht.

Dann sagte mein Vater etwas, dass mich diesen dämlichen Geländewagen vollkommen vergessen ließ und der meine Augenbrauen erstaunt wieder auseinanderschnellen ließ.

„Gudrun, Schatz. Phili ist auf der Hauptschule. Du weißt, wie sehr die beiden verbunden sind. Vor allem, seit dieser Felix…!" Er beendete den Satz nicht, doch ich wusste auch so was er meinte. Meine Mutter wohl auch, wie ein weiterer Schluchzer verriet.

„Ach Hans. Der Junge verbaut sich seinen ganzen Lebensweg. Und das wegen einem Mädchen. Eigentlich hatte ich gehofft, dass dieser Zeitpunkt später eintrifft. Sehr viel später!"

Dies klang nach mütterlicher Kapitulation. Eindeutig.
Danke Papa!

Die Antwort von meinem Vater bekam ich nicht mehr mit, denn ich stürzte noch im Schlafanzug nach draußen und rannte wie der Teufel zwei Häuser weiter, die Straße runter. Diese Nachricht musste ich unbedingt Phili erzählen. Jetzt direkt.

Doch das waren nicht die Gedanken, die mich heimsuchten, als die Glocke der Grundschule ein letztes Mal für mich läuteten. Nein, mein letzter Gedanke auf dem kleinen Schulhof war Phili. Ich wusste, sie würde heute noch mit ihren Eltern verreisen. Drei Wochen Nordsee. Drei Wochen ohne Phili. Für mich eine Ewigkeit.
Da wollte ich die letzten Sekunden natürlich noch mit ihr verbringen. Doch wo war sie? In der Klasse hatte ich sie noch gesehen, doch im Getümmel der herausstürmenden Kinder ging sie meinem kleinen Argusauge leider verloren. Dabei hatte ich meiner Mutter heute Morgen noch fünf Euro aus den Rippen geleiert, damit ich meine beste Freundin, zum Abschluss der Schule ein leckeres Eis spendieren konnte. Nur wir beide.
Diese kostbare Zweisamkeit wollte ich tief inhalieren, damit sie die drei Fehlwochen überbrücken würden. Und vielleicht ließ sie mich ja auch mal an ihrem Eis schlecken. Eis mit etwas Phili-Spucke. Unbezahlbar.
Doch Phili war wie vom Erdboden verschwunden. Nirgends konnte ich die lange blonde Mähne entdecken, die so wunderbar nach Apfelshampoo duftete. Also trottete ich langsam nach Hause. Ohne Eis. Ohne Phili, aber mit fünf Euro, die ich meiner erstaunten Mutter zuhause wortlos auf den Tisch knallte, ehe ich mich tief deprimiert in mein Zimmer verzog.
Drei endlos lange Wochen.

Diese drei Wochen nutzte mein schmächtiger Jungenkörper jedoch unverhofft, um sich für die Nach-Grundschul-Zeit zu wappnen. Er schoss gute zehn Zentimeter in die Höhe und meine Stimme sackte zwei Etagen in den Keller. Dies bemerkte ich selbst allerdings erst nach Ablauf dieser drei Wochen, als ich mich freudestrahlend in ein paar ausgeleierter Jeans werfen wollte, um stundenlang um Philis Haus zu schleichen, damit ich sie nach Ankunft direkt abfangen konnte. Plötzlich waren die Beine meiner Hosen allesamt zu kurz und auch die Säume der T-Shirts eierten irgendwo in Höhe meines Bauchnabels herum.

Zornentbrannt rannte ich nach unten in die Küche und blaffte meine unschuldige Mutter an, **„Hast du meine Sachen etwa in den Trockner gesteckt?"**

Erschrocken zuckte meine Mutter, die gerade am Küchentisch Gemüse schnippelte, zusammen und starrte mich mit großen Augen an. Ihr Blick krochen langsam an meinem schlaksigen Körper herab und dann lachte sie. Jawohl. Sie lachte. Während ich vor Wut kochte und am liebsten die bescheuerten gewürfelten Möhrenstückchen durch die Küche schleudern wollte. Sie lachte so dermaßen, dass sie mir keine Antwort geben konnte. Durch dieses Lachen leicht verunsichert schaute ich nun ebenfalls an mir herunter.

Die nackten Füße, deren Zehennägel unbedingt geschnitten werden mussten. Die bloßen Knöchel, die hervorlugten. Die Hochwasser-Hosen. Der offenstehende Hosenknopf und das Shirt, dass ebenfalls scheinbar über Nacht zwei Nummer eingeschrumpft war. Mindestens. Eigentlich ja schon ein komischer Anblick.

Und auf einmal schämte ich mich. Warum, wusste ich selbst nicht.

Doch mein Kopf glich plötzlich einer geschwollenen, roten Tomate und ich hielt verlegen den Blick gesenkt.

Vielleicht hatte ich meiner Mutter Unrecht getan? Vielleicht konnte sie nichts dafür, dass ich so unverhofft den Kindersachen entwachsen war? Vielleicht wurde mir aber in diesem Moment auch klar, das Phili einen anderen Laurin vorfinden würde, als VOR ihrer Abreise.

Was, wenn ihr dieser Laurin nicht gefiel? Was, wenn sie nur mit dem kleinen schmächtigen Laurin befreundet sein wollte? Was, wenn…?

Das amüsierte Lachen meiner Mutter verebbte und ihre liebevolle Stimme riss mich aus meinem verzweifelten Gedankengang.

„Ach Laurin. Setz dich doch erst einmal. Ich mache dir eine Schüssel Frühstücksflocken und dann besorgen wir dir einfach neue Klamotten. Du hast aber auch einen Schuss gemacht."

Grinsend schüttelte sie den Kopf, drehte sich um und überließ mich meiner unverständlichen Verlegenheit, die ich nur schwer abschütteln konnte. Doch dann sagte sie etwas, was meine eingeschüchterten Lebensgeister wieder den nötigen Auftrieb verlieh, „Phili wird Bauklötze staunen, wenn sie dich sieht. Du bist ja scheinbar über Nacht zu einem jungen Mann mutiert."

Offensichtlich ging meine Mutter davon aus, dass mein verändertes Aussehen meiner Freundin gefallen könnte. Dies beruhigte mich zumindest so weit, dass ich ohne weiter zu murren zwei große Schalen Knusperflocken verschlang, ehe ich mich nach oben verzog und meinen ausufernden Körper in ein paar Surfer-Shorts und ein noch halbwegs passendes Muskelshirt zwängte.

So abenteuerlich ausgestattet akzeptierte ich die Tatsache, dass ich nun gute zwei Stunden von meiner Mutter durch diverse Kleidergeschäfte gezerrt und in muffigen Umkleidekabinen den Duft von Käsefüßen und Achselschweiß fremder Menschen inhalieren musste.

Dies alles tat ich nur für Phili.

Ja, gut…auch ein bisschen für mich.

Und dann hörte ich es. Mein Kopf steckte gerade in einem ziemlich coolen Batikshirt fest, als ich dieses Lachen hörte. Dieses eine bestimmte Lachen. Das Phili-Lachen.

Erst dachte ich, meine Sinne würden mir einen Streich spielen, doch dann drang dieses glockenhelle Lachen erneut zu mir in die Kabine.

Ungestüm riss ich mir das Shirt über meinen hochroten Kopf und riss den Vorhang mit einem Rutsch zur Seite. Und da stand sie. Direkt neben meiner Mutter und sie glotzte amüsiert auf meinen nackten Oberkörper.

[Phili] *Hi Laurin! Wie siehst du denn aus?*

[Laurin] *Ähm…Phili?*

[Phili] *Glubsch doch nicht so bescheuert. Was machst du hier?*

Ich schaute etwas betröppelt an mir herunter, zuckte sachte mit den Schultern und blickte Phili wieder in die Augen.

[Laurin] *Ähm…Phili?*

Phili kicherte und zupfte ihrer Mutter, die sich gerade intensiv mit meiner Mutter über das Pro und Contra heranwachsender Kinder unterhielt, am Ärmel, „Mama? Darf ich mit Laurin losziehen? Dann könnt ihr in aller Ruhe einen Kaffee trinken und wir kommen später in die Cafeteria. Dürfen wir?"

Iris, Philis Mutter, musterte mich kurz mit amüsiert blitzenden Augen, „Aber nur, wenn Laurin sich was überzieht. Und nur eine Stunde!

Du weißt, ich habe noch einen Berg Wäsche zu waschen und will nicht zu spät nach Hause kommen."

Meine Mutter musterte mich nun ebenfalls und dann Phili. Man sah ihr an, dass sie am Überlegen war, ob sie ihren jüngsten (und einzigen) Spross wirklich in diesem Aufzug von der mütterlichen Leine lassen sollte. Doch Phili half ein bisschen nach, mit ihrem ganz bestimmten, bettelnden Phili-Blick. Eine Mischung aus Dackelwelpen und Kindergartenmädchen, „Ach bitte Frau von Boon. Nur eine Stunde. Wir haben uns doch drei Wochen lang nicht gesehen und ich habe Laurin so viel zu erzählen. Büüütte!" Es folgte ein rührendes Phili-Augen-Klimpern, dem niemand widerstehen konnte. Auch meine Mutter nicht. Mit einem leisen Seufzen knickte ihre mütterliche Sorge ein, „Also gut. Aber nur eine Stunde."

Zeitgleich mit dem letzten Satz, strippte ich mir bereits mein Muskelshirt über und grinste Phili wortlos ins triumphierend lächelnde Gesicht. Dann dampften wir ab. Vergessen war die muffige Umkleidekabine, vergessen waren meine ausufernden Gliedmaßen und vergessen war auch meine Mutter. Mit einem dämlichen Grinsen trottete ich neben Phili her und genoss einfach nur ihre helle plappernde Stimme und den Duft ihres frischgewaschenen Haares. *Ähm. Stopp. Haare?*

Mit einem Ruck blieb ich stehen und glotzte mit großen Augen auf Philis Haupt, „Wo sind denn deine Haare?" Phili lachte und strich sich dabei über den Schulterlangen Bob, „Weg! Habe ich mir im Urlaub abschneiden lassen. Gefällt es dir?"

Offensichtlich war ich nicht der einzige, der sich in den letzten drei Wochen gravierend verändert hatte.

Meine Mundwinkel zogen sich bedauernd herab. Ich hatte ihre langen Haare sehr gemocht.

Dennoch nickte ich und nuschelte sogar, „Sieht toll aus!"
Phili wirbelte einmal um ihre eigene Achse, „Finde ich auch. Jetzt sehe ich doch richtig erwachsen aus. Nicht wahr?"
Noch einmal nickte ich und versuchte gleichzeitig das Bild der alten langhaarigen Phili mit der neuen kurzhaarigen Phili in meinem Kopf zu überlappen.
Dann zuckte ich kaum merklich die Schultern hoch. Was solls. Die Haare wuchsen ja auch wieder und Phili bestand ja schließlich nicht nur aus Haaren, sondern auch aus Brüsten. Erschrocken riss ich die Augen auf. *BRÜSTE?*
Mein geschockter Blick surrte mechanisch umher.
Tausende Büstenhalter starrten mich in diesem Moment mit ihren gewölbten Körbchen anklagend an.
Alle schienen sie das gleiche zu raunen.
Was machst du hier? Du bist ein Junge. Du hast hier nichts zu suchen! Verschwinde…
Völlig perplex stand ich mitten in der Unterwäsche-Abteilung und war zu keinem einzigen Gedanken fähig.
Plötzlich baumelte eines dieser Dinger genau vor meinem Gesicht.
„Was hältst du von dem? Meinst du, er würde mir stehen?"
Ich schluckte trocken und starrte auf einen roten Spitzen-BH.
Wo war denn meine ganze Spucke so plötzlich hin?
Noch einmal schluckte ich angestrengt und schlussfolgerte zögernd, „Das ist ein BH!"
Ich kannte BHs. Von meiner Mutter. Doch meine Mutter trug ganz sicher keine roten Spitzen-BHs. Ihre, waren glatt und einfarbig. Meist weiß oder hautfarben, so dass sie im Gewühl der Schmutzwäsche fast unsichtbar wurden. Doch DAS hier war ein roter, ein feuerwehrroter BH.

Sozusagen ein Signal-BH! Ich fing an zu schwitzen und konnte mich lediglich zu einem weiteren stummen Nicken durchringen. Phili lachte, befühlte ehrfürchtig die Spitze und urteilte dann, „Den probiere ich an. Komm mit, Laurin!"

Ich hätte mich wehren können. Wirklich. Das hätte ich. Doch stattdessen trabte ich brav und ergeben, mit hängenden Armen hinter ihr her zu den Umkleidekabinen und blieb davor etwas ratlos stehen.

Sollte ich jetzt mit da rein, oder was?

Doch Phili enthob mich dieser Entscheidung, in dem sie den Vorhang hinter sich zuzog. Erleichtert wischte ich mir über die feuchte Stirn. Puh! Glück gehabt.

Trotzdem fühlte ich mich in diesem definitiv weiblichen Territorium des Kaufhauses ziemlich unwohl. Wie ein Eindringling, ein lästiges Insekt, das man am besten mit einer überdimensionalen Fliegenklatsche verscheuchen sollte. Das sagte mir auch der Blick der Frau aus der Nebenkabine, die gerade, mit einem Arm voller farblos wirkender Mama-Büstenhalter heraustrat. Verlegen wich ich dieser argwöhnischen Musterung aus und senkte eilig den Kopf, um meine schmutzigen Turnschuhe zu betrachten. Gerade als ich mein Unwohlsein leise kundtun wollte, schoss ein nackter gebräunter Arm hinter dem Vorhang hervor und zerrte mich ins Innere der Kabine. Ich hatte noch nicht einmal Zeit mich richtig zu erschrecken, da stand ich auch schon Phili gegenüber. Mit großen Augen glubschte ich den roten BH an, der sich wie eine zweite Spitzen-Haut an ihren Oberkörper schmiegte. Hastig hob ich mein Kinn und blinzelte verzweifelt an die Decke. Doch dieser kurze Moment reichte aus, um festzustellen, dass die kleinen Körbchen bis zum Rand gefüllt waren.

Gefüllt mit jungen, kleinen Phili-Brüsten. Musste das sein? Warum hatte sie nicht einfach ihre langen Haare behalten können? Lange Haare verwirrten mich nicht so, wie dieser Anblick. Wann waren diese blöden Dinger überhaupt aufgetaucht? Hatte sie die vor dem Urlaub auch schon? Und wenn ja, warum war mir das nicht aufgefallen?

Ich blinzelte weiter nach oben, bis Phili mich ziemlich unsanft auf den Oberarm knuffte.

„Du musst schon gucken, Doofi! Meinst du, er passt?"

Diese ruppige Aufforderung ließ meinen Blick dann doch nach unten schwenken und ich versuchte mich an einer fachmännisch klingenden Beurteilung, „Naja. Es ist alles drin!"

Phili glotzte mich erst mit großen Augen an und brach dann in schallendes Gelächter aus, dass mir, warum auch immer, eine ziemlich leuchtende Schamesröte ins Gesicht zauberte. Verlegen schob ich mich rücklings zum Vorhang. Phili schien erst jetzt zu bemerken, dass mir diese Situation doch sehr unangenehm war. Ihr Lachen erstarb und sie setzte ihren berühmten Dackelblick ein, „Entschuldige Laurin. Ich wollte dich nicht auslachen. Aber du bist doch mein bester Freund und ich lege wirklich großen Wert auf deine Meinung. Meine Mutter würde mir bestimmt so ein bescheuertes weißes Baumwollding verpassen."

Gedanklich blitzte der Anblick eines jener schmucklosen BHs meiner Mutter hinter meiner Stirn auf und ich musste grinsen. Phili war nicht schmucklos und Phili war ganz bestimmt keine Baumwolle. Phili war Phili.

Auffällig. Selbstsicher. Resolut. Einzigartig und schillernd wie eine seltene Muschelperle.

Und sie fragte MICH nach meiner Meinung. Angespornt durch so viel Vertrauen ihrerseits, versuchte ich mich an einem neuen Urteil.

Vorsichtig strich ich über den spitzenbesetzten Träger, der sich an das leicht hervorstehende Schlüsselbein schmiegte. Er saß gut. Nicht zu fest und nicht zu locker. Dann drehte ich sie an den Schultern herum, so dass sie rücklings zu mir und mit dem Gesicht zum Spiegel stand und überprüfte den Verschluss, der aus einem winzigen silbernen Häkchen bestand. Hier schnalzte ich vorsichtig am Unterbrustband herum und nickte zufrieden,

„Sitzt. Passt. Wackelt und hat Luft. Perfekt!"

Lächelnd hob ich den Kopf und schaute über ihre Schulter in den Spiegel, direkt in ihre blauen, großen Puppenaugen. Sie lächelte nicht. Eine Tatsache, die, im wahrsten Sinne des Wortes, dicke Schweißtropfen auf meiner glühenden Stirn emporquellen ließ. Eine dieser Perlen glitt in Zeitlupe an meiner Schläfe herab. Angestrahlt von dem unbarmherzigen Licht der Umkleide.

Phili musste sie auch gesehen haben.

[Phili] Du schwitzt ja.

[Laurin] Ähm…

Weitere Schweißperlen erblühten auf meiner Stirn.

Ich blinzelte hektisch.

Phili neigte leicht fragend den Kopf.

[Phili] Was ist denn los mit dir?

[Laurin] Ähm…

Philis Augenbrauen zogen sich leicht verärgert zusammen.

[Phili] Jetzt sag schon oder ich box dich!

Ich schluckte schwer und versuchte krampfhaft meinen Blick NICHT eine Etage tiefer wandern zu lassen.

[Laurin] Das ist ein BH.

Die feingeschwungenen Augenbrauen wanderten erstaunt wieder auseinander.

[Phili] Na und. Du hast mich doch auch schon im Bikini gesehen.

[Laurin] Ähm…ja.
[Phili] Ja und? Wo liegt das Problem?
Ich schluckte erneut und zwar ziemlich hart.
[Laurin] Das ist ein BH und du hast…man sieht…ich meine…
Ich beendete diesen Gedanken nicht, sondern blinzelte
verlegen zur Seite. So konnte ich Philis Schmunzeln erst
sehen, als ich wieder zaghaft in den Spiegel schaute.
[Phili] Ich krieg Busen. Meinst du das?
Mit gequälter Miene nickte ich einfach. Mittlerweile rann
mir der Schweiß in Strömen am Rückgrat herab und
durchnässte meinen Hosenbund. Ein besonders dicker
Stirntropfen löste sich und kullerte an meiner Schläfe
herab. Langsam drehte Phili sich zu mir um und fing
diesen Tropfen in Höhe meines Mundwinkels ab. Dabei
schaute sie mir allerdings weiter in die Augen. Meine
Zunge fühlte sich wie ein staubiger Lappen in meiner
ausgedorrten Mundhöhle an. Ich versuchte erneut zu
schlucken, was ein leises, froschig klingendes Geräusch
verursachte. Ich erwartete, dass Phili lachte. Tat sie aber
nicht. Wie hypnotisiert starrte ich in ihre großen
Kulleraugen, die sich meinen weit aufgerissenen Augen
langsam näherten. Und plötzlich lagen ihre Lippen auf
meinen. Ihre Augen schlossen sich, doch ich glotzte weiter.
Ganz kurz blitzte Felix Gesicht hinter meiner Stirn auf.
Felix, der genau wie ich, blöde mit offenen Augen gaffte,
als Phili ihn geküsst hatte. Dann verschwand das Gesicht
und ich fragte mich mit rasendem Herzen, ob ich gerade
träumte. Meine Lippen und Philis Lippen vereint. Dann
war der Moment auch schon vorbei. Ihre kirschroten
Lippen lösten sich und sie schlug die Augen wieder auf.
Tiefes Bedauern erfüllte mich, denn ich hatte das Gefühl,
als ob ich diesen kostbaren Augenblick irgendwie
verschwendet hätte.

Nicht genug ausgekostet und nicht genug genossen.

Waren ihre Lippen trocken gewesen?

Oder doch leicht feucht?

Ich wusste es nicht mehr und selbst später, als ich mir genau diesen einen, diesen speziellen Moment noch einmal ins Gedächtnis rief, konnte ich nicht sagen, wie sich ihre Lippen letztendlich angefühlt hatten. Schade.

Noch immer sprachlos, konnte ich auch weiterhin nichts anderes tun, als sie einfach nur anzuglotzen. Philis Mund verzog sich zu einem kleinen Lächeln und sie schubste mich urplötzlich nach draußen, „Danke!"

Verwirrt stolperte ich ein paar Schritte zurück.

Danke? Danke für was? Das ich ihr beim BH geholfen hatte?

Oder danke für den Kuss?

Ehe ich mir selbst eine Antwort zusammenbasteln konnte, glitt der schwere Vorhang zur Seite. Eine strahlende Phili packte mich am Arm und zog mich Richtung Kasse.

Ich war noch immer wie betäubt, doch auch unendlich glücklich. Gerade hatte ich meinen ersten Kuss bekommen. Und das nicht von irgendwem, sondern von Phili, meiner besten Freundin. Dieser gefühlsmäßige Höhenflug wurde jedoch abrupt beendet, als Phili in der Cafeteria lautstark verkündete, „Guck mal Mama. Laurin hat mir einen BH ausgesucht! Ist der nicht toll?"

Total schockiert sackte mein Kinn nach unten und ich stierte runter auf meine Füße, während ich blitzschnell tausend Stoßgebete zum Himmel jagte, in der Hoffnung, der Boden würde sich auftun und mich verschlingen. So bekam ich den halb entsetzten, aber auch halb amüsierten Blick beider Mütter nicht mit.

Erst am Abend wurde ich mit witzigen Frotzeleien, seitens meines Vaters, übergossen, die mich letztendlich zur Flucht in mein Kinderzimmer veranlassten.

Hier lauschte ich jedoch noch folgendem Gespräch.

„Also DAS hätte ich Laurin ja nicht zugetraut. Der Junge hat es ja doch faustdick hinter den Ohren. Er kommt ganz nach mir."

Ein halbherziges weibliches Lachen erklang, „Ach Hans. Jetzt spinn doch nicht. Das war Laurin wirklich peinlich. Ich hatte richtig Mitleid mit ihm."

Allerdings klang die Stimme meiner Mutter nicht zu hundert Prozent mitfühlend. Unterschwelliger Humor schwappte zu mir hoch, der den schweren Knubbel in meinem Magen entzündete.

Ganz langsam kroch Wut in mir hoch.

Ich hörte das unterdrückte Kichern meines Vaters, „Laurin hat seiner Freundin den ersten BH ausgesucht. Einen verruchten, roten Spitzen-BH."

Es entstand eine kurze Stille. Ich spitzte nervös meine Ohren. Dann kroch die Stimme meines Vaters erneut die Treppe nach oben, „Was trägst du eigentlich heute für einen BH?"

Meine Mutter grunzte kurz, „Bestimmt keinen Roten, mein Lieber!"

Noch einmal Stille. Ich rutschte verwirrt zur Tür.

„Nein, er ist rosa. Zartrosa wie deine Haut."

Stille.

Seufzen und ein leises Gurren.

„Hans, nicht jetzt!"

Ich runzelte die Stirn.

„Warum nicht? Der Junge ist oben und schmollt. Oder vielleicht träumt er auch gerade von Philis BH.

Ist doch egal. Wir sperren die Tür einfach ab. Er wird bestimmt einmal eine halbe Stunde ohne seine Eltern auskommen."

Erneutes Seufzen.

Dann klackte eine Tür.

Erbost, aber auch leicht angewidert schlug ich ebenfalls kräftig die Tür zu. Es gab Dinge, die ich einfach nicht wissen wollte. DIES war ein solches Ding.

Leider muss ich gestehen, dass mein Vater nicht ganz unrecht mit seiner Vermutung hatte. Ich dachte wirklich an diesen verflixten roten Spitzen-BH und auch an Philis gebräunte Schultern. Und natürlich auch an meinen ersten Kuss. DAVON wussten meine Eltern nichts.

Dieser Gedanke söhnte mich in Sekundenschnelle aus. Meine Wut verpuffte mit einem Schlag, so dass ich mich mit einem ziemlich dämlichen Grinsen aufs Bett fallen ließ, die Arme hinter meinem Kopf verschränkte und an die Decke starrte.

ICH hatte Phili den ersten BH ausgesucht.

ICH und sonst niemand.

Ergo, musste Phili mich mehr als mögen.

Ganz kurz schlitterten meine Gedanken ein paar Jahre in die Vergangenheit, hin zu meinem, besser gesagt UNSEREM 5. Geburtstag. DER Tag, an dem ich aller Welt verkündete, ich würde Phili heiraten. Vielleicht war diese Annahme ja doch nicht so abwegig.

Phili und ich…Phili und ich…Phili und ich…

Mit diesem Gedanken schlummerte ich irgendwann zufrieden ein.

Phili und ich…

2001

Gegen Ende des 5. Schuljahres tat Phili etwas, von dem ich mich lange Jahre fragte, ob sie dies mit Absicht gemacht hatte oder ob dies einfach nur Zufall war. Was es auch gewesen sein mochte, es hatte mich tief verletzt, gleichzeitig aber auch die Weichen meiner noch unbekannten Zukunft neu ausgerichtet.
Deswegen müsste ich ihr eigentlich dankbar sein… irgendwie.
Wir hatten uns zum Schwimmen verabredet, doch das Wetter spielte leider nicht mit. Das Freibad hatte zwar seine Pforten schon geöffnet, doch die sommerlichen Temperaturen (und auch die Sonne) glänzten noch immer mit ihrer Abwesenheit und würgten somit jedes Badeverlangen bereits im Keim ab. Deswegen klingelte ich gegen 15 Uhr OHNE Schwimmsachen bei Phili.
Wir konnten ja auch einfach so mit dem Rad durch die Gegend cruisen. Vielleicht grasten auf der unteren Kuppel der Webs-Ranch Pferde, die Lust auf ein paar Streicheleinheiten hatten. Phili mochte Pferde und zu diesem Zweck hatte ich extra aus unserer Obstschale in der Küche ein paar Äpfel stibitzt, die nun in meinem Rucksack herumrollten. Ohne Hast stiefelte ich die drei Stufen nach oben, klingelte und wartete. Dann öffnete sich die Tür und Iris, Philis Mutter, linste verwirrt hinaus.
„Laurin?"
Ich grinste breit. Wen hatte sie denn erwartet? Den Papst? Natürlich sagte ich dies nicht, sondern erkundigte mich höflich nach meiner Freundin, „Ist Phili schon fertig mit den Aufgaben? Mathe dauert ja immer ein bisschen länger bei ihr. Ich könnte helfen, wenn sie noch nicht soweit ist."

Iris Miene blieb ratlos, „Sie ist doch schon vor einer halben Stunde weg. Sie wollte zu dir. Ist sie denn nicht aufgetaucht?"

Das breite Grinsen in meinem Gesicht gefror. Ich fluchte innerlich, hielt meine Höflichkeit aber aufrecht, „Vor einer halben Stunde? Ach herrje. Da muss ich was falsch verstanden haben. Bestimmt steht sie sich an der Grundschule schon die Beine in den Bauch. Wir wollten Pferde füttern gehen."

Zum Beweis riss ich den Reißverschluss meines Rucksacks auf und präsentierte die rötlich schimmernden Äpfel.

Bevor Philis Mutter auf die Idee kommen konnte, nachzufragen warum wir uns an der Grundschule treffen wollten, obwohl wir nur zwei Häuser auseinander wohnten, sprang ich hastig die Stufen runter, warf mir gleichzeitig den Rucksack über, riss den Lenker meines Fahrrades hoch und hüpfte im Laufen auf den Sattel, „Bis dann Frau Müller!"

Im Karacho düste ich die Straße entlang, ohne einen Blick auf die verwirrte Frau zurück zu werfen. Wohin ich wollte, das wusste ich nicht. Aber ich wusste, dass ich gerade Philis Mutter angelogen hatte. Naja, halb angelogen.

Die Sache mit den Pferden und den Äpfeln stimmte ja. Trotzdem stieß mir die halbe Unwahrheit sauer auf.

Wo war Phili denn, verflixt nochmal? Und warum hatte sie mir nicht Bescheid gegeben?

Ganze zwei Stunden kreuzte ich durch die Stadt. Nicht etwa, weil ich Phili suchte (okay, nicht nur), sondern weil ich Zeit totschlagen wollte. Was sollte ich denn zuhause?

An einer Ampelkreuzung musste ich absteigen und warten. Vom langen Sitzen auf dem schmalen Sattel kribbelte mein Hinterteil ganz schön.

Unauffällig rieb ich mir über die rechte Pobacke und erfühlte sofort einige harte Münzen in meiner dortigen Gesäßtasche. Ohne Hast wühlte ich das Geld heraus. Es waren knapp vier Euro. Ich könnte mir in der Bäckerei in der Fußgängerzone einen Stapel Fresspapier kaufen. Am besten das blaue, das nach Waldbeere schmeckte. Oder doch vielleicht lieber die rosa Kaugummischnecke? Während ich abwägte sprang die Ampel auf Grün und ich stopfte die Münzen schnell wieder in die Tasche zurück. Nachdem ich die Kreuzung überquert hatte, schwang ich mich wieder in den Sattel und fuhr die angrenzende schmale Straße nach unten, Richtung Kirmesplatz. Vielleicht waren ja ein paar anderer Kinder dort? Ich hatte Pech. Der große Platz war wie leergefegt. Nachdenklich fuhr ich genau in die Mitte, blieb stehen und schaute mich um. Und jetzt? Eigentlich hatte ich auch keine Lust mehr Fahrrad zu fahren. Alleine machte es einfach keinen Spaß. Und ich wollte auch nicht alleine zu den Pferden. Nicht weil ich Pferde nicht mochte, aber ich müsste auf dem Weg zur Koppel ein kleines Waldstück passieren. Es war eine Sache zu zweit oder auch zu dritt durch einen Wald zu radeln. Doch ich war ja alleine. Also fiel die Ranch auch aus dem Rennen. Gerade als ich mich entschloss, den Heimweg anzutreten, fiel mir an der Rückseite des Kirmesplatztes die breite Treppe ins Auge. Eigentlich sah ich nur eine Schneise zwischen den hohen Buchen, doch ich wusste, dass dort eine breite Treppe runter zur Hauptstraße führte. Direkt gegenüber dieser Treppe befand sich die Eisdiele. Ganz kurz blitzte eine große Eiswaffel vor meinem inneren Auge auf. Eine Leckerei, die ich nicht unbedingt verschmähen würde. Also trat ich kräftig in die Pedale und sauste auf die Treppe zu. Absteigen war zu umständlich.

Deshalb hob ich lieber meinen Hintern an und ratterte klappernd die Stufen nach unten. Unten angekommen riss ich sofort den Lenker herum und legte zeitgleich eine gepflegte Vollbremsung hin.

Das musste man auch so machen, denn sonst schlitterte man direkt in den Verkehr. Ein Stück weiter oben führte ein Zebrastreifen über die Straße, doch dazu müsste ich mein Rad bergauf schieben. In meinen Augen eine Zeitverschwendung, da die Eisdiele ja direkt gegenüber war. Deshalb taxierte ich die vorbeibrausenden Autos und nutzte eine kleine Verkehrslücke um eilig rüberzuhuschen. In diesem Moment hörte ich ein Lachen.

Ein sehr bekanntes Lachen und es kam aus der geöffneten Tür der Eisdiele. Verdutzt ließ ich mein Rad einfach auf den Gehweg fallen und trat ein. In dem Moment als ich Phili mit einem Jungen aus der Parallelklasse am Tisch sitzen sah, hob sie den Kopf. Ihr helles Lachen endete abrupt und ihr Gesicht lief hochrot an.

Ohne Nachzudenken drehte ich mich auf dem Absatz herum und stürmte raus. Ich hörte sie rufen, doch das war mir egal. Mit einem Ruck riss ich mein Fahrrad hoch und wollte gerade in die Pedale treten, als sie genau vor mein Vorderrad sprang und sich am Lenkrad festkrallte, „Laurin. Ich…es tut mir leid…ich…!"

Ich war so fuchsteufelswild, dass ich ihr augenblicklich ins Wort fiel, **„Ich suche dich die ganze Zeit schon. Weißt du, dass ich deinetwegen deine Mutter angelogen habe? Die dachte, du wärst bei mir. Stattdessen hockst du mit dieser Dumpfbacke in der Eisdiele und haust dir den Bauch voll. Wir waren verabredet, Phili! WIR! Und nicht du und dieser Doofi."**

Phili versuchte sich zu verteidigen, „Aber ich…!

Abermals schnitt ich ihr boshaft das Wort ab. Ich wollte überhaupt nicht hören, was sie zu sagen hatte.

Es interessiert mich in diesem Augenblick einfach nicht. Phili hatte mich versetzt. Punkt!

Mit zusammengekniffenen Augen spuckte ich Richtung Eisdiele, „**Ausgerechnet auch noch der rote Roland. Der ist doch dumm wie Brot. Selbst meine Unterhose hat einen höheren IQ wie dieser Schleimhaufen. Was ist das hier? Das Treffen der hirnamputierten Mathe-Idioten?"**

Peng! Damit war ich einen Schritt zu weit gegangen und ich wusste das. Doch meine Wut hatte leider die Regie übernommen und einmal gesagt, ließ es sich nicht wieder zurücknehmen. Philis Augen verengten sich zu schmalen Schlitzen, **„Du musst dich nicht so aufspielen, nur weil du ein kleiner, ekliger Streber bist. Ich sag dir mal was. NIEMAND mag Streber. Hörst du? NIEMAND!"**

Mit dieser klaren Aussage drehte sie sich hocherhobenen Hauptes auf dem Absatz herum und stakste zurück zu Roland, der mit großen Augen, wie ein dämlicher Frosch aus dem Fenster glubschte.

Plötzlich war sie weg, meine Wut. Einfach so. Mir wurde bewusst, was ich gerade getan hatte und ich fühlte mich grottenschlecht. Phili hatte Probleme in Mathe. Na und? Das war noch lange kein Grund sie als Depp hinzustellen. So etwas tat man nicht. Obwohl mir meine Gemeinheit wie ein schwerer Stein im Magen lag, konnte ich mich jedoch nicht dazu durchringen, hineinzugehen und mich zu entschuldigen. Vorsichtig linste ich zur Seite, zu dem großen Fenster...zu Roland.

Neben ihm hockte Phili wie ein Häufchen Elend.

Und sie weinte.

Auch hinter meinen Augäpfeln sammelten sich Tränen, die ich nur mühsam zurückhalten konnte.

Ganz sicher würde ich mir nicht die Blöße geben, vor diesem Vollpfosten wie ein kleines Baby zu heulen. Erst musste ich hier weg. Noch ungefähr zwanzig Meter konnte ich mich zurückhalten, dann fing ich doch an zu flennen. Dies war das erste Mal in meinem Leben, dass ich ganz bewusst und mit voller Absicht jemandem hatte wehtun wollen. Philis Tränen zeigten mir, dass mir dies mit vollem Erfolg gelungen war. Doch nun…im Nachhinein?

Ich schämte mich fürchterlich. Das war nicht ich. So war und wollte ich niemals sein. Noch am gleichen Abend stand ich wieder bei den Müllers auf der Matte und klingelte mit klopfendem Herzen. Ich erwartete Iris oder Hans. Aber Phili öffnete die Tür und schaute mich mit geröteten Augen an. Sie sagte nichts. Sachte zog sie die Tür gerade so weit zu, dass sie nicht ins Schloss schnappte und setzte sich schweigend auf die oberste Stufe. Etwas hilflos schaute ich auf sie herab und setzte mich schließlich auf die unterste Stufe, von wo aus ich ihr ganz gut ins verschlossene Gesicht blicken konnte.

Ihr anklagender Blick traf mich tief.

[Phili] Du hast mir wehgetan.

Ich nickte behutsam.

[Laurin] Ich weiß. Es tut mir leid.

[Phili] Aber warum? Das ist zwar blöd gelaufen, doch du hättest nicht so fies sein müssen.

Abermals nickte ich. Ich war wirklich sehr gemein gewesen. Obwohl ich unsere wortlose Kommunikation sehr genoss, hatte ich dennoch das Gefühl, das ausgesprochene Worte in diesem Fall einfach mehr Gewicht besitzen würden. Deswegen räusperte ich mich umständlich, „Hör zu Phili. Ich habe das nicht so gemeint. Natürlich halte ich dich für keine Idiotin. Das würde ich niemals tun. Das weißt du. Du bist doch meine beste

Freundin. Aber ich war in diesem Moment so wütend. Es ist mir einfach so rausgerutscht."

Ihr ernster Blick vertiefte sich in meinen hoffungsvollen und zugleich bettelnden Blick.

Dann nickte sie zaghaft.

„Ich habe es auch nicht so gemeint. Ja, du bist zwar ein Streber, aber das bist halt du. Du bist halt schlau. Dafür kannst du ja nix."

Es entstand eine kleine unangenehme Pause. Dann fuhr sie so leise fort, dass ich sie kaum verstand, „Vielleicht solltest du wirklich auf das Gymnasium gehen. So wie deine Eltern das von Anfang an wollten. Ich weiß, dass du nur meinetwegen auf die Hauptschule bist. Doch das ist irgendwie nicht richtig. Du solltest echt wechseln, Laurin!"

Erschrocken sprang ich auf.

[Laurin) Ist das dein Ernst. Du schickst mich weg? Also bist du doch noch immer sauer.

Philis Augen glitzerten verdächtig.

[Phili] Nein, ich bin nicht sauer. Ganz im Gegenteil. Ich will nur kein Klotz an deinem Bein sein.

Aufgebracht schnaubte ich.

[Laurin] Hast du sie noch alle? Du bist doch kein Klotz an meinem Bein. Wer hat dir denn diesen bescheuerten Floh ins Ohr gesetzt?

Völlig unverhofft erhob sich Phili, strich sich den Rock glatt, kam die zwei Stufen, die uns trennten herab und nahm mich in den Arm, „Ich will, dass du was erreichst, Laurin. Für uns beide. Verstehst du? ICH werde es niemals bis ganz nach oben schaffen, aber du. DU kannst das. Wenn du mich wirklich magst, dann geh endlich auf dieses Scheiß-Gymnasium. Du weißt selbst, dass dies das einzig richtige ist."

Betroffen sackten meine Schultern herab, „Aber…aber was ist dann mit uns? Ich meine…!"

Mit Tränen in den Augen, ABER lächelnd, zupfte sie mich spielerisch am Haar, „Wir werden auch weiterhin beste Freunde bleiben. Wir werden IMMER beste Freunde bleiben. Das geht ja auch garnicht anders. Wir sind doch ein Team. Du und ich! Wir spielen eben nur, jeder für sich, in seiner eigenen Liga. Mehr nicht."

Tief traurig aber auch unglaublich erstaunt erkannt ich die Wahrheit in ihren einfachen Worten. Dennoch tat es unglaublich weh als ich nickte und leise sagte, „Okay!"

Phili schien noch was auf dem Herzen zu haben.

Ihr Lächeln verschwand. Vorsichtig griff sie nach meiner Hand, „Laurin, ich wollte dir eigentlich auch noch sagen, warum…!"

„HIER BIST DU, LAURIN. ICH SUCHE DICH SCHON DIE GANZE ZEIT. WARUM SAGST DU DENN NICHT KURZ BESCHEID?"

Mit Schwung wehte meine äußerst besorgt wirkende Mutter in den Vorgarten und packte mich an der anderen Hand. Phili ließ mich unauffällig los und lieferte mir eine Art Nach-Alibi, „Entschuldigung. Das war meine Schuld. Wir haben uns heute Mittag gestritten und ich bin dann einfach abgehauen. Laurin wollte nur wissen, ob alles in Ordnung ist."

Ohne die verdutzte Antwort meiner Mutter abzuwarten, drückte sie mich kurz an sich, „Wir sehen uns dann Morgen. Bis dann, Laurin."

Im nächsten Moment fiel die Haustür zu und ich starrte auf das weiße, glänzende Türblatt.

Offensichtlich einen Tick zu lang, denn es ruckelte unerwartet an meiner Hand.

„Was ist Laurin? Bist du eingeschlafen? Komm jetzt!"

Mechanisch nickte ich und trottet hinter meiner Mutter her. Ich würde nie erfahren, was Phili mir in jenem Moment eigentlich hatte sagen wollen.

Zu Hause setzte ich meine verdutzen Eltern dann schweren Herzens über meine (oder besser Philis) Entscheidung in Kenntnis und verzog mich dann ohne Abendbrot in mein Zimmer.

Die Freude im Untergeschoss war riesig. Das konnte ich oben hören. Doch ich selbst rang noch mit mir, ob ich nun erleichtert, aufgeregt, traurig oder doch tief depressiv sein wollte. Schließlich vertagte ich diese Entscheidung und ging schlafen.

2002

Obwohl ich nun eine andere, eine anspruchsvollere schulische Laufbahn, als meine Freundin einschlug, haftete dieses Erste-BH-Erlebnis noch eine ganze Weile an meiner Person und auch wenn es ein einschneidender Punkt in meinem jungen, pubertierenden Leben darstellte und mein Vater (teilweise mit stolzgeschwellter Brust) immer wieder mal bei diversen Grillabenden darauf herumritt, schaffte ich es, unserer engen Freundschaft weiterhin einen harmlosen Touch zu verleihen, indem ich Philis Brüste einfach ignorierte. Es änderte ja nichts an der Person.

Phili konnte noch immer klettern wie ein Affe, sie spuckte noch immer die blankgelutschten Kirschkerne weiter, als jeder den ich kannte, sie konnte auf zwei Fingern pfeifen und sie fluchte wie ein betrunkener Seemann, sehr zum Leidwesen ihrer und meiner Mutter.

Die wachsenden Brüste waren für mich allenfalls ein Neben-Kriegsschauspielplatz, der immer dann akut wurde, wenn ein älterer Junge auf sie aufmerksam wurde und meinte in mein Territorium eindringen zu wollen. Ich wusste ja nicht wie Phili auf diese tumbe Anmache reagierte, wenn ich nicht anwesend war, doch WENN ich zugegen war, prallte das jeweilige liebeshungrige Pickel-Face auf eine undurchdringliche Wand aus aalglatter Phili-Ignoranz.

Dies änderte sich jedoch im Spätsommer 2002.
Genauer gesagt am 17. August.
Tatsächlich gelang es uns, unsere Eltern verbal so weichzuklopfen, dass sie uns am letzten Wochenende, quasi als krönenden Abschluss der großen Ferien, im Garten zelten ließen. Mein Vater schleifte sein altes Viermannzelt aus dem Keller, dessen Schlafplätze durch eine dünne Nylonhaut getrennt wurden. Vielleicht dachte er (und auch meine Mutter), sie könnten Phili und mich wenigstens auf diese Weise räumlich trennen?
Vielleicht war es aber auch nur Zufall.
Auf jeden Fall hockten ihre und meine Eltern doch unverhältnismäßig lange auf unserem Grillplatz, süffelten Bier und Wein, während mir langsam die Augen zufielen und ich ernsthaft am Überlegen war, ob ich mich mit Phili nicht doch hoch in mein Zimmer verkrümeln sollte.
Dort wäre es zumindest ruhiger, wie hier unten.

Phili dagegen hockte mit angezogenen Knien am halboffenen Zelteingang und warf immer wieder böse Blicke auf die Erwachsenen.

„Man. Wann gehen die denn endlich?"

Mühsam unterdrückte ich ein Gähnen, „Ja, die sind wirklich ganz schön laut. Wie soll man bei diesem Krach denn ein Auge zubekommen?"

Phili schaute mich mit merkwürdig glitzernden Augen an, sagte aber nichts.

Stattdessen verharrte sie weiter, wie ein frierender Buddha am Zelteingang und grummelte leise vor sich hin. Mir war das zu blöd. Deswegen verkroch ich mich auf meine Seite des Zeltes, schlüpfte in meinen Schlafsack und stellte die Ohren auf Durchzug.

Eine Eigenschaft, die ich persönlich sehr unhöflich finde, die ich aber bis heute noch ganz gut beherrsche.

Schließlich wurde es doch noch ruhig. Eine kurze Zeit klirrten noch ein paar Gläser und Flaschen, dann war es still. So still, dass mir letztendlich die Augen zufielen.

Warum ich dann plötzlich wach wurde, konnte ich nicht sagen. Doch als ich die Augen aufschlug, fummelte Phili gerade am Reisverschluss des Zelteinganges herum und ruckelte ihn sachte auf.

Sofort stemmte ich mich verschlafen hoch, „Musst du aufs Klo?"

Phili drehte sich kurz zu mir herum, „Schlaf weiter!"

Ich lehnte mich also zurück und lauschte. Doch Philis Schritte führten nicht zum Haus, so wie ich es vermutete, sondern in Richtung der Büsche hinter uns.

Dies machte mir, trotz meiner Müdigkeit große Sorgen, da ich aus eigener Erfahrung wusste, dass die angrenzende Nachbarin (leider sehr boshaft veranlagt) sehr gerne ihre Brennessel stehenließ.

Dies wusste ich, weil meine nackten Waden schon einige Male, in der spielerischen Hitze des Gefechts Bekanntschaft mit diesen haarigen Blättern gemacht hatten. Deshalb schlüpfte ich eilig aus meinem Schlafsack, quetschte beim Herausrutschen meine Füße in die Turnschuhe und wollte sie warnen. Sehen konnte ich sie nicht, aber ich hörte sie.

Lautlos schlich ich ihr in der Dunkelheit nach.

Quer durch verschiedene Gärten, die uns immer weiter vom Zelt und unserer Wohnsiedlung wegbrachte und Richtung Stadtmitte führte. Ich war nun nicht nur besorgt, sondern auch zutiefst verwirrt.

Wo wollte Phili denn mitten in der Nacht hin?

Nach einer halben Stunde wusste ich es. Wir befanden uns im Stadtpark und zwar in der Nähe des runden Springbrunnens, an dem wir uns an heißen Tagen schon so manche abkühlende Wasserschlacht geliefert hatten.

Phili ahnte noch immer nicht, dass ich ihr quasi an den lautlosen Fersen klebte. Sie schaute stur geradeaus und wusste offensichtlich ganz genau wo sie hinwollte.

In diesem Moment vernahm ich Stimmen. Stimmen und Flaschenklirren. Ein paar Meter weiter, vor uns, der diffus beleuchtete Brunnenplatz. Das war der Augenblick, in dem ich mich endlich flüsternd zu erkennen gab, „Phili!"

Erschrocken wirbelte sie zu mir rum, keuchte einmal, stippte mir dann hart auf die Brust und flüsterte erbost zurück, „Was soll das? Spionierst du mir etwa nach?"

Ich ignorierte den stechenden Schmerz und wies mit dem Kinn in Richtung der Stimmen, „Da sind Leute. Lass uns verschwinden!"

Phili lachte leise, „Ich weiß, dass da Leute sind. Das sind die Abgänger. Die machen hier ihre eigene private Abschlussparty."

Ich glotzte dämlich, „Ja und?"

Mit einer leicht nervösen Geste strich sie sich das Haar hinter das Ohr, „Ich bin eingeladen worden. Von Torben."

Ich glotzte noch immer, „Torben? Welcher Torben?"

Offensichtlich genervt verdrehte Phili die Augen, „Na der Torben mit dem roten Mofa. Der, der immer die schwarze Lederjacke anhat."

Leicht angewidert verzog ich das Gesicht, „Der raucht doch!"

Philis Kopf drehte sich wieder zur Lichtung hin, auf der sich ungefähr zwanzig Leute tummelten. So konnte ich ihren Gesichtsausdruck nicht sehen, aber ich hörte die Zufriedenheit in diesen zwei Worten, „Ich weiß!"

Dieser Tonfall jagte mir Angst ein. So klang sie nur, wenn sie etwas Verbotenes tun wollte.

Mit bebender Stimme packte ich Phili am Handgelenk, „Lass uns gehen. Was, wenn Papa nach uns schaut und wir sind nicht da? Komm schon, Phili."

Ärgerlich schüttelte sie meine Hand ab und zischte, „DU kannst ja gehen. ICH bleibe!"

Dann, völlig unverhofft, drehte sie sich zu mir um und schaute mich mit ihrem berühmten Dackelblick an, „Ach Laurin. Ich will doch nur eine Stunde hierbleiben. Nur eine Stunde. Niemand wird merken, dass ich EINE Stunde weg bin."

Ich spürte, wie meine äußerst vernünftige Standhaftigkeit anfing zu bröckeln und stellte mich dicht vor sie, damit sie halbwegs mein Gesicht erkennen konnte.

[Laurin] *Das ist eine dumme Idee. Eine ganz dumme Idee.*

[Phili] *Biiitteee!*

[Laurin] *Du kommst in Teufels Küche. Nein, WIR kommen in Teufels Küche, weil ich Mitwisser bin.*

[Phili] *Biiitteee!*

Ich schnaufte, brach den Blickkontakt aber nicht ab.

[Laurin] Wenn wir erwischt werden, bekommen wir bestimmt eine Trillionen Jahre Hausarrest. Wenn nicht noch mehr.

Philis Kopf neigte sich sachte zur Seite und ihre Unterlippe stülpte sich leicht nach außen.

[Phili] Biiitteee!

Rums! Das war dann der letzte Stein meiner Standhaftigkeit, der sich mit diesem letzten ‚Bitte' verabschiedete. Verzagt seufzte ich und gab widerstrebend nach, „Aber echt nur eine Stunde. Wenn du in einer Stunde nicht da bist, dann…dann…!"

Sie ließ mich garnicht ausreden und fiel mir erleichtert um den Hals, „Danke Laurin. Du bist der Beste!"

Und schon war sie verschwunden. Etwas ratlos kaute ich an meiner Unterlippe. Sollte ich jetzt wirklich nach Hause gehen und dort eine ganze Stunde das Zeltdach über mir anstieren? Immer in der Hoffnung, dass kein Elternteil auf die Idee kam, nach den Rechten zu sehen? Und jede Minute auf meine Armbanduhr glotzen, bis sie ihren dämlichen Alabasterkörper wieder nach Hause schwang? Warum musste sie sich immer zu solchen Dummheiten hinreißen lassen? Nun, ‚immer' war vielleicht übertrieben, aber sie hatte schon einen gewissen Hang zu Schwierigkeiten. Gerade was ihre eigene Person betraf. Ich erinnerte mich nur zu genau an jeden einzelnen Tag in den letzten zwei Jahre, wo wir uns nur über das Telefon verständigen konnten, weil sie mal wieder Hausarrest hatte. Doch bevor ich in Versuchung kam, mir all ihre wirklich dämlichen Vergehen noch einmal ins zu Gedächtnis rufen, war meine Entscheidung bereits gefallen.

Ich würde bleiben!

Sollte Philis Ausflug entdeckt werden, würde der elterliche Strafhammer eh uns beide treffen. Und so konnte ich auch noch ein Auge auf sie haben und sie nach Ablauf der Frist (eine Stunde!) nach Hause schleifen.

Ob sie wollte oder nicht.

Also platzierte ich mich ein Stück näher an den Brunnenplatz, hinter einem dichten Busch und behielt die ganze Szenerie fest im Auge. Vor allem aber Phili.

Mir fiel auf, wie selbstverständlich ihre Anwesenheit akzeptiert wurde. Vor allem von den Jungs und das obwohl sie erst zwölf war.

Ich korrigierte mich im Geiste. Ihr Verstand war zwölf, ihr Körper hingegen war der einer Sechzehnjährigen. Bekleidet in ihrem knappen Top, dass sie eigentlich zum Schlafen angezogen hatte, stolzierte sie mit herausgedrückten Brüsten zu diesem Torben, der auch sofort den Arm um ihre Schultern legte und ihr einen Becher in die Hand drückte. Dann beugte er sich vor und labberte etwas in ihr Ohr. Natürlich verstand ich aus dieser Entfernung nicht was er sagte, doch Phili lachte übertrieben laut, setzte den Becher an die Lippen und der komplette Inhalt verschwand in ihrem Rachen.

Meine Augenbrauen wanderten besorgt zusammen. Ich vermutete stark, dass sich in dem Becher bestimmt keine Limo befunden hatte. Unruhig schaute ich auf meine Armbanduhr. Es war 23:47 Uhr. Ich beobachtete noch einige Zeit den Sekundenzeiger, der sich, meiner Meinung nach, viel zu träge vorwärtsbewegte.

Als ich aufschaute, hing der Becher erneut an Philis Mund. Dies schürte nicht nur meine Sorge, sondern auch meine Wut. Was soff sie denn da? Und warum strich sie sich immer wieder so affig durch das Haar?

Ich beugte mich etwas weiter vor. In diesem Moment rutschte Torbens Hand von Philis Schulter. Ich wollte schon erleichtert aufatmen, da platzierte der Depp seine Handfläche auf ihrem Gesäß. Und was tat Phili?

Sie lachte albern und schob ihren dünnen Arm um Torbens nietenbesetzte Gürtel-Taille. Mein Blick senkte sich.

Ich wollte so etwas nicht sehen.

Während ich zwischen meinen Knien abgefallene Tannennadeln hin und herschob, überlegte ich ernsthaft, ob ich nicht doch einfach abdampfen sollte. Ich könnte mich hinlegen und schlafen und wenn ein elterlicher Kontrollrundgang Philis Abwesenheit bemerkte, könnte ich so tun, als ob ich von nichts wüsste. Dann müsste Phili ihren eigenen Scheiß alleine ausbaden und ich wäre aus dem Schneider. Ich schnaufte. Verdient hätte sie es allemal.

Noch einmal warf ich einen Blick auf meine Armbanduhr. 23:52 Uhr. Wollte ich wirklich noch eine geschlagene Dreiviertelstunde diesem Schmu zuschauen?

Nein, das wollte ich eigentlich nicht. Also rappelte ich mich vorsichtig auf und entfernte mich lautlos vom Ort des verbotenen Geschehens. Sollte Phili sich doch von diesem Schleim-Torben so viel antatschen lassen, wie sie wollte.

ICH fand dies auf jeden Fall eklig.

Nein, wenn ich ehrlich war, fand ich es nicht eklig, sondern ungerecht. Nicht, dass ich in diesem Moment das Bedürfnis gehabt hätte, ihren Hintern anzugrabschen.

Aber schließlich war ICH Philis Freund und nicht dieser miefige Zigaretten-Heini, der einen Dreisatz noch nicht einmal von einem abgebrochenen Stuhlbein unterscheiden konnte. Und das mit sechzehn. Unglaublich.

Bei dieser Feststellung blieb ich abrupt stehen. Torben war sechzehn. Er rauchte und bestimmt trank er auch Alkohol.

Und meine beste Freundin befand sich gerade in seinen widerlichen verdorbenen Gichtkrallen. Sechzehnjährige Gichtkrallen, die auch ein Stück Holz befummeln würden, sofern es Brüste hatte.

Meine Sorge wuchs und machte die brodelnde Wut in meinem Bauch einfach platt. Mit hängendem Kopf machte ich kehrt und schlich wieder durch das Gestrüpp zurück, dorthin, wo ich eine gute Übersicht über den Platz hatte. Suchend schweiften meine Augen umher. Doch von Phili keine Spur. Erneut kontrollierte ich die Uhrzeit. 00:09 Uhr. Abermals taxierte ich die grölenden Gestalten, doch Phili blieb verschwunden. Und auch Torben war nirgends zu sehen. Diese Tatsache katapultierte meinen Puls in die Höhe. Unbewusst begann ich, langsam den Platz zu umrunden. Natürlich immer im Schutz der struppigen Büsche, die meine schmale Gestalt verschluckten.

Mein Herz pochte so laut, dass ich ernsthaft befürchtete, einer der Anwesenden würde es hören.

In meinem überspannten Gehirn spielte sich folgende skurrile Szene ab:

„Seid mal still Leute!"

„Was ist denn?"

„Hört ihr das auch. Da hämmert doch was."

„Jetzt wo du es sagst. Stimmt, ich höre es auch."

„Ich glaube, dass kommt von dem Busch da hinten."

„Du hast recht. Klingt nach Herzklopfen."

„Da hockt bestimmt einer und belauscht uns."

„Dann polieren wir dem mal ordentlich die Fresse!"

Ängstlich hielt ich inne und schielte zu den feiernden Jugendlichen rüber. Nichts deutete jedoch darauf hin, dass sie meine Anwesenheit auch nur erahnten.

Sie lachten. Sie soffen und sie grölten.

Trotzdem wünschte ich mich tausend Meilen von hier weg. Allerdings MIT Phili. Ich musste sie nur noch finden.

Ich hoffte, dass sie ihren mageren Hintern nicht auf das klapprige Mofa geschwungen hatte und mit einem betrunkenen Torben einen Ausflug veranstaltete.

Plötzlich raschelte es direkt vor mir, gefolgt von einem widerlichen Würge-, Kotzgeräusch. Beim ersten Klang schrumpfte ich auf die Größe eines Tennisballs und kauerte mich wie ein lahmer Krebs auf den Boden.

Ein weiteres Rascheln folgte und dann eine böse Stimme,

„Hast du sie noch alle? Du hast auf meine Jeans gekotzt!"

Ich linste unter einem tiefhängenden Zweig hindurch.

Weiteres Rascheln ertönte. Dann schob sich eine dunkle Gestalt auf die Lichtung, keine zwei Meter von mir entfernt. Ich duckte mich noch tiefer, erkannt in diesem kurzen Augenblick aber, dass es sich bei dieser dunklen Gestalt eindeutig um Torben handelte.

Und ganz offensichtlich war er ziemlich sauer.

„Dumme Schlampe!"

Dann trottete er zu den anderen, riss sich zischend eine Dose auf, setzte sie an und trank.

Ich schaute zurück zu der Stelle, an der er eben aus dem Gebüsch gekrochen war und zögerte. Hatte ER sich übergeben? Was, wenn ich in der Dunkelheit in seine Kotze latschte? Ich war mir sicher, dass ich dann auch kotzen müsste und dass man mich dann schlussendlich doch finden würde. Ich kotzte normalerweise ziemlich geräuschvoll, wenn ich mal kotzte.

Das Risiko schien mir dann doch zu groß.

Gerade als ich mich herumdrehen wollte, um in einer anderen Richtung weiterzusuchen, hörte ich erneutes Rascheln. Diesmal aber nur sehr leise.

Dann folgten ein unterdrücktes Stöhnen und ein gequältes Würgen.

Alarmiert schob ich mich halbwegs entschlossen auf Knien weitervorwärts und tastete mich mit zitternden, eiskalten Fingern voran, bis meine Fingerspitzen einen Widerstand ertasteten. Erschrocken zog ich meine Finger zurück, doch dann erklang ein weiteres herzzerreißendes Stöhnen.

Ich schob meine Furcht beiseite und krabbelte so weit vor, bis ich ein nacktes Bein fühlte. Langsam gingen meine Finger auf Wanderschaft und versuchten mir die Augen zu ersetzen. Meine Hand glitt über ein warmes Knie, über Oberschenkel, den Bund einer kurzen Hose, einen offenen Reißverschluss, einen leicht bebenden Bauchnabel und dann Brüste. Nackte Brüste.

Eigentlich hätte ich meine Hand fortziehen sollen, doch sie tasteten sich weiter nach oben, über einen schmalen Stoffwulst. Dies konnte nur ein Shirt sein.

Vorsichtig zupfte ich, bis der dünne Stoff die bloßgelegten Brüste wieder bedeckte. Nun war ich mir sicher, dass es ich bei diesem Ding um Phili handelte.

Phili, der es offensichtlich ziemlich schlecht ging. Ich schob mich etwas höher, um an ihr Gesicht zu kommen. Wie ein Blinder fuhren meine Fingerspitzen über heiße Wangen, eine kleine schnaufende Nase und geschlossene Augen. Der Gestank von Alkohol, gemischt mit Kotze, stieg in meine Nase. Sofort rebellierte mein Magen.

Instinktiv atmete ich durch den Mund und rüttelte sachte an der kraftlosen Gestalt, „Phili! Phili, wach auf!"

Als Antwort bekam ich lediglich ein weiteres leises Stöhnen und zusätzlich einen promillelastigen Rülpser. Mittlerweile war ich so weit, in Panik auszubrechen. Vor mir lag Phili und offensichtlich war sie sturzbesoffen.

Und unser Zelt lag etwa siebenhundert Meter Luftlinie von uns entfernt. Eine Kombination, die mich vor eine scheinbar unüberwindbare Aufgabe stellte.

Völlig verängstigt linste ich durch die Büsche zu Torben. Was sollte ich tun, wenn er noch einmal zurückkam und sein Werk, von dem ich nur ahnen konnte, um was es sich handelte, vollenden wollte?

Phili war so weggetreten, dass sie sich nicht wehren konnte. Nachdenklich strich ich meiner Freundin über das schweißnasse Haar. Es gab eigentlich nur eine Möglichkeit. Ich musste meine Freundin irgendwie hier wegbringen. Egal wie.

Also rüttelte ich noch einmal. Diesmal jedoch etwas energischer und zischte, „Mach die Augen auf, Phili! Los. Wir müssen hier weg!"

„Laaaaariiiin? Wa?"

Sofort legte ich ihr die Hand auf den Mund, „Pssst! Nicht so laut. Komm, steh auf!"

„Kannnnich…bin sooooo müüüüüde."

Ich packte sie im Nacken und bugsierte sie in eine sitzende Position, die ihr offensichtlich mehr als unangenehm war.

„Lassssmich."

Ihre halbherzige Gegenwehr prallte an mir ab. Ungerührt erhob ich mich, stellte mich hinter sie, schob meine Arme unter ihre Achseln und verschränkte die Hände vor ihrer Brust. Dann zog und zerrte ich, immer den ängstlichen Blick auf die schemenhafte Lichtung geheftet, von der ich einfach nur wegwollte. Mir war in diesem Moment auch völlig egal, ob ihre Beine verschrammt wurden oder ich ihr möglicherweise die Schultern auskugelte. Danach konnte ich schauen, wenn die Luft einigermaßen rein war.

Keuchend und schwitzend bahnte ich mir rücklings mit meinem ungewöhnlichen Ballast eine Schneise durch das Unterholz. Immer weiter weg von der saufenden Brut, bis ich unverhofft mit meinem Rücken gegen eine Mauer stieß. Überrascht ließ ich Phili einfach los. Sofort plumpste sie zu Boden und kippte wie ein nasser Sack einfach um.

Trotzdem war ich in diesem Augenblick unendlich erleichtert. Ich befand mich am Rand des Parks.

Jetzt musste ich nur noch an der Mauer entlang, bis ich zu einem der vier Eingänge kam. Dort befanden sich nicht nur Parkbänke, sondern auch kleine Brunnen, an denen durstige Vierbeiner an einem heißen Sommertag ihre ausgedörrten Kehlen benetzen konnten.

Kaltes Wasser, in das ich Philis Kopf zu tauchen gedachte. Zu meinen Füssen grunzte es. Sofort stellte ich mich hinter Phili, schlang die Arme um ihren Bauch und hob sie grob an. Der plötzliche Druck beförderte übelriechende Flüssigkeit hervor, die platschend auf dem belaubten Boden landete. Erneut ruckelte ich hart. Ich wusste, dass so viel wie möglich von diesem verdammten Zeug aus Phili herausmusste. Also schüttelte und drückte ich, bis meine Arme vor Erschöpfung anfingen zu zittern

Als schließlich nicht mehr kam und Phili nur noch weinerlich wimmerte, beugte ich mich entschlossen von hinten über sie, suchte ihren Mund und rammte ihr meinen Zeigefinger tief in die Mundhöhle, bis hinten ans Zäpfchen. Augenblicklich würgte Phili. Heiße Brühle lief über meine Hand, doch ich ließ nicht locker. Phili fing an zu bocken und versuchte mich abzuschütteln, doch ich stieß immer wieder tief in ihren Rachen. Ich fühlte ihre verkrampften Muskeln und roch den sauren Schweiß, der von ihr aufstieg, dennoch bekam ich kein Mitleid.

SIE hatte alles in sich reingeschüttet und ICH würde alles wieder aus ihr herausholen. Basta!

Irgendwann sackte sie kapitulierend unter mir zusammen und ich ließ endlich von ihr ab.

Vollgepumpt mit Adrenalin rappelte ich mich auf und zog sie unbarmherzig mit hoch, „Los, auf die Beine. Wir müssen heim. Dort kannst du dich meinetwegen hinlegen und deinen Rausch, mitsamt deiner Dummheit ausschlafen!"

Phili grumpfte leise, „Arschloch!"

Trotz der immensen Anspannung unter der ich gerade stand, musste ich grinsen,

„Gern geschehen, Dumpfbacke!"

Wir schlängelten uns noch weitere zehn Minuten an der dicken Mauer entlang und plötzlich tauchte der Kiesweg auf. Direkt neben uns plätscherte ein kleiner, hüfthoher Brunnen. Ohne Umschweife tauchte ich ihre Arme bis zum Ellbogen in das kalte Wasser. Phili stützte sich erschöpft und laut keuchend ab, während ich mit der hohlen Hand Wasser schaufelte und ihren Nacken, ihr Gesicht und ihren Hals abrubbelte. Obwohl ich wusste, dass dies kein Trinkwasser war, hielt ich ihr meine gefüllte Handfläche an die Lippen, „Trink!"

Was für Hunde gut war, musste in diesem Augenblick für Phili reichen. Unwirsch schubste sie meine Hände zur Seite, „Ich kann das selbst!"

Und schon tauchte ihr Kopf nach unten und lautes Schlürfen erklang. Zufrieden verharrte ich neben ihr und schaute mich prüfend um. Immerhin waren wir zwei Zwölfjährige, die mitten in der Nacht im Park herumstromerten. Ein gefundenes Fressen für die Polizei.

Doch soweit wollte ich es natürlich auf keinen Fall
kommen lassen, deshalb mahnte ich zur Eile, „Bist du bald
fertig?"

Es grumpfte gluckernd. Ich hörte wie Philis Lippen das
Wasser gierig einsaugten und es wie ein plätscherndes
Rinnsal ihre Kehle hinabbrann, wo es hoffentlich ihren
aufgewühlten Magen etwas beruhigte.

Also wartete ich noch ein paar weitere Sekunden.

Doch das Pflaster, beziehungsweise der Kies, brannte unter
meinen Fußsohlen. Die Gefahr, doch noch entdeckt zu
werden, wuchs mit jeder Sekunde. Also ruckte ich sie an
der Schulter grob nach oben, „Das reicht. Gib mir deine
Hand und halte bloß die Klappe. Verstanden?"

Anschließend bahnte ich mir unseren Rückweg durch
verschiedene Hintergärten, deren Besitzer sich am
nächsten Morgen sicherlich über einige zertrampelte
Blumenbeete und plattgewalzte Salatköpfe wundern
würden. Aber das war mir in diesem Moment egal.

Ich wollte Phili, die sich ohne zu murren hinter mir
herzerren ließ, einfach nur zurück zu unserem Zelt
bringen.

Als wir dort endlich ankamen, schubste ich sie doch etwas
rücksichtslos in die Behausung hinein. Phili beschwerte
sich nicht. Vielleicht wusste sie, dass sie diese grobe
Behandlung mehr als verdient hatte? Vielleicht war sie
aber auch einfach nur zu Tode erschöpft und wollte
schlafen. Doch mir machte der Restalkohol in ihrem
schmalen Körper noch immer Sorgen. Deswegen ließ ich
Phili einfach so liegen, wie sie ins Zelt gefallen war, schlich
zum Haus und bahnte mir auf Zehenspitzen den Weg
durch den Keller, hinauf in die Küche. Dort fingerte ich in
der Brotdose nach einem trockenen Brötchen.

Auf dem Rückweg sackte ich im Keller ganz spontan noch eine Flasche Cola ein. Salzstangen und abgestandenes Cola sollten ja bei Durchfall helfen. Warum nicht auch bei Brech-Attacken? Ich hatte zwar keine Salzstangen, doch in dem lappigen Brötchen steckte meine Hoffnung, es möge den restlichen Alkohol, den ich nicht gewaltsam aus ihr herauspressen konnte, einfach aufsaugen.

Wie ein Schwamm.

Sozusagen ein medizinischer Brötchen-Notfall-Schwamm.

Im Garten linste ich hoch zu unserem Balkon, besser gesagt, zu den Fenstern dahinter. Erleichtert stellte ich fest, dass nirgends Licht brannte. Also schien unsere Abwesenheit tatsächlich unbemerkt geblieben zu sein.

Mit einem erlösenden Seufzer trottete ich zurück zum Zelt, wo Phili noch immer, mit hochgereckten Hintern, halb auf der Nase lag und leise schnarchte. Umständlich fummelte ich nach der Taschenlampe, die mein Vater uns hiergelassen hatte und knipste sie an. Etwas rüde verpasste ich ihren Hüften einen Stoß, so dass ihr Hintern zur Seite kippte. Sofort grummelte sie halb erbost, „Lass mich!"

Doch auch in diesem Moment hielt sich mein Mitleid stark in Grenzen, „Setz dich hin! Los, mach schon!"

Phili rührte sich nicht. Das machte mich wütend. Härter als gewollt zerrte ich sie am Unterarm nach oben, packte sie am Kinn und brachte mein Gesicht ganz dicht an ihres heran. Sofort wurde ich in eine übelkeitserregende Atemwolke eingehüllt. Ich ignorierte meinen wimmernden Magen und knurrte, „Ich hab' meinen verdammten Arsch für dich riskiert um dich nach Hause zu schleppen, du dumme Pute. Weißt du eigentlich, was Doofi-Torbi mit dir anstellen wollte? Weißt du das? Du kannst von beschissenem Glück reden, dass ich dir gefolgt bin und jetzt friss dieses verdammte Brötchen und sauf die Cola. Klar?"

War es der resolute Unterton in meiner Stimme oder die, für meine Person, ungewöhnliche vulgäre Aussprache oder doch vielleicht der unterschwellige Zorn, der wie feine Nadeln hervorstach? Was immer es war, Phili glotzte mich im Schein der kleinen Taschenlampe mit großen, blutunterlaufenen Augen an, griff automatisch nach dem hingehaltenen trockenen Brötchen und biss hinein. In der Zwischenzeit öffnete ich ihr die Colaflasche und hielt sie Phili wortlos, mit zusammengekniffenen Lippen hin.

Erst nachdem sie das ganze Brötchen mit ein paar Schlucken zimmerwarmer Cola runtergeschluckt hatte, löste sich meine innere Anspannung. Dies äußerte sich in einem lauten Stoßseufzer. Doch wütend war ich noch immer. Ohne Phili noch eines Blickes zu würdigen, kommandierte ich, „Jetzt leg dich hin und schlaf. Ich will keinen Mucks mehr von dir hören!"

Auch wenn ich gerade wie mein eigener Vater klang, so spürte ich bei diesem resoluten Kommando eine gewisse Genugtuung. Entschlossen zog ich den Reißverschluss des Zeltes zu, krabbelte in meine Nische, wurschtelte mich in den Schlafsack und schloss die Augen. Nebenan raschelte es kurz, was darauf schließen ließ, dass Phili ebenfalls in ihren Schlafsack kroch.

Dann wurde es still im Zelt. Es dauerte jedoch noch einige Zeit, bis mein Adrenalinpegel soweit gesunken war, dass mich die Müdigkeit endlich in einen tiefen, traumlosen Schlaf fallen ließ.

Völlig unerwartet wurde ich von einer laut dröhnenden Stimme aus meiner erholsamen nächtlichen Ruhe gerissen.

„Guten Morgen, ihr beiden Langschläfer. Es ist schon nach elf. Wollt ihr nicht mal aus euren Kojen kriechen?"

Blinzelnd stemmte ich mich auf und starrte zum Eingang, wo ich in das amüsierte Gesicht meines Vaters schaute, „Wassiss?"

Auch neben mir regte sich etwas und ich hörte Phili nuscheln, „Licht aus!"

Mein Vater lachte gutmütig, „Was ist los? Habt ihr etwa Party gemacht letzte Nacht? Auf, auf! Keine Müdigkeit vorschützen. Wir müssen das Zelt noch abbauen. Es hat Regen für heute Mittag gemeldet."

Gottlob schien er nicht auf eine Antwort zu warten, denn sein Kopf verschwand vom Eingang und ich hörte seine Schritte, die zurück zum Haus gingen.

Total geschlaucht kroch ich aus meinem Schlafsack und rutschte zum Eingang. Plötzlich spürte ich Philis Hand an meinem Knöchel.

„Danke, Laurin!"

Na, wenigstens etwas…

2004

Obwohl ich anfangs gegen das Gymnasium gewesen war, erwies sich der Wechsel als wahrer Segen für mich. Abgenabelt von dem schwächer ausgeprägten Intelligenzquotienten meiner ehemaligen Klasse, blühte ich in der neuen Schule wie ein frisch gedüngter Rosenbusch auf. Hier hatte ich zum ersten Mal in meinem Leben das Gefühl, nicht der Nerd zu sein, zu dem mich alle anderen abgestempelt hatten, nur weil ich eben gerne und viel las. Viele meiner neuen Klassenkameraden waren mir ähnlich und dennoch galt ich unter all diesen klugen Köpfen, als einer der Cleversten. Das Lernen fiel mir nicht nur leicht, es machte auch noch Spaß. Mit Feuereifer stürzte ich mich in meine neuen Aufgaben.

Leider musste ich mir dabei eingestehen, dass einiges dabei durch mein neugestaltetes Lebensraster fiel.

Phili zum Beispiel.

Zwar telefonierten wir noch immer regelmäßig, doch die Abstände hatten sich vergrößert. Waren es früher tägliche Gespräche gewesen, so schrumpfte unser Kommunikationsanteil auf 1x Wöchentlich. Auch der Inhalt änderte sich zwangsweise, da ich ja nicht mehr in ihrer Klasse und auf ihrer Schule war.

Statt Tratsch und Lehrer-Häme zerfledderten wir nun unsere Zukunft in seine Einzelbestandteile. Nun ja, eigentlich zerpflückte ich meine Visionen und Ziele.

Phili hört oft nur zu und schmiss ein ‚Aha' oder ein ‚Oh' hinein. Ob sie interessant fand, was ich so vom Stapel ließ, konnte ich nicht sagen und wenn ich ehrlich war, nahm ich darauf auch nicht wirklich Rücksicht. Ich fühlte mich endlich voll in meinem Element und war der Meinung, meine beste Freundin müsste unbedingt daran teilhaben.

Dass dies möglicherweise etwas einschüchternd auf Phili gewirkt haben mochte und letztendlich dazu führte, dass wir nur noch unregelmäßig zusammen um die Häuser zogen, war mir offensichtlich nicht bewusst.

Zumindest anfangs nicht.

Dies änderte sich allerdings circa eine Woche nach unserem 14. Geburtstag.

Es war der 31. Mai. Genauer gesagt Montag, der 31. Mai. Ich war gerade mit meinem Fahrrad auf dem Weg in die Bücherei und kreuzte die Hauptstraße, gleich unter dem Dom, als mir ein hellblonder Haarschopf in einem Pulk johlender Jungs auffiel. Woher ich wusste, dass es sich hier um Phili handelte, konnte ich nicht sagen. Aber ich war mir sofort sicher, dass es Phili war. Man könnte es Gespür nennen oder vielleicht Seelenverwandtschaft, denn auch Phili schaute ohne zu zögern direkt in meine Richtung. Obwohl ich noch ein gutes Stück von der Truppe entfernt war, sah ich das Lächeln auf ihrem Gesicht.

[Phili] Hi Laurin.

[Laurin] Was machst du hier?

Mein Blick wanderte abschätzend über die Jungen.

Phili zuckte lässig mit den Schultern.

[Phili] Wir hängen nur ein bisschen ab. Und du?

Ihr Blick wanderte zu meinem Gepäckträger, auf den ich das Buch geklemmt hatte, dass ich in der Bücherei gegen ein neues Buch tauschen wollte (Die wundervolle Welt der Mathematik gegen Geologische Fakten des Erdkerns).

Ein leicht spöttisches Lächeln umspielte ihre Mundwinkel.

[Phili] Bücherei?

Mir gefiel dieser leise Spott, der mir mit diesem Blick entgegenwehte nicht, deswegen nickte ich nur knapp und schwang mich auf meinen Sattel, ohne ihr noch einen weiteren Blick zu schenken.

Ich mochte nicht, wie sie sich aufführte, wenn sie mit anderen um die Häuser zog. Dann wirkte sie irgendwie, wie… naja… wie billige Massenware.

Wie ein Wühltisch-Mensch!

Dabei war sie wie eine schimmernde, wunderschöne Perle. Ein wundervolles Unikat, geschaffen aus einer guten Laune der Natur. Zumindest in meinen Augen.

Nicht zum ersten Mal stellte ich mir die Frage, warum sie sich in Gegenwart anderer so klein und normal machte.

Ich war wohl so in meinen analytischen Phili-Gedanken verstrickt, dass ich in der Bücherei doch tatsächlich das Geologie Buch vergaß.

Doch das fiel mir erst auf, als ich vor dem großen Kaufhaus, in der Nähe des Krankenhauses, mein Fahrrad ankettete. Verdutzt glotzte ich auf den leeren Gepäckträger. Gleichzeitig keimte Ärger in mir auf.

Verdammt! Ich hatte das Buch eigentlich heute Abend im Bett lesen wollen.

Doch ich brauchte auch noch einen neuen Zirkel und ein paar Fine-Liner. Ganz bestimmte Fine-Liner. Die bekam ich nur in dem kleinen Schreibladen, im zweiten Stock. Dann fiel mir ein, dass dort, in der hinteren Ecke, halb verdeckt vom Klatschblätter-Regal, auch die Wissenschaftsmagazine lagen. Vielleicht fand ich ja dort etwas zum abendlichen Bett-Schmökern. Schnell zählte ich noch meine Barschaft im Portemonnaie und betrat die heiligen Kaufrauschhallen. Mit der Rolltreppe ließ ich mich nach oben chauffieren. Phili war aus meinen Gedanken verschwunden, als ich die letzte Rollstufe passierte. Im Geiste klapperte ich bereits den Zeitschriftenladen nach anspruchsvoller Lektüre ab.

Da hörte ich plötzlich ihr Lachen.

Automatisch drehte ich mich herum.

Sie und zwei der Jungen, deren Namen ich nicht kannte, stiegen gerade lachend auf die unterste Stufe der Rolltreppe. Noch hatte sie mich nicht bemerkt und ich wollte auch nicht, dass sie mich bemerkte. Deswegen huschte ich eilig hinter einen hohen Ständer, an dem sommerliche Schals wie geblümtes Lametta herabhing. Die Stimmen näherten sich. Ich duckte mich etwas tiefer und presste mich dichter in die luftigen Stoffbahnen.

„Ich hätte meinem Alten am liebsten meine Faust in den Rachen geschoben. Für Bier und Schnaps sind die Penunsen immer da."

„Dein Züchter ist ein Alki, Richi. Das weiß doch jeder. Aber mach dir nix draus. Ich hab' auch nix abstauben können. Wie immer, hat MEIN Alter den Unterhalt nicht locker gemacht. Die Olle hat ne ganz schöne Welle geschoben. Ich war nur froh, dass **ich** diesmal nicht ihr Ziel war. Man, hat die am Telefon rumgeblökt."

Phili und die beiden Jungs, von denen einer wohl Richard hieß, wie ich gerade erfahren hatte, passierten meinen verborgenen Standort. Erleichtert atmete ich auf und schälte mich kopfschüttelnd aus den Schals hervor.

Was waren denn das für Gestalten? Woher kannte Phili denn solch unterbelichtete Armleuchter? Gingen die etwa mittlerweile in ihre Schule?

Ich kannte die beiden auf jeden Fall nicht.

Noch nicht einmal vom Sehen.

Vorsichtig beugte ich mich in den Gang und schaute dem ungleichen Trio nach. Phili, mit ihrem goldblonden Pagenkopf, ging in der Mitte. Ihre rechte Hand klammerte sich an den rechten Typen. War das Richi?

Ohne es zu bemerken, runzelte sich meine Stirn.

Dann folgte ich dem Trio.

Nicht etwa, weil ich unbedingt wissen wollte, wohin es sie verschlug oder um sie zu belauschen, nein, der Zeitschriftenladen lag in der gleichen Richtung.
Doch plötzlich bogen sie ab und verschwanden in einer Drogerie. Eilig rauschte ich an dessen Eingangstüren vorbei und linste dabei kurz hinein.
Doch niemand von den Dreien war zu sehen.
Halbwegs erleichtert schnaufte ich durch, hob den Kopf und sah in einiger Entfernung den, von mir angestrebten, Zeitschriftenladen. Warum ich dann doch noch einmal einen Schritt zurück machte und in das bodentiefe Fenster der Drogerie schaute, wusste ich nicht. Ich tat es einfach. Und dann sah ich Phili mit den beiden Jungen.
Sie gammelten an einem Schminkregal herum, wo Phili sich irgendeine Paste auf den Handrücken schmierte. Es konnte Lippenstift sein. So genau erkannte ich das aus meiner Perspektive nicht. Auf jeden Fall hielt sie dem Kerl, mit dem sie händchenhaltend in den Laden flaniert war, ihren Handrücken unter die Nase und sagte irgendwas.
Ich stand da und beobachtete dieses Treiben. Der Junge, von dem ich annahm, dass es sich um Richi handelte, kräuselte die Nase, drehte sich zum gefüllten Regal rum, schnappte sich ein anderes Teil, drückte es ihr in die Hand und flüsterte ihr was ins Ohr. Ich sah, wie Philis Augenbrauen nach oben schnellten, ihre Wangen sich röteten und sie plötzlich den Kopf schüttelte.
Mit zusammengepressten Lippen nahm sie den Gegenstand und legte ihn zurück. Der Junge lachte, rempelte seinen Kumpel an und schien boshaft zu feixen. Dann packte er seinen dämlich grinsenden Freund am Ärmel, sagte noch etwas zu Phili, dass sie beschämt nach unten blicken ließ und trollte sich, ohne noch einmal einen Blick zurückzuwerfen.

Die Beiden verschwanden aus meinem Blickfeld. Doch das interessierte mich nicht.

Ich schaute noch immer durch das Fenster zu Phili, die nun etwas verloren in dem leeren Gang stand und unschlüssig auf ihrer Unterlippe kaute. Ich fragte mich, was sie wohl gerade dachte, da griff sie völlig unverhofft hastig ins Regal und stopfte in Windeseile etwas in ihre Jackentasche. Völlig schockiert starrte ich auf meine Freundin, die sich nun verstohlen umschaute. In diesem Moment traten Richi und sein Kumpel aus dem Laden. Sie lachten noch immer. Bevor mein Verstand eine Entscheidung fällen konnte, setzten sich meine Beine auch schon in Bewegung. Ich stürmte in die Drogerie und pirschte mich von hinten in den Gang, wo Phili noch immer wie angewurzelt stand. Offensichtlich war sie so in ihre verbrecherischen Gedanken versunken, dass sie mein Erscheinen überhaupt nicht registrierte. Ohne nachzudenken rempelte ich sie grob von hinten an, griff dabei unbemerkt in ihre Jackentasche und packte sie gleichzeitig am Arm, als sie gefährlich strauchelte. Erschrocken glotzte sie mich mit großen Augen an, „Laurin?"

Ich blickte mit hart blitzenden Augen zurück und knurrte wütend, „Deine Freunde warten draußen auf dich!"

Ohne ihre stotternde Antwort abzuwarten, ließ ich sie abrupt los und verschwand im nächsten Gang, wo ich mit klopfendem Herzen völlig wahllos nach einem dunkelblauen Männerdeo griff und so tat, als ob ich wahnsinnig gerne nach Eisbonbons duften wollte. Doch meine Gedanken waren ganz woanders.

Mein überraschendes Erscheinen schien Phili doch etwas aus der Bahn geworfen zu haben. Verwirrt schaute sie sich um, schüttelte schließlich den Kopf und machte sich daran, den Laden zu verlassen. Ich schielte um die Ecke.

So bekam ich mit, wie ein älterer, unscheinbar wirkender Mann mit ernster Miene auf sie zutrat und sie am Weitergehen hinderte. Leider war ich zu weit entfernt, um mitzubekommen, was der Mann zu ihr sagte, doch seine Geste war selbstredend. Er wies auf Philis Jackentasche und hielt dann seine Hand auf. Ich sah, wie ihre Gestalt sichtlich in sich zusammenfiel. Nur zögerlich griff sie in ihre Jackentasche, um dem Mann, bei dem es sich

vermutlich um den hiesigen Ladendetektiv handelte, DAS auszuhändigen, was er von ihr verlangte.

Mit klopfendem Herzen schaute ich nach unten auf meine Hand, die sich krampfhaft zur Faust ballte. Ich spürte den schmalen, harten Gegenstand im Innern und kochte vor Wut. Was war denn mit Phili los?

Wie konnte sie nur so dämlich sein?

Mein Blick hob sich und ich schaute wieder nach vorne. Doch weder der Detektiv noch Phili waren noch zu sehen. Langsam verließ ich meinen Platz und schlich Gang für Gang nach vorne. Doch die beiden schienen wie vom Erdboden verschluckt. Ich war so mit Suchen beschäftigt, dass ich erst an der Kasse bemerkte, dass ich noch immer den blöden Lippenstift und das stinkende Deo-Spray in der Hand hielt. Da sich von hinten eine dickliche Oma mit prallvollem Einkaufswagen heranschob und mir den Weg abschnitt und vielleicht auch, weil ich mich für meine Freundin schämte, legte ich die zwei Artikel auf das Band und zahlte zähneknirschend 8 Euro und 97 Cent.

Jetzt würde ich mir keine Zeitschrift mehr kaufen können. Gerade als die Kassiererin das Wechselgeld in meine offene Handfläche fallen ließ, hörte ich eine dunkle und ziemlich streng klingende Stimme in meinem Rücken.

„Dein Glück, dass du den Lippenstift offensichtlich irgendwo wieder zurückgelegt hast. Du kriegst jetzt mal kein Hausverbot, weil ich nichts gefunden habe. Doch ich würde dir abraten, diese Dummheit noch einmal zu wiederholen. Das nächste Mal hast du nicht so viel Glück. Die Kameras sehen alles, junges Frollein. Haben wir uns verstanden?"

Ich warf einen schnellen Blick über meine Schulter und steckte gleichzeitig das Wechselgeld achtlos in meine Hosentasche. Phili stand mit ziemlich betretener Miene vor ihm und nickte kaum merklich. Dies schien dem Mann nicht zu genügen und offensichtlich hatte er auch etwas Mitleid mit Phili. Mit einem eindringlichen Blick schaute er ihr ins Gesicht, „Lass dich nicht von anderen anstiften. DU bist diejenige, der alles ausbaden muss. Nicht die anderen. Mensch, Mädchen. Verbau dir nicht die Zukunft. Versprich mir, sowas nie wieder zu tun."

Noch einmal nickte Phili. Mehr war wohl in diesem Moment nicht von ihr zu erwarten. Das schien auch der Mann so zu empfinden. Mit einem leisen Seufzer entließ er sie, „Na los. Du kannst gehen."

„Junger Mann. Würdest du bitte mal Platz machen?" Erschrocken zuckte ich zusammen und schaute auf den leeren Einkaufswagen, der sich ziemlich aufdringlich in meine Seite bohrte. Der Wagen gehörte zu der dicklichen Oma, die mich nun leicht genervt musterte, „Auf was wartest du denn noch. Husch!"

Wie ein lästiges Insekt wurde ich von der alten Dame weggewedelt.

Gerade als Phili an mir vorbeiging, packte ich das Deo und den Lippenstift und folgte ihr.

Phili schien mich überhaupt nicht zu registrieren. Sie schien mich noch nicht einmal bemerkt zu haben.

Wie ein geprügelter Hund trottete sie nach draußen. Erst als sie die beiden Jungs erblickte, die in einiger Entfernung nun lautstark auf sich aufmerksam machten, kam wieder Leben in sie.

Ich beobachtete, wie sie mit weitausholenden Schritten nach vorne stakste, gleichzeitig mit ihrer rechten Hand ausholte und eben diese Hand in der nächsten Sekunde auf Richis Wange knallte. Begleitet wurde dieses kurze laute Geräusch mit einem deftigen Kommentar,

„ARSCHLOCH!"

Dann wand sie sich abrupt ab und düste in gefühlter Lichtgeschwindigkeit von dannen. Völlig perplex starrte ich ihr nach, genau wie Richi, der sich verdutzt über die rote Wange rieb. Er nuschelte etwas, dass ich von meiner Position aus jedoch nicht verstehen konnte.

„Junger Mann. Hast du vor hier Wurzeln zu schlagen?"

Überrascht wirbelte ich herum und starrte in das runde Gesicht der dicklichen Oma. Die zusammengekniffenen Augen der alten Dame musterten mich genervt, „Nun mach schon Platz. Ich habe nicht den ganzen Tag Zeit!"

Ganz automatisch rückte ich ein Stück zur Seite und ließ die alte Frau mit ihrer großen Stofftasche, die an ihrem Handgelenk baumelte, vorbei. Dann warf ich erneut einen Blick zu den beiden Jungs rüber. Doch die Stelle, an der sie gerade eben noch gestanden hatten, war leer. Nun stand ich hier vor der Drogerie und wusste nicht ob ich erleichtert, enttäuscht oder verärgert sein sollte.

Ich entschied mich für enttäuscht. Enttäuscht von Phili. Enttäuscht, dass ich nun meine Zeitschrift nicht kaufen konnte und enttäuscht, dass Phili nicht noch fester zugehauen hatte. ICH hätte ganz sicher fester zugehauen. Dieser Richi war doch wirklich das Letzte.

Hoffentlich hatte Phili dies nun auch begriffen.

Zusammen mit dem ekligen Männerdeo und einem Lippenstift, mit dem ich überhaupt nichts anfangen konnte, der aber durch die Bezahlung in mein Eigentum übergegangen war, verließ ich mit hängendem Kopf das Einkaufscenter.

Als ich zuhause angekommen und mich die schützende Hülle meines Kinderzimmers wieder umfing, warf ich die beiden unnützen Dinge auf mein Bett und starrte sie angewidert an. Dann hörte ich plötzlich Schritte auf der Treppe. Hastig sprang ich vor und stopfte meine unnütze und ungewollte Errungenschaft unter mein Kopfkissen. Keine Sekunde zu spät, denn im nächsten Moment wurde die Tür aufgerissen und das grinsende Gesicht meiner Mutter erschien im Türrahmen, „Heute gibt es selbstgemachte Pizza! OHNE Peperoni!"

Ich brummelte irgendetwas, dass sowohl Zustimmung, als auch Desinteresse bedeuten konnte. Dies schien nicht die Reaktion zu sein, die meine Mutter erwartet hatte, denn ihre grinsenden Mundwinkel sackten besorgt herab, „Alles in Ordnung, Laurin?"

Ich nickte mechanisch und drückte meinen Ellbogen unauffällig tiefer in das Kopfkissen. Diese Reaktion aktivierte nun offensichtlich den mütterlichen Sorgen-Modus, denn nun trat sie ein und setzte sich zu mir auf das Bett. Ich schob mich mit klopfendem Herzen etwas höher, so dass nun mein halber Oberköper auf dem Kissen lag. Ich spürte die rundliche Deo-Flasche an meinem unteren Rippenbogen und schluckte. Irgendetwas musste ich loswerden. Entweder meine Mutter oder die beiden blöden Gegenstände, die ich gerade vor ihr verbarg. Am liebsten wäre mir beides gewesen. Doch meine Mutter machte leider keine Anstalten zu verschwinden.

Sie beugte sich besorgt nach vorn und strich über meine feuchte Stirn, „Geht es dir auch wirklich gut, Schatz? Du schwitzt ja. Hoffentlich wirst du nicht krank."

Etwas unwirsch schob ich ihre kühle Hand fort, „Nein, es ist alles okay."

Der bohrende Blick meiner Mutter schwirrte durch mein Zimmer. Vielleicht, um eine Erklärung zu finden.

Eine Erklärung, die möglicherweise irgendwo von der Zimmerdecke baumelte oder zwischen meinen Poster pappte und die mein sonderbares Verhalten erklären würde. Doch sie fand nichts und ich schwieg weiterhin verstockt. Da ich jedoch wusste, dass sie so lange weiterbohren würde, bis sie eine Erklärung bekam, das tat meine Mutter immer, zwang ich mich zu einem schiefen Lächeln, „Es ist wirklich alles in Ordnung, Mama. Ich habe nur…!"

Ich hatte keine Ahnung welchen Grund ich mir nun aus den Fingern saugen sollte, als gottlob die Stimme meines Vaters aus dem Untergeschoss nach oben schwappte und mich aus der Bredouille rettete, „LAURIN! PHILI IST DA!"

Sofort leuchteten die Augen meiner Mutter auf.

Phili, dass Allerheilmittel für ihren Sohn war da.

Ihrer Meinung nach zu genau dem richtigen Zeitpunkt. Ich jedoch, war weniger glücklich darüber. Das Letzte was ich in diesem Moment sehen wollte, war Phili.

Dann setzte meine Mutter auch noch das berühmte Sahnehäubchen auf diese verzwickte Situation, in dem sie vergnügt trällerte, „Phili ist da, Laurin. Sie kann ja mit uns essen. Ich rufe gleich die Iris an und sag ihr Bescheid! Und nun hör auf Trübsal zu blasen. Geh doch mit ihr in den Garten und spielt noch etwas. Ich rufe euch, wenn das Essen fertig ist."

Während sie aufstand, zog sie mich am Arm mit nach oben. Nach einem kurzen Blick auf mein Kopfkissen, unter dem die beiden heimlichen Übeltäter lagen, ließ ich mich widerstrebend die Treppe nach unten ziehen.

Dorthin, wo Phili auf mich wartete.

Während meine Mutter in der Küche verschwand und mein Vater sich sofort wieder im Wohnzimmer hinter der Zeitung verschanzte, stand ich mit gesenktem Kopf an der untersten Treppenstufe und wäre am liebsten wieder nach oben in mein Zimmer gestürmt. Doch das hätte nur noch mehr Fragen aufgeworfen. Vor allem bei meinen elterlichen Mitbewohnern. Deshalb blieb ich einfach stumm stehen, scharrte mit meinem rechten Fuß auf dem unschuldigen Läufer herum und wartete.

„Hast du Lust in den Garten zu gehen, Laurin?"

Ich brummte, schob mich dann aber an ihr vorbei zur Kellertür. Phili folgte mir.

Draußen angekommen, schnappte ich mir meinen Fußball und versuchte ihn auf einem Fuß zu balancieren, was mir jedoch nicht gelang. Ich war schon immer ein lausiger Fußballspieler gewesen. Eigentlich frönte ich diesem ungeliebten Hobby nur meinem Vater zuliebe, der der Meinung war, Jungs müssten Fußball spielen. Phili lachte. Es klang etwas gezwungen. Doch dann nahm sie mir den Ball ab, warf ihn ein paarmal sachte in die Luft und fing ihn wieder auf. Ich betrachtete dies eine Weile.

Doch plötzlich kochte die Wut in mir hoch.

Ehe sie den blöden Ball noch einmal fangen konnte, schlug ich so feste auf ihn ein, dass er in Nachbars Garten landete. Philis Arme sackten nach unten und sie schaute mich mit flehendem Blick an, den ich jedoch wutschnaubend an mir abtropfen ließ.

[Phili] Bitte, Laurin…

[Laurin] Du bist eine Diebin!

Beschämte Pause. Phili senkte kurz den Blick und schaute mich dann aber wieder mit ihrem bettelnden Dackelblick an.

[Phili] Ich habe das ja eigentlich nicht gewollt.

Ich schnaufte verächtlich.

[Laurin] Du hast es aber getan.

[Phili} Ich weiß.

Erneute verlegene Pause. Dann fasste sie mich vorsichtig am Arm.

[Phili] Hast du deinen Eltern etwas davon erzählt?

Noch einmal schnaufte ich. Diesmal jedoch ziemlich böse.

[Laurin] Nein, natürlich nicht.

Diesmal schnaufte sie. Es klang unendlich erleichtert und genau dies befeuerte meinen Zorn erneut.

[Laurin] Aber vielleicht sollte ich DEINEN Eltern mal sagen, was ihr Früchtchen so treibt.

Erschrocken zuckte Phili zusammen und glotzte mich mit ihren großen blauen Puppenaugen völlig entsetzt an.

[Phili] Bitte, Laurin. Tu das nicht. Ich habe eh schon genug Schwierigkeiten zuhause.

[Laurin] Du meinst, außer dass du eine Diebin bist?

Philis Blick senkte sich und sie atmete schwer durch, ehe sie mir wieder in die Augen schaute.

[Phili] Ich bleibe wohl sitzen.

[Laurin] Vielleicht solltest du dann mal weniger auf Raubzüge gehen und deine kriminelle Energie in was Nützliches stecken, wie zum Beispiel lernen.

Philis Miene wurde bockig und passend dazu verschränkte sie die Arme.

[Phili] Das war das erste Mal, klar? Und ich habe ja auch nichts geklaut. Der Blödmann hat schließlich nichts bei mir gefunden. Ich habe ja noch nicht einmal Hausverbot bekommen!

An dieser Stelle platzte mir die Hutschnur. Ungewöhnlich hart packte ich sie am Oberarm und schleifte sie rücksichtslos quer durch das Haus, bis hinauf in mein Zimmer.

Dort zerrte ich sie bis an mein Bett, riss das Kopfkissen zur Seite und zischte, „Natürlich haben die nix bei dir gefunden. Weil **ich** es vorher aus deiner Jacke gezogen habe, die doofe Kuh und dir damit deinen verlogenen Arsch gerettet habe."

Völlig perplex starrte Phili auf das Männerdeo und den Lippenstift. Dann dämmerte es ihr.

„Ja klar. Du hast mich ja angerempelt. Und dabei hast du mir den Lippenstift aus der Tasche gezogen? Woher wusstest du überhaupt…?"

Urplötzlich kniffen sich ihre Augen zu schmalen Schlitzen zusammen, „Hast du mich etwa beobachtet?"

Ich schwieg und starrte runter, genau auf ihre Brüste. Sofort lenkte ich den Blick in eine andere Richtung. Philis Brüste waren das Letzte was ich mir in diesem Augenblick anschauen wollte und auch sollte.

„Laurin?"

Misstrauisch saugten sich ihre Augen an meinem Gesicht fest. Ich wusste nicht über was ich mich gerade am meisten aufregte. Dass Phili geklaut hatte oder dass sie mir unterstellte, sie bespitzelt zu haben. In diesem Moment war es wohl eher die zweite Annahme. Mit einem verächtlichen Abwinken unterstrich ich meine Verteidigung, die ja auch der Wahrheit entsprach, „Ich soll dich beobachtet haben? Spinnst du? Ist mir doch egal, mit wem du herumziehst. Ich war dort, weil ich in den Zeitschriftenladen wollte und weil ich einen Zirkel gebraucht habe, den ich übrigens nicht kaufen konnte, weil ich deinen bescheuerten Lippenstift kaufen musste. Und meine Zeitschrift konnte ich mir deswegen auch nicht kaufen. Meine ganze Kohle ich nur draufgegangen, um deinen wirklich unglaublich dämlichen Hals aus der Schlinge zu ziehen. Und DU wirfst mir jetzt vor, ich hätte dir nachgeschnüffelt? Hast du noch alle Latten am Zaun? DU bist der Übeltäter, nicht ich!"

Kochend vor Wut verschränkte ich die Arme vor der Brust und wand mich dem Fenster zu.

Die Stille im Raum breitete sich aus, wurde größer und schwerer, bis ich dachte, sie wäre einfach gegangen.

Nicht die Stille, sondern Phili.

Gerade als ich mich herumdrehen wollte, hörte ich ein leises Schluchzen hinter mir. Sofort wirbelte ich herum. Phili saß auf meinem Bett, den Lippenstift und das stinkende Männerdeo im Schoss und weinte still.

Ganz klar sah ich die großen, dicken Krokodilstränen, die an ihrer rotgefleckten Wange herabrannen. Die roten Flecken breiteten sich aus, wanderten ihren Hals hinunter und verstärkten sich. Ich kannte diesen Anblick.

So sah Phili immer aus, wenn sie weinte oder sich abgrundtief schämte. Es war kein sehr schöner Anblick, denn er ließ sie hilflos und verletzlich wirken, was sie in diesem Moment wahrscheinlich auch war. Vor allem hilflos. Ich spürte, sie wusste nicht, was sie jetzt tun sollte und dieses Gefühl bewog mich letztendlich dazu, das Feuer meiner Wut gewaltsam zu löschen und mich vorsichtig neben sie zu setzten. Da ich nicht wusste, welche Worte ihren Tränenstrom versiegen ließen, griff ich mir den Lippenstift, zog den Deckel ab und schraubte das fettig glänzende, feuerrote Gebilde aus seiner Höhle heraus. Dann nahm ich den Deckel und las leise,

„Zinnoberrot. Ist nicht wirklich dein Ding."

Phili glotzte mich mit tränenverschleiertem Blick an, zog den Deckel des Deorollers ab und schnupperte schleimig. Dann schniefte sie geräuschvoll und zog die Nase kraus, „Igitt. Das würde ich an deiner Stelle lieber nicht benutzen. Ist auch nicht dein Ding!"

Ich ließ den Lippenstift sinken und sie den Deoroller. Wir schauten uns ein paar Sekunden ernst in die Augen.

Und plötzlich lächelte sie, „Danke, Laurin."

Mehr sagte sie nicht. Einfach nur ‚Danke, Laurin'.

Doch dieses einfache ‚Danke' reichte mir vollkommen. Mit einem leisen Seufzer nahm ich ihr das fürchterlich riechende Deo aus der Hand, stand auf und warf ihn, zusammen mit dem grässlichen Lippenstift in meinen überquellenden Papierkorb, den ich dann auch direkt hochhob und an mich drückte, „Na komm, meine kleine Bonnie. Lass uns die Beweismittel vernichten und dann hauen wir uns den Bauch mit Pizza voll."

Grinsend erhob sich meine Freundin. Die Flecken an ihrem Hals und ihrer Wange verblassten langsam.

„Wer als letztes unten ist, ist ein faules Ei!"

Und Schwupps, stürmte sie mit wehendem Haar und laut kichernd aus meinem Zimmer, polterte bereits die Treppe nach unten, bis auch ich endlich in Bewegung kam, „DAS IST UNFAIR! DU HAST GESCHUMMELT!"

Meine Mutter bemerkte später am Tisch wohlwollend meine positive Gemütsänderung und äußerte dies, indem sie meinem Vater immer wieder verschwörerisch zuzwinkerte, bis dieser völlig irritiert fragte, „Hast du was im Auge Gudrun?"

Als Phili und ich daraufhin lauthals zu lachen anfingen, brummte er nur, „Völlig verrücktes Volk!"

Dann hob er die Zeitung an und verschlang hinter diesem bedruckten Schutzwall laut schmatzend seine Pizza, was Mamas Zwinkern und unser Lachen noch verstärkte.

Später brachte ich Phili noch nach Hause. Bevor sie jedoch die Haustür aufsperrte, trat ich aus einem unerklärlichen Impuls auf sie zu, nahm sie kurz in den Arm und flüsterte, „Du wirst nicht sitzenbleiben!"

Philis leuchtender Blick war Antwort genug. Sie lächelte noch kurz und verschwand im Haus. Eine Sekunde starrte ich die verschlossene Haustür an, dann trollte ich mich ebenfalls.

Ich hielt mein Wort. Zwar legte sie am Ende dieses Schuljahres kein glänzendes Zeugnis auf den heimatlichen Küchentisch, doch die Tatsache, dass die letzten Arbeiten einen ganz klaren Trend nach oben aufwiesen und sie ihr Engagement im schulischen Bereich spürbar steigerte, bewog die hoffnungsvolle Lehrerschaft dazu, sie doch noch ins neue, ins letzte Schuljahr mitzunehmen.

Unsere Freundschaft intensivierte sich wieder ein gutes Stück, was nicht zuletzt daran lag, dass Richi und Co. aus Philis Leben verbannt wurden und zwar von Phili selbst. Ein gutes Jahr hingen wir nun wieder öfter miteinander ab. Die Lernstunden weiteten wir mit Kino- und Schwimmbadbesuchen aus, wobei mir das Kino wesentlich lieber war, da mich im Schwimmbad einfach allzu oft ihre Brüste ansprangen, die ich unter dem knappen Bikini wirklich nur sehr schwer ignorieren konnte.

Eine Tortur für (m)ein pubertäres Ego.

Zu diesem Zeitpunkt hatte ich mir schon längst eingestanden, dass ich bis über beide Ohren in Phili verliebt war.

Allerdings hätte ich mir eher die Zunge abgebissen, als ihr dies zu sagen, denn ich wusste, ich war einfach nicht ihr Typ, da ich mit meiner schmächtigen Statur und der widerspenstigen Frisur, die sich einfach nicht so richtig auf hip und modern trimmen ließ, sang- und klanglos durch ihr Beuteraster fiel.

Aber sie in meinem Leben zu haben reichte mir.

Damals jedenfalls.

Doch das Leben sponn seine fiesen Strippen unaufhaltsam weiter und hielt eine Überraschung für mich in petto, mit der ich niemals, aber auch wirklich nie, nie, niemals gerechnet hätte. Es war der schönste Moment in meinem Leben und zugleich der Schrecklichste. Wir schreiben das Jahr 2006. Genauer gesagt der 23. Mai 2006. Noch genauer ein Dienstag. Und wenn man es ganz akkurat betiteln wollte…es war Philis und mein 16. Geburtstag.

2006

Mein schönstes Erlebnis und der Beginn einer meiner schrecklichsten Zeiten im Leben wurden eingeläutet durch unsere alteingesessene Grüne Minna, der Polizei.

Es war Samstag, der 20. Mai. Ich saß gerade im Keller und versuchte mich dort an meinem handwerklichen Geschick, in dem ich meinem Fahrradreifen einen neuen Schlauch aufschwatzen wollte. Völlig genervt knuddelte ich nun seit einer geschlagenen Stunde, kniend auf dem harten Betonboden, an diesem verflixten Teil herum, als oben im Hausflur das Telefon klingelte.

Das Läuten klang nur gedämpft an mein Ohr. Nicht weil ich so konzentriert war, sondern weil ich die Kellertür beigezogen hatte, um keinen Durchzug zu verursachen. Meine Mutter hasste Durchzug im Haus. Das Läuten hörte auf. Entweder weil der Anrufer aufgeben hatte oder weil meine Mutter an den Apparat

gehechtet war. Doch eigentlich interessierte mich dies nicht. Ich kämpfte noch immer mit dem Schlauch, der sich vehement weigerte freiwillig in den Mantel zu kriechen. Plötzlich ertönte ein Schrei.

Sofort fiel mir der widerspenstige Schlauch aus den Händen und ich schaute alarmiert zur Decke. Der Schrei hatte eindeutig nach meiner Mutter geklungen.

Nach meiner panischen oder zutiefst entsetzten Mutter. Ich hatte sie in meinen nun fast sechzehn Jahren nur ein einziges Mal so kreischen gehört und das war, als mein Vater vor knapp acht Jahren ihre teure Designer-Seiden-Bluse zusammen mit der Kochwäsche bei 90 Grad durch die Trommel gescheucht hatte. Das Ergebnis dieser äußerst ruppigen Behandlung bekam ich leider nicht zu Gesicht, doch das malerische Gezeter am Abend, als ich bereits im Bett lag, überließ nicht viel meiner Fantasie. Es war zwar nur ein Kleidungsstück, doch für meine Mutter schien es eine wirkliche Katastrophe darzustellen.

Das war der Grund weshalb ich mich schleunigst aufrappelte und die Treppe nach oben hechtete. Oben, am Treppenabsatz, blieb ich kurz stehen und lauschte. Hinter der Tür erklang die ziemlich aufgebrachte Stimme meiner Mutter, **„Das ist nicht wahr!"**

Pause.

„Oh Gott!"

Pause.

„Du Arme!"

Pause.

Verwirrt runzelte ich die Stirn. Meine Mutter war ganz offensichtlich wirklich am Telefon. Doch mit wem sprach sie und was war nicht wahr? Ich rückte mit dem Ohr näher an das Türblatt um besser lauschen zu können.

„ZWEI Polizisten?"

Pause.

„Der Peter ist bestimmt im Dreieck gesprungen."

Die Furchen auf meiner Stirn vertieften sich. Peter? War etwa die Iris, Philis Mutter am Telefon?

Wenn ja, was war bei denen denn passiert?

Erneut die fassungslose Stimme meiner Mutter.

„Und sie hat nichts gesagt?"

Pause.

„Nein, Iris. Mir ist nichts aufgefallen. Wenn sie da war, war sie wie immer gewesen."

Pause.

Mein Herzschlag beschleunigte sich rapide, denn ich war mir sicher, nun ja, fast sicher, dass es sich um Phili handeln musste. Doch die Kombination Phili und Polizei?

Hatte Phili etwa einen Unfall gehabt?

Dieser Gedanke bewog mich dazu völlig unüberlegt die Tür aufzustoßen und meiner Mutter ziemlich unhöflich ins Gespräch zu fallen.

„Was ist mit Phili? Geht es ihr gut? Was hat sie? Ist sie verletzt? Nun sag doch schon."

Meine Mutter zuckte bei meinem verbalen Überfall heftig zusammen und schaute mich mit großen, ängstlichen Augen an. Erst dann begriff sie den Inhalt meiner hervorgesprudelten Fragen und ihre Miene entspannte sich ein klein wenig. Wirklich nur ein klein wenig.

„Phili geht es gut."

Dennoch hakte sie vorsichtshalber am Telefon nach,

„Laurin ist gerade hier. Er will wissen, wie es Phili geht. Ihr geht es doch ansonsten soweit gut, oder nicht?" Pause. Ich hörte Iris aus dem Hörer quaken, konnte jedoch nicht verstehen was sie sagte. Also knuffte ich meine Mutter auffordernd an. Die nickte mir kurz zu, „Ja, Phili geht es gut. Gehst du bitte die Garage auskehren, Laurin-Schatz?" Ich glaubte nicht was ich da hörte. Meine Mutter wollte mich abwimmeln? Eindeutig ja. Aber so leicht würde sie mich nicht loswerden. Entschlossen schüttelte ich den Kopf und verschränkte die Arme vor der Brust, um meinem Widerstand noch mehr Ausdruck zu verleihen. Und ehe ich mich versah, flüchtete meine Mutter und zwar mit dem Telefon. Sie stampfte in die Küche, schleifte das lange Telefonkabel der Ladestation wie eine Hundeleine hinter sich her (warum auch immer), schaute mich böse an und schlug die Tür prompt vor meiner Nase zu. Zwei Sekunden später hörte ich auch die Wohnzimmertür zuknallen. Völlig perplex stand ich wie ein vergessener alter Koffer auf dem Flur und wusste nicht was ich machen sollte. Dann fiel mir die Balkontür ein.

Sie stand meistens offen. Nachdenklich rumorten ein paar Gedanken in meinem Kopf. Wenn ich mich auf das Wasserfass stellte und mich ein Stück an der Kante des Balkonbodens hochzog, müsste ich eigentlich was verstehen können. Bevor dieser unausgegorene Gedanke fertiggedacht war, düste ich bereits durch den Keller nach draußen. In der Hitze des Gefechts, ließen ein paar Rosenblüten ihr Leben, bis ich mich endlich auf dem grünen Deckel des Fasses hochstemmte. Der Deckel bog sich leicht, was auf einen qualitativen Mangel oder mein zu schweres Gewicht schließen ließ. Sofort hakte ich meine Finger in die Abflussrinne über mir und zog mich ein Stück nach oben.

Damit entlastete ich zwar den Deckel unter meinen Füssen, beanspruchte jedoch Muskeln, die nicht sonderlich ausgeprägt waren. Doch dann hörte ich tatsächlich die Stimme meiner Mutter, wenn auch nicht in voller Laustärke. Deshalb spannte ich meine zitternden Muskeln noch etwas weiter an und hievte mich damit ein paar weitere Zentimeter nach oben.

„Meinst du, es liegt daran, dass ihr an ihrem Taschengeld geknapst habt?"

Ich schnaufte unterdrückt. Das hatte meine Mutter aber jetzt sehr vornehm ausgedrückt. Phili bekam, wie ich wusste, seit zwei Monaten überhaupt kein Taschengeld. Auf der einen Seite fand ich das ziemlich fies von Iris und Peter, auf der anderen Seite konnte ich diesem verzweifelt wirkenden Akt jedoch ein gewisses Maß an Verständnis entgegenbringen, denn Phili rauchte. Wann sie damit angefangen hatte, konnte selbst ich nicht sagen, doch ich roch sehr oft den unangenehmen Qualm, der nicht nur an ihren Klamotten haftete, sondern auch in ihrem Atem, auch wenn sie den mit Minze-Kaugummi aufzufrischen versuchte. Ein sinnloses Unterfangen und das hatte ich ihr auch gesagt. Phili hatte mich daraufhin nur angeglotzt, mit den Achseln gezuckt und eine riesige Kaugummiblase platzen lassen. Damit war das Thema für mich erledigt. Für Philis Eltern offensichtlich nicht. Sie drehten ihrer aufmüpfigen Teenager-Tochter einfach den Geldhahn zu, in der Hoffnung, dass sie, finanzmäßig auf dem Trockenen, sich einfach keine Zigaretten mehr kaufen konnte. Das Phili sich überhaupt nichts mehr kaufen konnte, muss ihnen wohl entfallen sein. Deshalb glich ich dieses Manko seit zwei Monaten mit meinem Taschengeld aus.

Natürlich verborgen unter den Blicken der Erwachsenen.

Doch was hatte all dies mit diesem beunruhigenden Anruf zu tun? Die Erklärung lieferte mir meine Mutter quasi auf dem Silbertablett, als sie sich ans Fenster stellte und ihr Gespräch ungerührt weiterführte, „Aber eine CD klauen. Ich weiß nicht. Sie hätte doch fragen können. Man klaut doch nicht einfach so."

Diese Aussage rührte an einer längst vergangenen Begebenheit und schob einen Zinnoberroten Lippenstift in meinen gedanklichen Fokus. Wie lange war das jetzt her? Ein Jahr? Zwei Jahre? Ja, es musste an die zwei Jahre sein, als Phili das erste Mal, von dem ich hoffte, es wäre auch das letzte Mal gewesen, ihre kriminelle Energie austestete. Auch damals wäre sie erwischt worden, wenn ich nicht gewesen wäre. Gut, sie WAR erwischt worden, jedoch ohne Beute und bis heute war dieses kleine Intermezzo unser gut gehütetes Geheimnis. Nun hatte sie es offenbar wieder getan. Doch diesmal war ich nicht zur Stelle gewesen. Gegen meine sonstige Vernunft regte sich mein schlechtes Gewissen. Diesmal hatte ich versagt.

Unter all diesen wirbelnden Gedanken redete meine Mutter über meinem Kopf munter weiter.

„…dann auch noch so was. Mit der Polizei zu Hause abgeliefert werden. Da muss man sich ja in Grund und Boden schämen für das eigene Kind. Was wohl die Nachbarn dazu sagen?"

Halloho…wir sind die Nachbarn…

Eine Tatsache, die ich am liebsten laut niedergebrüllt hätte, „SCHEISS AUF DIE NACHBARN!"

Doch das Knacken unter meinen Füssen ließ meine sich aufbäumenden Stimmbänder abrupt verstummen.

Entsetzt starrte ich runter und erkannte sofort den feinen Riss im grünen Kunststoffdeckel unter dem sich ein Bottich eiskaltes Regenwasser versammelt hatte.

Doch ich konnte nicht einfach runterspringen. Das hätte meine Mutter mitbekommen und ich hätte mindestens genauso viel Ärger einkassiert, wie Phili gerade an der Backe hatte. Also klammerte ich mich fester an die Bodenplatte über mir, hob die Füße an und hing nun wie ein verkrüppelter Ast am Balkon herunter, während meine Mutter, unwissend in welcher Bredouille sich ihr Sprössling gerade befand, einfach weiterquasselte, „Und was sagt SIE dazu? Was sagt Peter dazu?"

Offensichtlich fiel Iris Antwort etwas ausführlicher aus, denn die nächsten Minuten waren lediglich mit einigen mütterlichen ‚Ahas', ‚Hmms' und ‚Achjas' ausgefüllt. Minuten, die sich für meine Wenigkeit endlos in die Länge zogen. Meine Arme zitterten erbärmlich und meine tauben Fingerspitzen standen kurz vor dem Kollaps. Ich ächzte geräuschlos und schickte tausend Stoßgebete zum Himmel, während mein flehender Blick zwischen meinen weißlich hervorstehenden Knöcheln und dem vollen Wasserfass unter mir hin und her wechselte.

Eines dieser Gebete musste wohl Gottes Mitleid mit mir geweckt haben, denn plötzlich hörte ich, wie die Balkontür zugedrückt und die Stimme meiner Mutter damit abgeschnitten wurde. Zutiefst erleichtert balancierte ich meine Füße vorsichtig auf den äußersten Rand des fragilen Deckels und rutschte unbeholfen zurück auf den Boden, wo ich erst einmal meine überstrapazierten Fingergelenke ausgiebig massierte, während mir tausend Gedanken durch den Kopf schossen. Phili hatte erneut geklaut. Diesmal war sie erwischt worden und die Polizei hatte sie zuhause abgeliefert. Ich konnte mir lebhaft vorstellen, was sich im Augenblick im Hause Müller abspielte und ich war, trotz meiner Empathie, heilfroh, nicht in Philis Haut zu stecken. Was hatte sie sich nur dabei gedacht?

Ich verspürte den starken Drang, mit Phili zu reden, wusste aber, dass dies kein leichtes Unterfangen werden würde. Philis Eltern würden sie wahrscheinlich die nächsten Tage ganz schön in die Mangel nehmen und an das gerechte Strafmaß mochte ich gar nicht denken. Nachdenklich schaute ich wieder auf meine Finger, die mittlerweile wieder gut durchblutet munter vor sich hin kribbelten. In drei Tagen wurden wir beide sechzehn. Ich wusste, Phili hatte für den kommenden Freitag ihre große Geburtstagsparty geplant. Irgendwie war ich mir sicher, dass **diese** Party nun wie eine Seifenblase zerplatzt war. Phili hatte mir großzügig angeboten, eine Art Zwillings-Party zu schmeißen, doch das hatte ich von Anfang an kategorisch abgelehnt. Dies lag in erster Linie daran, dass die meisten ihrer geplanten Gäste Unbekannte für mich waren und zum zweiten, dass ich ein sehr introvertierter Mensch war, der seine sozialen Kontakte freiwillig auf ein Minimum zurückschraubte.

Kurz gesagt, ich war ein ausgewachsener, unbelehrbarer Bücherwurm, der mit Menschen nicht viel anfangen konnte (und auch wollte).

Außerdem hatte ein Geburtstag mich nicht viel Gewicht. Es hieß lediglich, dass ein Tag gefeiert wurde, für den ich nichts konnte. Schließlich hatte ich mich nicht selbst geboren. Wenn man es rein sachlich betrachtete, dann müssten die Eltern, beziehungsweise die Mutter, diesen Tag feiern und nicht das Kind.

Ich merkte, wie meine Gedanken abschweiften und rief mich energisch zur Ordnung. Phili hatte sich, ganz im Gegensatz zu mir, immer sehr auf ihre Geburtstage gefreut und für sie würde die Absage ihrer Party bestimmt ein herber Tiefschlag sein.

Mit einem resignierten Seufzer auf den Lippen rappelte ich mich auf, streifte den leicht ramponierten Bottichdeckel mit einem kurzen Blick und trottete zurück ins Haus.

Gerade als ich den Flur betrat, legte meine Mutter das Telefon zurück auf die Gabel. Unsere Blicke kreuzten sich für eine Millisekunde. Dann drehte sie sich abrupt um und verschwand wieder in der Küche. Doch so einfach wollte ich sie nicht von der Leine lassen. Sofort setzte ich zur Verfolgung an, „Mama, was ist mit Phili los?"

Sie stand mit dem Rücken zu mir, angelehnt an der Spüle und atmete kräftig durch. Ich gab ihr diese zwei, drei Sekunden um ihre Gedanken zu sammeln, und bohrte dann weiter, „Du kannst es mir ruhig sagen. Phili ist in Schwierigkeiten, nicht wahr?"

Erst jetzt drehte sie sich zu mir um und ich erkannte erschrocken die Tränen die in ihren Augen schimmerten. Ich bewegte mich also auf sehr dünnem Eis.

Langsam ging ich zum Küchentisch, füllte ihren Becher mit Kaffee aus der Thermokanne, die immer gefüllt auf unserem Küchentisch stand, klopfte sachte auf den Tisch, und raunte mitfühlend, „Warum setzt du dich nicht?"

Ihr weidwunder Blick, mit dem sie mich musterte, verursachte mir eine dicke Gänsehaut auf dem Rücken. Dennoch lächelte ich.

„Ach, Laurin. Was ist nur mit Phili los? Sie war doch früher so ein liebes Mädchen."

Ich schwieg und schob den dampfenden Kaffeebecher in ihre Richtung.

Dieser Einladung folgend, nahm meine Mutter nun endlich Platz und übergab mir die Informationen, die ich mir aus ihren Gesprächsfetzen schon selbst zusammengereimt hatte. Das Ende vom Lied war, dass meine Mutter tatsächlich heulte und ich sie trösten musste.

Erst als die lauten Schniefer so langsam abebbten, wagte ich einen erneuten Vorstoß.

„ICH könnte doch mal mit Phili reden. Am Dienstag zum Beispiel. Bis dahin haben sich die Wogen bestimmt etwas geglättet."

Meine Mutter musterte mich ungläubig, „Aber du hast am Dienstag doch Geburtstag."

Ich grinste schief, „Ich weiß. Na und? Phili doch auch."

In meinem Kopf braute sich eine Idee zusammen, die ich ohne Umschweife vom Stapel ließ, „Ich würde meinen Tag gerne mit Phili verbringen. Alleine."

Der Blick meiner Mutter sprach Bände. Also zog ich den letzten Trumpf aus meinem Ärmel, „Ach komm Mama. Ein paar Stunden mit Phili. Das wäre dann mein Geburtstagsgeschenk."

Ich ließ diese Worte wirken. Erst erkannte ich Zweifel, dann Skepsis und dann weichte die Miene meiner Mutter so langsam auf. Ich hatte echt Mühe, ein triumphierendes Grinsen zu unterdrücken.

Meine Mutter war wie ein offenes Buch für mich oder wie ein Klavier, mit dessen Tasten ich eine von mir gewünschte Melodie spielen konnte.

Dann seufzte sie schließlich, „Also ich weiß nicht. Das müsstest du mit ihren Eltern klären. Ich denke, dass Phili erst einmal Hausarrest bekommt. Doch wenn sie ein paar Stunden mit dir verbringt…!"

Sie ließ diesen vielsagenden Satz unbeendet.

Etwas zu ungestüm sprang ich auf und küsste sie auf die Wange, „Danke, Mama. Du bist einfach die Beste!"

Dann stürzte ich in den Flur, schnappte mir das Telefon und bohrte die nächste viertel Stunde ein paar dicke Iris- und Peterbretter.

Natürlich mit Erfolg. Immerhin war ich Laurin. Der brave, strebsame Laurin…Traum aller Schwiegermütter und auch Schwiegerväter.

Der Samstag schleppte sich träge dahin, obwohl mein Gehirn auf Hochtouren lief. Ich wollte Phili etwas bieten, mit dem sie absolut nicht rechnete und dass trotzdem Straf- und Elternkonform war. Keine leichte Aufgabe, die mich auch noch den ganzen Sonntag beschäftigte.

Am Montagmorgen, als meine Mutter mir meine Frühstücksdose mit gewaschenen und abgezupften Trauben und einem Käsebrötchen füllte, schlug endlich die zündende Idee in meinem Kopf ein.

Froh darüber, dass ich nun endlich einen Plan für den nächsten Tag hatte, fiel mir jedoch siedendheiß mein nächstes Problem ein.

Ich hatte noch gar kein Geschenk für Phili.

Sofort stürzte ich wieder in mein Zimmer und bohrte so lange im Bauch meines Sparschweines herum, bis ich einen zwanziger und einen Zehner in den Händen hielt.

Zufrieden nickte ich.

Damit müsste sich was Anfangen lassen.

Am Montagabend lag ich dann in meinem Bett und konnte vor lauter Aufregung nicht einschlafen. Doch der Grund war nicht mein bevorstehender Geburtstag, sondern die kleine Schachtel die auf meinem Nachtschränkchen lag.

Eine feine, dünne rote Schleife hielt silbern gepunktetes Geschenkpapier zusammen. Im Innern schlummerte Philis Geburtstagsgeschenk. Ob es ihr gefallen würde?

Irgendwann fielen mir dann doch vor lauter Müdigkeit die Augen zu.

Am nächsten Morgen, an meinem 16. Geburtstag, verschlief ich. Das erste Mal in meinem Leben. Deshalb fiel auch mein Geburtstagsfrühstück ziemlich knapp aus. Dennoch würdigte ich den feierlich hergerichteten Platz am Frühstückstisch, obwohl mir die geschmückten Efeuranken um meinen Teller schon ein bisschen peinlich waren. Aber so war meine Mutter.

Ich war Einzelkind und das weidete sie an solchen Tagen in kleinen, teils unangenehmen Details genüsslich aus. Ich grinste pflichtbewusst, verschlang meine Eierkuchen und erfüllte, trotz Geburtstag, meine Teilnahme am schulischen Unterricht.

Die folgenden Schulstunden rauschten jedoch unbeachtet an mir vorbei, da ich immerzu an die Schachtel denken musste, die Zuhause in meinem Zimmer lag und auf ihren Einsatz wartete. Endlich schlug die Uhr halb zwei.

Mit Philis Eltern hatte ich ausgemacht, dass ich ihre Tochter um drei abholen würde. Meine Mutter, die ich gezwungenermaßen, aus Zeitmangel, in meinen Plan einweihen musste, hatte hoffentlich schon alles vorbereitet. In Lichtgeschwindigkeit düste ich mit dem Rad (dessen kaputter Reifenschlauch sich schließlich meinem Vater untergeordnet hatte) nach Hause. Dort schlang ich einen Schokopudding hinunter, riss das elterliche Geschenk aus dem Geschenkpapier (ein Laptop), bedankte mich artig und rannte hinauf ins Badezimmer. Dort duschte ich hastig, parfümierte mich großzügig mit Papas teurem Paco Rabanne ein, zerrte eine frische Jeans und mein grünes Lieblingshemd aus dem Schrank, schnappte die kleine Schachtel vom Nachttisch und stand geschniegelt und gestriegelt um zehn vor drei vor Philis Haus. Phili wusste noch nichts von ihrem Glück.

Das hatte ich so mit ihren Eltern ausgemacht.

Meine Aufregung wunderte mich schon ein bisschen. Ich holte meine beste Freundin ab.

Na und? Das hatte ich schon tausend Mal getan.

Trotzdem klopfte mir diesmal das Herz bis zum Hals, als ich mit zitternden Fingern den Klingelknopf drückte.

Im Innern des Hauses rumorte es leise, dann wurde die Tür aufgerissen und eine ziemlich mürrisch dreinblickende Phili starrte mir entgegen, „Du?"

Das sonst so leuchtende Blau ihrer Augen schimmerte dunkel, so als ob sie geweint hätte.

Ich versuchte diese Vorstellung zu verdrängen und lächelte bewusst breit, „Alles Liebe zu deinem Geburtstag, Rapunzelchen!"

Ich benutzte bewusste eine Bezeichnung aus damaligen besseren Zeiten, um sie etwas aufzuheitern. Anscheinend gelang mir dies, denn ich sah, wie ihre Mundwinkel verdächtig zuckten und sich klammheimlich nach oben schoben. Ob bewusst oder unbewusst strich sie sich durch das schulterlange Haar, dass früher bis zu ihrem Po gereicht hatte. Das Dunkle in ihren Augen löste sich auf und zum Vorschein kamen wieder ihre leuchtend blaue Puppenaugen, die nun auf meinem Gesicht ruhten, „Dir auch alles Liebe zu deinem Geburtstag, Laurin. Komm doch rein."

Verschmitzt grinsend schüttelte ich den Kopf, „Warum holst du nicht dein Fahrrad?"

Ihr zögerliches Grinsen geriet gefährlich in Schieflage, „Ich weiß ja nicht, was du mitbekommen hast. Aber ich habe Hausarrest. Tut mir leid."

Mein Grinsen verbreitete sich noch weiter, „Aber heute ist mein und dein Geburtstag!"

Ihr Blick verdunkelte sich wieder und sie schaute verlegen zu Boden. In diesem Moment erschien Iris. Phili zog sich ein Stück zurück, als ob ihr die Gegenwart ihrer Mutter unangenehm wäre.

„Laurin! Wie schön dich zu sehen. Ich wünsche dir alles, alles Liebe zu deinem Geburtstag. Hier habe ich noch was Kleines für dich!"

Ein weißer Umschlag wechselte auf der Türschwelle den Besitzer und wanderte in meine hintere Hosentasche, „Vielen Lieben Dank. Ich wollte Phili abholen."

Meine Freundin sackte im Hintergrundwie ein Soufflee in sich zusammen, ruckte jedoch erstaunt und mit offenem Mund hoch, als sie die Antwort ihrer Mutter hörte, „Na klar. Seid aber spätestens um sechs wieder zuhause. Du weißt schon…!"

Ich nickte verstehend und schaute Phili auffordernd an, „Was ist? Kommst du jetzt?"

Völlig verdattert schob Phili sich an ihrer Mutter vorbei und glotzte mich auf der untersten Stufe verdutzt an, „Was war denn das?"

Ihr Blick wanderte über ihre Schulter zur Haustür. Doch die war schon wieder zu. Dann schaute sie mich wieder an, „Warum lässt sie mich raus?"

Verschwörerisch zwinkerte ich ihr zu, „Das ist doch auch mein Geburtstag. Wer würde einem Geburtstagskind schon einen kleinen unscheinbaren Wunsch abschlagen? Ich wollte den Nachmittag mit dir verbringen!"

Noch immer verwirrt griff sie nach ihrem Fahrrad, „Und was machen wir jetzt?"

Auch ich ging zu meinem vollgepackten Rad, „Lass dich überraschen und fahr mir einfach nach."

Ich lotste uns beide auf unebenen Feldwegen aus der Stadt heraus, bis wir nach einer guten halben Stunde an dem Waldspielplatz ankamen, auf dem wir früher viele glückliche Stunden verbracht hatten.

Der Zahn der Zeit, der unbändige Wildwuchs und die Vernachlässigung der Stadt hatten ihn jedoch mittlerweile ziemlich verwildern lassen und ich war mir sicher, dass kaum noch jemand von seiner Existenz wusste. Zudem war keines der Geräte mehr Kindersicher. Vielleicht war das auch der Grund, warum sich kein Kind mehr hierher verirrte. Jetzt, in diesem Moment war er auch verwaist und machte auch nicht den Eindruck, als ob in den letzten Monaten (oder vielleicht sogar Jahre) jemand hier gewesen wäre und die saubere Waldluft mit Lachen erfüllt hätte.

Mit Schwung bog ich zwischen zwei verfallenen Sitzbänken ein und kam neben einem hölzernen, wettergegerbten Tipi schlitternd zu stehen. Phili war direkt hinter mir und bremste knapp neben meinem Hinterreifen ab. Etwas bang schaute ich in ihr Gesicht.

Würde sie meine Idee für total bescheuert halten?

Als sie abstieg und noch immer nichts sagte, trat ich unsicher die Flucht nach vorne an, „Ich weiß, was passiert ist und ich weiß auch, dass deine geplante Party am Freitag ins Wasser fällt. Dies ist vielleicht kein adäquater Ersatz, doch ich dachte, ein Picknick in der Vergangenheit würde dir mehr Spaß machen, als zuhause zu versauern."

Noch immer sagte sie nichts. Sie ließ ihr Rad einfach fallen und marschierte zu einem halb zerfallenen Piratenboot, dessen beste Jahre schon längst hinter ihm lagen. Sachte strich sie über die rissigen Planken. An einer Stelle, in Höhe des Steuerrades, blieb sie stehen und beugte sich etwas vor, als ob sie sich diese Stelle genauer betrachten wollte. Dann drehte sie sich unverhofft zu mir um, „Weißt du noch als Felix sich hier das Kinn aufgeschlagen hat?"

Ich schluckte und nickte. Sie wanderte weiter, bis zu der altersschwachen Wippe, „Hier haben du und ich geschaukelt und Felix hat sich immer in die Mitte des Balkens gestellt und bestimmt, wer von uns oben oder unten bleiben musste."

Ich betrachtete mir die Schaukel und sah im Geiste drei Kinder, die sich lachend und kreischend immer wieder vom Boden abstießen. Langsam ging ich zu ihr rüber, „Ich dachte, ich könnte dir an diesem Tag etwas von der damaligen Unbekümmertheit schenken."

Plötzlich lachte sie und es klang ziemlich verbittert, „Ja, damals war die Welt noch in Ordnung. Heute ist es nur noch beschissen!"

Ich verzichtete auf den Einwand, dass sie ja selbst schuld an ihrer derzeitigen Misere war und schwieg einfach. Dann drehte sie sich unverhofft zu mir um und sie lächelte. Nur ein klein wenig, aber es war definitiv ein Lächeln.

„Das war eine sehr schöne Idee von dir, Laurin! Nur **dir** fällt so was ein."

Ohne dass ich es wollte, lief ich rot an, was ihr Lächeln nur noch verbreiterte. Dann klatschte sie auf einmal unternehmungslustig in die Hände, „Hattest du nicht was von einem Picknick erwähnt? Dann lass uns doch mal schauen, was heute unser Geburtstagmahl sein wird."

Ehe ich mich versah, rannte sie zu meinem Fahrrad, riss den prallen Rucksack vom Gepäckträger und verschwand damit in dem winzigen Tipi.

„Wo bleibst du, Krieger aus dem Stamm der langsamen Plattfüße?"

Lachend lief ich rüber und quetschte mich ebenfalls durch die kleine Öffnung. Früher ging das wesentlich einfacher. Früher war ich aber auch noch kleiner gewesen.

Phili war gerade damit beschäftigt einen Haufen verwelkter Blätter in die Ecke zu schieben, damit wir Platz für unser Essen hatten. Ich half ihr, „Warte. Ich habe zwei Decken dabei. Da können wir uns draufsetzen."

„Warum **zwei** Decken?"

Ich zerrte unbeirrt weiter am Verschluss des Rucksackes, „Na, eine für dich und eine für mich. Was sonst?"

Endlich bekam ich die Schnalle auf und ruckelte die erste Decke hervor. Sofort mühte sich Phili ab, den Boden damit abzudecken, wobei ich mal den Fuß, das Bein oder den Hintern anheben musste. Mehr als einmal knallten unsere Köpfe an das schräge und ziemlich niedrige Holzdach über uns, was uns natürlich jedes Mal zum Lachen brachte.

Als ich ihr die zweite Decke reichte, knüllte sie diese zu einer Rolle und stopfte sie an die hintere Wand.

Während sie es sich gemütlich machte, was in diesem winzigen grobgezimmerten Raum nicht leicht war, räumte ich den restlichen Inhalt aus. Käse, Trauben, Baguette, Minisalami, Minifrikadellen, Miniwiener, Datteltomaten, Cornichons, Kräcker, Taccos, russische Eier, Nudelsalat und vier Dosen Cola Light. Alles fein säuberlich verpackt in kleinen wiederverschließbaren Tupperschüsseln.

Außer den Coladosen natürlich.

Die waren nicht eingetuppert. Phili schnalzte anerkennend mit der Zunge, „Deine Mutter hat sich wirklich viel Mühe gemacht. Sieht lecker aus."

Ich nickte und reichte ihr erst einmal eine Dose Cola. Mir riss ich die zweite Dose auf, „Prost altes Mädchen. Auf das wir uns immer an diesen verrückten Geburtstag erinnern werden!"

Phili schaute mich merkwürdig an, stieß aber an und trank.

Die nächste halbe Stunde verbrachten wir damit uns kreuz und quer durch das Schüssel-Buffet zu futtern. Wir hatten viel Spaß und machten allerlei Quatsch, obwohl man ja mit Lebensmittel nicht spielen sollte. Aber das war uns in diesem Moment völlig wurscht.

Irgendwann kippte sie zur Seite und hielt sich den Bauch, „Man, ich bin so vollgefuttert. Ich glaube ich platze gleich."

Lachend warf ich eine Weintraube nach ihr, was sie zum Anlass nahm, sich ebenfalls ein paar Trauben zu krallen und mich zu bombardieren. Ich versuchte, einige mit dem Mund zu fangen und knallte dabei prompt erneut mit dem Kopf an die Dachschräge. Wie vom Blitz getroffen kippte ich theatralisch um und stöhnte wie ein verwundeter Soldat. Phili lachte und beugte sich zu mir rüber, um sich die betroffene Stelle an meinem Schädel anzuschauen, „Zeig mal. Wo? Ich sehe gar nichts!"

Ich drehte den Kopf etwas zur Seite. Ihre Finger tasteten zart über die kleine Beule. Ich genoss ihre Berührung und ihre Fürsorge, die mich den nebensächlichen Schmerz sofort vergessen ließ. Doch plötzlich änderte sich etwas. Die Atmosphäre in dem kleinen engen Tipi schien sich zu verdichten.

Verwirrt schlug ich die Augen auf und schaute geradewegs in Philis blaue Puppenaugen, die dicht über mir schwebten. Plötzlich fühlte sich mein Mund wie ausgedörrt an. Phili schloss die Lider und schnupperte, „After Shave?"

Ich nickte obwohl sie dies mit geschlossenen Augen ja nicht sehen konnte. Aber sie schien mein Nicken zu spüren. Ihre Stimme klang leicht angeraut.

„Ich mag, wie du riechst."

Plötzlich öffnete sie die Augen wieder, „Ich möchte dir was schenken, Laurin!"

In diesem Moment viel mir auch Philis Geschenk wieder ein, dass noch immer vorne im Rucksack steckte.

Sofort ruckte ich ein Stück hoch, „Stimmt. Ich habe ja auch noch was für dich. Du glaubst doch nicht, dass ich dich mit schnöden Frikadellen und gefüllten Eiern abspeise. Obwohl...die Eier waren...!"

Philis Zeigefinger legte sich auf meinen Mund, so dass das Ende meines Satzes niemals das Licht der Welt erblickte. Verwirrt schaute ich zu ihr auf. Eine leichte Röte zog sich über ihre Wangen. Es war jedoch nicht das fleckige Rot, dass sie übersäte, wenn sie weinte. Dies war ein feines apricot-rot, dass ich noch nie zuvor gesehen hatte.

Ihre Augenlider waren halb geschlossen.

Ihr Lippen öffneten sich leicht und glänzten feucht.

Langsam richtete sie sich auf und zog sich mit einer fließenden Bewegung das Shirt über den Kopf. Ich zwinkerte hektisch und versuchte NICHT auf den rosafarbenen Spitzen-BH zu glotzen. Phili lachte leise. Erstaunt hörte ich eine leise Unsicherheit in diesem Lachen. Diese winzige Unsicherheit gab mir die Kraft sie doch anzuschauen. Jede Einzelheit saugten meine Augen auf. Den sanften Schwung ihres Halses, die zarten, leicht hervortretenden Schulterblätter, die dünnen Träger, die leichte Brustwölbung, die in den Schalen des Büstenhalters verschwanden, Ihr flacher, leicht sonnengebräunter Bauch und der winzige ebenmäßige Nabel. Erneut musste ich hart schlucken und ließ meine Augen wieder nach oben wandern, zurück in ihr Gesicht. Philis blaue Augen glichen nun tiefen, dunklen Seen. Eine schimmernde Oberfläche unter der das Unbekannte lockte.

Ich nahm ihre Bewegung wahr, als sie den Verschluss ihres BHs im Rücken löste und das filigrane Kleidungsstück langsam nach unten rutschte. Woher ich den Mut nahm, ihr den BH aus dem Schoss zu nehmen und zur Seite zu legen, wusste ich nicht, doch ich tat es. Und ich tat noch viel mehr. Wie von selbst, wanderte meine Hand nach oben und umschloss ihren linken Brusthügel. Ganz deutlich konnte ich die harte Brustwarze in meiner Handfläche fühlen. Eine süße Schwäche machte sich plötzlich in mir breit. Philis Hände begannen nun mein Hemd aufzuknöpfen. Ein Knopf nach dem anderen. Ihre Hände zitterten, was mich irgendwie zutiefst beruhigte. Offensichtlich ging es Phili, genauso wie mir. Mit diesem Wissen, nahm ich die Zügel nun in die Hand. Ohne Worte befreite ich mich selbst von meinem Hemd, legte Phili hin und schaute ihr tief in die Augen, ehe ich zum ersten Kuss ansetzte, „Ich liebe dich, Phili!"

Dann nahm ich in Gegenwart unserer Vergangenheit in Besitz, was sie mir freiwillig zum Geschenk machte.

Ihre Unschuld.

Am nächsten Tag war sie verschwunden.

2008

„LAURIIIN! DU KOMMST ZU SPÄT!"
Ertappt zuckte ich zusammen und starrte mein
schmerzerfülltes Gesicht im Badezimmerspiegel an.
Weißer Zahnpastaschaum hing in meinen Mundwinkeln
und ich hielt noch immer die Zahnbürste krampfhaft in
meiner rechten Hand.
Heute war mein Geburtstag. Mein 18. Geburtstag und
meine Gedanken hingen, wie so oft, zwei Jahre in der
Vergangenheit. Ich dachte an Phili. Besser gesagt, dachte
ich an unser letztes Treffen. Noch immer konnte ich den
Hauch Seligkeit spüren, den ich damals, in dem kleinen
Holztipi empfunden hatte. Dieses Gefühl, als ob nun alles
gut werden würde, als ob ich am Ziel meiner Träume
angekommen wäre. Ein perfekter Moment an einem
perfekten Geburtstag. Ich war damals so unendlich
glücklich gewesen und dachte, Phili wäre es auch.
Ihren glatten, nackten Körper an mich gepresst, spürte ich
ihre Wärme und ihren Herzschlag.
Ich erinnerte mich auch noch an das feine Kitzeln ihrer
Haare auf meiner Brust und ich erinnerte mich auch noch
ganz genau was ich in diesem Augenblick dachte. Ich
dachte an einen weit zurückliegenden Kindergeburtstag,
wir mochten vier oder fünf Jahre geworden sein, als ich
unserer versammelten Verwandtschaft lauthals
verkündete, dass ich Phili heiraten würde.
Diese kindliche Prophezeiung rückte in jenem perfekten
Moment in greifbare Nähe.
Ohne dass ich es wollte glitten meine Gedanken wieder zu
dem Zeitpunkt zurück, als wir uns endlich aufrappelten,
weil ich Phili ja um sechs Uhr wieder zuhause abliefern
musste…

„Wir müssen, glaube ich, langsam los, Phili."

„Hmm."

„Du musst um sechs daheim sein."

Phili brummte, „Ich weiß!"

Ein paar Sekunden herrschte Stille, dann fluchte sie leise, „Scheiße."

Schließlich rollte sie sich von mir runter und begann sich anzuziehen. Ich tat das gleiche und ehe wir uns versahen, standen wir vor dem Tipi und schauten uns leicht verlegen an. Ich zupfte ihr sachte ein welkes Blatt aus den leicht zerzausten Haaren.

„Habe ich dir wehgetan?"

Sie neigte leicht den Kopf und lächelte mich urplötzlich an, „Du könntest mir nie wehtun."

Zutiefst erleichtert schnaufte ich leise. Dann fiel mir die kleine Schachtel wieder ein. Sofort ging ich in die Hocke und kramte aus dem Vorderteil des Rucksackes ihr Geschenk hervor, „Ich habe doch noch was für dich. Hoffentlich gefällt es dir."

Erstaunt musterte Phili das silbern gepunktete Papier und die kleine rote Schleife. Doch dann packte sie ihr Geschenk in Windeseile auf. Während ich das Papier wieder in den Rucksack zurückstopfte, öffnete sie das Kästchen.

„LAURIN! Die ist ja wunderschön."

Leise keuchend griff sie mit spitzen Fingern in die Schachtel und zog die silberne Kette heraus, die ich mit Sorgfalt ausgesucht hatte. Der Anhänger bildete eine liegende Acht. DAS Symbol für die Ewigkeit schlechthin. Ich wollte ihr damit zeigen, dass unsere Freundschaft ewig bestehen würde. Doch das war, bevor wir…

Nun stand sie für etwas anderes.

Sie stand für die Wahrheit.

Die Wahrheit, dass ich sie liebte.

Vorsichtig nahm ich ihr die Kette aus der Hand, öffnete etwas umständlich den winzigen Verschluss und legte ihr von hinten die Kette um. Während ich den Verschluss wieder zudrösselte, flüsterte ich, „So wie die Acht kein Anfang und kein Ende hat, sind auch meine Gefühle für dich. Ich habe dich schon immer geliebt und ich werde dich immer lieben."

Das klang zwar selbst in meinen Ohren ziemlich schmalzig, doch so fühlte ich in diesem Moment eben.

„Ach Laurin." Sie seufzte leise, drehte sich zu mir um, umschlang mich mit ihren Armen und küsste mich. Ob sie zu diesem Zeitpunkt schon gewusst hat, dass sie mich verlassen würde? Ich befürchte, ja.

Ich glaube nicht, dass es eine Kurzschlussreaktion gewesen war. Ich glaube, sie hat ihr Fortgehen geplant. Und ich glaube auch, dass sie wusste, dass sie mir das Herz brechen würde. Ob ihr dies in diesem Augenblick leidgetan hat? Ich weiß es nicht.

Vielleicht habe ich die Zeichen aber auch nur nicht sehen wollen. Dafür war ich einfach zu glücklich gewesen.

Es war zehn nach sechs, als ich sie zuhause ablieferte. Iris, ihre Mutter stand am Küchenfenster, als wir die Einfahrt einbogen. Als Phili ihr Rad an der Garagenwand abstellte öffnete sich die Haustür, „Na, habt ihr beiden ein bisschen Spaß gehabt?"

Phili schaute mich an und grinste. Ich schaute sie an und lief feuerrot an. Ich fand die Frage ein bisschen zu persönlich. Aber Philis Mutter hatte ja auch keinen blassen Schimmer, was wir getan hatten. Also druckste ich verlegen in Philis Richtung, „Telefonieren wir morgen?"

Ihr Gesicht verzog sich zu einem leicht schmerzlichen Bedauern, „Ich weiß nicht."

Ich münzte diese Aussage auf ihren Hausarrest und ihre wütenden Eltern. Doch Phili wusste es besser. Sie wusste, sie würde am nächsten Tag, in aller Frühe, ihr Leben hier hinter sich lassen. Sie wusste, sie würde nicht mehr da sein, um mit mir zu telefonieren.

Ich wusste es nicht und auch Iris wusste es nicht. Genauso wenig wie ihr Vater, ihre Klassenkameraden und ihre Freunde. Niemand hatte gewusst, dass sie vorhatte, sich in Luft aufzulösen. Nur Phili wusste es.

Was mochte sie in diesem Augenblick gefühlt haben?

„Phili hat Morgen noch einen Termin beim Schuldirektor. Aber ich denke, gegen drei sind wir wieder zuhause. Dann kannst du ja anrufen, Laurin. Und sag deiner Mutter noch einen schönen Gruß! Phili?"

Mit dieser kleinen spitzen Aufforderung trat sie zur Seite und gab den Eingang frei. Phili schaute mich noch ein letztes Mal mit ihren großen blauen Puppenaugen etwas scheu an, „Mach's gut, Laurin!"

Ich hob kurz verwirrt die Hand, „Du auch Phili."

Dann schloss sich die Haustür. Das war das letzte Mal, dass ich meine beste Freundin gesehen hatte.

Ein ähnlich lautes Rumsen schleuderte mich zurück in die Gegenwart. Ich stand noch immer im Badezimmer. Doch der Zahnpastaschaum war verschwunden und mein Haar wirkte, als ob ich es gekämmt hätte. Komisch.

Wann hatte ich DAS denn getan?

In diesem Moment trappelten laute Schritte die Treppe empor, begleitet mit einer hellen Stimme, die fragte, „LAURIN. WAS MACHST DU DENN SO LANGE?"

Im nächsten Augenblick klopfte es energisch an die Badezimmertür. Ich warf mir im Spiegel noch einen letzten Blick zu, schüttelte die letzten Ausläufer schmerzhafter

Gedanken an Phili ab, setzte ein künstliches Lächeln auf und öffnete, „Ist ja schon gut. Ich komme ja."

Meine Mutter, mittlerweile einen guten Kopf kleiner als ich, musterte mich von Scheitel bis zur Sohle. Stolz schimmerte in ihren tränenfeuchten Augen, „Du siehst gut aus, Schatz. Fast wie ein richtiger Mann."

Ich ahnte was nun kommen würde und ich behielt Recht. Eine Träne kullerte plötzlich an ihrer Wange herab und sie drückte mich fest, „Ach Junge. Jetzt bist du erwachsen. Ich kann es kaum glauben."

Etwas unbeholfen tätschelte ich ihren Rücken. Was sollte ich darauf sagen? *Gut gemacht? Oder, so ist das Leben?*

Ich musste nichts sagen, denn meine Mutter schob mich wieder von sich und lächelte. Dies wirkte etwas skurril, da sie gleichzeitig weinte, „Dein Vater will dir noch gratulieren, bevor er zur Arbeit muss. Husch. Beeil dich."

Unter der mütterlichen feuchten Fuchtel trottete ich ins Wohnzimmer, wo mein Vater schmunzelnd stand, die Arme hinter dem Rücken verschränkt und auf seinen Fußballen vor und zurück wippte, „Da ist ja mein Stammhalter. Mein ERWACHSENER Stammhalter."

Grinsend trat ich auf ihn zu und nahm meine jährliche, obligatorische Umarmung und ein liebevolles Armknuffen in Empfang.

„Alles Gute zu deinem Geburtstag, Großer. Hier! Und nicht übertreiben!"

Ich wusste was mein Vater mir nun in die Hände drückte. Schließlich hatte ich mir mein Geschenk selbst ausgesucht und zur Hälfte auch selbst finanziert. Es war ein Auto. Zwar gebraucht, aber sauber, mechanisch in Ordnung und sparsam. Immerhin war ich noch Schüler. Ein Schüler, der sein Taschengeld mit Nachhilfestunden aufstockte. Diesen Nachhilfestunden verdankte ich auch das finanzielle

Polster, das mir den Führerschein und nun (zur Hälfte) einen fahrbaren Untersatz beschert hatte. Niemals hätte ich verlangt, dass meine Eltern mein erstes Auto ganz alleine finanzierten. Schließlich beherbergten wir keine Goldesel in unserem Keller. Grinsend klimperte ich mit den Schlüsseln, „Danke Leute. Cool!"

Bevor ich meinen Vater noch einmal zum Dank drücken konnte, räusperte er sich umständlich und mahnte, „Immer vorsichtig fahren Junge!"

Dann schwirrte er auch schon ab. Mein Grinsen verbreitete sich. So war mein Vater. Bloß keine Gefühlsduseleien. Schon gar nicht am frühen Morgen. Aber er hatte das Herz auf dem rechten Fleck.

Mit dem Schlüssel in der Hand schlenderte ich in die Küche. Innerlich stöhnend erblickte ich die geschmückte Efeuranke, die um meinen Frühstücksteller arrangiert war. Typisch Mama. Sie konnte es einfach nicht lassen.

Wie immer zu solch besonderen Anlässen war der Tisch üppig gedeckt. Frische, noch warme Brötchen, selbstgemachte Marmelade, drei verschiedene Sorten Käse, Quark, eine Wurstplatte, Eierkuchen mit Sirup und die obligatorische Kaffeekanne, aus der sie mir nun Kaffee in meinen Geburtagsbecher füllte. Dann setzte sie sich zu mir, „Nun? Hast du heute was vor?"

Ich nahm mir ein ofenwarmes Bötchen und zuckte mit den Schultern.

„Triffst du dich nach der Schule mit Freunden?"

Ich schnitt das Brötchen auf, knallte eine Scheibe Edamer drauf und verzog leicht das Gesicht. Ich hatte nur einen Freund, den Kai und der lag im Augenblick mit einer Grippe zuhause und hustete sich die Seele aus dem Leib. Deshalb ließ ich diese Frage unkommentiert.

Ich weiß nicht was es war, doch irgendwas schien meine Mutter zu irritieren. Vielleicht haftete ja noch eine schmerzhafte Badezimmer-Phili-Erinnerung an mir oder vielleicht sie spürte es einfach nur. Meine Mutter besaß eine äußerst sensible Natur. Ganz plötzlich nahm sie meine Hand und drückte sie leicht, „Du denkst an Phili, nicht wahr?"

Obwohl ich diese Annahme abstreiten wollte, nickte ich, „Sie hat heute auch Geburtstag!"

Diese einfache Aussage reichte aus, um den Tränenvorrat meiner Mutter wieder aufzufüllen. Abrupt erhob sie sich, eilte zum Spülbecken, drehte den Hahn auf und fing an, die Abtropffläche zu wienern. Dennoch hörte ich das leise, unterdrückte Schluchzen. Sofort legte ich mein Buttermesser zur Seite, stand auf und ging zu ihr. Wie auf Kommando wirbelte sie herum und klammerte sich verzweifelt an mich, „Wie kann ein Mensch von einer Sekunde auf die andere nur spurlos vom Erdboden verschwinden. Ihr Bild war doch in der Zeitung gewesen und auf jeder Polizeistation hing ihr Foto. Ich verstehe es nicht. Meinst du, ihr geht es gut? Meinst du, sie lebt überhaupt noch? Für Iris und Peter muss es heute ein schrecklicher Tag sein. Vielleicht sollte ich den beiden einen Gugelhupf backen. Die Iris liebt Gugelhupf."

Ich bezweifelte, dass ein Kuchen, wenn auch ein unfassbar leckerer Kuchen, die Mutter meiner besten Freundin über ihren Verlust hinwegtrösten konnte, doch ich schwieg. Stumm setzte ich mich wieder an den Tisch und biss mechanisch in mein Käsebrötchen, das urplötzlich eher nach Sägemehl schmeckte als nach Käse. Der Grund dafür lag klar auf der Hand. Meine Mutter hatte etwas zutiefst Besorgniserregendes gesagt. Etwas, was ich mir schon seit zwei Jahren verbot zu denken. Lebte Phili überhaupt noch?

Mit diesem besorgten Samen in meinem Herzen, unwissentlich eingepflanzt durch meine hypersensible Mutter, setzte ich mich eine halbe Stunde später in mein neues Auto und fuhr zur Schule. Was an diesem Tag im Unterricht ablief konnte ich am Nachmittag schon nicht mehr sagen, denn diese **eine** Frage spukte den ganzen Vormittag durch mein Gehirn und saß dort auch noch fest, als ich um viertel nach zwei wieder nach Hause kam.

In Erwartung von Schnitzel, Pommes und Salat, meinem jährlichen Wunsch-Geburtstagsessen, betrat ich das Haus. Ganz automatisch schnupperte ich, doch ich konnte weder Fleisch, noch Frittieröl riechen. Nanu?

Verwirrt linste ich in die Küche. Niemand da. Kein Essen und keine Mutter. In der Edelstahlspüle lag eine benutzte Kuchenform. Schlagartig fiel mir der geplante Gugelhupf-Tröster ein, den meine Mutter ja für Philis Mutter hatte backen wollen. Offensichtlich hatte sie ihren Plan in die Tat umgesetzt und mich, beziehungsweise mein Geburtstagsmahl, vergessen. Plötzlich entdeckte ich auf dem Küchentisch einen Zettel.

Bestimmt eine Nachricht von Mama…

Ehe ich mich jedoch in seine Richtung bewegen konnte, klingelte das Telefon neben mir. Ganz automatisch riss ich den Hörer von der Ladeschale, „van Boon!"

Stille. Naja, keine wirkliche Stille. Im Hintergrund hörte ich das Geräusch vieler Menschen, so als ob der Anrufer sich auf einem belebten Platz oder in einer großen überfüllten Halle befinden würde. Vielleicht hatte er mich ja deshalb nicht verstanden. Deswegen blökte ich nun lauter, „VAN BOON! HALLO?"

Noch immer Stille. Dazu gesellte sich ein leises Atmen. Ohne mein Zutun stellten sich meine Nackenhärchen auf, als ob die Luft um mich herum sich elektrisch aufgeladen hätte. Unerklärlicherweise fing ich an zu schwitzen und drückte den Hörer fester an mein Ohr. Im Hintergrund hörte ich eine mechanische Stimme ‚*Einfahrt des ICE am Kölner Hauptbahnhof Richtung Hamburg in drei Minuten auf Gleis vier*'.

Das Atmen am anderen Ende der Leitung wurde lauter, dann wurde die Verbindung mit einem Schlag unterbrochen. Verstört ließ ich die Hand sinken und schaute auf den Hörer runter. Mein Herz raste und ganz plötzlich war ich mir sicher, dass am anderen Ende dieser Leitung Phili gewesen war.

Doch warum hatte sie nichts gesagt? Warum hatte sie einfach aufgelegt? Für mich gab es nur eine Erklärung. Sie war sich wahrscheinlich nicht sicher gewesen, ob ich oder mein Vater sich am Telefon gemeldet hatten. Unsere Stimmen klangen mittlerweile ziemlich gleich.

Das sagte meine Mutter auf jeden Fall. Auf einmal schob sich aber noch ein weiterer Gedanke in meinen Kopf. Möglicherweise hatte sie mich doch erkannt, sich aber nicht **getraut** was zu sagen. Möglicherweise hatte sie Angst gehabt, ich würde sie mit Vorwürfen überhäufen oder sogar einfach auflegen. Möglicherweise ging es ihr aber auch nicht so gut und sie schämte sich.

Viele Möglichkeiten die meine Besorgnis anheizten und zwar so sehr, dass ich in die Garage stürmte, Papas Navi aus dem Regal fischte, mich ins Auto setzte und losfuhr. Mein Ziel? Köln.

Ich wusste, es war eine haarsträubende Aktion, doch ich konnte nicht anders. Irgendwann, als ich bereits seit einer halben Stunde auf der A1 herumschipperte, fiel mir siedendheiß meine Mutter ein.

Sie würde sich wundern, wo ihr Sohn steckte und ich hatte ihr noch nicht einmal einen Zettel hinterlassen. Doch was hätte ich draufschreiben sollen? Phili ist in Köln und ich fahre gerade hin? Ich WUSSTE ja nicht ob es Phili gewesen war. Vielleicht hatte sich ja auch nur jemand verwählt. Doch mein nagendes Bauchgefühl sagte mir was anderes. Deshalb beschloss ich erst zuhause anzurufen, wenn ich in Köln angekommen war und möglicherweise gefunden hatte, was ich suchte.

Die Fahrt dauerte insgesamt zweieinhalb Stunden, wobei ich sehr viel Glück hatte, da nur wenige Staus meinen eingeschlagenen Pfad kreuzten.

Obwohl ich noch Fahranfänger war und Köln für mich ein schwarzer Fleck auf der Landkarte darstellte, fiel mir die Orientierung auf diesem fremden Pflaster nicht schwer. Nach einer weiteren halben Stunde stellte ich meinen gepflegten Kleinwagen in einem Parkhaus, in der Nähe des Hauptbahnhofes ab. Nach dem Aussteigen knibbelte ich mein Handy aus der Jacke, registrierte automatisch die Uhrzeit, 17:27 Uhr und wählte den heimatlichen Anschluss an. Bereits das erste Klingelzeichen wurde von einer aufgebracht klingenden Stimme abgeschnitten, „LAURIN? BIST DU ES?"

Mit langsamen Schritten nährte ich mich dem brusthohen Außengeländer der Parkdecks, „Ja, Mama."

Ehe ich fortfahren konnte, schleuderte sie ihre Besorgnis durch den Äther, „Wo, um Himmels Willen bist du? Ich kam nach Hause, sah nur deinen Rucksack und sonst nichts. Dein Auto war weg und es lag nirgends eine Nachricht. Junge, warum…!"

Ich würgte den verbalen Sorgen-Schwall etwas unhöflich ab, „Sorry, Mama. Ich habe vergessen dir einen Zettel hinzulegen. Die Jungs und ich haben einen kleinen spontanen Ausflug beschlossen."

Ganz kurz schloss ich die Augen. Ich log meine Mutter an und das war kein sehr schönes Gefühl. Da sie nichts darauf antwortete, plapperte ich einfach weiter, „Du brauchst nicht auf mich zu warten. Es könnte vielleicht etwas später werden. Mach dir keine Sorgen. Okay? Bis später dann."

„Aber wo bist du denn, Laurin?"

Diese kleine unschuldige Frage regte mich nun doch etwas auf. Ich war volljährig. Musste meine Mutter denn wirklich immer wissen, wo ich mich genau aufhielt?

Natürlich wusste ich, dass diese Frage lediglich aus einem mütterlichen Automatismus herrührte, dennoch griff ich zu einer recht fragwürdigen Ausrede, um das Gespräch schnell zu beenden, „WAS HAST DU GESAGT? ICH VERSTEHE DICH GANZ SCHLECHT! ICH MELDE MICH SPÄTER NOCHMAL. TSCHÜHÜSS!"

Das Handy verschwand wieder in meiner Hosentasche und ich machte mich eilig auf den Weg zum Bahnhof. Als ich die weitläufige Halle betrat, rutschte mein Herz schlagartig eine Etage tiefer. Was hatte ich mir nur dabei gedacht? Immerhin war es fast vier Stunden her, seit Phili, wenn es denn Phili gewesen war, angerufen hatte. Warum sollte sie sich vier Stunden in einer Bahnhofshalle, die die Ausmaße mehrerer Fußballfelder zu haben schien, aufhalten? Wenn sie es wirklich gewesen war, könnte sie sich ja auch nur auf der Durchreise befunden haben und wäre in diesem Moment vielleicht schon hunderte Kilometer von mir entfernt. Noch einmal.

Was hatte ich mir nur dabei gedacht?

Verzagt ließ ich meinen unsicheren Blick schweifen und griff nach dem letzten Rettungsanker, der sich mir bot.

[Laurin] Verflixt, Phili! Wo bist du?

Der Versuch einer nonverbalen Kommunikation war ein hoffnungsloser Fall. Dass wusste ich. Denn diese Art hatte in der Vergangenheit nur funktioniert, wenn wir uns in die Augen geschaut hatten. Dennoch war es ein Versuch wert.

[Laurin] Wenn du dich irgendwo hier aufhältst, dann komm zum Haupteingang!

Langsam zog ich mich zurück und positionierte mich an den besagten Glastüren. Dort verharrte ich eine viertel Stunde. Eine viertel Stunde, in der natürlich keine Phili auftauchte. Langsam begriff ich, was ich getan hatte.

Ich war einem Spukgespenst gefolgt. Einem flüchtigen Instinkt, der sich als Flop erwiesen hatte.

Oder…einem Bauchgefühl, der womöglich nur in einem profanen, zischenden Furz hätte enden sollen.

Noch einmal reckte ich meinen Kopf in die Höhe, sondierte kurz die überquellende Halle, dann beschloss ich, mein hirnrissiges Vorhaben abzubrechen und nach Hause zu fahren. Aus den Augenwinkeln erblickte ich einen Geldautomaten. Sofort fiel mir ein, dass ich nur wenig Barschaft mit mir herumtrug. Da das Auto nicht mit Luft und Liebe fuhr, würde ich notgedrungen tanken gehen müssen. Also trottete ich rüber und hob dreihundert Euro ab. Eigentlich eine hohe Summe, die ich nicht brauchen würde, dennoch machte ich mir keine Sorgen. Dank vieler begriffsstutziger Kinder, denen ich seit knapp zwei Jahren schulisch auf die Sprünge half konnte sich mein gut gefülltes Konto sehen lassen. Die große Bahnhofsuhr über dem Eingang verriet mir im Vorbeigehen, dass es kurz nach sechs war. Also würde ich gegen neun wieder in Hermeskeil sein. Noch im Bereich einer christlichen Zeit, meiner Meinung nach.

Draußen überquerte ich den großen Vorplatz. Die Schatten der seitlich aufgereihten Bäume zogen sich bereits in die Länge. In einiger Entfernung erblickte ich, rechte Hand einen halb leeren Taxistand. Aus einem schwarzen SUV, das allerdings KEIN Taxi war, stieg gerade eine rosahaarige Frau aus. Das Auto fuhr los, kaum dass die Autotür geschlossen war. Einen kurzen Moment folgten meine Augen diesem Wagen, der jedoch nach ein paar Sekunden vom ständigen Fluss des Verkehrs verschluckt wurde. Von links ertönte plötzlich ein Martinshorn. Gleich darauf schoss ein Krankenwagen die Straße entlang. Auch diesem auffälligen Gefährt folgte mein Blick.

Ein endloses Treiben, dass mein Kleinstadt-Gehirn etwas überstrapazierte. Müde rieb ich mir über die Stirn, drehte mich nach links und wollte zum Parkhaus trotten, als plötzlich meine Füße ihren Dienst einstellten.

Wie angewurzelt stand ich da. Dann wand ich mich in Zeitlupe um und schaute noch einmal nach rechts.

Da waren die Bäume. Da war der Taxistand. Und da war die rosahaarige Frau, die eben aus dem schwarzen Wagen gestiegen war. Verdutzt saugten sich meine Augen an dem schmalen Rücken fest, der sich langsam aber stetig von mir entfernte. Doch es waren nicht die rosafarbenen Haare die mich irritierten. Auch nicht die kleine Tasche, die im Schein der untergehenden Sonne billig funkelte. Auch nicht die enge rote Jeans oder die schwarzen hohen Stiefel. Und auch nicht die weiße Jacke mit dem auffälligen grünen Peace-Zeichen auch der Rückseite. Nein!

Es war der Gang.

Etwas an dem Gang dieser fremden Frau fesselte meinen Blick. Dann fing mein Herz an zu rasen. Und plötzlich war ich mir zu hundert Prozent sicher, dass es sich bei diesem bunten Paradiesvogel um Phili handelte. Meine Phili.

Nun ja, wenn ich ehrlich sein musste, war ich mir nicht wirklich zu hundert Prozent sicher. Vielleicht war das auch der Grund, warum ich nicht direkt laut brüllend zu ihr hinstürzte. Stattdessen nahm ich die Verfolgung auf.

Es ging über eine große Kreuzung, dann in die Einkaufsmeile, wo die Frau in einer Drogerie verschwand und mit einer Packung Klopapier wiederauftauchte und führt mich anschließend in Richtung meines Parkhauses. Doch kurz davor schwenkte sie nach rechts. Ich immer hintendran. Natürlich in gebührendem Abstand, um nicht aufzufallen. Die Gegend veränderte sich rapide. Auch die Menschen. Alles wirkte mit einem Mal schäbig und schmutzig. Sowohl die Straßen, als auch die Häuser mit ihren Bewohnern. Mit klopfendem Herzen setzte ich die Verfolgung fort, bis ich sah, wie die junge Frau auf eine Gruppe Männer zuhielt. Erst da blieb ich stehen und tat, als ob ich mir meine Schuhe zubinden musste. Ein alter Trick, den ich mal aus einem Krimi aufgesaugt hatte. Aus den Augenwinkeln jedoch, behielt ich die Situation vor mir im Auge. Die junge Frau stellte das Klopapier zwischen ihren Füßen ab, griff in ihre kleine, billig wirkende Handtasche, übergab einem schmierigen Lederjacken- Mann etwas, dass ich aus meiner Position jedoch nicht identifizieren konnte, wechselte mit keifender Stimme ein paar heftige Worte mit dem Typ, die ich allerdings nicht verstand, klemmte sich anschließend das Klopapier unter den rechten Arm und stakste davon. Diese Szene, in Kombination mit dieser einschlägigen Umgebung, besorgte mich zutiefst und ich beschloss, die Verfolgung zu beenden, in dem ich meine Beine in die Hand nahm und auf diese rosahaarige Frau zueilte, ehe sie meinen Blicken entschwinden konnte. Sie bog in eine kleine Seitenstraße ein. Sofort erhöhte ich mein Tempo.

Als ich dann ebenfalls um die Ecke bog, fummelte sie keine zehn Meter von mir entfernt in ihrer Handtasche herum, als würde sie etwas suchen.

Möglicherweise den Haustürschlüssel?

Ich warf einen kurzen Blick die graubraune Haus-Fassade hoch und fasste mir schließlich ein Herz, „Phili?"

Erschrocken ließ die Frau das Klopapier fallen, wirbelte zu mir herum und starrte mich völlig entsetzt an.

Ich starrte zurück. Mit einem Schlag, verschwand ihr Entsetzten und machte einem ungläubigen Blick aus großen, blauen, kajalgeschwärzten Puppenaugen Platz.

„Laurin? DU? Hier?"

Ich nickte zögernd. Mein Herz schlug Purzelbäume.

Ich hatte sie tatsächlich gefunden. Für mich ein kleines Wunder. Allerdings hatte ich mir unser erstes Treffen irgendwie etwas anders ausgemalt. Herzlicher.

Doch Phili schien unschlüssig zu sein, ob sie sich nun freuen oder doch lieber flüchten sollte.

Ehe sich ihr Gehirn für die zweite Variante entschied, trat ich auf sie zu und nahm sie fest in den Arm. Sie versteifte sich für einen kurzen Moment, doch dann fühlte ich ihre Arme, die mich ebenfalls umschlangen. Die Gefahr der Flucht schien gebannt. Zumindest fürs Erste. Deshalb löste ich meinen Griff etwas und schaute ihr ins Gesicht.

Obwohl ihre Wangen leicht eingefallen waren und ein viel zu grelles Makeup die dunklen Schatten unter ihren Augen nur notdürftig abdeckte, sah sie noch immer wunderschön aus. Zumindest in meinen Augen. Dennoch registrierte mein Verstand ihren angeschlagenen Zustand.

Was war mit ihr los? War sie etwa krank? Und warum lief sie in diesem fürchterlichen Aufzug herum und warum hatte sie sich ihr hübsches Gesicht so zugekleistert?

Alles an ihr wirkte irgendwie…nuttig.

Ein furchtbarer Gedanke, aber es war so.

Trotzdem verlor ich meine Höflichkeit nicht und lächelte sie etwas unbeholfen an, „Du siehst gut aus!"

Phili glotzt mich überrascht an und fing dann an zu lachen, „Ach Laurin. Du konntest noch nie gut lügen. Aber egal… trotzdem danke."

Dann musterte sie mich, „DU siehst gut aus. Hast bestimmt zwanzig Zentimeter zugelegt. Und sieh mal an. Rasieren musst du dich auch. Du bist ja ein richtiger Hengst geworden. Kannst dich bestimmt nicht mehr vor sabbernden Muschis retten. Wie läuft es so?"

Ihre derbe Wortwahl irritierte mich etwas. Sie passte zwar zu ihrem jetzigen Aussehen, jedoch nicht zu der Phili, die ich von früher kannte. Unbemerkt analysierte mein Gehirn in Sekundenschnelle alle vorhandenen Informationen.

Das Ergebnis war niederschmetternd.

War Phili etwa eine Hure geworden? Verkaufte sie ihren Körper für Geld?

Ehe sich in meinem Kopf DIESE Frage zusammenbrauen konnte, wurden wir ziemlich unhöflich und auch ziemlich ruppig unterbrochen.

„Gibt's ein Problem, Bürschchen?"

Verdutzt schaute ich mich um. Galt diese Anmache etwa mir? Wie sich nach einem Blick herausstellte, war es der schmierige Lederjacken-Kerl. Äußerlich ungerührt stellte ich fest, dass er aus der Nähe noch schmieriger wirkte. Innerlich völlig entsetzt musterte ich in Sekundenschnelle sein fragwürdiges Auftreten.

Das dunkle, fast schwarze Haar glänzte fettig und war mit einem Kamm in schnurgeraden Linien nach hinten verbannt worden.

Sozusagen eine Schnittlauch-Zuhälter-Welle.

Ich musterte ungeniert weiter. Die rotunterlaufenen Augen flirrten unter zusammengezogen Augenbrauen unstet in ihren Höhlen. Sein ganzes Auftreten strahlte eine klare und provokante Aggressivität aus, die ich nicht so richtig verstand. Ich war doch harmlos.

Mein Schweigen dauerte ihm wohl zu lange. Er stellt sich dicht vor mich, so dicht, dass ich die vernarbten Pocken auf seinen Wangen erkennen und seine letzte Mahlzeit, ein Mettbrötchen, in seinem Atem riechen konnte, **„Ich fragte, ob du ein Problem hast, Jüngelchen. Bist du taub?"**

Jedes seiner Worte garnierte er mit seinem Zeigefinger, der auf meine Brust stach. Obwohl es fast schon wehtat, verzog ich keine Miene, „Kein Problem."

In diesem Augenblick schob Phili sich zwischen uns, **„Hör auf, Matze. Das ist ein alter Schulfreund. Also spiel dich nicht auf wie ein verficktes Arschloch."**

Mit einem Mal sah ich mich in unsere frühere Schulzeit versetzt. Auch damals hatte Phili sich immer wieder schützend vor mich gestellt. Doch damals war ich ja auch nur ein mickriger Dreikäsehoch gewesen.

Heute jedoch überragte ich sie um fast einen Kopf und war sehr gut in der Lage, für mich selbst einzutreten. Deshalb setzte ich ein recht ungeübtes Pokerface auf und drückte Phili zu Seite, „Du hörst es…Matze!"

Ich kleisterte den Namen des Mannes bewusst mit einer dicken Schicht Verachtung, um ihm mitzuteilen, dass mich sein Verhalten in keinster Weise beeindruckte. Dann legte ich mir noch ein schmallippiges Grinsen auf das Gesicht, „Ich bin nur ein Schulfreund. Es ist ja wohl noch erlaubt, sich mit einem Schulfreund zu unterhalten, oder nicht?"

Der Mann, dessen Alter kaum einzuschätzen war, musterte mich nun ebenfalls einige lange Sekunden.

Ich sah, wie sich seine Hände zu Fäusten ballten und spürte gleichzeitig Philis Anspannung, die dies ebenfalls bemerkt hatte. Meine Hand hielt sie noch immer zurück. Mit der anderen Hand griff ich in meine Gesäßtasche und präsentierte mein Portemonnaie, „Wieviel?"

Aus dem Augenwinkel bemerkte ich Philis Gesicht, dass schlagartig jegliche Farbe verlor und nun wie ein bleicher Mond auf ihren Schultern wankte. Sie wusste nun, dass ich wusste, was hier los war. Und dieses Wissen schien ihr mehr als unangenehm zu sein.

Matze musterte nun meinen Geldbeutel. Dies war offensichtlich eine Sprache, die er verstand. Es war nicht zu übersehen, wie es hinter seiner zerfurchten Stirn arbeitete. Um ihm das schwerfällige Denken zu erleichtern, ließ ich von Phili ab und zog einen grünen Hunni und nach einer demonstrativen Pause auch noch einen Zwanziger heraus, „Reicht das für eine Stunde reden?"

Der Mann schwieg, schaute kurz zu Phili und dann wieder zu dem Geld. Unbewusst leckte er sich über die rissigen Lippen. Dann schnappte er unverhofft zu und stopfte sich die beiden Scheine achtlos in die Jackentasche.

Anschließend hob er drohend, Richtung Phili, den Zeigefinger, „Um acht stehst du wieder parat. Klar?"

Philis eingeschüchtertes Nicken schnürte mir das Herz ab. Matzes harter Blick streifte mich kurz, dann drehte er sich abrupt um und verschwand. Ich wartete noch, bis er um die Häuserecke bog und spürte erst dann die Anspannung unter der ich die ganze Zeit gestanden hatte. Mit ziemlich wackeligen Knien wand ich mich an Phili, „Komm mit!" Etwas hilflos schaute sie zwischen ihre Füße, „Das Klopapier!" Ich glotzte nun ebenfalls runter. Dann packte ich sie an der Hand, „Scheiß auf das Klopapier. Komm einfach!" Und sie folgte dem Zug meiner Hand.

Ohne Klopapier.

Nachdem wir einen kleinen Umweg in Kauf genommen hatten, um diesem blöden Arschgesicht nicht über die Füße zu laufen, zerrte ich sie in das Parkhaus. Phili bockte plötzlich, „Wie kommst du eigentlich hierher?"

Ich schaute sie schweigend an. Mein Blick sprach Bände. Beschämt senkte sie den Kopf. Ich hatte eigentlich nicht vorgehabt, Phili zu beschämen und eigentlich wusste ich auch gar nicht, was ich nun vorhatte. Ich wollte einfach nur weg von hier. Und ich wollte, dass Phili mitkam. Deshalb zerrte ich sie weiter, verfrachtete sie schließlich noch immer wortlos in mein Auto, startete mit zusammengebissenen Zähnen den Motor und verließ das Parkhaus. Als die Schranke hinter uns herunterklappte, fasste Phili sich erneut ein Herz, „Wo fahren wir hin, Laurin?"

Ich schwieg eisern weiter. Sie schaute mich mit einem ängstlichen Blick an, „Ich muss um acht wieder zurück sein!"

Gottlob schaltete die Ampel vor uns gerade auf Rot, so dass ich meinem brodelnden Ärger mit einer gepflegten Vollbremsung Ausdruck verleihen konnte.

Philis Oberkörper ruckte unverhofft nach vorne und dann wieder zurück, **„Hast du sie noch alle?"**

Meine Backenzähne mahlten wütend, doch ich sagte noch immer nichts. Lieber schweigen, als mit Vorwürfen um mich schmeißen. Dies schien mir im Augenblick die beste Taktik zu sein. Doch Phili war offensichtlich anderer Meinung, „Fahr rechts ran. Ich will aussteigen!"

In diesem Moment platzte es dann doch aus mir raus, „DU WIRST EINEN SCHEISS TUN! VERSTANDEN? MEINST DU, ICH LASSE DICH ZU DEM ARSCHLOCH ZURÜCK?

UND JETZT KLAPPE! WIR FAHREN NACH HAUSE! BASTA!"

In der Tat klappte Philis Kinnlade zu. Ihr verdutzter Blick ruhte noch eine Weile auf mir, dann verschränkte sie die Arme vor der Brust und glotzte trotzig schweigend zum Seitenfenster hinaus.

Innerlich triumphierend beglückwünschte ich mich zu diesem Zug. DIES war offensichtlich die Sprache, die Phili verstand, auch wenn solch ein Verhalten absolut nicht meinem Naturell entsprach. Eine eisige Stille breitete sich nach diesen Worten im Wagen aus. Erst als wir uns auf der Autobahn einfädelten wagte ich einen knappen, aber versöhnlichen Seitenblick.

„Es tut mir leid, Phili. Ich wollte dich nicht so anfahren."

Noch immer schaute sie stur zum Fenster raus.

Ich setzte meine Verteidigung fort, „Du hast doch nicht wirklich erwartet, dass ich dich um acht wieder dort absetzte. Phili…das ist der letzte Ort wo du sein solltest. Du gehörst da nicht hin."

Nun kam endlich Regung in sie und zwar in einer keifenden Lautstärke, die jedem Wolfsrudel alle Ehre gemacht hätte.

„WOHER WILLST DU WISSEN WO ICH HINGEHÖRE? DU…MIT DEINEM ACH SO PERFEKTEN LEBEN UND DEINER ACH SO PERFEKTEN EINSTELLUNG. NICHT JEDER IST WIE DU, LAURIN. DU HAST DOCH ÜBERHAUPT KEINE AHNUNG…!"

„Ich liebe dich, Phili!"

Peng! Der böse Wortschwall brach ab. Erneut schloss sich ihre Kinnlade. Ihre finstere Angriffslust bröckelte zusehends und zurück blieb das junge Mädchen von früher. Zumindest schimmerte ein großer Teil dieser damaligen Person durch die auffällig gekleidete Hülle.

Ein Hauch von Schmerz umwehte plötzlich ihre Miene.
„Ich weiß, Laurin!"
Dies war zwar nicht unbedingt das, was ich hören wollte,
doch mir genügte die Tatsache, dass sie sich offensichtlich
mit dieser neuen Wendung in ihrem Leben abgefunden
hatte. Ich würde sie nach Hause bringen und dann würde
alles wieder gut werden.

Nach einer Stunde, wir hatten in etwa die Hälfte der Stecke
hinter uns gebracht, bog ich rechts ab, zu einem
vielbelebten Rastplatz. Dort suchte ich, etwas abseits des
Trubels, eine Parkbucht. Mit einem leisen Seufzer murkste
ich den Motor ab.
„Du hast bestimmt Hunger. Lass uns was essen gehen.
Vielleicht musst du ja auch noch aufs Klo?"
Bei dieser Frage glitt mein Blick über das grelle Makeup
und ich ergänzte vorsichtig, „Du könntest dich ein
bisschen frisch machen, wenn du willst."
Ohne mir eine Antwort zu geben schnallte sie sich ab und
stieg aus. Seite an Seite betraten wir das Schnellrestaurant.
Nun spürte auch ich meine drückende Blase.
„Ich müsste auch mal."
Philis Hand wanderte zu ihrem Bauch, als sie mit einem
leicht gequälten Lächeln die Auslage musterte, „Ich könnte
uns dann ja schon einmal einen Happen Essen besorgen?"
Ihre großen Puppenaugen lösten sich von der Frikadellen-
Abteilung und blickten nun mich an. Natürlich registrierte
ich ihre unscheinbare Geste. Wahrscheinlich war ihr
Hunger größer als ihre Notdurft. Sie war aber auch
unglaublich dünn geworden. Wie ein bunter Strich in der
Landschaft. Ohne Umschweife drückte ich ihr meinen
Geldbeutel in die Hand, „Ich würde ein ausgelaugtes
Schnitzel mit labbrigen Pommes nehmen.

Dazu eine abgestandene Cola-Light."

Phili nickte. Während ich im hinteren Bereich der Lokalität den sanitären Anlagen einen Besuch abstattete, malte ich mir im Geiste die Reaktion von Iris und Peter aus und hoffte inständig, dass ihre Freude größer war, als ihr Bedürfnis nach Erklärungen.

Mit dieser Hoffnung im Gepäck, wusch ich mir die Hände, grinste mir selbst im Spiegel zu und marschierte wieder ins Restaurant, wo ich mich suchend umschaute.

An der Theke stand auf jeden Fall keine Phili. Also klapperte ich im Uhrzeigersinn den großen Essbereich ab. Bestimmt hockte sie bereits an einem der Tische und war am mampfen. Aber nach ein paar endlosen Minuten des Suchens, machte sich leise Besorgnis breit, die ich jedoch gleich darauf wieder von mir schob.

Vielleicht war Phili ja doch auf dem Klo und würde gleich wieder lachend erscheinen.

Während ich meine Sorge mit dieser zweiten Möglichkeit zum Schweigen brachte, kam eine Bedienung auf mich zu, „Sind sie Laurin?"

Ich nickte etwas perplex. Ihre Hand wanderte in die Kittelschürze und sie reichte mir einen braunen Gegenstand, der mir sehr bekannt vorkam.

Es war mein Portemonnaie.

Mit einer bedauernden Miene klärte sie diese merkwürdige Situation auf, „Ihre Begleitung hatte es plötzlich sehr eilig. Sie bat mich, ihnen den Geldbeutel zu geben und ich soll ihnen ‚Es ist nur geliehen' und ‚Danke' sagen."

Die Worte der Bedienung erreichten zwar mein Gehirn, der Sinn kam jedoch nicht so recht an. Automatisch nickte ich und nahm den Geldbeutel an mich.

Mit hölzernen Schritten stakste ich, gefolgt von einem mitleidigen Blick, der sich in meinen Rücken einbrannte, zum Ausgang.

Vielleicht stand Phili ja bereits am Auto?

Natürlich ahnte ich, dass dies bestimmt nicht der Fall war, doch mich beschäftigte noch immer die Aussage ,Es ist nur geliehen'. Was war nur geliehen?

Als ich am Auto ankam, wo natürlich KEINE Phili auf mich wartete, dämmerte es mir plötzlich. Hektisch klappte ich den Geldbeutel auf und starrte in das Fach, in dem ich normalerweise das Papiergeld aufbewahrte. Eigentlich hätten mich noch zwei Hundert-Euro-Scheine anlachen müssen, doch das Fach war leer.

Allerdings war es nicht der Verlust des Geldes, das mich nun verzweifelt fluchen ließ. Es war der Verlust von Phili. Wie von Sinnen graste ich die nächste halbe Stunde den gesamten Rasthof-Komplex ab. Doch Phili war wie vom Erdboden verschwunden.

Irgendwann stand ich dann wieder an meinem Auto und starrte auf die Autobahn vor mir. Die Dämmerung war mittlerweile so weit fortgeschritten, dass die meisten Autos ihr Licht angeschaltet hatten. Wie kleine blinzelnde Partner-Taschenlampen düsten sie nun an mir vorbei. Nach einem Blick auf meine Armbanduhr, es war kurz nach acht, gab ich schließlich auf, setzte mich schweren Herzens ins Auto und machte mich alleine auf den Heimweg. Obwohl ich wusste, dass Phili von sich aus, das Weite gesucht hatte, blickte ich noch lange in den Rückspiegel. Mich ließ das Gefühl nicht los, dass ich gerade meine beste Freundin zurückgelassen hatte, obwohl dies ja nicht so war.

Und eine weitere Frage beschäftigte mich.

War Phili zurück zu diesem widerlichen Schleimer gegangen?

Natürlich gab es die Möglichkeit, dies herauszufinden, aber mir war klar, dass ich eine saftige Abreibung von diesem Kerl einkassieren würde, sobald ich meine Nase in sein Revier streckte. Und plötzlich wusste ich, dass dies Phili auch klar sein müsste. Allein dieser Gedanke weckte die berechtigte Hoffnung, dass Phili zwar nicht zurück nach Hause wollte, aber auch nicht zurück nach Köln. Zwar würde sie mit meiner Leihgabe von zweihundert Euro keine großen Sprünge machen können, sie hätte allerdings die Möglichkeit in eine andere Stadt zu gelangen und dort ein normales Leben zu beginnen.

Dieser Gedanke und auch ihre Aussage ‚Es ist nur geliehen‘ beruhigten mich wenigstens so weit, dass ich nach einer weiteren Stunde unfallfrei vor meinem Zuhause ankam. Trotzdem fühlte ich mich deprimiert, ausgelaugt und emotional unendlich erschöpft.

Dieser Zustand verstärkte sich, als ich in einiger Entfernung Iris, Philis Mutter, sah, die gerade den Müll nach draußen brachte. Ich hatte ihnen ihre Tochter nicht, wie eigentlich geplant zurückbringen können.

Die Möglichkeit Phili mit Polizeigewalt nach Hause holen zu lassen, war mit dem heutigen Tag ebenfalls dahin.

Phili war nun, genau wie ich, volljährig.

Müde sank mein Kopf auf das Lenkrad. Nach ein paar Sekunden schnaufte ich jedoch kräftig durch, stieg schwerfällig, wie ein alter Mann, aus und ging mit langsamen Schritten zu Philis Haus rüber.

Wenigstens konnte ich ihren Eltern mitteilen, dass ihre Tochter noch lebte.

Das war immerhin besser, wie Garnichts.

2009

Es war Sommer. Die Semesterferien begannen. Nun lebte ich bereits seit einem Jahr in Hamburg, denn dort studierte ich an der TU Hamburg-Harburg.

Mein Ziel war es, irgendwann einmal ein großartiger Bau-Ingenieur zu werden, mit dem Schwerpunkt Sanierung und ökologisches, nachhaltiges Bauen. In der heutigen Zeit eine Richtung mit Zukunft. Das zweite Semester lag bereits hinter mir. Wenn es nach meinen Eltern gegangen wäre, würde mein Studium erst jetzt beginnen, denn sie schlugen mir damals vor, ein Jahr Auszeit zu nehmen und die Welt zu bereisen. Davon hatte ich allerdings nicht viel gehalten. Warum unnütz in der Welt herumgondeln, wenn ich anfangen konnte nach meinem Traum zu graben? Wenn ich meinen Abschluss hatte, könnte ich noch genug herumreisen. Mein einziges Zugeständnis, dass ich ihnen für diese Ferien versprochen hatte, war, nach Hause zu kommen. Normalerweise hätte ich mich um einen Praktikumsplatz bemüht, doch ich hatte auch etwas Heimweh. Also würde ich mich für vier Wochen wieder bei meinen Eltern, in mein ehemaliges Kinderzimmer einquartieren und mich von meiner Mutter etwas verwöhnen lassen. Wie in alten Tagen.

Ich packte gerade Unterlagen zusammen, die aus einigen Ordnern bestanden, die ich mir in den Ferien noch zu Gemüte führen wollte. Etwas Bauinformatik, ein ausgesprochen interessantes Buch über statische Baukonstruktion. Einige Notizen über Bau-Chemie und Vermessungskunde und ein paar Statistik-Tabellen über Wasserwirtschaft, Verkehrswesen und Geotechnik.

Und natürlich einen Sack voll Schmutzwäsche.

Also nur das Wichtigste.

In diesem Moment betrat mein Mitbewohner das gemeinsame Studentenzimmer. Wie immer hüllte ihn eine süßliche Wolke Cannabis ein. Doch daran hatte ich mich mittlerweile gewöhnt. Mit einem scheelen Seitenblick auf meine vollgepackte Tasche fläzte er sich unaufgefordert auf mein gemachtes Bett.

„Heute Abend steigt bei den Mädels drüben eine Abschlußparty. Warum lässt du den ganzen Krempel nicht einmal ausruhen und schließt dich an?"

Etwas zweifelnd schüttelte ich den Kopf, „Nee, lass mal." Ich wusste, wie solche Partys aussahen. Viel Alkohol, etwas Knabberei und noch mehr Alkohol. Nichts für mich. Doch mein Zellengenosse, der auf den klangvollen Namen Vincenzo, kurz Vince, hörte, ließ nicht locker,

„Ach komm schon. Seit wir zusammenwohnen habe ich dich nur lernen gesehen. Hast du nicht mal Bock auf etwas weibliche, warme Gesellschaft?"

Bei seiner letzten Frage formten seine Hände eine äußerst kurvenreiche Silhouette in der Luft. Dazu zwinkerte er wissend, „Die Bianca scheint dich irgendwie zu mögen. Zumindest glubscht sie dich immer wie ein verliebtes Schaf an. Das wäre doch die beste Gelegenheit, mal einen zu versenken. Vielleicht wärst du dann nicht mehr so verbissen und verkrampft."

Natürlich war mir klar, was Vince mit ‚einen versenken' meinte, doch mir stand einfach nicht der Kopf nach einer rein körperlichen Romanze. Außerdem sagte mir der Name Bianca überhaupt nichts. Wer war Bianca?

Ehe ich mich versah, sprach ich diese Frage auch schon laut aus. Vince grinste breit und klärte mich bereitwillig auf, „Blonde, schulterlange Haare. Braune Augen.

Mindestens Körbchengröße C, Beine bis zum Hals und ein Hintern, bei dem du mal richtig zupacken kannst. Sie kann mit ihrer Zunge einen Knoten in eine weichgekochte Spagettinudel machen. Echt jetzt! Habe ich selbst gesehen. Kannst du dir vorstellen, was sie mit solch einer Zungenfertigkeit bei einem Mann anrichten kann? Ich, an deiner Stelle, würde das unbedingt mal austesten wollen." Dann kicherte er ziemlich albern, „Ich dachte echt schon, du wärst schwul."

Obwohl mir seine plumpe Umschreibung und seine Fehlannahme etwas bitter aufstießen, weckte er mein Interesse. Ob es an den blonden Haaren oder ihrem fragwürdiges Zungen-Talent lag, konnte ich nicht sagen. Möglicherweise waren es aber auch die langen Beine, die mein Unterbewusstsein sofort mit ein paar anderer Beine assoziierte. Ich ließ mich also breitschlagen.

„Also gut. Ich komme mit."

Vince sprang auf und klopfte mir hocherfreut auf die Schulter, „Du wirst es nicht bereuen, Junge."

Dann verschwand er wieder und ließ mich mit meiner fast spontanen Zusage und dem Duft nach Cannabis alleine. Obwohl ich kein Fan von Massenveranstaltungen war, fühlte ich so etwas wie Vorfreude in mir aufsteigen. Da meine Mutter jedoch heute Abend mit meinem Erscheinen rechnete, rief ich noch kurz zuhause an und gab Bescheid. Wie erwartet, schwappte ihre Enttäuschung wie ein kleiner Tsunami durch die Leitung.

Die überschwängliche Begeisterung meines Vaters allerdings ebenfalls, „Endlich tobt der Junge sich mal aus!" Grinsend legte ich ein paar Minuten später auf. Ja, ich hatte vor, mich endlich mal auszutoben. Mal so richtig die Sau rauslassen. Warum nicht? Ich war ja schließlich Single.

Wenn ich zu diesem Zeitpunkt gewusst hätte, dass dieser Abend mein Single-Dasein beendete…hmmm…wäre ich trotzdem hingegangen.

Bianca erwies sich nämlich als äußerst nett. Nicht nur in ihrem Aussehen, auch in ihrem Wesen. Ich mochte sie auf Anhieb und es war mit schleierhaft, wie ich sie die ganze Zeit hatte übersehen können. Ihre ruhige Art passte hervorragend zu mir und kam meinem selbsterwählten Eremiten-Dasein sehr entgegen.

Bereits zu Weihnachten führte ich sie meinen Eltern vor. Mein Vater kam aus seiner Begeisterung gar nicht mehr heraus. Ich glaubte, er sah sich im Geiste bereits mit einem Kinderwagen herumstolzieren und mit einer frisch geschlüpften Generation protzen. Meine Mutter verhielt sich allerdings erstaunlich zurückhaltend. War das nicht normalerweise umgekehrt?

Warum gerade SIE ihre Euphorie im Zaum hielt, erfuhr ich, als ich im Keller gerade etwas Nachschub in Form voller Weinflaschen holte.

Tief in Gedanken versunken studierte ich diverse Etiketten.

„Hallo Schatz!"

Erschrocken zuckte ich zusammen und ließ fast die Weinflasche zu Boden fallen, fing sie jedoch im letzten Moment etwas ungeschickt auf.

„Mensch Mama. Schleich dich doch nicht von hinten an mich ran."

Grinsend hielt ich die Flasche hoch, „Glück gehabt."

Meine Mutter erwiderte mein Grinsen nur halbherzig. Man sah ihr deutlich an, dass sie etwas auf dem Herzen hatte. Etwas, dass sie unbedingt loswerden musste und zwar ohne weitere neugierige Zuhörer.

Zuerst druckste sie nur oberflächlich herum.

„Die Bianca scheint ja wirklich nett zu sein."

Ich nickte etwas verunsichert, „Ja, das ist sie auch."

Es entstand eine kurze Stille. Mit einer verlegen wirkenden Geste strich sie sich durch das leicht ergraute Haar, „Ist es was Ernstes?"

Verdutzt runzelte ich die Stirn, „Ähm…keine Ahnung. Möglich."

Die Verlegenheit meiner Mutter schien sich zu verstärken, denn ihre Wangen färbten sich mit einem Mal feuerrot und sie kniff die Lippen zu einem schmalen Strich zusammen. Etwas genervt schaute ich auf die Flasche in meiner Hand und dann zu der Frau, die mir vor 19 ½ Jahren das Leben geschenkt hatte und nun offensichtlich unter schweren Kommunikationsproblemen litt. Als half ich etwas nach.

„Was ist los, Mama? Du hast doch irgendwas?"

Noch immer schwieg sie und linste mich dabei scheu von unten herauf an. Ich atmete kräftig durch, „MAMA!"

Plötzlich zuckte sie mit den Schultern und stieß in einem Schwall ihr Anliegen hervor, „Es ist nichts Besonderes. Die Phili hat sich zu Silvester bei ihren Eltern angekündigt. Vor einem halben Jahr hat sie sich das erste Mal wieder gemeldet. Oben, auf dem Schuhschrank liegt sogar eine Weihnachtskarte von ihr."

Fassungslos glotzte ich meine wimpernklimpernde Mutter an. Ich war seit zwei Tagen hier und sie sagte mir erst JETZT, dass Phili wieder unter den Lebenden weilte und Kontakt zu ihren Eltern pflegte? Meine Fassungslosigkeit schwenkte um in Verwirrung. Völlig neben mir starrte ich die Flasche Wein in meiner Hand an.

Was wollte ich nochmal damit machen? Phili war wieder da. Warum fühlten sich meine Finger so taub an? Phili würde an Sylvester hier in der Stadt sein. Ach ja, der Wein. Wollte ich den nicht hochbringen zu…ähm…Bianca.

Ja klar, zu Bianca und meinem Vater. Oben auf dem Schuh-
schrank lag eine Weinkarte …ähm, nee, eine Weihnachtskarte
von Phili? Ja, Phili…
Warum hatte ich die nicht bemerkt? Halloho…Erde an
Laurin…der Wein!
„Laurin, Schatz? Geht es dir gut?"
Eine Wolke mütterlichen Mitgefühls hüllte mich keine
zwei Sekunden später ein. Ich roch Lavendel und Kokos.
Eine besondere Mischung. Der Duft meiner Mutter.
Eigentlich ein beruhigender Duft, doch im Augenblick
verstärkte er meine unterschwellig brodelnde Wut. Etwas
abgehackt wand ich mich aus ihren Armen. Irgendwie
empfand ich ihren unschuldig getarnten, verbalen Überfall
als etwas scheinheilig.
„Der Wein. Ich muss den Wein hochbringen."
Auf dem Weg nach oben schossen mir tausend Gedanken
durch den Kopf. Nein, eigentlich war es nur ein Gedanke.
Der wiederholte sich nur tausendfach.
Phili war wieder da.
Gerade als ich den Flur betrat, die Schritte meiner Mutter
hinter mir hörte und meine Augen gleichzeitig die bunte
Karte auf den Schuhschrank entdecken, klingelte es
prompt an der Haustür.
Ganz automatisch stampfte ich hin und riss die Tür auf.
Und da stand sie. Leibhaftig und in Farbe und dann war es
wieder da. Das alte Gefühl.
Mein altes Gefühl, dass ich vor vielen, vielen Monden
bereits auf der riesigen Müllkippe der Enttäuschung
deponiert hatte, in der Hoffnung…in der Hoffnung…
in der…
Babyblaue Puppenaugen klimperten mich erstaunt an.
[Phili] Hi Laurin.
[Laurin] …

[Phili] Was ist? Hat es dir die Sprache verschlagen?
[Laurin] …
Die blauen Puppenaugen blitzen vergnügt und ein
schelmisches Grinsen erschien in ihrem sonnengebräunten
Gesicht. Dennoch spürte ich ein leises unterschwelliges
Unbehagen ihrerseits.
[Phili] Willst du mich nicht reinbitten?
[Laurin] …
In diesem Moment schob mich meine Mutter grob zur Seite
und übernahm das Zepter.
„Phili! Du bist ja schon da. Wir dachten du würdest erst zu
Silvester eintrudeln. Komm doch rein. Es ist doch kalt
draußen."
Dann schaute meine Mutter mich böse an, „Warum lässt
du Phili vor der Tür stehen? Siehst du nicht wie kalt es
draußen ist?"
Zutiefst verwirrt blinzelte ich. Vielleicht lag es an meiner
Verwirrtheit, dass ich ihren grammatikalischen Fehler
nicht schmunzelnd korrigierte. Kälte sah man nicht, Kälte
FÜHLTE man. Und warum zum Teufel blaffte sie mich
jetzt an?
Trotzdem rutschte ich artig zur Seite, um Platz zu machen.
Phili schob sich dicht an mir vorbei. Ich erklärte dies mit
unserem schmalen Flur. Ihr blondes Haar, das unter der
lustigen Pudelmütze hervorlugte, kitzelte mich kurz an der
Wange. Sofort schoss mein Puls nach oben.
Das Blut rauschte in meinen Ohren, so dass ich der
folgenden Konversation, wahrscheinlich nur ein paar
oberflächliche Höflichkeits-Floskeln, zwischen meiner
Mutter und Phili nicht folgen konnte.
Irgendwann bemerkten die beiden meine Sprachlosigkeit.
Meine Mutter knuffte mich ziemlich unfreundlich auf den
Oberarm, „Willst du nicht endlich auch mal Hallo sagen?"

Ich schluckte hart und presste ein paar gequälte Worte heraus, „Du hast blonde Haare."

Phili lachte leise. Meine Mutter schaute mich nur völlig entgeistert an. Natürlich hatte ich damals nicht erzählt das Phili in Köln noch rosahaarig gewesen war. Mir schien diese Information damals eher unwichtig. Phili verstand meine Anspielung jedoch, zog die Mütze ab und strich sich über das wiedererblondete Haar, „Ich finde dies irgendwie besser. Findest du doch auch, nicht wahr?"

Ehe ich zu einer Antwort ansetzten konnte erschienen mein Vater UND Bianca. So langsam wurde es im Flur eng. Auch meine Mutter bemerkte dies, „Lasst uns doch lieber ins Wohnzimmer gehen. Da müssen wir uns nicht so auf den Füssen herumtrampeln."

Die Miene meines Vaters sprach Bände und zwar in meine Richtung. Doch ehe ich mir den Sinn dieses Blickes ausmalen konnte, verschwand er wieder.

Der Blick…mitsamt meinem Vater.

Phili und meine Mutter folgten ihm auf dem Fuße.

Nur Bianca blieb zurück. Sie schien etwas irritiert und zischte mir leise ins Ohr, „Wer ist das?"

Hilflos zuckte ich mit den Schultern, „Ähm…Phili. Das ist Phili."

Dann hob ich meinen Arm und präsentierte die Flasche, die ich in den letzten Minuten fast zu Tode gewürgt hatte, „Du wolltest doch Wein."

Nachdem sie mich und die Flasche kurz gemustert hatte, drehte sie sich um und marschierte ebenfalls ins Wohnzimmer. Erst jetzt bemerkte ich die feinen Schweißperlen auf meiner Stirn. Verflucht. Phili!

Schnell wischte ich mit dem Ärmel über die feuchte Stirn und trottete nun auch ins Wohnzimmer. Meine Mutter hockte auf dem Dreiersofa. Neben ihr Phili.

Mein Vater versank, wie immer, in seinem Fernsehsessel und Bianca saß mit stocksteifem Rücken auf der Zweiercouch und wusste mit dieser Situation so Garnichts anzufangen. Ich setzte mich neben sie. Dann bemerkte ich die Flasche in meiner Hand und sprang wieder auf, „Der Korkenzieher. In der Küche."

Erneut fluchte ich still in mich hinein.

Ich klang ja wie der letzte Dorftrottel.

Was war denn nur los mit mir?

Zu allem Übel sprang Phili ebenfalls auf, „Ich helfe dir."

Bianca stierte von einem zum anderen und setzte an, nun auch hochzuspringen. Meine Mutter hechtete wie ein durchtrainierter Stabhochspringer von der Dreiercouch auf die Zweiercouch und hielt Bianca zurück, „Liebes, würdest du mir helfen die Spargel- und Eierplatten aus dem Keller zu holen? Die sind ja doch etwas unhandlich."

Ohne Biancas Antwort abzuwarten, erhob sich meine Mutter und zerrte meine hilflose Freundin einfach hinter sich her. Ich glotzte ihnen eine Sekunde völlig verdattert nach, wechselte den Blick zu meinem Vater, der still in sich hineingrinste und lenkte dann meinen Blick zu Phili, die mich lächelnd an die Hand nahm, „Die Küche, Laurin!"

Wie ein unartiger Schuljunge scheuchte sie mich vor sich her. In der Küche kramte sie dann, wie selbstverständlich, in den Schubladen herum, bis sie den gesuchten Korkenzieher triumphierend über ihrem Kopf schwenkte, „Da ist ja der Schlingel."

Noch immer grinsend nahm sie mir die Flasche aus den verkrampften Fingern, „Gib her. Bis DU in die Pötte kommst…!"

Gekonnte schraubte sie das gedrechselte Teil in den Korken und zog kräftig. Ich schluckte hart.

„Was willst du hier, Phili?"

Es machte leise ‚Plop' als der Korken sich aus dem Flaschenhals löste. Phili stand da, den Korkenzieher mit dem Korken in der einen Hand, die offene Flasche in der anderen Hand und schaute zu Boden.

Dann seufzte sie leise und hob den Blick.

[Phili] *Es tut mir leid, Laurin.*

[Laurin] *…*

[Phili] *Ich weiß, ich habe damals Mist gebaut. Nochmal. Es tut echt mir leid.*

Ich schnaufte erbost.

[Laurin] *Du bist einfach abgehauen, Phili.*

Ihr Blick hielt meiner Anklage stand.

[Phili] *Ich weiß und dafür möchte ich mich ja auch entschuldigen.*

Ihre blauen Puppenaugen glitzerten. Ich murrte innerlich.

[Laurin] *Ich habe dich wie verrückt gesucht. Ich wollte dich doch nach Hause bringen.*

Phili neigte leicht den Kopf.

[Phili] *Ich wollte aber nicht nach Hause, Laurin. Nicht in dem Zustand, in dem ich mich befunden hatte. Kannst du das nicht verstehen?*

Betreten senkte ich den Kopf und unterbrach damit unsere wortlose Kommunikation.

Doch Phili trat dicht vor mich und hob mein Kinn wieder so weit an, dass ich sie anschauen **musste**. Ihre Augen schimmerten feucht, als ob sie nur mühsam die Tränen zurückhielt. Auch ich spürte eine verräterische Hitze hinter meinen Augäpfeln und schluckte hastig.

[Laurin] *Ich habe mir furchtbare Sorgen gemacht.*

[Phili] *Ich weiß.*

[Laurin] *Ich habe dich vermisst.*

[Phili] *Ich dich auch.*

[Laurin] *Ich wollte dir helfen.*

[Phili] *Ich weiß.*
[Laurin] *Ich habe dich doch geliebt.*
Eine kleine Träne löste sich aus ihrem rechten Auge, doch sie schaute mir weiterhin fest ins Gesicht.
[Phili] *Ich weiß.*
„Hmmhmmm!"
Mein Vater stand räuspernd in der Küchentür und musterte uns beide. Wie ertappte Teenager hüpften Phili und ich auseinander. Mit einem undefinierbaren Blick wackelte sein Kopf Richtung Wohnzimmer, „Ich wollte nur sagen, dass der Spargel und die Eier eingetroffen sind."
Was so viel heißen sollte, Mama und Bianca waren aus dem Keller zurück. Mit einem gezwungenen Lächeln nickte ich in seine Richtung, „Wir kommen gleich."
Dann schaute ich zurück zu Phili, „Wir sollten die guten Gläser aus der Vitrine nehmen…zur Feier des Tages."
Ihre Miene wirkte etwas erleichtert, als sie sich bei mir unterhakte, „Ja, Laurin. Nehmen wir ausnahmsweise mal die guten Gläser."
Als wir gemeinsam das Wohnzimmer betraten, schaute mir schon eine ziemlich verärgerte Bianca von der Couch entgegen. Phili schien dies nicht zu bemerken, sondern zupfte aus der altmodischen Vitrine in der Ecke fünf langstielige Weingläser hervor, die sie reihum auf dem Wohnzimmertisch verteilte. Auch ich versuchte Biancas forschem Blick zu entgehen und schenkte großzügig ein Glas nach dem anderen ein. Erst dann setzte ich mich wieder zu ihr und tätschelte leicht geistesabwesend ihr Knie, während ich nach dem Glas griff, „Ein Toast wäre doch jetzt angebracht."
Da offensichtlich niemand das Wort ergreifen wollte, tat ich es, „Auf alles was war, was ist und noch sein wird.

Salute!"

Die Wangen meiner Mutter leuchteten, als ob sie bereits eine halbe Flasche Rotwein intus hätte, „Das war ein schöner Spruch, Schatz. Dem schließe ich mich an. Auf die Vergangenheit, die Gegenwart und die Zukunft. Was immer sie uns bringen möge."

Als sie ansetzte, sah ich, wie sie mich über das Glasrand hinweg ziemlich merkwürdig musterte. Wenn sie mir damit eine stumme Botschaft übermitteln wollte, so kam sie leider nicht an.

Ich hob mein Glas, prostete kurz in die Runde und leerte den Inhalt in einem Rutsch. Biancas Augenbrauen zogen sich verstimmt zusammen. Um sie zu besänftigen hauchte ich ihr einen Kuss auf die Wange, drehte mich aber im nächsten Moment wieder der Allgemeinheit zu und warf eine ziemlich platte Aufforderung in den Raum, „Und, wie ist es dir so ergangen, Phili. Erzähl doch mal."

Und Phili erzählte. Lang und breit. Es fielen Worte wie Minijob und Auswandern. Dazwischen eine WG und Muscheln sammeln. Ich hörte jedoch nur mit halbem Ohr zu, da ich damit beschäftigt war, mir eine Erklärung zusammenzubasteln, die ich Bianca, in Bezug auf Phili, später auftischen konnte, ohne dass diese sich Sorgen um unsere Beziehung machen müsste. Sie MUSSTE sich ja auch keine Sorgen machen. Ich war ja mit ihr zusammen und nur das zählte für mich. ABER ich registrierte in Philis zusammengefasster Odyssee, dass sie ihre zweifelhafte Karriere in Köln mit keinem Wort erwähnte.

Ein Glück für meine doch recht konservativen Eltern.

Das Phili nun auf Mallorca lebte und in einer Tauchschule arbeitete, interessierte mich nicht im Geringsten. Und auch ihre neue Liebe, den Besitzer dieser Tauchschule, ein Franzose namens Jaques, interessierte mich nicht.

Es gab also keinen Grund für Bianca, Phili, meine beste Freundin, nicht zu mögen.

Doch aus irgendeinem Grund zweifelte ich an dieser Hoffnung, als ich Biancas Blick bemerkte, mit dem sie Phili musterte. Die beiden würden niemals Freundinnen werden. Eigentlich ein besorgniserregender Gedanke.

Doch da Phili weit vom Schuss wohnte und ich nicht den Drang verspürte mich in ein enges Flugzeug zu quetschen und die dortige Partymeile unsicher zu machen, fiel meine Besorgnis recht dürftig aus.

Plötzlich erhob Phili sich, „Ich muss dann auch mal los. Meine Eltern warten sicher schon mit dem Essen. Ich wollte ja eigentlich auch nur kurz Hallo sagen."

Auch meine Mutter, noch immer mit leuchtend roten Wangen, erhob sich eifrig, „Essen. Das ist ein gutes Stichwort. Wir sollten auch langsam ans Essen denken. Bianca, hilfst du mir den Tisch decken, Hans, du gehst in den Keller noch ein Flasche Wein holen und Laurin, du bringst Phili zur Tür."

Alle gehorchten. Auch Bianca, wenn auch nur widerwillig. Dann standen Phili und ich auch schon an der offenen Haustür. Nach einigen stummen Sekunden unterbrach sie die unangenehme Stille, die wie eine unsichtbare Wand zwischen uns stand. Ihr Kinn wies Richtung Wohnzimmer, „Deine Freundin scheint nett zu sein."

Ich nickte mechanisch, „Ja, das ist sie auch."

Langsam zog sich ihre Stirn kraus, „Sie mag mich nicht." Erst glotzte ich Phili erstaunt an, doch als ich sie lächeln sah, lachte auch ich, „Nein. Sie mag dich wirklich nicht." Zumindest war ich ehrlich.

Philis Lächeln erlosch zögernd. Sie griff nach meiner Hand, „Bist du glücklich, Laurin?"

Ich fühlte ihre kühlen Finger zwischen meinen Fingern und schaute hinab. Auf ihren gepflegten Nägeln trug sie transparenten Nagellack und am Daumen einen dünnen, feinen Silberreif. Ich nahm tief Luft und blickte wieder hoch, „Ja, Phili. Ich bin glücklich."

Das Lächeln erschien wieder in ihrem Gesicht. Dennoch wirkte es so, als ob ihr dieses Lächeln Mühe bereiten würde, „Das freut mich für dich, Laurin."

Hastig stellte sie sich auf die Zehenspitzen und hauchte mir einen Kuss auf den Mundwinkel, „Mach's gut."

Und dann verschwand sie. Einfach so. Wieder mal.

Ich stand noch einige Sekunden an der offenen Tür, schaute ihr nach und fühlte das Brennen auf der Haut. Genau dort, wo mich ihre Lippen berührt hatten.

Mit der Hand an der Wange flüsterte ich leise, „Mach's gut Phili."

Kraftlos sackte mein Arm herab. Langsam schloss ich die Tür. Es fühlte sich an, als ob ich auch die Tür zu einer schönen Erinnerung schließen würde. Ehe sich mein Herz schmerzhaft zusammenkrampfen konnte, drückte ich mein Rückgrat durch und drehte mich um.

Vor mir lag die Zukunft.

Der Besuch bei meinen Eltern endete früher als erwartet. Eigentlich hatten Bianca und ich vorgehabt erst an Neujahr wieder zurück nach Hamburg zu fahren. Doch ihr schien es nicht so gut zu gehen, hatte ich den Eindruck. Also packten wir, sehr zum Leidwesen meiner Eltern, bereits zwei Tage früher die Koffer.

„Ach Junge. Jetzt bist du an Silvester ganz alleine da oben."

Meine Mutter zupfte mit einer unsäglichen Leidensmiene umständlich an meinem Kragen herum, bis ich ihre Hände nahm und sie festhielt, „Mama, ich bin nicht alleine.

Und sei mir nicht böse, aber ich würde gerne noch ein wenig ungestörte Zeit mit meiner Freundin verbringen, bevor es wieder ans Büffeln geht."

Das stimmte zwar nicht, unterstrich aber Biancas Status in meinem Leben und das war mir wichtig. Gottlob schlug mein Vater sich auf meine Seite. Sanft legte er den Arm um meine Mutter und zog sie sachte von mir weg, „Der Junge hat Recht. Die beiden brauchen auch ein bisschen Zeit für sich. Außerdem kommt er in den nächsten Semester-Ferien ja wieder. Nicht wahr?"

Diese Frage galt mir. Frierend linste ich über die Schulter zu meiner Freundin, die bereits im Wagen saß und auf mich wartete. Ich hatte keine Ahnung ob ich die nächsten Ferien auch nach Hause fahren würde.

Das würde ich zu einem späteren Zeitpunkt noch mit Bianca besprechen müssen.

Dennoch lehnte ich mich in diesem Moment weit aus dem Fenster, „Sicher komme ich. Ich lasse mir doch Mamas berühmten Hefezopf an Ostern nicht entgehen. Das wäre eine Todsünde."

Mit diesem Versprechen auf den blaugefrorenen Lippen, von dem ich nicht wusste, ob ich es einhalten würde, ließ meine Mutter endlich von mir ab. Mit einem weißen Taschentuch stellte sie sich auf den Gehweg, ohne Schal und ohne Jacke, nur, um mir zum Abschied zu winken. Ich sah das wehende Tuch im Rückspiegel auf und abwedeln und musste grinsen. Was für eine filmreife Szene.

Das Jahr 2010 schlich sich klammheimlich von hinten
heran. Im Gepäck viel Lernstoff.

Dabei geriet leider mein voreilig gegebenes Versprechen in
Vergessenheit. Dies hatte auch damit zu tun, dass ich nach
langer Suche eine kleine, bezahlbare Mansardenwohnung
gefunden hatte und endlich dem Zweibettzimmer im
Studentenwohnheim den Rücken kehren konnte. Mit Vince
zusammenzuwohnen war zwar nicht die Hölle auf Erden,
dazu war er viel zu lustig, doch es beeinträchtigte
entschieden mein Sexualleben. Niemand wollte beim
intimen Zusammensein mit seiner Freundin einen
Schnarchsack in der anderen Zimmerecke liegen haben.

So nutze ich die Osterferien dazu, meine Siebensachen an
einen anderen Ort zu verlagern. Als mir meine Eltern
wieder in den Sinn kamen und somit auch mein
gebrochenes Versprechen, waren die Ferien bereits rum.
Genau wie Ostern.

Ich hatte auch schon Wochen nicht mehr an Phili gedacht,
als auf einmal eine Postkarte in meinem Briefkasten
strandete. Erstaunt betrachtete ich mir die maritime Szene.
Ein Segelboot auf türkisblauem Wasser.

Im Hintergrund die Silhouette einer unbekannten Insel.
Dazu eine leichtbekleidete Bikini-Schönheit, die gerade
kopfüber ins Wasser hechtete.

Fragend drehte ich die Karte herum und las, während ich
die unsagbar vielen Stufen zu meiner Wohnung erklomm.

Hi Laurin,

alles Liebe zu deinem Geburtstag. Ich wünschte,
wir könnten unseren gemeinsamen Geburtstag
auch gemeinsam feiern. Melde dich doch mal.
Die neue Nummer bekommst du von deinen
Eltern.

Ganz liebe Grüße
Deine Phili.

Ich stutzte und zwar aus mehreren Gründen. Erstens, woher hatte Phili meine Adresse? Gut, diese Frage ließ sich schnell beantworten. Meine Eltern.

Und zweitens, Geburtstag? Mein, nein, stopp, unser Geburtstag? Den wievielten hatten wir denn heute?

Oben in meiner Wohnung angekommen düste ich sofort in die winzige Kochnische. Dort, neben der platzsparenden Schiebetür hing mein vollgekritzelter Jahres-Kalender und ich stellte schon fast erschrocken fest, dass es Freitag der 21.Mai war. In zwei Tagen war mein 20. Geburtstag.

Wie konnte ich das vergessen?

Noch einmal las ich die bunte Ansichtskarte durch und schon purzelte ein dritter Grund in mein Gehirn, der mich stutzig machte. Meine Eltern waren in Besitz von Philis Telefonnummer? Hieß das, die beiden hatten Kontakt zu ihr? Hinter meinem Rücken?

In diesem Moment klackte das Türschloss und unterbrach diesen ungeheuerlichen Gedanken.

Seit einigen Wochen war Bianca im Besitz meiner zweiten Haustürschlüssel-Garnitur. So konnte sie kommen und gehen wann sie wollte. Ich fand dies praktisch. Was ich nicht so praktisch fand, waren ihre Sachen, die sich nach jedem Besuch vermehrten. Wie unkastrierte Karnickel. Erst war es nur etwas Unterwäsche. Das konnte ich ja verstehen. Dann kam ihr Shampoo und Duschgel dazu. Das konnte ich auch verstehen. Im Küchenschrank lümmelten zwei Packungen Körnermüsli und ein vakuumierter weißlicher (Tofu?) Würfel herum. Von mir verschmäht, von Bianca heiß geliebt. Auch dies nahm ich ohne zu murren hin.

Doch nun quollen meine Fensterbänke vor lauter Grünzeug über.

Wo kamen denn die ganzen Pflanzen auf einmal her? Ebenso die Duftkerzen, die nun die Hälfte meines zierlichen Wohnzimmertisches bevölkerten. Und waren meine beiden Sofakissen nicht mal blau gewesen?

Nun stapelten sich in jeder Ecke mindestens drei oder vier cremefarbene Plüschkissen. Das waren definitiv nicht meine. Mit zusammengezogenen Augenbrauen musterte ich einen besonders vorwitzigen Farn, der sich anschickte den darunterliegenden Heizkörper zuzuwachsen.

In diesem Moment trat Bianca ein. In jeder Hand eine volle Einkaufstasche. Schnaufend wuchtete sie die prallen Tüten auf die schmale Arbeitsfläche, „Puh. Bin ich fertig. Ich habe uns für heute Abend Lasagne geholt. Hast du den Müll schon runtergebracht?"

Ich verzog unauffällig das Gesicht. Von Lasagne bekam ich Blähungen. Aber ich wusste, ich würde an diesem Abend Lasagne essen. Bianca zuliebe.

Auf einmal streckte sie ihren Kopf aus der Nische heraus, „Laurin. Ich habe dich was gefragt? Der Müll?"

Erst jetzt erblickte sie die Ansichtskarte in meiner Hand, „Oh, du hast Post bekommen. Von wem denn?"

Ohne mich um Erlaubnis zu bitten, zupfte sie mir die Postkarte einfach aus den Fingern und verzog im nächsten Moment das Gesicht, „Ach. Diese Phili?"

Dann erhaschte sie den kleinen Zusatz, der sich auf meine unschuldigen Eltern bezog, „Deine Eltern haben ihre Nummer? Die Nummer deiner Ex-Freundin? Findest du das nicht ein bisschen seltsam?"

Was mich an dieser, doch eigentlich recht harmlosen Fragen so auf die Palme brachte, wusste ich nicht, doch ich konterte, sehr untypisch für mich, ziemlich schnippisch,

„Natürlich haben meine Eltern Philis Nummer. Sie ist ja quasi von meiner Mutter mit großgezogen worden. Genau wie ich von Iris, Philis Mutter, miterzogen wurde. Und Phili ist nicht meine Ex-Freundin. Wir waren noch nie ein Paar gewesen. Klar?"

Erbost schnappte ich mir die Postkarte. Sofort hob Bianca ihre Hände hoch, „Ach herrje. Ist ja gut. Du musst ja nicht gleich an die Decke gehen, nur weil ich was komisch finde."

Eigentlich wusste ich ja, dass sie Recht hatte. Meine Überreaktion war mir ja selbst ein bisschen peinlich. Dennoch ärgerte mich ihre unterschwellige Kritik an meinen Eltern. Niemand durfte mein Nest beschmutzen. Da ich das Gefühl hatte, ein wenig Abstand würde dieser Situation die Schärfe nehmen, flüchtete ich ins Badezimmer, „ICH GEHE DUSCHEN!"

Eingekerkert in meine beschauliche, fensterlose Nasszelle, stützte ich mich erst einmal am Waschbecken ab und starrte mir selbst ins verkniffene Gesicht. Mir war schon irgendwie klar, ich sollte mit Bianca nicht so hart ins Gericht ziehen.

Ihr Verhältnis zu den eigenen Eltern war, gelinde gesagt, katastrophal. Ego-Mama und väterliches Arbeitstier. Dies führte wahrscheinlich dazu, dass sie ALLE Eltern über einen nervigen Kamm scherte. Und wenn ich ehrlich war, meine Mutter schien an Weihnachten wirklich nicht so herzlich gewesen zu sein, wie sonst.

Aber vielleicht irrte ich mich auch.

Nachdenklich rieb ich mir über die raue Wange, was einen neuen, einen eher pragmatischen Gedanken aufbrachte. Ich könnte mich mal wieder rasieren.

Also riss ich den Schrank hinter mir auf, wo neben meinem Rasierzeug, nun auch Biancas Rasier-Utensilien verstaut waren. Mir war strengstens untersagt, IHRE teuren Klingen zu benutzen, was mir, nebenbei bemerkt, sehr fern lag. Ich hatte nicht vor, mir mit einer Klinge im Gesicht herumzukratzen, mit der sie ihre Beine und Schamlippen enthaarte. Doch leider war der Platz, an dem MEINE Klingen lagen, wie leergefegt. Allerdings meinte ich mich ganz dunkel erinnern zu können, dass in meiner Sporttasche noch eine unbenutzte Klinge im Seitenfach steckte. Also öffnete ich die Tür und stakste in Richtung Schlafzimmer. Gedankenlos stürmte ich rein und prallte unverhofft mit Bianca zusammen. Völlig erschrocken starrte sie mich an und versteckte im gleichen Atemzug ihre Hände hinter dem Rücken. Eine seltsame Geste.
„Was machst du hier? Suchst du was?"
„Nein."
Dieses eine kleine Wort hatte eine höchst interessante Wirkung. Biancas Wangen färbten sich feuerrot. Das fand ich noch seltsamer. Mein fragender Blick wanderte runter zu ihren Händen, die ich ja nicht sehen konnte, weil sie anscheinend irgendetwas hinter ihrem Rücken versteckt hielt. Ich war ja noch nie ein misstrauischer Mensch gewesen, doch diese Geste, gepaart mit verräterischer Röte, ließ sämtliche Alarmglocken in meinem Kopf schrillen. Ich deutete auf ihre verschränkten Arme, „Was hast du da?"
Sie schüttelte den Kopf, „Nichts!"
Ich blieb hart, „Du hältst doch etwas hinter deinem Rücken versteckt. Was ist es? Zeig her!"
Ihr Kopfschütteln verstärkte sich, „Es ist nichts. Geh duschen, Laurin!"

Doch die Dusche war im Augenblick das Letzte woran ich dachte. Mit einem Griff packte ich ihren rechten Arm und zerrte ihn nach vorne. Ich war im ersten Moment so perplex, dass mein gerechtfertigter Unmut erst einmal vergaß weiterzubrodeln. Ihre rechte Hand umklammerte ein Handy. MEIN Handy. Dieser Anblick wirkte wie Brennspiritus. Mit einem Mal flammte meine volle Wut auf, „WAS MACHST DU MIT MEINEM HANDY?" Natürlich drängte mein lodernder Zorn Bianca in die Offensive. Sie hatte gar keine andere Wahl. Ebenso laut keifte sie zurück, „ICH HABE NICHTS GEMACHT!" Mit einem Ruck riss ich ihr mein Telefon aus der Hand und glotzte auf das Display. Meine Adressliste war offen und plötzlich fiel es mir wie Schuppen von den Augen. Schlagartig verrauchte meine Wut und ich sank keuchend auf die Bettkante.

Bianca hatte die Postkarte von Phili gesehen und dann auch noch gelesen, dass meine Eltern den Kontakt pflegten. War es nicht verständlich, dass sie dachte, ICH hätte hinter ihrem Rücken ebenfalls noch Kontakt? Hatte sie etwa gedacht, sie würde noch eine alte Nummer von Phili finden und mich damit überführen wollen?

Dann machte Bianca einen entscheidenden Fehler. Sie biss hasserfüllt um sich.

„Es war doch an Weihnachten offensichtlich, dass zwischen euch was läuft. Für wie blöd hältst du mich eigentlich? Sie hat dich doch die ganze Zeit wie ein liebeskrankes Schaf angegafft. Und du? Du hast dich wie ein dämlicher Volltrottel in ihrer Nähe aufgeführt. Wie sollte ich da nicht denken, dass du hinter meinem Rücken eine Affäre hast?"

Ihre Worte taten weh.

Doch sie taten nicht so weh, wie das Misstrauen, dass mir gerade wie eine gigantische Welle entgegenschlug. Kraftlos wog ich das Handy in meiner Hand, „Du hättest mich fragen können, Bianca."

Sie schnaufte wie ein fettes Walross, **„Na klar. Und du wärst auch so ehrlich gewesen, mir zu sagen, dass du eine andere fickst. Sicher. Wem willst du diese Scheiße verklickern. Mir? Vergiss es."**

Diese äußerst hässliche Seite an meiner Freundin schockierte mich und bewog mich zu einer folgenschweren Entscheidung. Schwerfällig wie ein alter Mann erhob ich mich und schaute sie traurig an, „Ich glaube, du solltest jetzt gehen!"

Zuerst glubschte sie mich verwirrt an, „Gehen? Wohin?"

Ich nahm tief Luft und seufzte dann, „Ich fahre jetzt zu Vince und komme erst am Sonntagabend zurück. In der Zwischenzeit kannst du deine ganzen Sachen hier rausholen. Meine Haustür-Schlüssel legst du dann bitte auf den Wohnzimmertisch."

Biancas Kiefer klappte auf und zu. Irgendwie tat sie mir auf einmal leid. Deswegen sah ich mich noch zu einer weiteren Erklärung genötigt, „Es tut mir leid, Bianca. Es tut mir leid, dass du mir nicht vertrauen kannst. Ich habe dich nie belogen und noch nie betrogen. Doch ohne Vertrauen kann man keine Zukunft aufbauen. Kann ICH keine Zukunft aufbauen."

Man konnte erkennen, wie jedes einzelne Wort langsam in ihr Gehirn tropfte und dort, wie eine schwarze Blüte seine Wirkung entfaltete. Erst schien sie ungläubig, dann schimmerten Tränen in ihren Augen und plötzlich verzog sich ihr Gesicht zu einer wütend verzerrten Grimasse.

Zu spät sah ich die Hand.

Es klatschte laut, als sie meine Wange traf.

„DU SCHEISSKERL!"
Ihren Abgang rundete sie mit einem filmreifen, lauten
Türenknallen ab.
Und ich? Ich war wieder Single.

23. Mai 2015

Müde und abgekämpft betrat ich den schmalen Hausflur
und schlich mit hängenden Schultern an den Briefkasten.
Die Umhängetasche mit meinen Unterlagen, Notizen und
Laptop schien eine Tonne zu wiegen. Gottlob war heute
Freitag. Somit hatte ich zwei freie Uni-Tage vor mir, was
jedoch nicht hieß, dass ich lernfrei hatte. Ich befand mich
gerade in der letzten Phase meines jahrelangen Studiums,
dass ich Ende August mit einem Master of Engineering
abzuschließen gedachte. Heute war zudem auch noch
mein 25. Geburtstag und wenn meine Mutter mich nicht
schon in aller Frühe angerufen hätte, dann wäre er wohl
sang- und klanglos an mir vorübergezogen. Bei dem
Gedanken an die mütterliche Gratulation, vorgetragen mit
einem ziemlich kitschigen Lied musste ich doch ein klein
wenig grinsen.
Während mir ihre schiefen Töne durch den Kopf gingen,
klemmte ich mir den Stapel mit der Post einfach unter den
Arm und begann den Aufstieg in meine kleine Mansarden-
Wohnung.

Fünf Minuten später ließ ich die schwere Umhängetasche, mitsamt seinen gewichtigen Unterlagen einfach in meinem Flur, neben dem Schirmständer zu Boden gleiten und marschierte schnurstracks in die Küche. Dort riss ich erst einmal den Kühlschrank auf, griff nach der offenen Milchpackung und trank direkt aus der Tüte.

Ziemlich unfein, doch es war ja meine Milchtüte.

Die eiskalte Flüssigkeit bahnte sich ihren Weg bis zum leeren Magen. Ein gutes Gefühl. Zufrieden rieb ich mir den Milchschnurrbart am Ärmel ab, stopfte den Milchkarton zurück in den Kühlschrank, trottete ein paar Schritte weiter und fiel mit einem lauten Stoßseufzer auf den Lippen einfach rücklings auf die Couch.

Die Post landete dabei auf meinem kleinen Wohnzimmer-Tisch. Ich war so platt. Während ich nun so dalag, fiel mein Blick zum Fenster, das einer dringenden Reinigung bedurfte, wie mir die Vogelkacke in der rechten unteren Ecke der Scheibe verriet. Diese Feststellung trieb meine Gedanken zurück zu Bianca. Vier Jahre war es nun her, seit ich die Beziehung beendet hatte und seit vier Jahren konnte ich wieder zum Fenster rausschauen ohne dass mir irgendein dämliches Grünzeug die Sicht versperrte. Seit diesem Tag hatte nie wieder ein weibliches Wesen meine Wohnung betreten, außer meiner Mutter natürlich, die einmal im Jahr, meistens um Erntedank sich für ein Wochenende bei mir einquartierte und die Bude auf Vordermann brachte. Eigentlich wollte ich nicht, dass sie dies tat. Aber ich konnte sie kaum davon abhalten und wenn ich ehrlich war, IHR ging die Hausarbeit ja so viel schneller von der Hand als mir.

Offensichtlich hatten sich bei meiner Geburt doch ein paar bequeme Papa-Gene in meinem System eingenistet.

Hatte ich mich früher als Kind nicht immer darüber mokiert, dass mein Vater die ganze Hausarbeit bei meiner Mutter ablud? Nun, ich tat eigentlich nichts anderes. Aber bei mir war es nur einmal im Jahr. Also zählte das nicht. Zufrieden betrachtete ich mir die gräuliche Staubschicht auf meinen Fensterscheiben und ließ den Blick weiterschweifen, bis ich zu meinem Wohnzimmertisch kam. Der war leer, bis auf die Post, die im Augenblick darauf lag. Früher hatten sich gefühlte tausend Teelichter darauf getümmelt, so dass man noch nicht einmal sein Cola-Glas anständig darauf abstellen konnte. Heute war die Platte wie leergefegt. Wie gesagt, bis auf die Post. Genau diese besagte Post packte ich nun und kontrollierte sie gelangweilt.

Werbung. Werbung. Unnützer Flyer. Werbung. Versicherung. Versicherung? Ah! Info-Post. Also auch Werbung. Weg damit. Oh, die Uni. Was wollen die denn?

Diesen Umschlag riss ich halbwegs interessiert auf. Es handelte sich um eine kleine Geburtstagskarte, die noch nicht einmal eine Karte war. Irgendjemand hatte einfachhalber, ein vorgedrucktes Exemplar kopiert und eingetütet. Und das noch nicht einmal unterschrieben. Also, weg damit. Als nächstes kam noch ein Umschlag. Diesmal war kein Absender drauf. So etwas ärgerte mich, denn meistens stellte sich der Inhalt als, wie sollte es anderes sein, Werbung heraus. Dementsprechend lustlos riss ich das weiße Kuvert auf und musste plötzlich breit grinsen. Die Karte kam aus meiner alten Heimatstadt. Dies hätte mir schon am Stempel auffallen müssen, wenn ich mir den angeschaut hätte. Hatte ich aber nicht. Die Karte war von Kai, meinem ehemaligen Schulkameraden, mit dem ich zusammen ein paar Jahre die Stühle des heimischen Gymnasiums plattgesessen hatte. Kai hatte kurz nach unserem Abschluss, also auch kurz nach meinem Weggehen einen schweren Motoradunfall gehabt. Dieser Unfall hätte ihn beinahe um sein wertvolles Leben gebracht. Es kostete ihn viel Zeit, Mühe und Schweiß sich wieder in einen halbwegs normalen Alltag zurück zu kämpfen. Nach seiner Rehabilitation, die offensichtlich auch seine komplette Lebensplanung und auch seine Lebenseinstellung geändert hatte, schlug er die Laufbahn eines Rettungssanitäters ein. Früher war sein Traum Oberarzt gewesen. Vom Medizinstudium war jedoch keine Rede mehr. Als stinknormaler Sani fühlte er sich näher am Puls der Zeit. Hatte er gesagt. Das musste man akzeptieren und er schien nicht gelogen zu haben. Auch nach fünf Jahren schien er mehr als zufrieden mit dieser Entscheidung. Ich hatte schon seit ein paar Monaten nichts mehr von ihm gehört und war höchst erstaunt ausgerechnet an meinem Geburtstag eine Karte von ihm zu erhalten. Ich freute mich tierisch, zumal er offensichtlich in Kürze, wie in der Karte vermerkt war, im tiefsten Bayern, zusammen mit einer gewissen Marie, Wurzeln schlagen würde. Ich hörte bereits die Hochzeitsglocken läuten. Guter, alter Kai. Wenn einer die Sonne des Lebens verdient hatte, dann er. Mit einem warmen Gefühl in der Brust und einem versonnenen Grinsen im Gesicht, raffte ich die restlichen Werbeschreiben zusammen um sie im Altpapier zu entsorgen. Das hieß, ich warf den Stapel in eine Kiste vor meine Haustür. Gerade als ich die Tür wieder zumachen wollte, fiel mir aus den Augenwinkeln eine kleine bunte Hochglanzecke auf, die zwischen der Werbepost hervorlugte. Sofort bückte ich mich und zog das Teil, das sich als Ansichtskarte entpuppte, hervor.

Sofort erkannte ich die Handschrift und mein Grinsen
verbreiterte sich zusehends. Es war eine eng beschrieben
Karte von Phili. Ich bekam jedes Jahr zu unserem
Geburtstag eine Karte von ihr. Ich dagegen, als
ausgemachter Schreibmuffel, ließ ihr immer über meine
Mutter die entsprechenden Glückwünsche ausrichten.
Noch immer grinsend schlug ich die Tür zu und
schlenderte lesend zurück ins Wohnzimmer.

Hi Laurin,

wie jedes Jahr, so wünsche ich dir auch dieses
Jahr alles Gute zu deinem (unserem)
Geburtstag. Ein viertel Jahrhundert!!!
Mensch, wir werden echt alt ☺
Vielleicht schaffst du es ja dieses Jahr mal, mir
einen Besuch abzustatten. Wir könnten mit
Jean in dem kleinen Bistro bei mir um die
Ecke ofenwarme Croissants futtern und mit
heißem echt französischem Espresso
runterspülen oder wir killen einfach eine
billige Flasche Bordeaux.
Melde dich doch mal.
Deine Phili

Zuerst irritierte mich die Aussage mit dem Bistro um die
Ecke und dem französischen Espresso. Dann schaute ich
auf die Adresse und schnaubte amüsiert.
Phili wohnte jetzt offensichtlich in Paris.
Na schau mal einer an!
Zusammen mit der Postkarte, auf der ein hellerleuchteter,
doch recht kitschig wirkender Eifelturm bei Nacht zu
sehen war, wanderte ich zu meiner Pinnwand im Flur.

Dort hingen schon einige Postkarten von Phili. Jede aus einer anderen Stadt, wahlweise sogar ein anderes Land. Und leider auch jedes Mal mit einem anderen Mann an ihrer Seite.

In Mallorca war es dieser Jaques gewesen. Den hatte sie in flagranti mit einer sonnengegerbten Tauchschülerin in der gemeinsamen Schiffskoje erwischt. Peng! Abserviert!

Im Jahr darauf erhielt ich eine Karte aus Ibiza. Dort war sie mit einem Richard liiert. Als Besitzer einer Strandbar, war er leider sein bester Kunde gewesen. Peng! Abserviert! Dass sie DIESEN Blödmann in den Wind schoss, war mir mehr als Recht gewesen. Der Name Richard erinnerte mich zu sehr an Richi. JENER Vollpfosten, der Phili damals, als sie so ungefähr vierzehn gewesen war, zum Klauen angestiftet hatte.

Dann trudelte eine Karte aus Norwegen ein. Mit dieser Karte bekam ich auch die Info, dass nun ein gewisser Klaas an ihrer Seite wandelte. Mit ihm zusammen sein Kutter ‚Yasmin‘. MIR, als Mann, war klar, dass dieses Boot ganz offensichtlich nach einer Frau benannt worden war und dass diese bestimmte Frau keine Unbekannte in Klaas Leben darzustellen schien. Doch Philis Naivität bemerkte dies nicht oder besser, sie bemerkte es erst spät. Nämlich als Klaas sie in einer ziemlich intimen Situation (eigentlich hatte ich dies nicht so genau wissen wollen) mit dem Namen seiner Ex angestöhnt hatte. Yasmin! Klaas? Peng! Abserviert!

Letztes Jahr flatterte eine Postkarte aus Portugal in meinen Briefkasten. Auf dieser gratulierten mir Phili und ein unbekannter Carlos. Seines Zeichens Musiker in einer Bongo-Band. Ob Phili auch auf Bongos einhämmerte, ließ sich aus dem kurzen Text nicht entschlüsseln.

Wie ich jedoch in der Weihnachtskarte desselben Jahres erfuhr, bugsierte Carlos sich selbst ins Aus. Sein Hang zu, sagen wir mal, zu berauschenden Opiaten, weckten in Phili böse Erinnerungen. Offensichtlich war ihr zweijähriger katastrophaler Köln-Aufenthalt doch nicht ganz umsonst gewesen.

Wie dem auch sei…Carlos? Peng! Abserviert!

Nun hielt ich eine Karte aus Paris in den Händen. Und wieder mal wagte sich ein warzenbesetzter Froschkönig in die Reichweite ihrer hochhackigen Pumps.

Der Vergleich mit dem Froschkönig kam nicht von ungefähr. Philis Männerverschleiß trieb mir manchmal schon besorgte Schweißperlen auf die Stirn. Sie wirkte wie ein kleines Kind, das etwas suchte, aber selbst nicht wusste, wonach es suchte.

Eine verlorene Prinzessin im 20. Jahrhundert.

Noch einmal überflog ich den Text auf der Rückseite. Dann pinnte ich sie zu den anderen Postkarten, die mir eine bunte Zusammenfassung von Philis Leben lieferten. Nachdenklich betrachtete ich mir das kleine Sammelsurium. Und was hatte ich?

Eine Beziehung, die schon vier Jahre in der Vergangenheit lag. Viele Jahre mit eintönigem Büffeln. Ein paar Partys und einen One-Night-Stand, an den ich mich aber nur sehr schwach erinnern konnte, da Vince mich an jenem Abend, mit einem verteufelt scharfen selbstgebrannten Zeug abgefüllt hatte, dass sicherlich auch für das wochenlange Sodbrennen hinterher verantwortlich gewesen war. Ich wusste noch nicht einmal den Namen dieses armen Mädchens mehr. Nur ihre langen blonden Haare waren mir in Erinnerung geblieben. Lange Haare, die an diesem Abend, unter dem Einfluss des Hochprozentigen, ausgesehen hatten, wie Philis Haare, als sie damals in der Grundschule, kopfüber von der Kletterspinne gehangen hatte. Goldene sonnendurchflutete Wellen.

Mir fiel auf, dass ich die Mädchen eigentlich, wenn auch eher unbewusst, immer mit Phili verglichen hatte.

Phili, mit ihrer überschäumenden Lebenslust.

Phili, die immer für die Schwachen eintrat.

Phili, die immer nach Apfel duftete.

Phili, die mir seit Sandkastenzeit vertraut hatte.

Phili, die mich nie hatte verändern wollen. Für sie war ich gut, so wie ich war.

Phili, mit der ich zusammen den ersten Sex erleben durfte.

Phili, die von Anfang an Teil meines Lebens gewesen war.

Ich liebte sie. Noch immer.

Auch wenn sie ihre Männerbekanntschaften wechselte, wie andere Leute ihre Unterhosen. Natürlich ärgerte mich der Gedanke, dass so viele meines Geschlechts, diese seidige Haut gestreichelt, diesen roten Kirschmund geküsst hatten und in den Genuss ihrer langen Beine gekommen waren, die sich während des Liebesaktes eng um die Hüften des jeweiligen Liebhabers klammerten.

Zumindest hatte sie dies bei mir damals so gemacht.

Doch der Ärger war nicht so groß, wie die Sorgen, die ich mir um sie machte. Ich wünschte, sie würde irgendwann einmal ankommen. Ich wünschte, sie würde irgendwann DEN Mann kennenlernen, der DIE Vorgaben erfüllte, die sie an die Männerwelt richtete. Auch wenn mir mittlerweile sonnenklar war, dass ich, wie es aussah, NICHT dieser Mann sein würde.

So in Gedanken versunken, fand ich mich auf einmal in der Küche wieder. Ich hob den Blick und schaute direkt auf den Terminübersäten Kalender, der wie ein mahnendes Ausrufezeichen, vor meinen Augen hing.

Ich hatte heute Geburtstag. Und was tat ich? Ich hockte alleine in meiner Bude und hatte diesen Tag fast vergessen. Langsam fing etwas in meinem Kopf an zu gären. Musste ich denn den heutigen Tag alleine zuhause verbringen? Musste ich **überhaupt** zuhause bleiben? Vor mir lag doch ein ganzes Wochenende. Ein Wochenende, das ich normalerweise mit Lernen für die Klausuren verbringen würde. Normalerweise.

Und plötzlich blitzte hinter meiner Stirn eine grell leuchtende Birne auf und ich wusste was ich tun würde. Wie elektrisiert wirbelte ich herum, stürzte euphorisch ins Schlafzimmer, packte ein paar Klamotten ein, rannte in den Flur, steckte den Autoschlüssel und Geldbeutel ein, riss entschlossen Philis letzten Postkarten-Gruß von der Pinnwand und sprang aufgeregt, immer drei Stufen auf einmal nehmend, die Treppe nach unten.

Ich würde einfach nach Paris fahren.

Was ich allerdings in meiner Euphorie nicht bedachte, war die Fahrzeit. Die äußerst lange Fahrzeit.

Nach geschlagenen acht Stunden und monstermäßigen dreiundzwanzig Minuten bog ich blinzelnd und gähnend in die Rue de Rochelle, am östlichen Stadtrand von Paris ein. Laut Postkarte, Philis jetzige Adresse.

Todmüde linste ich zuerst auf meine Armbanduhr.

Die zeigte mir kurz nach halb drei an. Nachts!

Als ich in der leblosen Dunkelheit das Haus zu meiner Linken betrachtete, kamen mir zum ersten Mal Zweifel an meiner ungewöhnlichen Spontanität. Das blassgelbe vierstöckige Haus wirkte verlassen. Dies lag vor allem daran, dass sämtliche Fenster dunkel waren. Tatsächlich überlegte ich ernsthaft, ob ich nicht vielleicht doch lieber noch ein paar Stunden im Auto schlafen sollte. Alleine, in einer menschenleeren Straße, in einer fremden Stadt, in einem fremden Land, dessen Sprachekenntnisse ich nur sehr dürftig beherrschte. So richtig verlockend wirkte diese Aussicht nicht gerade. Noch einmal schaute ich die trostlose Fassade des Hauses nach oben. Dann schnallte ich mich entschlossen ab und stieg aus. Dennoch klopfte mir das Herz bis zum Hals, als ich mich der altmodischen, zweiflügligen Holztür näherte. Acht unbeleuchtete Klingelknöpfe ließen mein Vorhaben fast platzen.

Im letzten Moment fiel mir mein Handy ein. Unter Hilfe der Taschenlampenfunktion studierte ich mühsam die verblassten Namensschilder, in der Hoffnung, irgendwo den Namen ‚Müller‘ zu lesen. Pustekuchen.

Kein einziger deutscher Name sprang mich an. Etwas ratlos las ich die Namen erneut von oben nach unten. Beim vorletzten Schild stutzte ich. Jean Leclair.

Hieß Philis neuer Freund denn nicht Jean?

Ohne nachzudenken drückte ich also diesen Klingelknopf. Es schrillte unangenehm. Im gleichen Moment, als dieses laute Geräusch durch den inneren Hausflur waberten, explodierten meine, bisher unbeachteten Befürchtungen.

Was, wenn es mehrere Rue de Rochelle in Paris gab?

Was wenn Phili sich verschrieben hatte?

Was, wenn dieser Jean ein schlagfreudiger Muskelprotz war, der auf seinen Schönheitsschlaf bestand?

Was, wenn es zwar der richtige Jean, dieser aber nicht mehr mit Phili zusammen war?

Vielleicht schlürfte Phili ja gerade in einer Teestube in Japan heißen Bambusblätter-Ginkgo-Tee? Vielleicht war das alles ja eine riesengroße, bescheuerte Schnapsidee gewesen?

Wie und vor allem warum war ich nur auf diesen absolut schwachsinnigen Blödsinn gekommen?

Am besten nahm ich schnell die Beine in die Hand und legte einen gepflegten Kavaliersstart hin um eiligst zurück nach Deutschland zu fahren.

„Qui est là?"

Erschrocken starrte ich auf die Klingel.

Wo war denn hier die Gegensprechanlage?

Erneut hörte ich eine Stimme. Definitiv eine weibliche und auch ziemlich erboste Stimme.

Sie kam nicht von der Klingel, sondern von oben,

„Vous là-bas. Avez-vous sonné la cloche? C'est au milieu de la nuit, bon sang."

Zutiefst verunsichert trat ich einen Schritt zurück auf den schmalen Gehweg und blinzelte hilflos hoch in die Luft. Die Frau, die von meiner Position aus lediglich einem dunklen schemenhaften Schatten glich, wirkte definitiv aufgebracht und das zu Recht. Trotzdem versuchte ich mein tollpatschiges Bedauern wenigsten am Tonfall erkennen zu lassen, „Entschuldigen sie bitte. Ich spreche kein Französisch. Ich suche Jean. Verstehen sie mich? Jean. Jean Leklär."

Ich hoffte inbrünstig, dass ich erstens den Namen richtig ausgesprochen hatte und zweitens, dass die Frau jetzt nicht die Gendarmerie rief. Ich wüsste nicht, wie ich meinen Eltern in Deutschland erklären sollte, dass ich in einem Pariser Knast bei Wasser und Brot eingekerkert sein würde. Erneut stellte ich mir die kluge Frage:

Was tat ich eigentlich hier?

Noch immer schwebte in zirka fünf, sechs Metern Höhe der diffuse Frauenkopf über mir. Vielleicht hatte sie mich nicht verstanden. Also kramte ich hastig in meinem äußerst mageren französischen Wortschatz herum und schleuderte diese hinauf zu der Frau, „Sche ne parlee pa fronsäse. Sorry. Sche scherchee Jean. I'm from Germany."

Ups, das war englisch. Aber vielleicht sprach die Frau ja Englisch? Doch ehe ich meinen Erklärungsversuch ins wesentlich vertrautere Englisch umwandeln konnte, erklang von oben eine sehr erstaunte Stimme, „Laurin? Bist du das?"

Ich stutzte perplex. Dann juchzte es von oben. Gleich darauf blitzte Licht im Inneren des Hausflures auf und im nächsten Moment wurde die Tür aufgerissen und ein warmer Körper sprang mich an. Noch immer verdutzt strauchelte ich leicht, umfing aber instinktiv die fremde Frau. Fremd?

Ein leichter Apfelduft stieg in meine Nasenlöcher und da wurde mir klar, es war Phili, die ich in meinen Armen hielt. Erleichtert presste ich sie nun fest an mich, „Gott sei Dank. Ich dachte schon, ich hätte mich total verfranzt. Himmel, bin ich froh dich zu sehen."

Phili löste sich ein Stück von mir. Spielerisch boxte sie auf meine Brust, „Mensch Laurin. Das ist ja mal eine Überraschung. Ich hätte ja wirklich mit allem gerechnet. Aber du? Hier? In Paris? Irre! Ich freue mich ja so. Komm doch rein. Wie kommst du hierher?"

Ihr Fragenkatalog schien unerschöpflich. Während sie mich mit sanfter Gewalt in den zweiten Stock zerrte, plapperte sie aufgeregt weiter, „Bist du die ganze Nacht gefahren? Kommst du aus Hamburg? Habt ihr Ferien oder was? Himmel, du musst ja völlig fertig sein. Pass auf, die Stufe ist gerissen. Willst du Kaffee? Oder Tee? Heiße Schokolade? Du musst echt müde sein. Wie geht es deinen Eltern? Sind jetzt nicht Prüfungen?"

Mittlerweile waren wir in ihrer Küche angekommen. Ich starrte gerade auf das überladene Spülbecken, als sie mich erneut lachend boxte, „Laurin. Hallo. Sag doch mal was."

Ehrlich gesagt fühlte ich mich total überrumpelt. So konnte ich nichts anderes tun, als sie einfach nur anzustarren. Sie sah wunderschön aus. Das blonde Haar war etwas gekürzt und endete nun knapp unter ihrem Kinn. Statt einem verstrubbelten Pony, teilte nun ein akkurat gezogener Scheitel diese neue Frisur. Obwohl sie im Augenblick kein Makeup trug, wirkte ihre glatte Haut rosig, was ihre ohnehin schon leuchtenden Augen noch mehr zum Leuchten brachte. Wie ein Ertrinkender saugte ich jede Einzelheit ihres nächtlichen Aussehens in mir auf.

Sie lächelte mich mit geneigtem Kopf abwartend an. Eigentlich hatte ich vorgehabt, irgendeine ihrer vielen Fragen mal zu beantworten. Stattdessen sagte ich, „Ich habe dich vermisst."

So etwas sollte man möglicherweise keiner Frau sagen, die liiert war, doch hier handelte sich um Phili, meine beste Freundin. Ihr Lächeln verbreitete sich ganz kurz. Dann strich sie sich in einer leicht verlegenen Geste das Haar hinter ihr rechtes Ohr und schielte, leider nicht wirklich unauffällig, in den schmalen, hohen Flur. In diesem Moment fiel mir auch wieder dieser Jean ein, der ja auch hier wohnte. Ich fühlte mich zu einem leichten Bedauern genötigt und nuschelte, „Ich hoffe, ich habe deinen Freund mit meinem Überfall nicht geweckt."

Nach dieser Floskel trat ich auf sie zu und umarmte sie erneut, „Nachträglich alles Liebe zu deinem Geburtstag, Rapunzelchen."

„Oooohhhh…! Danke Laurin. Dir auch."

Unser trautes Zusammensein erhielt jedoch jäh einen kleinen Dämpfer.

„Was ist denn hier los?"

Sofort rückten wir auseinander, obwohl an dieser Umarmung ja wirklich nichts Schlimmes haftete. Wir hatten uns gegenseitig gratuliert. Mehr nicht. Dennoch regte sich mein schlechtes Gewissen, das ich damit ablenkte, mir Philis neuen Lebensabschnittsgefährten genauer zu betrachten. In seiner verschwaschenen Schlafhose und dem viel zu langen verstrubbelten Haar wirkte auf den ersten Blick wie ein Penner. Doch es war ja auch mitten in der Nacht. Nach einem zweiten Blick korrigierte ich meine gedankliche Verurteilung. Aufgrund eines fehlenden Oberteils konnte ich nun das muskulöse Sixpack erkennen. Ebenso die ausgeprägten Brustmuskeln, die er nun absichtlich oder nicht, spielen ließ, als er sich mit der rechten Hand über das Gesicht rieb. Vermutlich um den Schlaf zu verscheuchen, der noch an seinem Gehirn (sofern nicht ins Sixpack gerutscht) haftete.
Ich registrierte noch, dass alles, an diesem perfekten Körper vom Hals abwärts, absolut haarlos war, da streckte er mir auch schon die Hand entgegen, „Hi, ich bin Sven."
Mein abruptes Erstaunen war wohl nicht zu übersehen, denn Phili lachte, „Jean ist sein Künstlername. Sven ist freischaffender Maler. Er arbeitet zurzeit an einer neuen Ausstellung. Neue Moderne trifft frühe Renaissance. Sehr extravagant. Ein befreundeter Maler hat am Montmartre ein Atelier. Jens ist sehr talentiert."
Als ich die dargebotene Hand endlich schüttelte, fiel mir nichts Besseres ein als, „Aha!"
Das klang wie ein billiges Verkaufsgespräch. Versuchte Phili etwa ein brotloses Talent zu vertuschen? Allerdings hatte ich mit Kunst auch nicht viel am Hut. Außer es handelte sich um architektonische Kunst. Mehr aus Höflichkeit richtete ich das Wort an Jens/Jean, „Verkaufen sich die Bilder denn gut?"

Philis halbnackter Adonis runzelte verärgert die Stirn, „Kunst hat nichts mit Geld zu tun, mein Freund. Kunst lebt man. Aber das ist halt nicht jedem in die Wiege gelegt." Mit ausschweifenden Gesten unterstrich er seinen Unmut über solch eine profane Frage. Beim letzten Satz musterte er mich allerdings etwas geringschätzig, so als ob er von einem Kunstbanausen wie mir, nichts anderes erwartet hätte. Dann kündigte er an, „Ich leg mich wieder hin. Es wäre nett, wenn ihr etwas leiser seid. Schließlich muss ich für meine Muse ausgeschlafen sein."

Und schon verschwand er in der Dunkelheit des Flures. Ich wusste nicht was ich sagen sollte, geschweige denn, was ich denken sollte.

Was war denn das für ein Schwachkopf?

Auch Phili schien der Auftritt ihres Freundes etwas peinlich zu sein. Ohne mir noch einmal in die Augen zu schauen, schob sie sich an mir vorbei und nuschelte, „Komm mit ins Wohnzimmer. Du kannst auf der Couch schlafen. Ist zwar nicht sonderlich weich, dafür aber schön groß."

Ich folgte ihr. Dass Wohnzimmer war recht spartanisch eingerichtet. Außer einem Mega-Sofa in quietschgrün, einem Sideboard, einem niedrigen Tisch und einer Reihe Seegras-Körbe, lag nur noch ein Zebrafell auf dem Boden, von dem ich inbrünstig hoffte, dass es synthetisch war.

Aus einem der vielen Körbe, die rechts und links neben der Couch standen, fischte sie eine grobgehäkelte Decke und ein schmales Kissen heraus. Dies hielt sie mir entgegen. Dabei schaute sie mich noch immer nicht an. Wenn ich nicht so unglaublich müde gewesen wäre, hätte ich vielleicht nachgebohrt. Doch so war ich echt froh, nicht in meinem Auto pennen zu müssen und nahm die Decke und das Kissen dankend an.

Sofort drehte sie sich um. An der Tür blieb sie kurz stehen, „Das war echt eine Super-Überraschung von dir, Laurin. Schlaf gut. Bis morgen…oder besser, bis später."

Ich machte mir noch nicht einmal die Mühe mich auszuziehen, als ich auf die Couch fiel. Lediglich die Schuhe strippte ich mit den Füßen noch runter.

Dann fielen mir die Augen auch schon zu und ich war eingeschlafen.

„Ich habe dich doch nur darum gebeten den Müll mit runter zu nehmen."

„Wie soll ich das machen, Häschen? Ich habe doch noch die Farbdosen."

„Zwei, Sven. ZWEI Farbdosen. Hast du wenigstens mal beim Vermieter angerufen?"

„Beim Vermieter? Warum?"

„Mensch Jens. Der Boiler in der Küche. Der ist kaputt und du wolltest den Vermieter anrufen. Letzte Woche schon."

„Na und. Du weißt, dass ich mich seelisch und moralisch auf die Arbeit vorbereiten muss. Stress ist Gift für meine Kreativität. Haben wir keine fettarme Milch mehr, Mausezahn?"

„Warst du auf der Bank?"

„Nein, was soll ich dort?"

„Ich hatte dich gestern gebeten Geld abzuheben. Die Bank liegt doch auf deinem Weg."

„Och, Süße. Da habe ich nicht mehr daran gedacht. Haben wir denn jetzt noch fettarme Milch?"

„Nein. Du hast sie wohl vergessen."

„Wieso ich?"

„DU warst mit einkaufen dran. Deswegen hättest du gestern ja zur Bank sollen!"

„Ach Zuckerschnütchen. Du weißt doch, dass ich mir nichts merken kann. Wenn du heute einkaufen gehst, bringst du dann welche mit? Und du könntest auch noch eine Flasche von diesem Butter-Scotch kaufen. Ich bringe Sergej später mit. Wenn dir diese gesalzenen Brotsticks über den Weg laufen, bring die auch mit. Die passen hervorragend zu dem Scotch. Du, ich muss los. Bis später."

„ICH MUSS ARBEITEN! UND WAS IST MIT DEM MÜLL!"

Rums. Eine Haustür krachte ins Schloss.

„FAULES ARSCHLOCH!"

Mit geschlossenen Augen hatte ich dieser morgendlichen Diskussion gelauscht. Hingen im siebten Himmel etwa vollgesaugte Regenwolken? Und was für dämlich ausgefranste Kosenamen benutzte dieser Depp? Wusste er denn nicht, dass Phili Kosenamen hasste?

Offensichtlich nicht. Trotzdem war mir mein Lauschen irgendwie peinlich. Sollte ich warten bis Phili ins Wohnzimmer kam und dann so tun, als ob ich erst wach geworden war?

In der Küche klapperte Geschirr. Selbst aus diesem Klappern konnte ich Philis Verärgerung heraushören. Ich lag noch ein paar Sekunden, dann beschloss ich den Stier bei den Hörnern zu packen. Außerdem war Phili sauer auf ihren Freund und nicht auf mich.

Also schälte ich mich aus der Strickdecke, schlüpfte in die Schuhe und begab mich in Richtung Küche, obwohl ich viel lieber erst einmal das Klo aufgesucht hätte. Doch ich hatte keinen blassen Schimmer, wo sich das Badezimmer versteckt hielt.

Vorsichtig klopfte ich an den hellgrün lackierten Türrahmen, „Klopf. Klopf. Guten Morgen!"

Wie ertappt wirbelte Phili herum. Erschrocken erkannte
ich ungeweinte Tränen in ihren feuchten Augenwinkeln.
Doch sie hielt meinem prüfenden Blick stand.
„Haben wir dich geweckt? Sorry. Wir waren wohl ein
bisschen laut. Setz dich. Kaffee ist schon fertig."
Vorsichtig folgte ich der Einladung und nahm auf einem
dunkelgrün lackierten Küchenstuhl Platz. Grün war
offensichtlich die bevorzugte Farbe in diesem Haushalt.
„Ist alles in Ordnung, Phili?"
Ein vorsichtiges Antasten meinerseits. Phili schnaufte, goss
mir gleichzeitig Kaffee in einen Becher und feuerte
unverhofft aus allen Rohren „Du hast es ja mitbekommen.
Immer wieder die gleiche Leier. Er ist ja schließlich
Künstler. Er muss seine Muse pflegen. Scheiß auf die
Muse. Immer bleibt alles an mir hängen. Ich geh den
ganzen Tag arbeiten. Zehn Stunden auf den Beinen. Zehn
Stunden Dauergrinsen. Dann komm ich heim und nichts
ist gemacht. Er vergisst alles. Den Müll. Das Einkaufen. Die
Miete. Die Post. Ich bin ja nur froh, dass sein dämlicher
Arsch festgewachsen ist, sonst hätte er den bestimmt auch
schon irgendwo vergessen."
Es lag klar auf der Hand. Phili musste sich mal Luft
machen und nachdem sie diese aufgestaute Luft
abgelassen hatte, schaute sie mich entschuldigend an, „Tut
mir leid, Laurin. Das ist ja nicht dein Bier."
Ich nahm einen kleinen Schluck Kaffee und pflichtete ihr
trocken bei, „Außerdem hat er völlig bescheuerte
Kosenamen für dich, Zuckerschnütchen."
Zuerst starrte sie mich verdutzt mit offenem Mund an,
dann fing sie lauthals an zu Lachen. Ich grinste ebenfalls
und genoss dieses Lachen. Sie setzte sich zu mir, „Du, ich
muss gleich zur Arbeit. Ist aber nur eine halbe Schicht.

Einer Kollegin fehlt ein Babysitter. Sie kann erst ab zwölf. Dann habe ich frei. Warum schaust du dir heute nicht ein paar Sehenswürdigkeiten an? Wenn du schon mal im sagenumwobenen Paris bist."

Ich nickte zögernd. Eigentlich hatte ich nicht vorgehabt alleine um die Häuser zu ziehen. Da ich jedoch ohne Ankündigung hier eingeschlagen war, ohne zu wissen ob Phili überhaupt Zeit hatte, musste ich wohl oder übel in den sauren Apfel beißen. Da mir die vergangene hitzige Diskussion der beiden allerdings noch nachhing, bot ich großzügig an, „Was hältst du davon, wenn ICH die Einkäufe erledige?"

Sofort wehrte sie empört ab, „Hast du sie noch alle? Du musst doch nicht einkaufen gehen."

Ich war jedoch anderer Meinung und versuchte sie vom Gegenteil zu überzeugen.

„Ich biete dir das nicht an, weil ich so wahnsinnig nett bin. Ich tue es, um später mehr Zeit mit dir verbringen zu können. Morgen früh muss ich ja wieder fahren."

Hier traf ich wohl den richtigen Nerv. Das erkannte ich an ihrer Miene.

„Also gut. Ich brauche Milch, Käse, Brot…ach, ich schreibe es dir auf. Sieh aber bitte zu, dass du nicht mehr als zwanzig Euro ausgibst."

In der Zeit, in der sie ihre Einkaufsliste erstellte, trank ich nachdenklich meinen Kaffee leer.

War Sven etwa ein Schmarotzer? Ließ er sich von Phili aushalten? Musste sie deswegen gegen Monatsende knausern? Und wenn dies Philis Wohnung war, warum stand sein dämlicher Name auf der Klingel, zumal es noch nicht einmal sein richtiger Name war?

Auch wenn mich die Antworten brennend interessierten, so gingen sie mich doch nichts an.

Zehn Minuten später war ich alleine. Alleine in Philis Wohnung. Zuerst suchte ich das Badezimmer, verkniff mir danach den drängenden Wunsch herumzuschnüffeln und machte mich lieber auf den Weg.

Ich war schließlich in Paris. Da wollte ich mir auf jeden Fall einige alte architektonische Bauwerke anschauen.

Allen voran Notre Dame und Sacre Coeurs.

Obwohl ich einen Heidenrespekt vor dem berüchtigten Pariser Großstadtverkehr hatte, ließ ich es mir nicht nehmen, mit dem eigenen Auto auf Erkundungstour zu gehen. Trotzdem musste ich eine Großstrecke zu Fuß abklappern. Es war bereits viertel vor elf, als ich das Sacre Coeurs umrundete und mich plötzlich auf dem Montmartre wiederfand. Neugierig schaute ich mich dort um. Den Namen ‚Künstlerviertel‘ trug dieser hintere Bereich der alten Kuppelkirche zu Recht. Altmodisches Kopfsteinpflaster, relativ niedrige kleine Hutzelhäuschen, wie Perlen an einer Schnur aufgefädelt boten die perfekte Kulisse für Träumer und Freigeister. Viele künstlerisch begabte (oder auch unbegabte) Menschen tummelten sich wie Ameisen auf diesem Fleckchen Erde.

Die Einheimischen trugen zum größten Teil auffällige Kleidung, während man die Touristen problemlos an ihrem ziemlich konservativen Style erkannte. Ganz automatisch schaute ich an mir herunter. Blaue Jeans, weißes Shirt, weiße Sneakers, graue Sweatjacke…also ebenfalls ziemlich konservativ.

Nun ja, ich war ja auch kein Künstler.

Dann fiel mir ein, dass dieser Sven oder Jean doch auch hierher hatte gehen wollen. Vielleicht stolperte ich ja über ihn oder über eines seiner ominösen Werke? Ich hätte doch ein bisschen in der Wohnung herumschnüffeln sollen.

Dort hing doch bestimmt an irgendeiner Wand eines seiner hingekleecksten Werke.

Nach einer halben Stunde Herumstromerns gab ich jedoch auf. Es gab zu viele kleine Geschäfte, Galerien, Straßenmusiker, Straßenmaler und Cafés. In diesem Getümmel jemanden ausfindig zu machen, war schier unmöglich. Außerdem musste ich ja noch einkaufen gehen. Ich hatte es Phili ja selbst angeboten.

Somit brach ich meine Mini-Sightseeing-Tour ab und machte mich auf den Rückweg. Dank meines inneren Kompasses fand ich sogar den Parkplatz ziemlich schnell wieder, auf dem ich mein kleines Auto abgestellt hatte. Auf dem Rückweg erspähte ich einen typisch abgeflachten Supermarché. Einen französischen Supermarkt.

Nach einem Blick auf die Uhr, es war bereits viertel vor zwölf, legte ich einen Zahn zu.

In Windeseile feuerte ich alle von Phili aufgeschriebenen Artikel in den Einkaufswagen. Dann packte ich DIE Dinge dazu, von denen ich dachte, sie könnte sie für das heutige Abendessen brauchen. Statt des Butter Scotch den Sven sich eigentlich gewünscht hatte, griff ich nach einem normalen Scotch. Was interessierten mich Svens Wünsche. Zu guter Letzt wanderten noch eine Flasche Champagner in den Einkaufswagen. Aus den vorgegebenen zwanzig Euro waren 63 Euro und 27 Cent geworden. Doch das war mir egal. ICH bezahlte den Einkauf schließlich. Als ich den Supermarkt verließ, war es bereits viertel nach zwölf. Phili müsste wohl bald nach Hause kommen.

Um Zeit zu sparen warf ich mein superkluges Navi an und ließ mich von einer angenehmen, weiblich klingenden Stimme zurück in die Rue de Rochelle lotsen.

Trotzdem traf ich erst um viertel vor eins ein.

Vollgepackt mit zwei prallen Einkaufstüten stand ich vor der Tür. Im hellen Tageslicht fiel mir am Klingelschild etwas Merkwürdiges auf. Den Name Jean Leclair hatte man einfach aufgeklebt. Neugierig puhlte ich an einer Ecke des schmalen Aufklebers und linste vorsichtig darunter. Überrascht und auch leicht verärgert zupfte ich den kompletten Aufkleber ab.

Darunter erschien der Name Philomena Müller.

Die Sache wurde ja immer skurriler. Vielleicht ergab sich später ja noch eine Gelegenheit, Phili einmal darauf anzusprechen. Doch zuerst mussten die Einkäufe hoch, also klingelte ich. Ein paar Sekunden später hörte ich bereits Schritte im Flur, dann öffnete mir eine grinsende junge Frau im schwarz/weißen Bedienungsdress.

Es war Phili in ihrer Arbeitskluft.

Lachend nahm sie mir eine Tasche ab, während ich blitzschnell das abgerissene Schild in meiner Hosentasche verschwinden ließ. Anerkennend ließ ich meinen Blick über ihre schmale Silhouette schweifen, „Also bei so einer Bedienung würde ich auf jeden Fall noch ein Kännchen Kaffee nehmen." Etwas verlegen schaute sie an sich herunter, „Normalerweise ziehe ich mich um, wenn ich Feierabend habe. Doch heute hatte ich es ein bisschen eilig." Sie zwinkerte mir zu.

Ich verstand.

Zu zweit stampften wir nach oben und verfrachteten die Einkäufe in den Schränken.

Als sie mich nach dem Preis fragte, winkte ich ab, „Wenn du mit mir diesen äußerst delikaten Tropfen schlürfst…", ich hielt demonstrativ den billigen Champagner hoch, „…dann erlasse ich dir den Preis." Nun zwinkerte ich.

Phili verstand ebenfalls und lachte.

„Dann würde ich dich aber gerne zu dem besten Stück Flan Patissier einladen, den du je in deinem Leben gegessen hast. Ich mache mich nur schnell frisch und zieh mich um."

Ich hätte auch überbackenen Grünkohl mit angekokelten Spargelspitzen gegessen. Hauptsache Phili war dabei.

Eine Stunde später hockte ich in einer winzigen Brasserie und schaufelte eine köstliche Tarte mit einem Klecks Crème de caramel au beurre salé, also einen Puddingkuchen mit Karamellsoße in mich hinein. In der Tat hatte mein abgestumpfter Studentengaumen noch nie so etwas Köstliches kredenzt bekommen. Ich war mehr als begeistert. Der Mittag verging wie im Flug und als wir am späten Nachmittag, so gegen vier, direkt unter dem Eifelturm standen und dieses grandiose, architektonische Wunderwerk aus der Ameisenperspektive bewunderten, fühlte ich mich wahrlich wie im siebten Himmel.

Wie von alleine fand meine Hand, die Hand von Phili. Sie wehrte sich nicht, sondern schaute mich mit ihren leuchtenden Puppenaugen an, „Ich bin so froh, dass du hier bist, Laurin!"

Der Drang sie hier auf der Stelle einfach zu küssen, wurde fast übermächtig, doch sie hatte einen Freund. Zugegeben, einen bescheuerten Freund, an dem ich vieles nicht koscher fand, aber dennoch einen Freund. Deshalb begnügte ich mich mit einem schelmischen Nasenstüber, „Ich bin auch froh hier zu sein, Phili. Mit dir."

Täuschte ich mich, oder glomm etwas Enttäuschung in ihren Augen auf? Ich schaute aufmerksamer, doch da war es schon verschwunden.

Möglicherweise war es auch nie dagewesen.

Eine leise Melancholie machte sich in mir breit. Mein Blick wanderte zum strahlend blauen Himmel.

Ich schloss die Augen. Dann hörte ich Vögel zwitschern und plötzlich fand ich mich am Ufer der Seine wieder. Auf andere mochten wir wie ein verliebtes Pärchen gewirkt haben. In gewisser Weise stimmte dies ja. Phili liebte mich, jedoch auf eine andere Weise als ich sie liebte.

Würde ich mich jemals damit anfinden können?

Ich schaute neben mich und betrachtete ihr friedliches Gesicht, dass sie der Sonne zugewandt hatte.

Ja, ich würde mich damit abfinden, selbst wenn es mir das Herz zerriss. Ich wollte nur, dass SIE glücklich war.

Alles andere war nebensächlich.

Zumindest empfand ich das in jenem Moment so.

Es war kurz nach fünf, als wir wieder bei ihrem Zuhause ankamen. Ziemlich hungrig machten wir uns daran, ein schmackhaftes Abendessen zu kreieren, das aus Pasta und Fleischhaltiger sämiger Soße bestand.

Man hätte es auch Spagetti Bolognese nennen können.

Gerade als wir das heiße Nudelwasser abgossen, klackte das Haustürschloss.

„Mon Cherie. Wir sind da. Hast du an den Butter Scotch gedacht?"

Philis Miene verhärtete sich schlagartig und ich ärgerte mich maßlos, dass dieser Vollidiot unsere traute Zweisamkeit so jäh beendete. Dann stand er auch schon in der Küche und schnüffelte, „Ah. Abendessen. Sergej, komm doch und begrüße Phili und ihren Gast."

Dass er sich noch nicht einmal nach meinem Namen erkundigt hatte, machte mir nichts aus. Als dann jedoch dieser Sergej auf einmal auftauchte, hätte ich am liebsten laut gelacht. Man müsste schon ein Blinder mit Krückstock sein, um nicht zu erkennen, dass Sergej stockschwul war. MIR machte das nichts aus.

Aber als ich Svens liebevollen Blick sah und die Geste, mit der er Sergej in die Küche führte, da fiel es mir wie Schuppen von den Augen. Sven war ebenfalls schwul. Nun, vielleicht auch nur ein bisschen Bi. Auf jeden Fall war es nicht zu übersehen das er diesen doch recht jungen Mann mehr als nur freundschaftlich mochte. Dies würde auch, zumindest teilweise, sein Desinteresse am gemeinsamen Haushalt mit Phili erklären. Ich fragte mich, ob Phili von Svens Neigung zum anderen Geschlecht ebenfalls wusste und warf einen raschen Blick zu ihr rüber. Wenn sie jedoch etwas ahnte, so ließ sie nichts durchschimmern. Was jedoch durchschimmerte (und zwar gewaltig) war triefender Sarkasmus.

„Hallo Sven. Ich hoffe du hattest einen angenehmen Tag. Setzt euch doch. Laurin und ich haben schon gekocht und den Müll rausgebracht und nein, es ist kein Butter Scotch im Haus. Den müssen wir wohl vergessen haben. Sorry, Mausezähnchen."

Hastig wand ich mich um und rührte hektisch in der Hackfleischsoße. Nur mit Mühe hielt ich ein hämisches Grinsen zurück. Doch nach ein paar Sekunden hatte ich mich wieder so weit im Griff, dass ich mit ungerührter Miene den Soßentopf auf dem Tisch abstellen konnte,

„Bon Appetit!"

Phili hatte sich weniger im Griff. Ihr plötzlich lautes amüsiertes Schnaufen, ließ Sven innehalten. Mit einem skeptischen Blick musterte er mich und dann Phili.

Wir beide grinsten ihn unschuldig an und nahmen nun ebenfalls am Tisch Platz.

Die Konversation beim Essen verlief sehr eintönig. Sven riss von Anfang an das Ruder an sich und stocherte verbal unaufhörlich in seinem Künstler-Genre herum.

Philis Blick wanderte über den Tisch und endete bei mir.

[Phili] Hast du jemals schon etwas Langweiligeres gehört?
[Laurin] Nö.
[Phili] Schmeckt die Soße?
[Laurin] Klar. Ich habe sie ja gemacht.

Phili kicherte leise und lenkte somit Svens misstrauische Aufmerksamkeit auf uns, was wir aber nicht bemerkten.

[Phili] Vielleicht hätten wir den Schampus vorher saufen müssen. Dann wäre das Abendessen bestimmt lustiger.
[Laurin] Vielleicht hätten wir ihnen die Flasche aber auch über die Rübe ziehen sollen. Dann wäre das Essen auch lustiger.

Erneut schnaufte Phili amüsiert.

„Entschuldigung die Herrschaften. Stören wir vielleicht?" Leider hatte Sven keine Ahnung wie man Sarkasmus richtig einsetzte. Und ohne dass wir uns nonverbal abgesprochen hatten, sagten Phili und ich wie aus einem Mund, „Ja!"

Zuerst herrschte totenstille am Tisch. Svens Gesichtsfarbe wechselte von weiß zu rot. Dann schnaubte er empört und schließlich sprang er auf. Während er aufsprang, zerrte er den essenden Sergej neben sich grob mit hoch. Dieser schien von alldem nichts mitbekommen zu haben.

Die Gabel plumpste erschrocken aus seiner Hand und klirrte auf den Teller zurück. Die Portion Spagetti, die er sich gerade noch in den Mund geschoben hatte, hing ihm bis aufs Kinn runter. Phili kicherte hinter vorgehaltener Hand. Ich war höflicher und reichte dem armen unwissenden Mann rasch eine Serviette, damit er das Malheur in seinem verdutzten Gesicht notdürftig eindämmen konnte.

„Das war nicht sehr charmant, mon Cher. Ich erwarte eine Entschuldigung, wenn ich wieder nach Hause komme. Allez Sergej. Wir gehen!"

Erst als die Haustür mit einem lauten Krachen zuflog, schauten wir uns in die Augen und fingen gleichzeitig an zu lachen.

Schließlich aßen wir in aller Ruhe zu Ende, ließen anschließend den Champagnerkorken knallen, ignorierten das schmutzige Geschirr und zogen uns ins Wohnzimmer zurück, wo Phili sich direkt mit angezogenen Knien auf die grüne Couch fläzte. Mit einem liebevollen Blick musterte ich ihre leicht geröteten Wangen.

„Ihr mögt grün, wie ich festgestellt habe."

Offensichtlich hatte Phili mit allem gerechnet, nur nicht mit einer Beurteilung ihrer Einrichtung. Etwas verblüfft strich sie über den grünen Velours, auf dem sie gerade hockte. Dann kniffen sich ihre Augen zusammen, „Sväään mag grün. Ich hasse grün."

Dies war der perfekte Übergang, zu der dringenden Aufklärung meiner Frage, die mir seit Stunden auf der Zunge lag, „Nun ja, es ist seine Wohnung."

Philis Erstaunen sprach Bände, „Wie kommst du darauf?"

Umständlich beförderte ich das abgerissene Namensschild aus der Hosentasche und reichte es wortlos weiter. Phili betrachtete sich stumm den Aufkleber. Als die Minuten des Schweigens sich in die Länge zogen, reichte ich ihr zusätzlich das volle Sektglas, „Das hat sich unten an der Klingel gelöst. Darunter habe ich deinen Namen gelesen. Ich hatte mich etwas gewundert und fand es schon ein bisschen komisch."

Natürlich band ich ihr nicht auf die Nase, dass mein Misstrauen dafür verantwortlich war, dass ich den Aufkleber absichtlich abgezogen hatte.

Plötzlich leerte sie ihr Glas in einem Zug und warf den Aufkleber achtlos zu Boden, „Das wusste ich nicht. Aber ich glotze ja auch nicht jedes Mal auf mein eigenes

Klingelschild. Was für ein hinterhältiges Arschloch." Auffordernd hielt sie mir ihr leeres Glas entgegen, das ich wie gewünscht auffüllte. Dann klopfte sie neben sich, „Komm, Laurin. Rutsch ran. Lass uns über was anderes reden."

Und das taten wir. Innerhalb einer Flasche Champagner und einer halben Flasche Scotch ließen wir unsere alten Zeiten wiederaufleben. Es war ein heiterer Abend, an dem wir viel und ausgiebig lachten. Allerdings schwang auch ein wenig Wehmut mit, als wir das Thema ‚Felix' anrissen. Felix, unser alter Schulfreund, der leider nicht sehr alt geworden war. Trotzdem gab es haufenweise Anekdoten, die mit seiner Person zusammenhingen und die uns auf einer amüsanten Schiene verbanden.

Deshalb nahmen wir die leise Wehmut in Kauf.

Die Stunden rückten unaufhaltsam weiter und die Flaschen leerten sich. Da ich jedoch am nächsten Tag noch knapp achthundert Kilometer fahren musste, gingen die meisten Promille an Phili.

Doch ich gönnte ihr diese kleine geistige Auszeit.

Plötzlich schwieg sie ein paar Sekunden und betrachtete sich nachdenklich ihr Glas. Dann hob sie auf einmal den Kopf, „Erinnerst du dich an unseren sechzehnten Geburtstag?"

Ich starrte angestrengt zu Boden. Was war denn das für eine Frage? Natürlich erinnerte ich mich an unseren sechzehnten Geburtstag. Ich erinnerte mich an jede Einzelheit so glasklar, als ob es erst gestern gewesen wäre. Allerdings war ich mir nicht sicher, ob sie an das Gleiche dachte wie ich gerade. An jenem Tag war viel passiert.

Als ob sie meine Gedanken lesen konnte, beugte sie sich zu mir rüber, „Du weißt, dass ich das Tipi im Wald meine, Laurin."

Mein Blick zoomte auf das Zebramuster unter meinen Füssen.

Was für ein geschmackloser Teppich. Der ging bestimmt auch auf Sväääns Konto.

Phili schien meine aufkommende Verlegenheit in Form meiner glühenden Ohren nicht zu bemerken. Wie in Trance schaute an mir vorbei, an die hellgrün gestrichene Wand gegenüber. Vielleicht ließ sie dort gerade eine längst vergangene Szene abspielen. Als sie den Kopf leicht neigte, verstärkte sich dieser Eindruck. Doch ich drehte mich nicht zu der Wand um. Ich brauchte kein imaginäres Kino, um mich an ihren Duft, ihren Geschmack und ihre zarte Haut zu erinnern. Ihre Stimme klang leicht belegt, als sich ihr Blick klärte, „Ich bin froh, dass du mein erster Mann warst, Laurin. Du warst sehr einfühlsam. Du hast mir das Gefühl gegeben, die schönste Frau auf der ganzen Welt zu sein. Weißt du das?"

Das Zebramuster vor meinen Augen verschwamm etwas. Schon fast gewaltsam löste ich den Blick von der fiesen Auslegeware. Auch meine Stimme klang nun ziemlich belegt, „Du bist eine schöne Frau Phili. Damals wie heute."

Plötzlich rutschte sie näher an mich, zog mich tiefer ins Polster und legte ihren Kopf in meinen Schoß, „Denkst du noch manchmal daran?"

Ich schluckte hart. Ob ich manchmal daran dachte? Wenn ich ehrlich war, dachte ich fast jede Nacht vor dem Einschlafen an diesen Nachmittag. Dennoch erwiderte ich ruhig und besonnen, „Manchmal."

Sie lächelte mich von unten herauf an, „Ich auch."

Doch auf einmal verschwand dieses Lächeln. Ein Schleier legte sich über ihre Augen und sie richtete sich langsam auf. Wie in Zeitlupe näherte sich ihr Gesicht.

Mein Herz pochte so laut, dass ich dachte, sie müsste es hören. Wenn sie es hörte, ignorierte sie es.

Und dann spürte ich die sanfte Berührung auf meinem Mund. Wie ein zarter Schmetterlingsflügel.

Ich schloss die Augen, umfasste leicht ihren Nacken und öffnete bereitwillig die Lippen.

Mein Verstand bäumte sich auf, riss sich entsetzt büschelweise die Haare aus und tobte wie wild. Doch ich genoss einfach nur den warmen Druck ihres Mundes auf meinem. Himmel, wie hatte ich sie vermisst!

Wie von selbst wanderte meine andere Hand unter ihr Shirt. Nicht um wie ein notgeiler Teenie nach ihrer Brust zu grabschen, nein, ganz sachte strich ich ihre leicht hervorstehende Wirbelsäule auf und ab. Phili rückte noch näher an mich und auch ihre Hände gingen auf Wanderschaft. Als sie über meine nackte Brust strich, überlief mich ein Schauer. Ohne dass ich es bemerkte rutschte ich tiefer und zog Phili damit ganz automatisch auf mich drauf. Das Gewicht ihres Körpers löste eine gigantische Welle der Erregung aus, die auch Phili bemerkte. Ihre Lippen lösten sich von meinem Mund. Ihr dunkel verschleierter Blick heftete sich wissend auf mein Gesicht, dann küsste sie meinen Hals. Von dort zog sie eine feuchte Spur bis sie von meinem T-Shirt aufgehalten wurde. Ohne Gegenwehr ließ ich mir von ihr das Shirt über den Kopf ziehen. Ihre warmen Lippen setzten die Wanderschaft fort. Als ihre Zungenspitze meinen empfindlichen Bauchnabel umkreiste, konnte ich ein lautes Keuchen nicht unterdrücken und riss die Augen auf. Hätte ich das mal lieber nicht getan. Mein Blick fiel geradewegs auf ein monströses Bild in der Ecke. Mit viel Fantasie erkannte ich eine schreiende Mona-Lisa. Nur hatte diese Mona-Lisa kaum noch etwas von dem Original.

Mal abgesehen davon, dass sie nicht lächelte, sondern schrie, wirkten ihre Gesichtszüge wie geschmolzenes Kerzenwachs. Der Anblick dieser gruseligen Frau alleine wäre schon genug gewesen, meine Erregung wie mit einem Eimer eiskalten Wasser zu löschen. Doch es war nicht das Bild, das mich auf den Boden der Realität zurückbrachte. Es war der Erschaffer dieser Absurdität. Philis Freund. Sväään!

Möglicherweise empfand ich aber die entgleisten Gesichtszüge, in Kombination mit diesem entsetzten Schrei, als eine Art Spiegelbild meines Gewissens.

Ich lag hier auf der Couch mit einer liierten Frau, auch wenn ich diese Frau abgrundtief liebte.

Philis Leben glich einem schwindelerregend schnellen Katamaran, das sich mit vollem Speed durch die Wellen eines riesigen Ozeans pflügte. Menschen und Orte sausten einfach an ihr vorbei. Das Tosen der Wellen übertönte jegliche Warnung. Ein Ende der turbulenten Fahrt war nicht in Sicht. Ich dagegen war wie ein alter Dampfer, der gemächlich, aber sehr zielstrebig auf den sicheren Hafen zuhielt. Hin und wieder machte ich einen Ausflug auf die raue See und reparierte das angeschlagene Katamaran-Boot. Aber es ließ sich niemals dazu überreden, den sicheren Hafen aufzusuchen.

Diese Entscheidung oblag nicht dem alten Dampfer.

Sanft schob ich Phili von mir runter. Zuerst wusste sie nicht wie ihr geschah. Verwirrt strich sie sich das blonde Haar aus der Stirn, „Was ist?"

Etwas hilflos schaute ich sie an. Wie erklärte ich der Frau die ich liebte, dass ich nicht mit ihr zusammen sein konnte, ohne dass sie sich zurückgewiesen fühlte. Solche Worte ließen sich nicht einfach frei aus der Luft herauszupfen.

Vorsichtig räusperte ich mich und schaute ihr tief in die Augen, „Phili, du weißt, dass ich dich liebe. Doch jetzt mit dir zu schlafen, wäre nicht richtig. Ich würde mich fühlen, als ob ich die Situation ausnutzen würde. Verstehe mich nicht falsch. Ich würde irre gerne mit dir schlafen. Aber du hast zu viel getrunken, WIR haben zu viel getrunken und möglicherweise würdest du deine heutige Entscheidung morgen bereuen. Außerdem bist du in einer Beziehung. Eigentlich bist du permanent in einer Beziehung. Ich bin mir nicht sicher ob du selbst weißt, was du eigentlich willst. Ich möchte nicht ein nostalgischer Notnagel sein, der dir für einen Moment Sicherheit vorgaukelt. Morgen bin ich wieder weg und du bist hier. Hier, zusammen mit deinem Freund. Verstehst du, was ich sage?"

Ich war mir wirklich nicht sicher, ob sie mich verstehen würde. Ich selbst verstand mich jedenfalls nicht. Phili wollte mich. Zumindest körperlich.

Konnte mir das denn nicht reichen?

Nein, es reichte mir nicht!

Verunsichert musterte ich ihre Miene. Als sie nichts sagte, wagte ich den letzten Schritt.

„Komm mit mir, Phili."

Ein paar Minuten herrschte Stille. Phili schien wirklich angestrengt nachzudenken. Aber vielleicht sortierte ihr angeschickertes Gehirn lediglich die vielen Worte und versuchte daraus ein sinnvolles Bild zusammenzusetzen. Langsam zog ich mein Shirt wieder über und wartete. Dann rutschte sie unverhofft zu mir. Ich erkannte die Antwort bereits in ihrem wehmütigen Blick.

„Ach Laurin. Du bist der anständigste und ehrlichste Kerl der mir je über die Füße gelaufen ist. Dein Angebot ist…ist überwältigend großzügig. Doch ich passe nicht in dein Leben. Ich bin nicht wie du."

Kurze Pause, dann, „DU brauchst jemanden, der dieselben Ziele verfolgt, der in sich ruht, der…der…der einfach völlig anders ist als ich. So gerne ich dein Angebot auch wahrnehmen würde, ich weiß, ich könnte dich niemals so glücklich machen, wie du es verdienst. Meine Liebe zu dir ist…naja…sie ist nicht so sauber, wie deine Liebe. Klingt jetzt echt völlig schräg, ich weiß, doch ich denke halt so schräg und du hast Recht. Eigentlich weiß ich selbst noch nicht was ich will oder was ich eigentlich suche. Aber es gibt EINES was ich weiß. Du bist mein bester Freund und ich möchte dich nie verlieren!"

In einer liebevollen Geste strich sie mir eine vorwitzige Strähne aus der Stirn und lächelte mich an, „Du bist was ganz Besonderes, Laurin. Bleib bitte so, wie du bist!"

Dann stand sie auf und ließ mich im Wohnzimmer alleine zurück. Ich saß völlig regungslos. Fünf Minuten. Zehn Minuten. Eine viertel Stunde. Eine halbe Stunde.

Als sich nichts mehr in der Wohnung regte, erhob ich mich schwerfällig, packte meine Jacke und verließ Philis Wohnung. Sonntagmorgen genau zehn Minuten vor acht scherte ich meinen Wagen in die kleine Parklücke vor meiner kleinen Hamburger Mansardenwohnung ein. Alleine.

Das Rad der Zeit dreht sich unaufhaltsam weiter…

Mai 2015 war vorerst das letzte Treffen mit Phili. Zwar brach unser Kontakt nicht ab, doch aufgrund meiner beruflichen Zielstrebigkeit, ergab sich einfach keine Gelegenheit mehr. Somit beschränkten wir uns auf Briefe ihrerseits und vereinzelte Telefongespräche meinerseits. So erfuhr ich auch, dass Sväään kurz nach meiner Abreise bereits Geschichte war. Phili hatte ihn kurzerhand rausgeschmissen und gewöhnte sich zum ersten Mal in ihrem Leben an ein selbsterwähltes Singledasein.
Die vermehrt eintreffende Post aus Paris verriet mir allerdings ihre zunehmende Einsamkeit.
Doch da musste sie einfach durch. Fand ich.
In Wirklichkeit hatte es jedoch einen anderen Grund, warum ich ihr in dieser Zeit keine Hilfe anbot. Ich war damit beschäftigt, die Risse in meinem eigenen Herzen notdürftig zu flicken.
Ich vermisste Phili. Ich vermisste sie so sehr, dass ich monatelang Einschlafprobleme hatte und nachts meinen Frust an der unschuldigen Playstation abließ, bis sich die Steuerkonsole ins Elektro-Nirwana verabschiedete und eine neue Konsole Einzug erhielt.
Trotz dieser immensen mentalen Belastung schloss ich mein Studium mit Bestnoten ab. Aber danach fühlte ich mich mehr als ausgelaugt und erschöpft. So erschöpft, dass ich mir selbst eine Dreimonatige Zwangspause verordnete. Eine Pause, die ich auch dazu nutzte einen längst fälligen Besuch bei meinen Eltern in Angriff zu nehmen.
Außerdem hatte ich die Hoffnung, dass ein paar Tage in meinem alten Kinderzimmer, die Wunden schneller heilen ließen und meine Gedanken wieder in ihre alte Spur rutschen würden.

Schließlich ging es nun darum, die Weichen für meine weitere Zukunft zu stellen.

Es war Anfang November des Jahres 2015 als ich mich freiwillig unter die mütterlichen heilenden Fittiche begab. Kaum aus dem Auto ausgestiegen, erfüllten auch schon weibliche Jauchzer die Luft. Im militärischen Stechschritt eilte meine Mutter auf mich zu und umarmte mich, als ob es kein Morgen geben würde. Mir fiel auf, wie alt sie geworden war. Seit wann gruben sich denn so tiefe Furchen in ihre Mundwinkel und wann, zum Teufel, hatte sich ihre natürliche Haarfarbe verabschiedet? Ehe ich sie fragen konnte, warum ihr einst so wunderbar nussbraunes (leicht ergrautes) Haar plötzlich blond geworden war, plapperte sie auch schon drauf los, „Ach Junge. Es tut ja so gut dich zu sehen. Lass dich mal anschauen."

Dieses Ritual fand IMMER statt. Obwohl ich im Geiste jedes ihrer Worte mitsprechen konnte, ließ ich sie den besorgten Schwall über mein Haupt ausgießen.

„Gott, bist du schmal geworden. Isst du denn nicht richtig?"

Tapfer verkniff ich mir die Frage, wie man denn richtig aß. Und ich fand auch nicht, dass ich schmal geworden war. Ganz im Gegenteil. Seit ein paar Monaten powerte ich mich, neben den Computerspielen und Pauken in einer Mucki-Bude aus und hatte dementsprechend auch etwas an Muskelmasse zugelegt. Doch es schien ein ungeschriebenes Gesetz zu sein, dass Kinder grundsätzlich schmal wurden, wenn sie ihre Füße nicht mehr unter dem heimischen Tisch ausstreckten.

Ich lächelte diesen Kommentar also milde weg.

Ihre Begutachtung setzte sich fort.

„Und blass bist du geworden. Ich sage ja, der Großstadt-Mief. Keine gute Luft. Dein Hemd ist ja völlig zerknittert. Ist dein Bügeleisen kaputt. Nicht schlimm. Im Keller habe ich noch eines. Das gebe ich dir."

Ich HATTE gar kein Bügeleisen.

Doch auch dies ließ ich unkommentiert.

„Komm doch erst einmal rein. Die Taschen kann dein Vater nachher holen. Ich mache dir erst einmal einen starken Kaffee. Ich habe einen frischen Hefezopf gebacken. Eben erst aus dem Ofen gekommen. Noch ganz warm!"

Überrascht spitzte ich die Ohren. Hefezopf? Den gab es doch sonst nur an Ostern.

Freudig bückte ich mich und hauchte ihr einen dankbaren Kuss auf die nicht mehr ganz so glatte Wange, „Hallo Mama. Schön wieder zuhause zu sein. Warst du beim Friseur gewesen? Du siehst richtig gut aus."

Nun lag die Überraschung bei meiner Mutter. Verlegen zupfte sie an einer erblondeten Locke, „Ach. Das ist doch schon vier Wochen her. Es ist auch nur eine Ansatzwelle. Die kleinen Schweinslöckchen mag ich ja gar nicht. Aber kosten tun sie das gleiche."

Die neue Haarfarbe, auf die ich eigentlich abgezielt hatte, ließ sie unkommentiert.

Während meine Mutter sich nun, wie immer, über die allgemein gestiegenen Preise ausließ (sie benutzte gerne die Phrase, dass man bald nur noch den Kitt von den Fenstern zu essen hatte), hievte ich, trotz ihres Einwandes mein schweres Gepäck aus dem Kofferraum, hakte sie unter und führte sie, noch immer schwatzend, zurück ins Haus. Dabei vergaß ich nicht, ausführlich und zustimmend zu nicken. Das mochte meine Mutter.

Ihr Wortschwall endete erst im Wohnzimmer, wo mein

Vater hastig die Zeitung zusammenfaltete und sich etwas schwerfällig aus seinem Fernsehsessel erhob.

Mit ausgestreckten Armen kam er auf mich zu, „Junge. Da bist du ja endlich. Deine Mutter rotiert schon seit sechs Uhr im Haus herum. Wie ein verrückter Brummkreisel."

Kurz vor mir bremste er ab, „Was ist denn mit dir passiert? Machst du Training? Du hast ja richtig breite Schultern bekommen. Alle Achtung."

Sein Blick glitt anerkennend über meine Statur.

„Ach Hans, rede doch nicht so ein Unsinn. Der Junge fällt doch fast vom Fleisch. Aber ich werde ihn schon wieder aufpäppeln. Ach ja! Der Braten! Ich bin gleich zurück."

Während meine Mutter vom Wohnzimmer in die nebenanliegende Küche wuselte, zwinkerte mein Vater mir zu, „Sie hat dich vermisst!"

Ich nickte grinsend und ließ mich mit einem lauten Seufzer auf die Couch plumpsen.

Der stolze Vaterblick verdunkelte sich leicht, „Du siehst geschafft aus. Wohl viel Stress um die Ohren."

Mit einem weiteren Seufzer bestätigte ich seine Annahme, „Ja, ich bin wirklich total ausgebrannt. Es waren ein paar harte Monate. Ich bin echt froh, dass das Studium rum ist."

Auf dem Weg zurück zum Sessel funkelte etwas väterliche Neugier hervor, „Und? Schon Pläne wie es weitergeht?"

Ich zuckte mit den Schultern und gab vage Auskunft, „Ein paar Bewerbungen schlittern durch den Äther. Mal schauen."

Da ich meinen Eltern nicht gleich bei meiner Ankunft auf die Nase binden wollte, dass ich meine ganze Hoffnung auf ein skandinavisches Ingenieurbüro in Lyngby bei Kopenhagen setzte, lenkte ich das Gespräch eilig in eine andere Bahn, „Und was gibt es bei euch? Irgendwelche Neuerungen, die ich wissen und/oder beherzigen sollte?"

Brummend schmunzelnd fuhr mein Vater sich durch den Bart, „Was soll sich bei uns schon ändern? Alles beim Alten, außer dass deine Mutter seit kurzem der Meinung ist, dass blonde Haar die grauen Neuankömmlinge kaschieren. Hat sie bestimmt aus einer ihrer Frauen-Klatschblätter. Die schreiben ja immer so ein Käse."
Hier zwinkerte er amüsiert, während ich verständnisvoll nickte. Aha! Daher wehte also der Wind.
Mama dachte also, sie würde alt werden. So, so.
Dieser Gedanke bewog mich dazu, auch meinen Vater unauffällig unter die Lupe zu nehmen. Auch an ihm war das Leben nicht spurlos verbeigeradelt. Ein, nicht mehr zu übersehender, Bauchansatz wölbte sich über den engen Hosenbund. Die Knöpfe seines hellblau karierten Hemdes spannten bedenklich den Stoff, den sie mühsam und unter größter Anstrengung zusammenhalten mussten.
Hoffentlich sprang da nicht einer beim Essen ab und schoss mir ein Auge aus.
Dieser Gedanke brachte mich zum Lächeln und ich deutete demonstrativ auf seinen Bauch, „Kocht Mama so gut oder musst du meine Portionen mitessen?"
Zuerst glotzte mein Vater mich verdutzt an. Dann klopfte er sich, wie der Nikolaus auf die Trommel und lachte dröhnend, „Alles Muskeln, mein Lieber."
„Ja, Muskeln, begraben unter Schweinerippchen, badend in dicker Soße und Sauerkraut."
Meine Mutter stand im Türrahmen und grinste feixend, als sie ihren Blick auf die Bauchwölbung meines Vaters lenkte.
Noch immer lachend erhob sich mein Vater und klopfte mir im Vorbeigehen auf das Knie, „Glaub ihr kein Wort. Nur Muskeln. Sonst nichts und jetzt komm. Es ist Fütterungszeit!"

Kopfschüttelnd, aber noch immer schmunzelnd ließ Mama ihren Mann passieren und senkte den Blick, nun liebevoll-besorgt, auf mich, „Na komm, Junge. Geh dir die Hände waschen und nicht trödeln. Sonst wird das Essen noch kalt. Und kalter Braten ist wie Küssen ohne Herzklopfen. Völlig unspektakulär und langweilig."

Am liebsten hätte ich laut gelacht. Ich war zuhause.

Die Auszeit, die ich mir eigentlich verpasst hatte, hielt leider nicht so lange an, wie ich mir eigentlich erhofft hatte. Nach zwei Wochen kramte ich mal endlich meinen Laptop aus der Versenkung meiner Reisetasche, um meine E-Mails abzurufen. In diesem Moment schneite meine Mutter, einen Stapel frischer Wäsche auf dem Arm, in mein Zimmer. Sofort zogen sich ihre Augenbrauen missbilligend zusammen, „Hockst du schon wieder an dem blöden Kasten? Warum gehst du nicht raus? Ein bisschen frische Luft würde dir guttun."

Offensichtlich hatte meine Mutter vergessen, dass ich die letzten Tage so gut wie nie zuhause gewesen war und ich mein Laptop seit meiner Ankunft vor zwei Wochen nicht angerührt hatte. Trotzdem nuschelte ich automatisch, „Ich rufe nur meine Mails ab. Sonst nix. Bin ja gleich fertig!"

In diesem Moment sprang mir eine Mail ins Auge und mein Herz fing lautstark an zu pochen. Es war eine Antwort-Mail von COWI, dem skandinavischen Ingenieur-Büro, bei dem ich mich beworben hatte.

Sofort fragte ich mich, ob eine schnelle Antwort ein gutes oder ein schlechtes Zeichen war. Hastig warf ich meiner Mutter einen kurzen Seitenblick zu. Doch die war damit beschäftigt meine gewaschenen Sachen im Schrank zu verstauen. Deshalb klickte ich die Mail an und überflog hastig die engbeschriebenen Zeilen.

Mein Herzschlag verdoppelte sich und nach ein paar Sätzen fing ich doch tatsächlich an zu schwitzen. Die Firma hieß mich in ihren Reihen willkommen.

Dies war eine hundertprozentige Zusage.

Völlig euphorisch las ich weiter und im nächsten Absatz klappte meine Kinnlade nach unten. Ein gewisser Rodriguez Sanchez (typisch dänischer Name) formulierte seine Anweisungen ziemlich klar. Ich sollte bereits in einer Woche, also noch vor Weihnachten, bei ihnen vorstellig werden. *Oje. Wie sollte ich das meinen Eltern beibringen?*

In diesem Moment drang die Stimme meiner Mutter in mein abgelenktes Ohr. Sie klang ziemlich dumpf und etwas gepresst, weil sie im unteren Teil meines Kleiderschrankes steckte, den Hintern weit nach außen gestreckt, „Habe ich dir eigentlich schon gesagt das Phili dieses Weihnachten auch hier ist? Sie sollte eigentlich ganz zurückkommen, finde ich. Was will sie denn auch alleine in Paris? Ihre Familie ist doch hier!"

Der Oberkörper meiner Mutter tauchte wieder auf und mit ihm ihr lachendes, leicht gerötetes Gesicht, „Und du bist ja auch hier. Ach ja, sie kommt am zweiundzwanzigsten, also Dienstag in einer Woche."

Innerlich stöhnend rang ich mir ein gequältes Grinsen ab. Am zweiundzwanzigsten? Ich würde am achtzehnten, also den Freitag davor, abreisen. Wenn das mal keine schöne Bescherung war. Natürlich im ironischen Sinn.

Die mütterlichen Sensoren fingen die leise Verzweiflung in meinem Innern natürlich auf, denn das Lachen versiegte und machte einer besorgten Miene Platz, „Stimmt was nicht, Schatz?"

Zuerst wollte ich abwinken um die elterlichen Wogen erst gar nicht aufbauschen zu lassen. Sofort wurde mir jedoch klar, dass es den emotionalen Orkan lediglich nach hinten schieben würde, wenn ich jetzt nicht mit der Wahrheit rausrückte. Also schnaufte ich einmal leise und drehte den Laptop so, dass meine Mutter die E-Mail auch lesen konnte. Wie erwartet, verdunkelte sich ihre Miene mit jeder Zeile. Die Mundwinkel sackten nach unten und offenbarten mir ihre maßlose Enttäuschung, die sie gerade empfand. Trotz meiner Freude über den gewonnenen Job, regte sich mein schlechtes Gewissen.

„Das ist eine Super-Chance für mich, Mama. Die kann ich mir unmöglich durch die Lappen gehen lassen. Genau darauf habe ich jahrelang hingearbeitet."

Die mütterlichen Augen lösten sich von der kleinen Mattscheibe und sie lächelte schief, als sie mir durch das Haar strich, „Ich weiß, mein Schatz. Ich weiß."

Dann drehte sie sich einfach rum und ließ mich alleine in meinem Zimmer. Ich wusste, sie würde sich jetzt irgendwo, wahrscheinlich im Keller, verkriechen und erst einmal ein paar dicke Tränen zerdrücken, doch ich war einfach nicht in der Lage ihr zu folgen. Ich musste die Nachricht erneut lesen. Und dann noch einmal und dann ein drittes Mal.

Und während ich die Mail immer wieder rauf und runter las, erschien mein Vater plötzlich. Etwas verlegen blieb er im Türrahmen stehen, steckte die Hände in die Hosentaschen und wippte auf seinen Fersen. Vor und zurück. Vor und zurück. So lange bis ich aufschaute.

Sein Blick sprach Bände. Ich seufzte leise.

„Du weißt es also schon."

Dies war keine Frage, sondern eine Feststellung meinerseits. Papa nickte und trat dann schließlich doch in meine heiligen Gemächer ein. Es war ein komischer Anblick, zumal ich mich nicht erinnern konnte, wann mein Vater das letzte Mal mein Zimmer betreten hatte.

War er überhaupt einmal in meiner Anwesenheit hier drin gewesen? Fragend, als ob er nicht wüsste wohin mit sich, schaute er sich um und erkor schließlich meine Bettkante als Ziel. Hier ließ er sich vorsichtig nieder, faltete die Hände auf seinen Knien und musterte mich, „Das ist ein großes Ding für dich, nicht wahr?"

Ich nickte sofort und wollte schon zu einer ausschweifenden Erklärung übergehen, als mein Vater die Hand hob und meinem beginnenden Wortschwall damit den Saft abdrehte. Mein Mund klappte wieder zu.

„Deine Mutter ist nicht so ganz glücklich darüber. Nicht über den Job, sondern dass du Weihnachten nicht bei uns bist."

Ich nickte vorsichtig und warf eine Vermutung in den Raum, „Sie ist im Keller und heult."

Erstaunlicherweise schüttelte mein Vater den Kopf, „Nein. Ja gut, sie hat in der Küche ein bisschen herumgeschnupft, aber sie würde dir nie Steine in den Weg legen. Dies ist vielleicht die einzige Chance, die du bei denen bekommst. Sie meint, du solltest auf jeden Fall fahren."

Erstaunt rutschten meine Augenbrauen eine Etage höher, „Das hat sie gesagt?"

An dieser Stelle begann mein Vater seine Fingerknöchel knacken zu lassen. Ein sicheres Indiz für seine innere Aufruhr, „Nein, ich habe das gesagt. ABER…sie hat nicht widersprochen."

Mit einem leisen Ächzen stemmte er sich in die Höhe und klopfte mir beim Vorbeigehen auf die Schulter, „Mach nur. Und lass dir von uns Alten kein schlechtes Gewissen einreden. Du bist clever und unglaublich talentiert. Zeig es der Welt da draußen. Wir sind stolz auf dich!"

Zum zweiten Mal wurde ich alleine meinem Zimmer überlassen.

Mit großen Augen und offenem Mund starrte ich in den leeren Türrahmen. Die letzte Aussage meines Vaters hatte mich doch geplättet. DAS hatte er noch nie zu mir gesagt. Zumindest konnte ich mich nicht erinnern.

Es dauerte noch ein paar Minuten bis ich mich wieder gefangen hatte. Dann raffte ich mich endlich zu einer hastig geschriebenen Antwort auf und druckte mir auch sofort die Reiseroute aus.

Zukunft…ich komme!

Viel zu schnell vergingen die darauffolgenden Tage und ehe ich mich versah stand ich am achtzehnten Dezember mit gepackten Koffern an meinem Auto. Es war noch dunkel. Zehn nach Sechs in der Frühe und meine Eltern standen frierend, beide noch im Morgenmantel, auf dem Gehweg. Diese Abschiedszeremonie wurde lediglich von unserer funzeligen Außenbeleuchtung angestrahlt. Vielleicht war das auch der Grund, weshalb meine Eltern aussahen wie unausgeschlafene Gespenster. Es wirkte, als hätten die beiden eine recht schlaflose Nacht hinter sich. Das hielt sie jedoch nicht davon ab mich mit gutgemeinten Ratschlägen zu überhäufen.

„Mach genug Pausen, Junge. Nicht dass du mir am Steuer einschläfst!"

Ich nickte und schob meine Laptop-Tasche auf den Beifahrersitz.

„Und ruf an, wenn du angekommen bist."

Noch einmal nickte ich zustimmend und zerrte dabei meinen prallgefüllten Koffer zum Kofferraum, „Ist gut!"

„Vergiss es aber nicht. Egal wieviel Uhr es ist. Verstanden?"

Ein leises Grinsen stahl sich auf mein Gesicht, „Verstanden, Mama."

Der Koffer verschwand im hinteren Schlund meines Wagens. Es rumste übernatürlich laut in der morgendlichen Stille als ich den Deckel schloss. Mütterliche Finger zupften zitternd meinen Kragen zurecht.

„Hast du dir die Route ausgedruckt?"

Mein Blick wanderte zu meinem Vater, „Jep!"

„Hast du auch genug Bargeld dabei? Du wirst bestimmt zweimal tanken müssen."

Auch hier nickte ich und verkniff mir die Bemerkung, dass man mittlerweile mit Karte bezahlen konnte. Demonstrativ klopfte ich mir auf die Gesäßtasche, wo ich mein Portemonnaie verstaut hatte, „Alles da!"

Umständlich knibbelte meine Mutter an dem Reisverschluss meiner Jacke herum, wohl um ihn zuzuziehen. Das ging nun doch etwas zu weit. Bestimmt packte ich die eiskalten Finger meiner Mutter, „Lass. Ich zieh sie im Auto sowieso aus. Geht wieder ins Haus. Ihr klappert ja so laut mit den Zähnen, dass die Nachbarn aus dem Bett fallen."

Die witzig gemeinte Bemerkung verfehlte ihr Ziel. Keiner lachte. Aber immerhin wurde meine Mutter nun vom väterlichen Arm zurückgezogen. Innerlich aufatmend drückte ich beide hastig und sprang direkt danach hinter das Steuer. Ein letztes Winken, dann gab ich Gas. Innerhalb weniger Sekunden wurden meine Eltern von der Dunkelheit verschluckt. Ich hoffte inständig, dass sie nicht noch ellenlang meinen Rücklichtern hinterherwinkten.

Nun, da ich mich auf den Weg in meine Zukunft befand, regte sich auch so etwas wie Aufregung. Knapp über tausend Kilometer lagen vor mir.

Tausend Kilometer, die mir genug Zeit gaben mir mein zukünftiges Zuhause gedanklich auszumalen. Natürlich hatte ich mich im Internet über den Ort Lyngby kundig getan. Es handelte sich um einen malerisch gelegenen Ort an der Küste, die die Stadt mit einer schroffen Steilküste vom Meer abtrennte.

Allerdings gab es auch ein paar wunderschöne feinsandige Strände, die mir im Sommer bestimmt einiges an Erholung boten. Unter den knapp 55 000 Einwohnern würde ich hoffentlich auch ein paar nette Leute treffen.

Mein vorläufiges Ziel war das Hotel Postgaarden. Ein wunderschönes Gebäude, über Eck gebaut, deren Entree ein altmodischer Turm krönte. Irgendwie war ich froh, nicht in einem unpersönlichen Betonkasten nächtigen zu müssen, auch wenn es nur ein paar Tage war. Laut Herrn Sanchez würde ich Montag mein End-Quartier beziehen. Eine Wohnung in Strandnähe, die Bestandteil eines Art Poolhauses war, dass einem amerikanischen Motel sehr ähnlichsah. Zweistöckig, bestehend aus einer Reihe kleiner, möblierter Appartements. Kein interessantes Bau-Design, doch der Meerblick würde diesen Fauxpas mehr als wettmachen. Auch dies hatte ich bereits gegoogelt um mich seelisch und mental auf mein zukünftiges Zuhause einzustimmen.

So in Gedanken versunken gondelte ich Stunden später von der A7 auf die A9. Es war bereits viertel nach neun abends als ich endlich, todmüde und steif vom langen sitzen, mein Ziel erreichte. Mein Blick wanderte die altmodische Fassade des Hotels hoch. Sofort überlief mich ein Schauer der freudigen Erregung und ich freute mich tierisch auf die bevorstehende heiße Dusche und das warme Bett, das mich gleich erwarten würde.

Zusammen mit meinem Koffer, der nur das Nötigste enthielt klapperte ich über altmodisches Kopfsteinpflaster zum Eingang, holte mir meinen gebuchten Zimmerschlüssel ab und begab mich augenblicklich in den zweiten Stock. So schön das Hotel von außen war, so enttäuscht war ich über den Anblick meines Zimmers. Sehr modern. Die Wände hellgelb gestrichen, schwarze Möbel und schwarze bodenlange Vorhangschals. Ein Fernseher gegenüber des großen Doppelbettes, auf dem eine graue Tagesdecke und drei gelbe Zierkissen lagen. Über dem Bett ein modernes Schwarzweiß-Gemälde. Ein schmuckloser schwarzer Schreibtisch unter dem Fernseher. Ein grauer Sessel in der Ecke und zu guter Letzt eine schneeweiße Nasszelle neben der Eingangstür. Irgendwie passte das Interieur nicht zur bewundernswerten Fassade, fand ich. Da ich aber zu müde war, um mich darüber aufzuregen, beschloss ich die Umgebung einfach zu ignorieren.
Es sollte ja nur bis Montag sein.
Also duschte ich und fiel anschließend wie ein nasser Sack ins Bett, wo ich auch sofort tief und traumlos einschlief. Natürlich vergaß ich, meine Eltern anzurufen.
Dies erledigte ich wortreich am nächsten Morgen, noch vor dem Frühstück. Kaum, dass ich das Gespräch beendet hatte und den Frühstücksraum betrat, wurde ich auch schon von einem graublondgelockten Mann mittleren Alters an einen Tisch gewunken. Wie sich herausstellte, handelte es sich um Rodriguez Sanchez, der mich für den Rest des Tages in Beschlag nahm um mir mein Aufgaben Gebiet zu erklären und mich gleichzeitig mit meiner neuen Heimat vertraut machte. Die überdimensionale kräftig proportionierte Porzellanfrau vor dem halbrunden vierstöckigen Rathaus schien sein ganzer Stolz zu sein.

Unter dem glasigen Blick dieser Skulptur, die mich komischerweise sehr an Frau Holle erinnerte, kaute er mir fast eine Stunde lang ein Ohr ab, ehe die provisorische Sightseeing-Tour am späten Nachmittag endlich sein Ende nahm.

Montags bezog ich dann mein Domizil. Wie befürchtet (und gegoogelt) handelte es sich um ein kleines Zwei-Zimmer-Appartement. Doch es war mit allem ausgestattet, was ein Mensch so brauchte. Sogar eine Kaffeemaschine und eine Waschküche gab es.

Es wirkte wie eine Ferienwohnung, was es vielleicht auch mal gewesen sein mochte. Im Großen und Ganzen war ich zufrieden und fing an meine privaten Utensilien, wie Bilder, Zahnpasta und Bücher gekonnt zu verstreuen, um meinem Heim eine persönliche Note zu verleihen. Dies lenkte mich wenigstens davon ab, dass bald Weihnachten war und ich mutterseelenallein in einem fremden Land hockte. Doch die Feiertage ließen sich von meinem Herumgewusel nicht beeindrucken. Schneller als mir lieb war, klopfte der Heilige Abend an die Tür.

Ich versüßte mir den Tagesbeginn mit einem ausgiebigen Pralinenfrühstück. Cognac-Pralinen.

Anschließend verschickte ich einige Mails, vorwiegend Weihnachtwünsche, die hoffentlich (aufgrund des alkoholhaltigen Frühstücks) nicht allzu rührselig klangen. Dann machte ich mich zu Fuß auf den Weg in die Stadt. Hier ergatterte ich neben einem frischen Haarschnitt und ein paar dickbauchigen, roten Kerzen auch mein festliches Abendmahl. Pizza und eine Flasche Rotwein.

Am Nachmittag überkam mich leise Wehmut. Am Fenster stehend betrachtete ich die heranrollenden Meereswellen, deren weiße Schaumkronen mich vage an Schnee erinnerten.

Ohne großartig nachzudenken schnappte ich mir meine Jacke und stürmte runter an den Strand. Salzige Seeluft drückte gegen meinen Rücken und ich folgte dieser stummen Aufforderung. Eine geschlagene Stunde wanderte ich mutterseelenalleine am Ufer entlang. Bis diese Naturgeräusche von einem unangenehmen Klingeln unterbrochen wurde. Verdutzt blieb ich stehen. Es dauerte jedoch nur kurz, bis ich die Quelle dieses störenden Geräusches ausmachte. Es war mein Handy. Hastig kramte ich in meiner Jackentasche herum, ersparte mir den Blick auf das Display und ging sofort ran, „**van Boon!**"
Zuerst hörte ich nichts. Deshalb hielt ich mir das linke Ohr zu und brüllte noch einmal, „JA! VAN BOON!"
„…aurin…achten…du…hät…freut…sehn…ehts…ir!"
Perplex schüttelte ich unnötigerweise meinen Kopf, „HALLO? ICH KANN NICHTS VERSTEHEN. WER IST DA?"
„…st…ili…lau…örst…ich?"
Ganz leise klackerte eine unsichtbare Murmel in meinem Kopf nach unten. Leise flüsterte ich, „Phili?"
Dann brüllte ich, „PHILI? BIST DU DAS?"
Die Leitung rauschte. Oder war es doch das Meer?
Obwohl ich wusste, dass es nichts brachte, schüttelte ich das Telefon kurz in meiner Hand und hielt es mir wieder ans Ohr, „PHILI? HÖRST DU MICH?"
Ich hörte ein abgehacktes Lachen und dann eine klare weibliche Stimme, „Ich dachte du bist in Dänemark und nicht am Arsch der Welt. Warum ist es so laut bei dir? Sitzt du etwa mitten auf der Autobahn?"
Ich jagte ein Dankesgebet in den Himmel und brüllte noch lauter, „**Ich bin am Strand, Phili. Bist du bei deinen Eltern? Mensch, ich freue mich riesig, dass du anrufst. Frohe Weihnachten!**"

„Am Strand? ...auch...fr...ach...en...Lau...war...en...
scht...wars...ön...obe...gru...ltern...!"
Erbost schüttelte ich noch einmal das Handy, „PHILI? DIE
VERBINDUNG IST SAUSCHLECHT. ICH VERSTEHE
DICH KAUM! PHILI? PHILI!"
Es rauschte noch einmal und dann ertönte das
obligatorische Tuten, wenn eine Verbindung abgebrochen
war. Wütend starrte ich mein Telefon an, dass ja eigentlich
nichts dafürkonnte und rammte es anschließend wieder in
meine Jackentasche.
„SCHEISSE!"
Missmutig stampfte ich zurück in meine kleine Wohnung,
pfefferte die Pizza in den Ofen und füllte mir ein
Wasserglas mit meinem Rotwein. Dann plumpste ich
schmollend auf die Couch. In diesem Moment signalisierte
mir mein Telefon schüchtern eine hereinkommende
Nachricht. Schnaubend öffnete ich diese und starrte im
nächsten Augenblick auf ein Selfie. Entstanden tausend
Kilometer entfernt. Es zeigte Phili, zusammen mit ihren
Eltern und meinen Eltern. Alle trugen lächerliche rote
Weihnachtsmützen, grinsten breit in die Kamera und
prosteten mir (wahrscheinlich mit Eierpunsch) fröhlich zu.
Eine Momentaufnahme eines harmonischen
Weihnachtsfestes. Ohne mich.
Ich schnaubte erneut, da ich die Mützen echt doof fand.
Dennoch musste ich mir eingestehen, dass ich in diesem
Moment auch gerne eine dieser blöden Zipfelmützen auf
dem Kopf gehabt hätte. Unglücklich und einsam vertilgte
ich meine noch halbgefrorene Pizza und spülte mein
emotionales Tief mit Rotwein runter.
Was für ein beschissenes Weihnachten!

Die folgenden Wochen und Monate vergingen wie im Flug. Das Jahr 2016 verflüchtigte sich, als ob mein Desinteresse es schmollend verscheucht hätte und das Jahr 2017 erstrahlte plötzlich im satten Grün. Als die ersten Knospen den unausweichlichen Frühling ankündigten, schaute ich erstaunt aus dem Fenster meines Büros und fragte mich, wo denn, um Himmels Willen die Zeit abgeblieben war. Ostern (und mein 27. Geburtstag) standen vor der Tür und mit ihm einige Urlaubstage, die ich natürlich endlich mal wieder im Kreis meiner Lieben verbringen wollte.

Ob Phili auch da sein würde? Ich hatte schon ewig nichts mehr von ihr gehört.

Dieser Gedanke löste, obwohl ich bereits (noch) 26 Jahre alt war, ein Gefühl von Heimweh aus. Es war nicht so, dass es mir in Dänemark nicht gefiel. Mein Aufgabengebiet fand ich ebenfalls höchst interessant, die Kollegen waren allesamt supernett, das Meer hatte seine Faszination nicht verloren und doch fehlte mir urplötzlich das familiäre Kissen der Vertrautheit. Und Phili.

Ja, mit einem Male vermisste ich diese umständliche Göre ganz furchtbar. Warum ich sie plötzlich so vehement vermisste, konnte ich nicht sagen, doch ich träumte seit Tagen fast jede Nacht von ihr. Von dem goldblonden Haar, ihren blitzenden Puppenaugen und ihrem mitreißenden Lachen. Wie es ihr wohl ging? Sie hatte schon lange keine Ansichtskarte mehr geschickt. Eigentlich hatte sie, wenn ich genau darüber nachdachte, noch nie eine Ansichtskarte zu mir nach Dänemark geschickt. Komisch.

Mit gerunzelter Stirn packte ich meine Tasche, hing sie mir über die Schulter und verabschiedete mich von Antje, meiner Teamkollegin, „Ich mache mich dann mal auf die Socken. Was ist mit dir? Hat dein Mann den Caravan schon flott gemacht?"

Antjes Mann war begeisterter Camper und er pflegte dieses Hobby bereits seit über zwanzig Jahren, wie ich von vielen gemütlichen Beisammenseins wusste.

Antje, eine gestandene Frau in den Fünfzigern und ausgestattet mit einer unglaublichen silbernen Lockenmähne lachte gutmütig, „Was glaubst du denn. Natürlich hockt er schon in den Startlöchern. Und du? Schipperst du in den heimatlichen Hafen?"

Ich nickte und konnte mir ein freudiges Grinsen nicht verkneifen, „Kaum zu glauben, dass es schon über ein Jahr her ist. Meine Eltern sind schon ganz aus dem Häuschen."

Plötzlich zwinkerte Antje mir zu, „Wird SIE auch da sein?"

Ich wusste, von wem meine Kollegin sprach.

In unachtsamen Momenten (meist bei feuchtfröhlichen Grillpartys) hatte ich ihr von Phili erzählt. Antje, selber Mutter von vier fast erwachsenen Töchtern hatte natürlich sofort Lunte gerochen und mit der Analyse meines Gefühlslebens sofort ins Schwarze getroffen.

Die Frage nach Phili verpasste meiner Vorfreude einen kleinen Dämpfer. Etwas bedrückt nuschelte ich, „Keine Ahnung. Ich habe schon lange nichts mehr von ihr gehört."

Mütterlich angehauchtes Mitgefühl umhüllte mich, als Antje mich spontan in den Arm nahm, „Das wird schon, Laurin!"

Plötzlich schob sie mich lachend weg und frotzelte gutmütig, „Ansonsten hätte ich vier Prachtexemplare im Angebot, die dich bestimmt gerne unter die Fittiche nehmen würden."

Antje sprach von ihren Töchtern. Ich verstand mich super mit den vier Mädels, wusste aber, dass zumindest drei in festen Händen waren und Antje nur einen Scherz gemacht hatte. Hatte sie doch, oder?

Ganz kurz streifte ich ihr lachendes Gesicht mit einem zweifelnden Blick, konnte jedoch keine Anzeichen von Kuppelei-Ansätzen entdecken. Beruhigt lachte ich nun zurück, „Wir sehen uns dann in zwei Wochen. Pass mir gut auf Rolf auf. Der schuldet mir noch eine Revanche im Doppelkopf!"

Zuhause, in meinem gemütlichen Appartement packte ich einige Klamotten in eine Reisetasche und schaute mich noch einmal um. War der Herd aus? Das Bett gemacht? Der Haupthahn an der Waschmaschine zugedreht? Der Müll draußen? Die Fenster zu?

Als ich all diese Fragen mit Ja beantworten konnte, nickte ich zufrieden und ging zur Haustür. Gerade als ich zusperren wollte, erklang von drinnen ein Läuten. Verblüfft hielt ich inne. Nanu? Das klang nach meinem Handy. Hatte ich das etwa vergessen?

Augenblicklich trat ich wieder ein und folgte dem Läuten. In dem Moment als ich mein Telefon im Badezimmer auf der Spiegelablage fand hörte es auf zu klingeln. Schnell kontrollierte ich die Anruferliste. Es könnte ja sein, dass jemand von der Arbeit noch etwas von mir wollte. Der letzte Anrufer war allerdings anonym, so dass ich leider nicht zurückrufen konnte. Mit einem Achselzucken steckte ich das kleine schwarze Teil in meine Jacke und trottet wieder zur Tür. In diesem Moment bimmelte meine Jackentasche. Hastig zerrte ich mein Handy wieder raus. „van Boon!"

Stille.

Ich presste das Handy fester an mein Ohr, „Hallo?"

Und plötzlich fing mein Herz wie wild an zu pochen und ich schwitzte wie ein Schwein.

In diesem Moment wusste ich, es war Phili. Ich WUSSTE es einfach. Mit trockener Kehle flüsterte ich rau, „Phili? Bist du es?"

Ein leiser unterdrückter Schluchzer drang an mein Ohr, dann, „Bitte hilf mir Laurin! Die Kinder der Sonne…!" Klack. Die Leitung war tot. Mit großen Augen glotzte ich mein Telefon in der Hand an. In meinem Kopf herrschte gähnende Leere. Nun ja, nicht ganz. Eigentlich schwirrten ein paar vereinzelte Fragen darin herum, die jedoch nirgends andocken konnten.

Ich schwitzte noch mehr. Ohne dass ich es bemerkte, hatte ich mich in mein Wohnzimmer begeben und sackte nun ratlos auf die Couch.

Der Anrufer war definitiv Phili gewesen. Ganz sicher. Und sie hatte geweint. Plötzlich sprang ich auf, „Scheiße!"

Da ich nicht wusste, was ich zuerst tun sollte, rief ich zuerst einmal zuhause bei meinen Eltern an. Vielleicht wussten die ja was. Natürlich durfte ich mit keiner Silbe erwähnen, dass Phili einen Hilferuf an mich abgesetzt hatte. Das würde meine Mutter nur beunruhigen und sie würde direkt zu Iris und Peter schlappen und dort alles rebellisch machen. Doch der Anruf brachte im Endeffekt nicht viel. Phili hatte sich seit gut einem halben Jahr nicht mehr gemeldet. Ich erfuhr lediglich, dass sie im Sommer ihre Zelte in Paris abgeschlagen hatte und in den Osten ging. Leider konnte meine Mutter sich nicht mehr an den Ort erinnern. Mein Vater schleuderte kurz vor Ende des Gespräches noch den Zusatz ‚Sachsen' in die Leitung. Eine ziemlich magere Information, die viel Spielraum für Spekulationen ließ. Trotz meiner Besorgnis regte sich Unmut in meinem Bauch. Unmut, der sich zu einem ziemlich ärgerlichen Knäuel entwickelte und der sich nun wie eine Bleikugel in meinem Magen einnistete.

In was hatte sich Phili denn jetzt wieder verstrickt?

Doch der Ärger löste sich mit einem Schlag in Luft auf, als ich mir ihre leise Stimme wieder ins Gedächtnis rief.

Ihre leise Stimme, die mich um Hilfe bat.

Ich schluckte. Sie musste wirklich verzweifelt sein, wenn sie mich anrief. Und sie hatte geweint.

Diese unsichtbaren Tränen setzten meine gelähmten Glieder wieder in Bewegung. Sofort lief ich nach draußen, an mein Auto, fischte den Laptop heraus und begab mich auf eine virtuelle und sehr vage Suche.

Immerhin hatte ich zwei Anhaltspunkte.

Kinder der Sonne und Sachsen.

Wie im Fieberwahn scrollte ich mich von Seite zu Seite. Es schien unzählige Bücher zu dieser Bezeichnung zu geben und einige Verfilmungen, die mir jedoch nichts sagten und die auch bestimmt nichts mit Phili zu tun hatten. Als ich nach einer Stunde völlig entnervt aufgeben wollte, stolperte ich, quasi mehr durch Zufall über einen kurzen Bericht aus einer Tageszeitung von Zittau, einer kleinen Stadt an der Grenze zu Tschechien. In diesem kleinen, wirklich sehr kleinen Bericht wurde der Name ‚Kinder der Sonne' erwähnt.

Und was ich da las, klang ziemlich konfus.

Es wurde von einer unscheinbaren Sekte berichtet, die ein verfallenes Gehöft gekauft hatte, um dort ökologisches Gemüse anzubauen und zu verkaufen. Punkt.

Ende der Information.

Mit einem riesengroßen Fragezeichen auf meinem Gesicht klappte ich den Laptop wieder zu.

Was sollte ich jetzt tun?

Plötzlich lachte ich laut. Es klang jedoch ein bisschen gezwungen. Was ich tun sollte?

Diese Frage stellte sich eigentlich gar nicht. Natürlich würde ich runter nach Sachsen düsen. Dort würde ich Phili einsammeln und anschließend, wie geplant, nach Hause fahren. MIT Phili. Es war ja auch nur ein Umweg von schlappen dreihundert Kilometern.

Die kleine, böse Stimme in meinem Kopf, die mir suggerieren wollte, dass dies möglicherweise eine völlig falsche Spur sei, ignorierte ich.

Also schaute ich schnell auf meine Armbanduhr, rechnete eilig die Fahrzeit durch und kam zu dem Schluss, dass ich gegen achtzehn Uhr in Zittau einschlagen würde, sofern die Fähre nach Rostock keine Verspätung hatte.

Ganz kurz kam die Überlegung auf, ob ich zuhause Bescheid geben sollte, dass ich wohl erst am nächsten Tag eintreffen würde, verschob diesen Anruf aber lieber auf später. Sehr viel später. Ohne Umschweife stieg ich in mein Auto, programmierte mein Navi und startete die Rettungsaktion ‚Phili‘.

Wie von mir errechnet, passierte ich um kurz nach achtzehn Uhr das Ortsschild der sächsischen Gemeinde. Leider musste ich feststellen, dass es sich bei Zittau um kein Kuhkaff handelte, sondern um eine Kreisstadt (im Kreis Görlitz). Die schätzungsweise 20 000 Einwohner würden mir die Suche nicht gerade leicht machen und nur die Tatsache, dass Phili hoffentlich EINE dieser Einwohnerin war, gab mir den nötigen Auftrieb um mich durchzufragen. Also verfrachtete ich mein Auto in einer Parkbucht in der Nähe der Altstadt und legte los. Laden um Laden klapperte ich ab. Fragte mir den Mund fusselig, nur um verständnislose Blicke zu ernten. Niemand schien mit der Bezeichnung ‚Kinder der Sonne‘ etwas anfangen zu können.

Jagte ich hier etwa einem Phantom hinterher? Wie alt war der Bericht überhaupt, der mich hierher gelotst hatte? Vielleicht gab es diese Gruppe oder Sekte ja nicht mehr? Müde und hungrig marschierte ich zurück zum Auto. Doch anstatt mich hinter das Steuer zu quetschen, schaute ich hinunter zu meinem Bauch, der unmissverständlich grummelte. Vielleicht sollte ich mir mal etwas zwischen die Kiemen schieben. Mit hungrigem Magen ließ es sich nur schwer nachdenken. Und ich musste nachdenken. Was sollte ich als nächstens tun?

Bewaffnet mit meinem Laptop suchte ich mir ein kleines Restaurant, dass den klangvollen Namen ‚Trattoria La Casa Cavalli‘ trug, wo ich mich in die hinterste Ecke verkrümeln und meine Suche, diesmal regional, fortsetzen konnte. Trotz meiner inneren Anspannung registrierte ich, dass es sich um einen kleinen Italiener handelte, mit einer Inneneinrichtung wie aus dem Bilderbuch. Weiß getünchte Wände und dunkle, fast schwarze Deckenbalken an denen künstliche(?) Weinreben verlockend herabhingen und fast zum Naschen einluden. Dazu quadratische Tische mit rotweiß karierten Tischdecken und einer leeren Flasche Wein, die als Kerzenhalter fungierte.

Der Klassiker schlechthin. Dicke Wachsnasen hangelten sich in mehrfarbigen Kaskaden vom Flaschenhals herab. Dazu im Hintergrund die rauchig-kratzige Stimme von Adriano Celentano, der in diesem Augenblick eine unbekannte Susanna anschmachtete.

Dieses heimelige Ambiente rundete eine dickliche Frau ab, die mit einem breiten Willkommens-Lächeln auf mich zueilte, „Buonasera, signore. Benvenuti nella nostra casa. Willkommen in unserem Haus. Ein Tisch für eine Person?" Ich nickte und wies auf den abgelegensten Tisch in diesem Raum.

Die schwarzhaarige Frau nickte eifrig und bugsierte mich und meinen Laptop an den Tisch. Dort drückte sie mir eine abgegriffene Speisekarte in die Hand, „Darf ich ihnen schon einmal etwas zu trinken anbieten. Den fruchtig-süßen Valpolicella kann ich ihnen nur ans Herz legen. Er passt hervorragend zu unserer hausgemachten Pizza Frutti di mare oder Tagliatelle di pesce."

Da ich mit meinen Gedanken völlig woanders war, segnete ich ihren Pizza-Vorschlag einfach ab, korrigierte mich jedoch schnell, „Aber bitte ein Wasser dazu. Ich muss noch Auto fahren!"

Anschließend vertiefte ich mich wieder im World Wide Web. Ich war so versunken in meine Suche, dass ich erst aufschaute, als ich ein lautes Räuspern hörte. Sofort blickte ich auf. Eine junge Frau stand vor mir und balancierte einen großen Teller, der offensichtlich ziemlich heiß war, denn sie hielt ihn mit einem Küchentuch fest, „Ihre Pizza!"

Etwas umständlich schob ich meinen Laptop zur Seite und gab damit den Blick auf den hell erleuchteten Monitor frei.

„Sie suchen Sehenswürdigkeiten?"

Neugierig saugten sich ihre Augen am Bildschirm fest, während sie mir den Teller vor die Nase setzte.

Obwohl ich die Bedienung schon für etwas vorwitzig hielt, beschloss ich ein letztes Mal mein Glück, „Nein, keine Sehenswürdigkeiten. Ich suche die Kinder der Sonne, was immer das auch sein mag. Leider finde ich den Bericht nicht mehr, der mich hierhergeführt hat."

Die Frau schwieg. Sie schwieg so lange, dass ich verwirrt aufschaute. Ihre verschlossene Miene irritierte mich noch mehr, „Was wollen sie dort?"

Freudig erregt klappte ich den Laptop zu, „Sie kennen diese Gruppe? Wo finde ich sie?"

Doch die junge Bedienung fragte erneut, „Was wollen sie dort?"

Dann plötzlich zog sie sich einen Stuhl heran und setzte sich dicht vor mich, „Das ist kein guter Ort. Wir kaufen zwar deren Tomaten auf dem Markt, weil alles Bio ist, doch es ist kein non è un buon posto…kein guter Ort."

Diese Aussage traf mich bis ins Mark, schien sie doch Philis Hilferuf stark zu untermauern. Umso dringlicher musste ich diesen Verein, Club, Zusammenschluss oder was immer er auch darstellen mochte, finden. Deshalb nahm ich, aus einem inneren Impuls heraus, die Hände der jungen Frau in meine Hände und flehte eindringlich, „Ich habe einen Anruf bekommen. Bitte! Ich muss diese Leute ganz dringend finden."

Dann schob ich flüsternd, mit einem dunklen Unterton hinterher, „Jemand ist in Gefahr!"

Natürlich wusste ich, dass ich ziemlich dick auftrug, doch DIESE Frau schien das Wissen zu besitzen, dass ICH im Augenblick so dringend benötigte. Ich versuchte mich an Philis berühmten Dackelblick, der alle Herzen schmelzen ließ. Ob er mit gelang, konnte ich nicht sagen, doch die junge Frau seufzte mit einem Male, stand auf, ging zur Theke und kehrte mit einem Block und Stift wieder an meinen Tisch zurück. Dann kritzelte sie einige Sekunden lang auf dem Papier herum und schob es, als sie fertig war, neben meinen Teller und wiederholte ihre letzte Aussage, „Non è un buon posto! Kein guter Ort!"

Abrupt erhob sie sich und verschwand hinter der Küchentür. Aufgeregt blinzelte ich meine Verwirrung zur Seite und studierte, während ich mir die Pizza achtlos reinschaufelte, ihre Notizen, die eigentlich eher aus einer gemalten Wegbeschreibung bestand. Plötzlich stand sie jedoch wieder vor mir.

Verlegen knetete sie ihre Hände in der makellosen Schürze. Nach ein paar Sekunden setzte sie sich unaufgefordert und sprudelte los, „Es ist eine Sekte. Sie nennen sich Kinder der Sonne, weil sie die Sonne anbeten. Das sagt erzählt man sich…unter der Hand…irgendwie. Die Sonne ist offensichtlich der Mittelpunkt ihres Universums. Der Punkt, an dem alles entstanden ist und was auch alles vernichten wird. Das kleine Gehöft außerhalb von Zittau, Richtung Hirschfelde, soll, laut der Aussage des Anführers le Maitre du Saint soleil Raoul, auf einer architektonischen Erdplatte sitzen, die vor dem Untergang der restlichen Welt verschont bleibt. Die Anhänger dieser Sekte haben ihr ganzes Leben und auch ihr ganzes Hab und Gut Raoul überlassen. ER wohnt, den Gerüchten nach, im protzig eingerichteten Haupthaus und die Jünger in den umgebauten Ställen. Sie sind leicht zu erkennen, an ihren sonnengelben Gewändern. Die Leute dort bebauen wie in früheren Zeiten die Äcker und verkaufen die Ernte samstags auf dem Markt, unterhalb der alten Kirche…ganz hier in der Nähe. Ich habe mich einmal mit einer Frau von dort unterhalten. Beziehungsweise, ich habe es versucht. Doch sobald man anfängt Fragen zu stellen, schauen sie unter sich und verstummen. Ich habe immer ein sonderbares Gefühl im pancia…im Bauch. Manchmal, wenn man auf den Hügeln außerhalb von Zittau spazieren geht, kann man die Menschen von dort singen hören. Wie viele es sind, kann keiner sagen. Manche reden von dreißig bis vierzig, andere wollen an die hundert dort gesehen haben. Ich selbst würde mich niemals freiwillig dem Hof nähern. Wie gesagt…non è un buon posto…kein guter Ort.“

So plötzlich wie die Frau ihre Informationen herausgespuckt hatte, so plötzlich erhob sie sich auch wieder. Ein kurzer, aber intensiver Blick traf mich, „Wenn sie dort was zu tun haben, dann machen sie es pronto… …schnell und verschwinden so rasch wie möglich."
Und weg war sie.
Ziemlich geschockt hockte ich regungslos vor meinem leeren Teller und glotzte auf den verlassenen Stuhl vor mir.
Verdammte Kacke, Phili. Wo hast du dich denn da reingeritten?
Ein zitternder Seufzer entschlüpfte meinen Lippen.
Vielleicht war dies ja eine komplett falsche Spur und Phili war nicht in den Fängen dieser mysteriösen Sekte?
Doch in meiner Brust regte sich das starke Gefühl, dass ich Phili genau dort finden würde. Es fühlte sich zu sehr nach einem Phili-Fettnapf an.
Leise fluchend legte ich das Geld für die Pizza und das Wasser auf den Tisch, schnappte mir meinen Laptop und die Wegbeschreibung und hastete zurück zu meinem Wagen. Mittlerweile hatte sich die Nacht über diese, doch eigentlich recht hübsche Stadt gelegt. Zuerst fluchte ich, als ich den nachtschwarzen Himmel musterte, doch dann kam die Überlegung, dass ich mir die Dunkelheit vielleicht zu Nutzen machen könnte und stieg in den Wagen. Die Fahrt führte mich nach Osten, aus der Stadt heraus und schlängelte sich anschließend nach Norden, in eine ziemlich abschüssig liegende Gegend, wo sich die sprichwörtlichen Hasen und Igel Gute Nacht sagten. Als die provisorische Karte mich anhielt abzubiegen und ein ausgewaschener Feldweg in die Lichtkegel meiner Scheinwerfer fiel, bremste ich ab. Sollte ich da wirklich reinfahren? Etwas mulmig war mir schon und dann fing es auch noch an zu regnen.

Dicke Tropfen platschten auf meine Windschutzscheibe und enthoben mich meiner Entscheidung. Bei diesem Pisswetter würde ich ganz sicher nicht zu Fuß in der Wildnis herumstolpern. Also legte ich den ersten Gang ein und tuckerte los. Meter um Meter. Schlagloch um Schlagloch. Nach einer gefühlten Ewigkeit blitzen dann auf einmal Lichter in der Ferne. Sofort hielt ich an und schaltete meine Scheinwerfer aus.

Nachdenklich trommelte ich mit den Daumen auf dem Lenkrad herum. Mir war auf einmal klar, ich konnte nicht einfach dort auftauchen, klingeln und Phili herausfordern. Wenn es sich wirklich um eine Seelenfangende Sekte handelte, die ihren Schmärbauch auf Kosten ihrer Hallelujaträllernden Diener nährte, brauchte ich einen Plan. Einen Plan, der mein Auftauchen plausibel erklären würde. Offensichtlich nutzte das Schicksal die Gunst der Stunde und ebnete den Weg für mein weiteres Vorgehen, denn plötzlich sackte die Beifahrerseite merklich ab. Verdutzt linste ich aus dem Fenster, konnte aber in der Dunkelheit und vor allem bei dieser Regenflut natürlich nichts erkennen. Vielleicht sollte ich doch bis Morgen warten und mir einen warmen und trockenen Unterschlupf suchen. Dann könnte ich mir auch in aller Ruhe ausdenken, wie ich Phili aus deren Klauen entreißen könnte. Entschlossen legte ich den Rückwärtsgang ein und gab Gas. Doch das Auto rührte sich nicht. Also gab ich noch mehr Gas. Die Reifen drehten lautstark durch. Scheiße. Festgefahren.

Mit einem gequälten Lächeln drehte ich den Schlüssel und murkste den Motor ab.

Dann starrte ich hinaus in die Regennacht.

Ich hatte einen Plan gesucht? Nun, jetzt hatte ich einen Plan. Wenn auch einen eher halb ausgegoren Plan.

Aber ich konnte ja schlecht einfach nur hier im Auto sitzen bleiben.

Mit einem ergebenen Seufzer zog ich den Kragen meiner Jacke über die Ohren und stieg aus. Innerhalb von Sekunden war ich bis auf die Knochen durchweicht.

Fluchend, wie ein betrunkener Seemann, wischte ich mir das Regenwasser aus den Augen und suchte die Lichter, die mich zum Anhalten gebracht hatten.

Dann stakste ich los. Querfeldein.

Bis ein altmodischer Rancher-Zaun mich abbremste.

Ich hievte gerade mein rechtes Bein drüber als…

„STOP!"

Erschrocken zuckte ich zusammen, rutschte ab, meine Eier knallten so hart auf das oberste Brett das ich Sterne sah und rutschte dann stöhnend in den eiskalten Schlamm. Im nächsten Moment leuchtet mir eine grelle Taschenlampe in die Augen, **„Was tun sie hier?"**

Abwehrend, oder eher schützend hob ich die linke Hand und deckte halbwegs meine Augen damit ab. Mit der rechten Hand umklammerte ich mein schmerzendes Geschlechtsteil. Regen sammelte sich in meiner aufgeklappten Mundhöhle und ließ mich keuchend hustend. Unverhofft packte mich eine Hand unter den Achseln und half mir wieder auf die wackeligen Beine. Der grelle Lichtkegel senkte sich nun auf meinen Bauch, „Was tun sie hier?"

Ich fand diese Frage, angesichts meines angeschlagenen Zustandes ziemlich dämlich, wollte es mir aber nicht gleich mit einer pampigen Antwort verscherzen, „Mein Auto…", mit einer halbherzigen Geste wies ich in Richtung meines liegengebliebenen Wagens, „…ich sitze fest. Da oben war Licht. Ich brauche Hilfe."

Zum ersten Mal linste ich an der Taschenlampe vorbei und taxierte meinen unfreundlichen Finder.

Es war ein älterer Mann, eingehüllt in eine schwarze Ölhaut, die ihn vor den strömenden Wassermassen gut schützte. Ganz im Gegenteil zu mir, der tropfnass, schlammverschmiert und mit pulsierenden Eiern zitternd vor Kälte vor ihm stand. Ich muss wahrlich ein Bild des Jammers geboten haben, denn der Ton klang nun zunehmend freundlicher, „Sie sehen auch ziemlich ramponiert aus. Nehmen sie meine Hand. Ich führe sie." Dankbar, dass sich jemand meiner annahm, ließ ich mich wie ein Kindergartenkind von dem Fremden in Richtung des erleuchteten Gehöftes ziehen.

Das harte Pochen in meinen Eiern ebbte nur langsam ab und ging über in ein unangenehmes Pulsieren, dass ich halbwegs ignorieren konnte. Schneller als mir lieb war überquerten wir den gepflasterten Hof. Aus den Augenwinkeln sah ich ein langgezogenes, niedriges Gebäude, hinter deren halbblinden Fenstern dämmrige Lichtquellen etwas Helligkeit im Innern verteilten. Der Mann, der mich noch immer wie einen ungezogenen Bengel hinter sich her schleifte hielt allerdings auf ein zweistöckiges Haus zu. Ohne anzuklopfen wuchtete er die niedrige, aber solide Vollholztür auf und schob mich ins warme Innere. Unauffällig ließ ich meinen Blick schweifen, während ich mir wie ein begossener Pudel das Wasser aus den triefenden Haaren schüttelte. Dunkle Dielenmöbel, darunter eine uralte geschnitzte Holztruhe, die bestimmt schon Hundertfünfzig Jahre auf dem Buckel hatte, schürten sofortige Bewunderung meinerseits. Ehe ich diese Antiquitäten genauer unter die Lupe nehmen konnte, tadelte ich mich selbst.

Schließlich war ich nicht zur Wohnungsbesichtigung hier, sondern um meine beste Freundin aus den Klauen des Verderbens zu entreißen.

Mit einem, hoffentlich dankbaren Lächeln drehte ich mich zu meinem Retter um, doch dessen Blick hing nicht an mir, sondern auf etwas, dass hinter mir war. Und dieses Etwas murmelte, „Du bringst uns einen Gast, Joshua?" Überrascht wirbelte ich herum und stand im nächsten Moment, dem Wurzel allen Übels direkt gegenüber. Raoul. Ich vermutete einfach mal, dass es sich um diesen Raoul handelte. Sein Auftreten wirkte respekteinflößend. Zumindest bei Joshua, der neben mir den Kopf neigte, „Ja, Maitre du soleil. Ich fand ihn am südlichen Weidezaun. Sein Wagen steckt fest."

Also hatte ich recht. Ich stand dem Ober-Sonnen-Macker gegenüber. DIE Person, die für Philis Hilferuf verantwortlich war. In mir fing es an zu brodeln, dennoch schaffte ich es, mit einem dankbaren Lächeln Ahnungslosigkeit zu verströmen während ich auf ihn zueilte um mich herzlich zu bedanken, „Guten Abend. Mein Name ist Martin Kunze. Ich glaube, ich habe mich total verfranzt. Die dämlichen Navis sind auch nicht mehr das was sie mal waren. Dann fing es auch noch an zu schiffen, wie aus Eimern. Als ich wenden wollte, saß ich plötzlich fest. Ich sah Licht hier oben und…naja…", verlegen klopfte ich auf meine total durchnässte, schlammverschmierte Kleidung, „…und…ähm…, ich bräuchte wohl etwas Hilfe, so wie es aussieht." Raouls Lippen kniffen sich zu einer schmalen Linie zusammen und die linke Augenbraue zuckte bei meinem Anblick missbilligend nach oben. Zumal er nun auch meine dunklen Fußabdrücke auf dem blauen Läufer bewundern konnte.

Ein Anblick, bei dem sich jede Hausfrau kreischend büschelweise die Haare ausrupfen würde. Doch er fing sich überraschend schnell.

Die linke Augenbraue sackte wieder an ihren angestammten Platz zurück und ein freundlich wirkendes Lächeln erschien in seinem glattrasierten Gesicht.

Ein Lächeln, dass jedoch nicht seine Augen erreichte.

Umso überraschter war ich über sein Angebot, „Sie haben recht Herr Kunze. Ein fürchterliches Wetter. Seien sie doch mein Gast und speisen mit mir zu Abend."

Ich wollte schon dankend ablehnen, da ich absolut keine Lust hatte, mich in dieser verschmutzen Aufmachung an irgendeiner Tafel zu platzieren, nur um mit irgendeinem blasierten Vollidioten zu futtern, als er in einer bestimmenden Geste seine Hand nach oben schwang, „Keine Widerrede. Bei diesem Regen bekommen wir ihren Wagen sowieso nicht frei. Meine Helferinnen werden sie nach oben begleiten. Dort können sie duschen und bekommen saubere Sachen. Ihre Kleidung wird morgen frisch gewaschen auf sie warten. SOPHIA!"

Erschrocken zuckte ich zusammen, dann erschien auch schon, wie aus dem Nichts, eine hochgewachsene Frau, deren brünettes Haar zu einem schmucklosen Zopf im Nacken zusammengefasst war.

Auch sie neigte ehrerbietend den Kopf, schwieg aber.

„Sophia, begleite unseren Gast nach oben und gib ihm etwas Sauberes zum Anziehen. In einer viertel Stunde wollen wir essen."

Nun rutschten meine Augenbrauen erstaunt nach oben. Von wollen, konnte hier überhaupt keine Rede sein. Dies war ein Befehl gewesen. Eindeutig.

Dennoch trug ich tapfer mein Lächeln wie eine schützende Maske weiter, „Das ist zu freundlich, Herr…!"

Neugierig ließ ich den Satz unbeendet.

„Raoul. Nennen sie mich einfach Raoul."

Ich spielte weiter mit, „Vielen Dank, Raoul. Das ist sehr nett von ihnen."

Ohne mir noch einen weiteren Blick zu schenken, drehte dieser Möchtegern-Sonnengott sich auf dem Absatz herum und verschwand. Fragend wand ich mich nun zu der Frau um, da ich nicht wusste was ich nun tun sollte. Schüchtern wurde mir der Weg gewiesen. Die Treppe hinauf.

Ich tat, wie geheißen und fand mich plötzlich in einer Bauernschlafstube wieder, mit überraschend modernen Badezimmer im Nebenraum. Mein Versuch, die brünette Frau verbal etwas aus der Reserve zu locken, schlug fehl. Es schien, als ob ihre Lippen mit Sekundenkleber behandelt worden wären. Kein einziger Ton kam aus ihr heraus. Noch nicht einmal ein unterdrücktes Räuspern. Sie wartet stumm, bis sie meine matschdurchtränkten Sachen in Empfang nehmen konnte und verschwand so lautlos, wie sie aufgetaucht war.

Also beschloss ich das sinnvollste in dieser Situation zu tun was mir gerade einfiel. Ich duschte. Unter dem heißen Wasserstrahl wunderte ich mich, warum ich mich ausgerechnet mit DEM Namen des Jungen vorgestellt hatte, der Phili in der Grundschule gepiesackt hatte, doch ich war heilfroh, dass mir nicht versehentlich mein richtiger Name über die Lippen geschlüpft war. Sollte Phili wirklich hier sein, hatte sie ihn vielleicht erwähnt. Dann wäre mein laienhafter Undercover-Einsatz für die Katz gewesen.

Zurück im Zimmer musterte ich leicht angewidert die gelbe Hose und die gelbe Tunika. Gelb war noch nie meine Farbe gewesen. Dennoch waren sie sauber und vor allem trocken.

Hastig schlüpfte ich in die Sachen, quetschte meine nackten Füße in ein paar Zehen-Schlappen, die eine gute Nummer zu klein waren, düste flappend nach unten und folgte dem Duft des Essens. Ich hatte nicht vor, den rigoros wirkenden Hausherrn zu verärgern, zumal ich ihm während der Mahlzeit doch ein bisschen auf den Zahn fühlen wollte. Doch Raoul schien nicht zum Plaudern aufgelegt zu sein. Die Mahlzeit, bestehend aus Hühnchen, Reis und Obstsalat verlief im tiefen Schweigen. Neben dieser braunhaarigen Sophia schlich noch eine Frau mittleren Alters dienstbeflissen und stumm um den Esstisch. Die Stille erdrückte mich fast und gerade als ich beschloss, mich dezent zu verabschieden, beschloss Raoul doch noch, das Wort an mich zu richten, „Sie wundern sich bestimmt, warum hier niemand mit ihnen spricht."
Ich nickte zögernd und musterte die unbekannte Frau, die gerade meinen Teller abtrug. Mit einem gönnerhaften Grinsen setzte Raoul zu einer Erklärung an, „Sie müssen wissen, dies ist eine kleine Glaubensgemeinschaft. Diese Woche schweigen wir, zu Ehren unsere großen Mutter Sonne. Ich muss sie deswegen dringend bitten, keinen anzusprechen." Mit erhobenem Zeigefinger drohte er spielerisch, „Und führe uns nicht in Versuchung. Das kennen sie doch, nicht wahr?"
„Und das Schweigegelübde gilt nicht für sie?"
Im gleichen Augenblick, als die Frage aus meinem Mund herauspurzelte, hätte ich mir am liebsten die Zunge abgebissen. Doch Raoul lachte nur gutmütig und drehte sein halbleeres Weißweinglas nachdenklich in der Hand, „Nein. Durch mich kommunizieren wir mit der Außenwelt. Ich bin der Ratgeber für die verlorenen Seelen, die hier nach Antworten suchen. ICH gebe ihnen diese Antworten."

Plötzlich lachte er, „Außerdem wäre es doch ziemlich unhöflich ihnen gegenüber, wenn gar keiner mit ihnen sprechen würde, oder nicht?"

Seine Augen funkelten mich vergnügt an. Leider konnte ich darin keinen echten Humor erkennen, sondern eher einen Hauch Wahnsinn. Aber vielleicht bildete ich mir dies auch nur ein. Trotzdem fühlte ich mich unter diesem taxierenden Blick zunehmend unwohler. Deshalb erhob ich mich rasch und beschloss, rein aus meinem Bauchgefühl heraus, etwas Wahrheit in dieses Gespräch sickern zu lassen, „Das klingt irgendwie nach einer Sekte. Seien sie mir nicht böse Raoul, aber damit habe ich überhaupt keine Erfahrung und es ist auch absolut nicht mein Ding. Da ich in meiner Unwissenheit hier niemanden auf den Schlips treten möchte, verabschiede ich mich am besten. Morgen früh werde ich schauen, dass ich meine festgefahrene Mühle wieder freibekomme und dann mach ich mich wieder auf die Socken. Ich habe bestimmt nicht vor jemanden in Versuchung zu führen. Trotzdem danke ich ihnen für ihre großzügige Gastfreundschaft. Das Essen war übrigens hervorragend."

Einen kurzen Moment musterte er mich mit zusammengekniffenen Augen, dann entspannte sich seine Miene und er wedelte mich huldvoll weg, „Wer keine Antworten sucht, wird auch keine finden. Ich wünsche ihnen eine gute Nacht, Martin."

Ich fühlte mich irgendwie…entlassen…ja, entlassen.

Der König entließ sein Untertan. So fühlte es sich in diesem Augenblick für mich an. Doch ich war einfach nur heilfroh, endlich diesem unangenehmen Dunstkreis zu entkommen. Oben, in meinem Nachtquartier fiel ich auf das Bett und seufzte enttäuscht. Wie sollte ich Phili hier finden?

Ich konnte keinen Menschen fragen und konnte auch nicht herumschnüffeln. Ziemlich sicher behielt man mich und mein Fenster im Argusauge. Ich würde wahrscheinlich noch nicht einmal furzen können, ohne dass man diesem Irren Bericht erstattete.

Was war das für ein durchgeknallter Kerl und warum kuschten die Leute hier vor ihm? Er wirkte jetzt nicht gerade wie ein überdurchschnittlich intelligenter Albert Einstein. Dennoch konnte ich nicht umhin mir einzugestehen, dass eine gewisse Autorität an ihm haftete. War es sein stechender Blick? Oder seine Gestik, die er ziemlich gut dosierte? Und was meinte er mit Fragen? Welche Fragen? Nach Gott? Dem Sinn des Lebens? Schnaufend richtete ich mich auf und trat ans Fenster. In der Dunkelheit konnte ich nicht viel erkennen. Eigentlich gar nichts. Also ging ich zurück ans Bett, nahm mein Handy und wählte die heimatliche Nummer.

„Hallo Mama?"

„Laurin, Schatz. Wo bist du denn?"

Ich überging ihre Frage einfach, „Ich wollte nur kurz Bescheid geben, dass ich morgen erst nach Hause komme. Ich habe noch einen kurzen Abstecher gemacht und es hat ein bisschen länger gedauert. Deshalb komme ich erst morgen. Ihr müsst also nicht unnötig lange aufbleiben."

Die altbekannte mütterliche Sorge schwappte in mein müdes Ohr, „Ist alles in Ordnung, Schatz?"

Ich seufzte lautlos, „Ja, Mama. Alles in Ordnung. Du, die Verbindung ist ganz schlecht. Ich kann dich kaum verstehen. Wir sehen uns dann morgen. Bis dann. Ciao."

Natürlich war es unhöflich seine eigene Mutter so abzuwimmeln, doch ich hatte echt keinen Nerv um mich ihren bohrenden Fragen zu stellen. Morgen könnte ich ihr alles in Ruhe erklären.

Morgen, wenn ich mich hier herausgeschlichen hatte.
Wenn es sein müsste, würde ich meine Karre mit bloßen
Händen freischaufeln und nach Hause fahren. Auch ohne
Phili. Es war eh eine völlig bescheuerte Schnapsidee
gewesen hierher zu kommen. Wahrscheinlich hockte Phili
irgendwo zwischen der Mongolei und Timbuktu und
quälte sich lediglich mit einem entzündeten Zehnagel
herum. Möglicherweise war die weinende Frau am Ende
der Leitung ja auch gar nicht Phili gewesen. Sie hatte ja nur
geflüstert und ich hatte sie kaum verstehen können.
Vielleicht hatte die Dame sich ja verwählt und der Anruf
hatte nicht mir gegolten?
Je länger ich darüber nachdachte, umso mehr musste ich
meiner letzten Vermutung Recht geben.
Phili war überhaupt nicht hier.
Tief deprimiert, vor allem über meine eigene Dummheit,
legte ich mich endlich um und versuchte mit einer Mütze
Schlaf etwas Kraft zu tanken. Morgen, in aller Frühe,
würde ich schleunigst die Kurve kratzen.

Kurz nachdem ich das Gefühl hatte, endlich eingeschlafen
zu sein, klingelte auch schon mein Handy-Wecker.
Trotz des merklichen Schafmangels, schossen die
Funktionen meiner Gehirnsynapsen sofort in die Höhe und
jagten mehrere Adrenalinstöße durch meine Adern, die
mich aufputschten. Mit einem Ruck saß ich aufrecht im
Bett und schaute zum Fenster. Es war noch immer dunkel,
aber es war ja schließlich auch erst viertel nach fünf.
Hastig schwang ich mich aus meinem Bett, dass
zugegebenermaßen doch sehr bequem gewesen war,
stakste zum Klo und entleerte erst einmal meine Blase.
Das Plätschern hörte sich unnatürlich laut an und ich
hoffte niemanden zu wecken.

Dann schaute ich an mir runter. Ich trug noch immer das dämliche gelbe Outfit. In diesem Moment klopfte es leise. Erschrocken krampfte meine Blase zusammen und würgte den Urinstrahl ab. Ohne mir die Hände zu waschen stürzte ich zurück ins Schlafzimmer. Eine Person stand in mitten im Raum. Der Silhouette nach konnte es sich um eine Frau handeln. Ohne Umschweife tastete ich nach dem Lichtschalter. Offensichtlich handelte es sich um ein Zwei-Watt-Birne, denn das Licht, dass die kleine Deckenlampe spendete, war kaum der Rede wert. Dennoch erkannte ich, dass es sich tatsächlich um eine Frau handelte. Doch es war weder Sophia noch die andere fremde Frau vom Vorabend. Etwas verloren stand sie einfach da und balancierte einen Stapel zusammengelegter Wäsche auf dem Arm. Sofort erkannte ich meine Jeans, meinen hellbraunen Sweater und meine schwarze Jacke. Irgendjemand hatte sich offensichtlich die Mühe gemacht, meine Kleider in der Nacht zu waschen, trocknen und, wie es schien, sogar zu bügeln. Das ich einer fremden Person so viel Mühe gemacht hatte, war mir doch ein bisschen peinlich. Dennoch war ich froh, in meinen eigenen Klamotten den Abgang machen zu dürfen. Ich rang mir ein Lächeln ab, „Ich danke ihnen vielmals für ihre Mühe und entschuldige mich für die Umstände, die ich ihnen gemacht habe. Ich ziehe mich nur schnell an und verschwinde dann. Wenn sie so freundlich wären und Raoul noch einmal meinen herzlichsten Dank ausrichten könnten?"

Natürlich schwieg die Frau und sofort fiel mir das bescheuerte Schweigegelübde ein. ABER...sie lächelte zurück. Das war doch schon mal was. Mit diesem feinen Lächeln auf den Lippen legte sie meine Sachen auf das zerwühlte Bett und überreichte mir dann einen kleinen Zettel. In dem diffusen Licht der mageren Zimmerfunzel konnte ich nur mühsam die geschriebene Botschaft entziffern, „Der Maitre du soleil wartet im Esszimmer." Ich schaute verwirrt auf, „Er ist schon wach? So früh?" Als Antwort erhielt ich nur ein schwaches Nicken, dann entschwand die Frau.

Hastig wechselte ich die Kleidung und fühlte mich sofort um einiges wohler. Dennoch wollte ich keine Minute länger als nötig in diesem Haus verweilen. Am besten brachte ich die Angelegenheit mit diesem Raoul schnell hinter mich.

Wie angekündigt wartete der kleine Sonnengott bereits auf mich. Eingehüllt in einen bodenlangen dunkelblauen Seidenkimono. Auf der Brusttasche glitzerte mir eine gestickte goldene Sonne entgegen.

Ich hatte Mühe, nicht lauthals loszulachen. Deswegen umschiffte ich diesen Drang mit einem umständlichen Räuspern, „Guten Morgen. Ich hatte nicht damit gerechnet, dass schon jemand auf ist. Hoffentlich habe ich keinen geweckt?"

Raoul schnaubte leise, winkte nur lässig und hielt sich eine Apfelsinenschnitte vor die Augen, die er wie ein wertvolles Kleinod betrachtet, „Ist es nicht ein Wunder? So fein, so saftig und voller Leben?"

Unbewusst wanderten meine Brauen ein Stück nach oben. Also wenn DER Typ nicht eine ausgewachsene Meise hatte? Ich behielt diesen spontanen Gedanken natürlich für mich und schwieg lieber.

Mein Schweigen brachte Raoul dazu, seinen Blick nun mir zuzuwenden, „Sie haben keinen geweckt. Wir sind alle früh auf den Beinen und erledigen unsere Arbeit.

So haben wir am Nachmittag Zeit um in der Gemeinschaft unserer Mutter Sonne zu huldigen."

Ich schwieg weiter. Was sollte ich darauf auch erwidern? Mein eisernes Schweigen schien Raoul etwas zu verstimmen. Er platschte die, ach so wertvolle Apfelsinenschnitte einfach auf den Teller und erhob sich, „Ein paar meiner Leute werden ihnen helfen den Wagen wieder freizubekommen. Dann können sie ihren Weg, wo immer er auch hinführen mag, fortsetzen. Ich empfehle mich."

Hocherhobenen Hauptes schwebte Raoul in seinem femininen Gewand aus dem Zimmer. Ich glotzte ihm verdutzt nach. Hoffentlich würde ich diesem Vollpfosten nicht noch einmal begegnen müssen. Zutiefst erleichtert schnaufte ich laut durch, trat zurück in den Flur, dessen Teppich wie von Zauberhand von meinen vorabendlichen Schlammtratschen befreit worden war und trat hinaus in den beginnenden Morgen, der sich im Osten nun ankündigte. Fragend blickte ich mich um. Hatte der Kerl nicht gesagt, mir würde jemand helfen? Doch es war keiner zu sehen. Mein Blick wanderte zu dem langstreckten Gebäude. Doch auch dort konnte ich niemanden entdecken. Also schnaufte ich leicht frustriert und machte mich, wie am Abend zuvor, querfeldein, auf den Weg zu meinem festgefahrenen Auto. Irgendwie würde ich das Vehikel auch alleine aus dem Dreck ziehen. Allerdings erwartete mich eine Überraschung.

Am Straßenrand standen vier Personen. Allesamt eingehüllt in gelbe Gewänder und sie schienen auf mich zu warten.

Zuerst grinste ich erfreut, doch dieses Grinsen verpuffte mit einem Schlag. Es waren Frauen. Alle vier.

Ich sollte meinen Wagen tatsächlich von Frauen aus dem Schlamm ziehen lassen? Wollte Raoul mich damit etwa für mein uneinsichtiges Schweigen bestrafen?

Meine Wut auf diesen Mann wuchs. Aber ich wollte meine Missstimmung nicht an den unschuldigen Frauen auslassen. Deswegen tackerte ich mir ein freundliches Lächeln ins Gesicht und trat auf die Frau zu, die ich als erstes erreichte, „Entschuldigen sie. Aber ich glaube, dass bekomme ich schon alleine hin."

Die Frau, die mir den Rücken zugedreht hatte, wand sich nun um und schaute auf. Sofort gefror mein Lächeln.

Es war tatschlich Phili.

Ihre Miene wurde wachsbleich, dann rot und dann wieder bleich. Ihre schmale Hand zuckte nach oben und sie legte ihren Zeigefinger an die farblosen Lippen.

Dies konnte heißen ‚Halt bloß die Klappe' oder ‚Ich darf nicht reden'. Vielleicht auch beides.

Krampfhaft lächelte ich weiter, stakste mit hölzernen Schritten an meinen Wagen und stieg ein. Sofort positionierten sich die Frauen am Heck. Als ich den Motor startete und Gas gab, fingen alle an kräftig zu schieben. Im Rückspiegel sah ich, dass eine der armen Frauen von einer Schlammfontaine erwischt wurde, doch mein Gehirn klammerte sich nur fieberhaft an einen Gedanken.

Phili war hier.

Genau jetzt, keine zwei Meter von mir entfernt.

Was sollte ich jetzt tun?

Noch einmal drückte ich das Gaspedal durch, dann gab es einen Ruck und der Wagen schoss laut aufheulend nach vorn. Augenblicklich latschte ich heftig das Bremspedal durch, bevor der Kühlergrill meines Autos einen nahestehenden Baumstamm knutschte.

Mit zitternden Knien legte ich den Leerlauf ein und stieg aus. Der Motor brummte friedlich weiter, während ich verzweifelt nach einer Lösung suchte. Mein Blick wanderte über die stummen Frauen. Eine davon sah ziemlich mitgenommen aus. Verlegen bedankte ich mich vor allem bei ihr, „Sie waren mir eine wirklich große Hilfe gewesen. Entschuldigen sie…!"

Mein Blick wanderte bedauernd über den matschigen gelben Kittel. Die Frau lächelte jedoch nur kurz, drehte sich dann rum und stampfte vorsichtig den kleinen Abhang wieder rauf. Eine weitere Frau folgte ihr. Ich hob die Hand, „Danke nochmals!"

Die dritte Frau schickte sich nun ebenfalls an, stumm, ohne ein Wort zu sagen, den Hang zu erklimmen. Mein Blick saugte sich an Phili fest, die mich nur mit riesigen Augen anstarrte. Ich bemerkte ihre leicht zitternde Unterlippe, so als wollte sie was sagen und dann klinkte sich mein Gehirn aus. Ohne nachzudenken riss ich die hintere Tür auf, grabschte gleichzeitig nach Philis Arm und warf sie mit Schwung auf den Rücksitz. Noch als ich die Tür laut zuschlug, sprang ich bereits hinter das Steuer und gab Vollgas. Der Motor heulte gequält auf und der Wagen schoss, wie von einer Tarantel gestochen, nach vorn.

Ich hatte keine Ahnung wo dieser verflixte Feldweg hinführte, hoffte jedoch inständig, dass er nicht einfach an einer durchweichten, vollgeschissenen Kuhweide endete.

Ich hörte Phili hinter mir schnaubend grunzen.

Hatte ich ihr mit meinem Überfall wehgetan?

Doch im Augenblick konnte ich mich weder mit ihr noch mit ihrem Zustand beschäftigen. Wir mussten weg.

Weit weg und das so schnell wie möglich. Ehe dieser Raoul mit seinen hirnamputierten Lakaien, bewaffnet mit Mistgabeln uns nachjagte.

Verbissen umkrampften meine tauben Finger das Lenkrad. Jedes Schlagloch forderte meine Stoßdämpfer zu Höchstleistungen auf. Phili wurde wie wild im Heck herumgeschleudert. Mehr als einmal machte ihr Kopf hörbar Bekanntschaft mit der Verblendung der Seitentür. Doch darauf konnte ich keine Rücksicht nehmen. Später vielleicht, doch nicht jetzt.

Gefühlsmäßig bretterte ich eine halbe Ewigkeit durch die Walachei, aber ein Blick auf die digitale Zeitangabe meines Radios sagte mir, dass wir erst seit ein paar Minuten unterwegs waren. Dicke Schweißperlen erblühten auf meiner Stirn. Höchst konzentriert folgte ich im schwindelerregenden Tempo den ausgewaschenen Fahrspuren. Und plötzlich tauchten in einiger Entfernung Häuser auf. Kein abgelegenes Gehöft, sondern richtige Häuser. Häuser, die mir die Zivilisation ankündigten. Eine tiefe Erleichterung erfasste mich und schürte das Gefühl der Hoffnung, den Kopf gerade im letzten Moment aus der Schlinge gezogen zu haben. In diesem euphorischen Zustand wagte ich einen raschen Blick auf den Rücksitz. „Alles okay bei dir?"

Phili grumpfte lediglich und hielt sich mit der einen Hand die Stirn und umklammerte mit der anderen Hand die Nackenstütze. Wohl um sich vor weiteren Blessuren zu schützen. Da ich uns bei Weitem noch nicht in Sicherheit wähnte, blickte ich wieder geradeaus. Die Häuserzeilen wuchsen zu beiden Seiten. Ob wir uns noch in Zittau befanden oder in einem anderen Kaff konnte ich nicht sagen. Doch im Grunde genommen war mir dies scheißegal. Suchend ließ ich meinen leicht gehetzten Blick umherschweifen, während ich mich bemühte, keinen Passanten umzunieten oder ein parkendes Auto zu rammen.

Ich suchte etwas ganz Bestimmtes. Nämlich ein blaues Straßenschild. Ein Straßenschild, dass mich und Phili auf die nächste, rettende Autobahn lotsen würde.

Noch einmal schaute ich kurz über die Schulter nach hinten. Gerne hätte ich etwas gesagt, ich wusste allerdings nicht was ich hätte sagen sollen. Deswegen schaute ich wieder nach vorne und konzentrierte mich die nächsten zwei Stunden, uns so weit wie möglich vom Ort des unseligen Geschehens zu entfernen.

Die A4 war mir eine sehr große Hilfe dabei.

Kurz vor Chemnitz bog ich jedoch ab, um endlich an einer Raststätte eine wohlverdiente Pause einzulegen.

Phili hatte sich die ganze Zeit nicht gemuckst und auch jetzt, als ich den Wagen in eine der wenigen freien Parkbuchten platzierte, gab sie keinen Pieps von sich. Ungewöhnlich.

Mit einem lauten Schnaufen stellte ich den Motor ab und drehte mich um. Und dort hockte sie.

Zusammengesunken, wie ein Häufchen Elend und starrte mich mit ihren großen Puppenaugen an. Doch ihre blassrosa Lippen waren noch immer wie versiegelt.

Also versuchte ich mich an unserer, für Außenstehende unverständlichen, nonverbalen Kommunikation.

[Laurin] Was ist los Phili? Hast du etwa deine Zunge verschluckt?

Ich wusste, dieser Gesprächsanfang war alles andere als nett. Doch die abenteuerliche Flucht hatte mich einfach zu erschöpft um nett zu sein. Vielleicht lag es aber auch am Adrenalinspiegel, der zwei Stunden Zeit gehabt hatte, um sich wieder bei ‚Null' einzupendeln. Auffordernd schaute ich ihr in die Augen und wartete. Nichts!

Entweder hatte sie mir nichts zu sagen oder unsere telepathischen Schnüre waren eingerostet.

Also setzte ich zum zweiten Versuch an. Diesmal mit etwas mehr Esprit.

[Laurin] Hallohoo! Ist jemand zu Hause?

Noch immer nichts.

Seufzend gab ich auf und musterte nun ihren bescheuerten Eidotter-Aufzug. SO würde ich Phili nirgends hin mitnehmen. Noch nicht einmal auf ein öffentliches Klo. Also schälte ich mich aus meinem Sitz, ging zum Kofferraum und kramte in meinen eigenen Sachen nach Kleidung in der Phili nicht wie ein einsames und verlassenes Waisenkind wirken würde. Ich entschied mich für eine graue Trainingshose mit Gummibund und eine ebenfalls graue Sweatjacke, die ihr allerdings mindestens zwei Nummer zu groß sein würde.

Aber sie hatte eine Kapuze, die sie sich über den Kopf stülpen konnte. Damit würde sie ganz sicher keiner erkennen. Zwar bezweifelte ich, dass dieser irre Sonnengott-Vollpfosten weitläufige (zitronenfarbige) Suchtrupps ausschweifen lassen würde, um eine seiner fahnenflüchtigen Jünger wieder einzufangen, doch sicher war sicher.

Ohne ein Wort zu sagen, riss ich die hintere Tür auf und schmiss kommentarlos die Kleidung ins Innere. Dann knallte ich die Tür wieder zu und stellte mich, mit verschränkten Armen rücklings an den Wagen.

Meine Geste war deutlich.

Ich spürte Bewegung im Fahrzeug und ein paar Minuten später klopfte es sachte von innen. Ohne sie anzuschauen riss ich die Wagentür auf und Phili stieg aus.

Sie schwieg noch immer.

Das machte mich irgendwie wütend. Warum machte sie nicht endlich mal den Mund auf?

Zornig rammte ich meine Hände in die Hosentaschen und marschierte zu dem Bistro. Phili konnte ja mitkommen oder es bleiben lassen. Wie sie wollte.

Sie folgte mir. Mein Zorn ebbte etwas ab, doch versöhnt war ich noch lange nicht. Dementsprechend ruppig fiel meine Frage auch aus, „Musst du aufs Klo?"

Phili nickte zögernd. Dieses Zögerliche heizte meinen Zorn wieder an.

Himmel Herr Gott nochmal! Wo war denn die kleine vorlaute Göre abgeblieben? Hatte man sie etwa einer Gehirnwäsche unterzogen?

Mit zusammengekniffenen Lippen reichte ich ihr das Kleingeld für ihren sanitären Besuch und stellte mich wortlos in der Essensschlange an. Phili kam erst zurück, als ich schon mit zwei Portionen Spagetti Bolognese und zwei Wasser an der Kasse stand und bezahlte. Scheu suchte sie einen Tisch am Fenster und rutschte auf den hintersten Stuhl. Dort legte sie die Hände gefaltet in den Schoss und starrte dann auf die blankgescheuerte Tischplatte. Unfreundlich knallte ich ihr den Teller vor die Nase und setzte mich ihr gegenüber, jedoch ohne sie eines Blickes zu würdigen. Trotzdem bekam ich Philis zaghafte Bewegung mit, als sie nach der Gabel griff und sich eine Spagetti aufrollte. EINE einzelne Spagetti.

Wütend rammte ich meine eigene Gabel in den klumpigen Haufen und stocherte bösartig in den verkochten Teigwürmern herum. Wahrscheinlich tötete ich damit den letzten Geschmack der an diesen pampigen Nudeln hing, wenn denn überhaupt jemals Geschmack an diesen Dingern gehaftet hatte. Dann stopfte ich mir den Mund voll und kaute geräuschvoll. Phili wickelte die nächste einzelne Spagetti mit den Gabelzinken auf.

Akribisch, als wollte sie einen dünnen Faden wieder zu einem Wollknäuel zusammenpfriemeln. Der Anblick gab mir den Rest. Völlig außer mir knallte ich meine Gabel auf den Teller. Soße spritze auf den Tisch, doch das interessierte mich nicht.

„WÜRDEST DU ENDLICH MAL DEN MUND AUFMACHEN, PHILI? WAS IST DENN NUR LOS MIT DIR? WEISST DU, DAS DIES DAS DÄMLICHSTE, WIRKLICH ABSOLUT DÄMLICHSTE IST, WAS DU JEMALS IN DEINEM GANZEN LEBEN AUSGEFRESSEN HAST? UND WIR ALLE WISSEN JA, DAS DU GANZ SICHER KEIN KIND VON TRAURIGKEIT BIST UND SCHON EINIGES AUF DEM KERBHOLZ HAST, MEINE LIEBE. NICHT WAHR?"

Phili sackte mit jedem meiner gebrüllten Worte wie ein missratenes Soufflee tiefer in sich zusammen. Ich hätte sie am liebsten wild geschüttelt. Hätte die alte Phili aus ihr herausgeschüttelt, wenn ich gekonnt hätte.

Nur mühsam behielt ich meine bebenden Hände im Zaum. Doch sie schwieg weiterhin. Allerdings färbten sich ihre Wangen feuerrot. Immerhin. Das konnte man auch als Lebenszeichen werten.

Es besänftigte mich jedoch in keinster Weise.

Im Gegenteil. Ihre duckmäuserische Passivität brachte das Fass zum überlaufen. Außer mir vor Zorn hämmerte ich mit der geballten Faust auf den Tisch.

Die Gläser wackelten bedenklich, fielen aber nicht um.

„MUSST DU DICH DENN IMMER IN SO EINE SCHEISSE REINREITEN? KANNST DU NICHT MAL WIE EIN NORMALER MENSCH DEIN LEBEN AUF DIE REIHE KRIEGEN? ABER NEIN! IMMER WIEDER LÄSST DU DICH MIT SOLCH UNGLAUBLICHEN ABGEFUCKTEN BLÖDMÄNNERN EIN, DIE NICHTS BESSERES ZU TUN

HABEN, ALS DIR VOR DIE FÜSSE ZU KACKEN, DICH
BIS AUFS LETZTE AUSNUTZEN ODER WISCHST DU
NUR DEINE UNGLAUBLICHE LIEBESBEDÜRFNISS-
KOTZE MIT DIESEN VOLLTROTTELN AUF? WENN DU
ENDLICH MAL AUFHÖREN WÜRDEST MIT DEINER
MUSCHI ZU DENKEN, DANN…!"
Plötzlich fiel mir die Stille um mich herum auf und die
restlichen, zugegebenermaßen ziemlich derben Worte
blieben mir quasi im Hals stecken. Keuchend, als ob ich
einen Marathon hinter mir hätte, schaute ich mich um.
Viele Augen schauten zurück. Manche zutiefst empört,
andere völlig entsetzt und ein paar sogar amüsiert. Doch
alle hatten eines gemeinsam. Sie warteten sichtlich
neugierig auf mein Finale. Auf meinen verbalen Todesstoß,
der Phili den letzten Rest Würde kosten würde.
Ich begriff, dass ich die Grenze weit überschritten und
völlig die Fassung verloren hatte, …dass ich Phili vor all
den fremden Menschen bloßgestellt und gedemütigt hatte.
Ich fühlte mich echt mies. Das war eigentlich überhaupt
nicht meine Absicht gewesen. Ich wollte mir doch nur mal
etwas Luft machen…nach all den Jahren in denen ich
immer für meine beste Freundin dagewesen war und die
glitzernden, messerscharfen Beziehungsscherben ihres
Lebens zusammengefegt hatte. Dennoch konnte dies keine
Entschuldigung für meinen Ausraster sein.
Ziemlich hölzern erhob ich mich und warf ein
gezwungenes Grinsen in die illustre und sensationsgierige
Runde, „Die Show ist vorbei Leute. Das wars."
Und zu Phili gewandt, „Lass uns gehen. Ich bringe dich
nach Hause."
Mit tief gesenktem Kopf erhob sie sich. Dann atmete sie tief
ein, so als ob sie etwas Großes, etwas Gewaltiges
rausposaunen wollte.

Allerdings blieb es beim Wollen, den die Luft entwich plötzlich wieder langsam aus ihren Lungen und ihr Brustkorb sackte wie ein leerer, ausgehöhlter Blasebalg in sich zusammen.

Schweigend, mit hängenden Schultern schob Phili sich an mir vorbei. Bedauernd blickte ich auf ihren noch vollen Teller. Dieser Anblick schürte mein schlechtes Gewissen. Deshalb kaufte ich eilig noch ein paar Schokoriegel und zwei Flaschen Apfelschorle und düste eilig, mit klopfendem Herzen zurück ans Auto. Möglicherweise hatte ich ja so weit über das Ziel hinausgeschossen, dass Phili sich eine andere Mitfahrgelegenheit gesucht hatte. Verübeln könnte ich ihr dies nicht und es standen ja genug Brummifahrer hier rum, die bestimmt liebend gerne ein paar Hundert Kilometer lang, die Gesellschaft einer jungen hübschen Frau genießen würden.

Aber…sie lehnte mit trotzig verschränkten Armen am Heck meines Wagens. Die Erleichterung, die mich bei ihrem Anblick erfasste, war unbeschreiblich und löschte die letzte Glut meines Ärgers. Versöhnlicher als ich es eigentlich vorgehabt hatte, reichte ich ihr die Flaschen und Riegel, „Hier. Du hast ja nichts gegessen. Ist besser als nix."

Ich erwartete keinen Dank und ich bekam auch keinen Dank. Wortlos presste sie die Sachen an sich und wartete bis ich den Wagen aufgeschlossen hatte. Dann schlüpfte sie auf den Beifahrersitz, riss das Papier des ersten Riegels auf und stopfte sich die Schokolade in einem Stück in den Mund. Vorsichtig rutschte ich neben sie auf den Fahrersitz, musterte ihre prallen Backen, den stur, nach vorne gerichtetem Blick und startete den Motor.

Irgendwann, im Laufe dieser langen, wirklich sehr langen Rückreise würde ich mich entschuldigen müssen.

Das wusste ich.

Doch noch war ich zu diesem Lippenbekenntnis nicht bereit. Vielleicht in hundert oder zweihundert Kilometern. Bis dahin hatten sich die Wogen hoffentlich etwas geglättet. Tatsächlich rang ich mich erst kurz vor Frankfurt dazu auf. Bevor mir der anstehende Verkehrsknoten den letzten Nerv raubte, wollte ich noch eine Rast machen und mir die Beine vertreten. Phili hatte seit Stunden kein einziges Wort gesagt. Sie hatte mich noch nicht einmal angeschaut. Sie musste ziemlich sauer sein. Verständlich. Auf dem Parkplatz fasste ich mir ein Herz und druckste los, „Du, hör mal…was da vorhin…na ja, vorhin ist gut…du weißt schon…das war nicht okay. Ich hätte dich nicht vor allen Leuten so zur Schnecke machen sollen…, aber…ach Scheiße. Kein Aber. Es tut mir leid, Phili. Willst du vielleicht ein Eis?"

Was Phili letztendlich zum Lachen brachte, wusste ich nicht. Meine dämliche Entschuldigung oder das hinterhergeschobene Eis? Keine Ahnung. Doch sie lachte. Erst leise und verschmitzt und dann immer lauter. Ich schloss mich vorsichtig an, traute diesem Frieden aber nicht so ganz. War dieses Lachen echt?

Plötzlich wischte sie sich über die tränenden Augen, „Ein Eis. Echt jetzt?"

Ich nickte zaghaft, „Warum nicht? Du magst doch Eis und vielleicht kühlt es deine Wut auf mich etwas herunter."

Kopfschüttelnd schnallte Phili sich ab, „Du hast einen absoluten Knall. Weißt du das? Aber ich mache dir einen Vorschlag. Füttere mich mit Pommes, Schnitzel und Salat und ich reiße dir dann NICHT den Kopf ab."

Mit einem breiten Grinsen segnete ich ihren Vorschlag ab, „Sollst du haben!"

Am Ende packte sie dann doch noch ein Eis drauf, wenn auch nur ein kleines, am Stiel.

Nach und nach kehrte die Phili von früher zurück.

DIE Phili, die ich kannte. Erst röteten sich ihre Wangen ganz leicht, dann fingen ihre Augen an zu glänzen, wenn auch nur zögerlich und ihr Tonfall, zusammen mit ihrer altbekannten Mimik rutschten mit jeder Minute und jedem Lächeln näher an meine ursprüngliche Freundin heran.

Ein Anblick der mich sehr beruhigte.

Ganz nebenbei schaute ich auf meine Armbanduhr und seufzte leicht bestürzt, als ich im Kopf die Fahrzeit neu überschlug. Phili klopfte mir freundschaftlich auf die Schulter, „Ist doch egal, wann wir zuhause ankommen. Hauptsache ist doch, dass wir überhaupt ankommen. Also mach dir mal nicht in Höschen. Kann ich noch einen Kaffee to Go haben?"

Mit einem erstaunten Seitenblick musterte ich ihren nicht erkennbaren Bauch unter der unförmigen Weste.

Wo stopfte diese zierliche Person nur all das Zeug hin? Doch ich hätte ihr in diesem Augenblick auch eine ganze Sachertorte gekauft und wahrscheinlich auch ein steppendes Pony, das die Torte servierte, wenn sie es gewollt hätte. Phili war wieder da.

Sonst war nichts wichtig.

Leider schlug sich dieser selige Zustand in dem ich mich nun befand, auf meine Konzentration nieder. Es war kurz nach Einundzwanzig Uhr, als wir uns in einer Stadt namens St. Wendel wiederfanden, die ich nur vom Hörensagen kannte. Phili betrachtete sich den nicht sehr großen Bahnhof zu ihrer rechten, den wir gerade passierten, „Ich glaube, du hast dich gewaltig verfranzt, mein Lieber. Meinst du nicht?"

Ich schnaubte empört, linste aber sehnsüchtig und hoffentlich unauffällig auf mein Navi, dass leider nicht angeschaltet war. Doch Phili entging nichts.

Spöttisch lächelnd beugte sie sich vor und drückte den Knopf, während sie gleichzeitig nach rechts wedelte, „Fahr mal hier auf den Parkplatz."

Ich tat wie befohlen. Unter Mithilfe der hilfsbereiten Herren von Google und des angeschalteten Navis konnten wir recht genau unsere jetzige Position orten. Und auch die nächste Tankstelle, das nächste Restaurant, das nächste Krankenhaus, den nächsten Friedhof und natürlich den Bahnhof, der nun ein Stück hinter uns lag. Zusammen mit all diesen zusätzlichen, aber unbrauchbaren Infos ließ ich einen kostenlosen Routenplaner den restlichen Heimweg ausrechen. Erstaunt stellte ich fest, dass wir nur noch knapp 40 Kilometer von Zuhause weg waren. Eine Strecke, die ich in weniger als einer dreiviertel Stunde, auf einer halben Arschbacke herunterreißen könnte.

Wohlgemerkt…könnte. Plötzlich blinkte eine ziemlich verwegene Idee in meinem Kopf auf.

„Was hältst du davon, wenn wir hier übernachten?"

Skeptisch schaute Phili aus dem Fenster, „Hier? Was ist denn hier so Besonderes?"

Ich schaute ebenfalls aus dem Fenster und ließ meinen Blick über die recht hübsche Fassade der örtlichen Polizeistation auf der gegenüberliegenden Seite wandern, „Keine Ahnung. Aber das ist doch egal. Lass uns diesen Abend einfach noch alleine verbringen. Wenn ich dich zuhause abliefere, werden sie wie ausgehungerte Hyänen über dich herfallen und dich wie einen Schweizer Käse bis zur Unkenntlichkeit löchern. Vielleicht solltest du dann gut ausgeschlafen und ausgeruht sein."

Eine fadenscheinige Ausrede.

Dann schob ich leise die Wahrheit hinterher, „Außerdem habe ich dich vermisst."

Das hatte ich wirklich. Auch wenn ich mich monatelang hinter meiner Arbeit verschanzt hatte um den Weg zu meinem beruflichen Lebensziel emsig weiterzupflastern, so spürte ich doch tief in meinem Innern immer diese Leere. Eine Leere, die in Philis Gegenwart komischerweise nicht vorhanden war.

Leicht verlegen schielte ich zu ihr rüber. Ihre großen blauen Puppenaugen glänzten. Ob es an der Straßenlaterne zu unserer Linken lag oder an aufsteigenden Tränen der Rührung, konnte ich nicht beurteilen und wollte es auch nicht beurteilen. Aber Phili lächelte.

Dann nickte sie langsam, „Ja. Warum eigentlich nicht? Schließlich sind wir nicht auf der Flucht, oder? Obwohl, irgendwie ja schon. Aber egal. Ob wir heute oder Morgen zuhause einschlagen ist doch völlig wurscht."

Mit dieser Zustimmung und der Aussicht auf ein paar Schlummer-Cocktails suchten wir eine Bleibe und ließen uns von meinem Navi in die Nähe des städtischen Domes leiten. Dort würden wir den Abend in einem vier Sterne Hotel verbringen, auch wenn unser Aufzug eher nach Jugendherberge schrie. Doch man sollte ja nicht vom Äußeren auf den Menschen darunter schließen. Ich hoffte, dass die Empfangsdame (sofern eine Frau) dies genauso sah und uns nicht abwimmelte.

Das tat sie nicht. Im Gegenteil. Äußerst zuvorkommend überließ sie uns zwei Zimmer und schröpfte meine Kreditkarte auch gleich mit einem dreistelligen Betrag, bei dem ich schon ein bisschen Schlucken musste.

Waren Hotelzimmer schon immer so teuer gewesen? Hoffentlich war dieser hohe Betrag gerechtfertigt.

Unsere Zimmer lagen unter dem Dach.

Das herausgearbeitete Mauerwerk unter der Schräge gefiel mir ausgesprochen gut.

Auch sonst wirkten die Zimmer sehr einladend und strahlten eine Ruhe aus, die mich sehr beeindruckte. Zufrieden drehte ich mich zu Phili rum, „Was meinst du? In einer halben Stunde unten in der Lobby?"

Ihr zweifelnder Blick wanderte an sich herunter, „Sollen wir nicht lieber den Zimmerservice belästigen? Ich kann mich ja schlecht nur in vornehmes Schweigen hüllen."

Da hatte sie irgendwie recht. Alles was sie trug gehörte mir und war ihr zu groß. Außer die Schuhe. Doch die hatten ihre besten Tage auch schon hinter sich. Und einkaufen ging nicht. Dazu war es schon zu spät. Also stimmte ich ihrem Vorschlag zu, „Okay. Dann in einer halben Stunde bei dir."

Nach einer ausgiebigen Dusche und einem kleinen Telefonat mit meinen Eltern, in denen ich sie in kurzen Stichpunkten über die aktuelle Lage in Kenntnis setzte und sie gleichzeitig bat Philis Eltern auf das Kommende vorzubereiten, klopfte ich pünktlich an ihre Tür.

Mein Haar war noch feucht. Ihres auch, wie ich gleich darauf feststellte. Eingehüllt in einen weißen Bademantel, der ihr fast bis zu den Knöcheln reichte, grinste sie mich barfüßig an. Die, hinter ihr liegende, heiße, Dusche hatte ihre Wangen gerötet. Sie wirkte in diesem Aufzug fast so jung wie das damalige Teenagermädchen, das mich zum Mann gemacht hatte. Ihre blaue Puppenaugen kamen in dieser sanften Röte besonders gut zur Geltung.

Vertieft in meinen Betrachtungen übersah ich die einladende Geste, die sie mit ihrem rechten Arm vollzog. Erst als sie mich lachend am Ellbogen packte, rückten meine Sinne wieder zusammen.

„Was ist denn los, Laurin. Hast du noch Wasser im Ohr?"

Ich grinste ziemlich dämlich und schlenderte leicht verlegen zum dem Schreibtischstuhl, wo ich mich erst einmal hinsetzte. Ich kam mir plötzlich vor wie bestellt und nicht abgeholt. Diese Eselsbrücke rief mir wieder in den Sinn, dass wir ja den Zimmerservice anrufen wollten. Aber Phili kam mir zuvor. Sie schmiss sich der Länge nach auf das Bett und grabschte gleichzeitig nach dem Telefonhörer. Also setzte ich meine Betrachtung fort und lauschte mit halbem Ohr ihrer Bestellung. Eine Flasche Sekt und eine kalte Platte mit diversem Fingerfood. Schon fast gewaltsam riss ich meinen Blick von ihren nackten Zehen, „Weißt du, dass wir an unserem letzten Treffen auch Sekt getrunken haben? In Paris. Erinnerst du dich noch?"

Phili grinste breit, „Champagner, mein Lieber. Es war Champagner gewesen. Und ja, ich erinnere mich. Und du hast laut geschnarcht."

Leicht entrüstet wehrte ich mich, „Ich schnarche nicht!" Philis Antwort bestand lediglich aus einem spöttischen, aber liebevollem Lächeln. Ich mochte dieses Lächeln, deswegen lächelte ich zurück. Plötzlich fuhr sie sich durch das feuchte wirre Haar, „Oh man. Was für ein Gestrüpp. Du hast nicht zufällig eine Bürste oder einen Kamm dabei? Wenn ich mit diesem Mopp später schlafen gehe, sehe ich morgen wie ein elektrisiertes Erdmännchen aus."

Sofort erhob ich mich, „Warte. Bin gleich wieder da. Nicht weglaufen."

Phili lachte leise gluckernd und streckte sich genüsslich auf der Matratze aus. Ich lachte nur halbherzig. Das mit dem Weglaufen klang in meinen Ohren nicht wirklich an den Haaren herbeigezogen. Es wäre nicht das erste Mal, dass sie wortlos aus meinem Leben flattern würde.

Doch als ich zehn Minuten später wiederauftauchte, lag sie noch immer auf dem Bett. Innerlich schüttelte ich über meine dämliche Befürchtung den Kopf. Wo hätte sie, nur in einen Bademantel gehüllt, auch hinlaufen sollen?

Bevor ich meiner Erleichterung in irgendeiner Form Ausdruck verleihen konnte, klopfte es diskret. Da ich noch immer an der Tür stand, riss ich sie auch gleich auf. Als erstes erblickte ich einen schwarzen Rollwagen und dann eine höflich lächelnde Hotelangestellte, „Zimmerservice!"

Eine appetitlich angerichtete Platte lachte mich an. Kleine deftige Blätterteigteilchen, Minifrikadellen, Salami, dünn aufgeschnittene Brotscheiben, bunte Paprikastreifen, zwei verschiedene Dips, etwas Käse und Trauben. Daneben ein Sektkühler mit geöffneter Flasche und zwei schmale Sektflöten. Ich grinste, „Danke!"

Ohne Umschweife rollte ich das hüfthohe Gefährt in das Zimmer und kickte mit dem Fuß die Tür hinter mir zu. In diesem Moment machte sich mein Magen bemerkbar. Lachend schob ich den Servierwagen ans Bett, „Es ist angerichtet, Madame!"

Doch anstatt direkt über die Häppchen herzufallen, schweiften Philis Augen suchend über meinen Körper, „Hast du was zum Kämmen gefunden?"

Ach, ja. Der Kamm!

Ich reichte das gewünschte Utensil an sie weiter und füllte dann die Gläser. Eines drückte ich in ihre Hand und stieß mit meinem Glas an, „Auf…auf…egal. Hau weg, die Scheiße!"

Doch ehe ich das Glas ansetzten konnte hielt Phili meinem Arm fest, „Nein, Laurin. Auf dich! Den besten Freund, den man haben kann. Salute!"

Ein, zwei verdutzte Sekunden glotzte ich sie an und nahm
erst dann einen großen Schluck. Im nächsten Moment hielt
Phili mir meinen Kamm unter die Nase, „Würdest du?"
Bevor ich antworten konnte, kehrte sie mir den Rücken zu
und zog das Tablett neben sich.
Eine winzige Hackfleisch-Feta-Blätterteigschleife wanderte
in Philis Mund. Die nächste hielt sie auffordern nach oben.
Da ich nicht unbedingt mit fettigen Fingern an ihren
Haaren herumwurschteln wollte, schnappte ich mir das
Teilchen einfach mit dem Mund und fing an einzelne
Strähnen vorsichtig mit dem Kamm zu entwirren,
während ich gleichzeitig kaute.
Phili schaltete die Glotze an, suchte einen Musiksender
und fing ein paar Sekunden später an leise die Melodie aus
dem Fernseher mitzusummen. Zwischendurch nippte sie
an ihrem Glas, schob sich eine kleine Leckerei in den Mund
und fütterte auch mich.
Hinter ihr kniend wurde ich mir der Situation dieser
intimen Handlung bewusst und fing plötzlich an zu
schwitzen. Allzu deutlich spürte ich die Hitze, die von
ihrem Körper ausging.
Oder war es der Sekt, der mir doch ziemlich schnell zu
Kopf stieg?
Verbissen leerte ich mein Glas, um meine innere steigende
Temperatur etwas zu senken und kämmte mich weiter, in
langen Zügen, durch ihr blondes Haar.
Plötzlich drehte sich Phili zu mir um, „Hältst du mich
eigentlich für eine Versagerin?"
Dem fast entwirrten Haar beraubt, ließ ich meinen Arm
sinken und ließ die Frage eine Millisekunde auf mich
wirken, ehe ich widersprach, „Nein."
Meine Antwort schien Phili jedoch nicht zu reichen.

Nachdenklich neigte sie den Kopf und füllte mein Glas, „Ich habe mich bis jetzt nicht wirklich mit Ruhm bekleckert. Du hast es selbst gesagt…in der Raststätte." Die Erinnerung an diesen unglückseligen Vorfall stieß mir ziemlich sauer auf. ICH hatte mich in dieser Raststätte nicht mit Ruhm bekleckert.

Jemanden verbale Tritte zu verpassen, der, bildlich gesprochen, schon am Boden lag, war wirklich nicht die feine englische Art. Da ich mich noch immer für diesen Vorfall schämte, schwieg ich. Eine würzige Baby-Frikadelle wanderte in meinen Mund. Scheinbar hochkonzentriert musterte ich kauend die vor mir liegende Auslage.

Philis Schweigen zog sich in die Länge. Sie zog sich so in die Länge, dass ich irgendwann doch aufschauen musste und geradewegs in ihre großen, blauen Augen blickte.

[Phili] Ich verdanke dir wirklich viel.

[Laurin] Ach quatsch jetzt nicht. Das ist doch selbstverständlich.

Ganz langsam schüttelte Phili den Kopf.

[Phili] Ist es nicht. Ich könnte dir nicht verübeln, wenn du irgendwann die Schnauze von mir voll hast.

Erstaunt lupfte ich beide Augenbrauen.

[Laurin) Hast du sie noch alle? Ich würde dich doch nie hängen lassen. Du weißt doch…

[Phili] Ja, ich weiß. Du liebst mich.

Hitze schoss in meinem Kopf und färbte ihn feuerrot.

[Laurin] Ich wollte eigentlich sagen, du bist doch meine beste Freundin.

[Phili leicht verblüfft] Oh!

Dann senkte sich ihr Blick leicht verlegen. Ein Anblick den ich kaum ertragen konnte. Sanft hob ich ihr Kinn wieder an, „Das ich dich liebe, brauche ich dir ja wohl nicht mehr zu sagen. Eigentlich müsstest du das wissen, Phili.

Ich glaube, ich liebe dich, seit du mir im Sandkasten den geklauten und angelutschen Lolli wieder in den Mund gestopft hast."

Es sollte ein kleines bisschen witzig klingen, bewirkte aber offensichtlich das Gegenteil.

Urplötzlich kullerten dicke Tränen an Philis Wange herab und sie warf sich mit einem leisen Schluchzen an meinen Hals, „Ich habe Angst, Laurin."

Bestürzt umarmte ich sie sofort. Ihr Körper zitterte, als ob sie furchtbar frieren würde.

„Angst? Vor was hast du Angst? Etwa vor dem durchknallten sächsischen Sonnengott?"

So plötzlich wie sie sich in meine Arme geworfen hatte, so plötzlich löste Phili sich wieder. Schniefend wischte sie sich die Wangen halbwegs mit dem Ärmel des Bademantels trocken, „Nein. Ich habe Angst vor der Zukunft. Ich habe keinen blassen Schimmer was ich jetzt tun soll. Was, wenn ich wieder alles verbocke? Irgendwie krieg ich mein Leben nicht auf die Reihe, Laurin. Ich weiß ja auch nicht. Ist alles Scheiße halt."

Mit einem deprimiert klingenden Seufzer leerte sie ihr Sektglas und füllte es wieder auf. Nachdenklich tauchte ich meinen Blick ins Glas. Was sollte ich darauf erwidern? Phili schien sich im Augenblick in einem emotionalen Loch zu befinden, aus dem sie sich, so leid es mir tat, selber wieder herausziehen musste. ICH konnte lediglich die ein oder andere hilfreiche Stufe anbieten.

Oder konnte ich doch mehr tun?

Und ehe ich mich versah, platzte es auch schon aus mir heraus, „Bleib doch einfach bei mir. Zumindest so lange, bis du Fuß gefasst hast. Ich helfe dir, wo immer ich kann."

Es folgte eine kurze Pause, ehe ich euphorisch weiterplapperte, „Ich würde für dich sorgen, du hättest Sicherheit, ein Dach über dem Kopf und müsstest dir auch nicht über Geld den Kopf zerbrechen. Dann hättest du den Rücken frei und könntest in aller Ruhe überlegen, wie es weiter gehen soll."

Philis Augen saugten sich prüfend an meinem Gesicht fest, „Ist das dein Ernst?"

Voller Tatendrang nickte ich, „Das ist doch die ideale Lösung, findest du nicht?"

So ganz schien sie jedoch nicht überzeugt. Ich sah, wie es in ihrer Miene arbeitet, wie sie angestrengt das Für und Wider abwägte. Ein paar Minuten überließ ich sie ihren schwer arbeitenden Gedanken, dann nahm ich ihre Hand und hoffte, dass ich ihr mit meiner letzten Aussage den Schubs in die richtige Richtung gab, „Ich erwarte nichts, Phili. Nichts, was du nicht zu geben bereit bist."

Ihre Augen glitzerten erneut verdächtig. Ohne Hast füllte ich die Gläser und leerte damit auch die Flasche.

„Was meinst du? Möchtest du auf **diese** mögliche Zukunft anstoßen?"

Abwartend hielt ich mein Glas in der Hand. Dann stieß sie, mit Tränen in den Augen an, „Ach Laurin. Wenn es dich nicht gäbe, müsste man dich backen. Du bist einfach…, du bist…ach, komm her!"

Ein dicker Schmatzer landete auf meiner Wange. Eine kurze Sekunde umhüllte mich der sanfte Duft ihrer Haut. Gespielt angewidert rieb ich mir über die Stelle, die sie eben geküsst hatte, „Deswegen musst du mich nicht gleich wie ein Hund abschlabbern, zukünftige Wegbegleiterin." Innerlich freute ich mich jedoch wie ein kleiner Bub, über diese Geste.

Um meine Verlegenheit zu überspielen, suckelte ich mein Glas in einem Zug leer und stopfte mir ein paar rohe Gemüsesticks in die Backen.

Phili bestellte übermütig noch eine zweite Flasche Sekt, die wir, zur Feier des Tages auch noch köpften. Es war schon kurz nach eins, als ich mich endlich von ihrem Bett erhob, „Ich glaube, es wird Zeit in die Falle zu kriechen. Dir plumpsen ja auch schon die Lider zu. Also…altes Mädchen. Morgen, um neun. Geschniegelt und gestriegelt unten am Empfang. Verstanden?"

Mit schläfrigem Blick lächelte sie mir entgegen und empfing einen keuschen Gutenacht-Kuss auf die Stirn.

Ich lächelte zurück, „Alles wird gut. Schlaf schön, Phili."

Auf leisen Sohlen schlich ich zur Tür, löschte das Licht, trat hinaus in den Flur und fiel in meinem Bett sofort in einen tiefen traumlosen Schlaf.

Als der eingestellte Timer von meinem Handy rappelte, wie so oft, 6:22 Uhr, ruckte ich erschrocken hoch und musste mich erst einmal kurz orientieren.

Hotel? Phili? AH!

Sofort hob sich meine Laune und ich absolvierte pfeifend meine Morgentoilette. Genau um viertel vor sieben verließ ich das Zimmer, um in der Frühstücks-Lounge einen Kaffee zu trinken. Im Vorbeigehen streifte mein Blick Philis Zimmertür. Zwar juckte es mich in den Fingern, einfach mal anzuklopfen, doch ich ließ es. Bestimmt schlief sie noch. Also gönnte ich mir alleine ein Kännchen Koffein und möbelte den schwarzen, ungesüßten Kaffee mit einem deftigen Schinken-Croissant auf. Dazu stöberte ich in der hiesigen Tageszeitung herum und absorbierte diese regionalen Informationen einfach. Eigentlich schlug ich ja nur die Zeit tot. Die Zeit bis zu unserer Abfahrt.

Um neun Uhr.

Um kurz vor acht fühlte ich mich dermaßen mit Koffein vollgepumpt, dass ich ein, fast schon unangenehmes kribbeliges Gefühl in meinen Gliedern verspürte und beendete die morgendliche Frühstücks-Sciences.

Ich beschloss, schon einmal die Sachen im Wagen zu verstauen und dann Phili zu wecken, damit sie wenigstens noch ein Häppchen zu sich nehmen konnte. Als ich das kleine geschmackvolle Foyer durchquerte, lächelte ich höflich der Empfangsdame zu, „Guten Morgen. Könnten sie bitte die Rechnung fertigmachen? Sobald meine Begleitung gefrühstückt hat, reisen wir ab."

Mein Finger schwebte bereits über dem Fahrstuhl-Knopf, als mich die helle Stimme der Hotelangestellten innehalten ließ, „Herr van Boon? Die junge Dame ist bereits weg. Sie hat diesen Brief für sie hinterlegt."

Ein Taubheitsgefühl löste das Koffeinhaltige Kribbeln ab. Mechanisch wie ein Roboter stakste ich zum Tresen und nahm ein weißes Kuvert in Empfang. Das Logo des Hotels prangte in der oberen rechten Ecke. Sonst nichts.

Mit einem Lächeln, dass bestimmt nicht nur mir wehtat, steckte ich das Kuvert einfach in die hintere Hosentasche, „Dankeschön. Dann bitte nur die Rechnung."

Ohne auf eine Antwort zu warten, ging ich zurück zum Fahrstuhl, packte in meinem Zimmer alles zusammen und verließ, nach der Begleichung der Rechnung das Hotel. Alleine!

In meinem Kopf herrschte totale Sonnenfinsternis.

Kein einziger Gedanke wagte sich hervor.

Mein Koffer wanderte mit einem unfreundlichen Ruck in den Kofferraum und ich selbst platzierte mich mit regloser Miene hinter das Steuer.

In dem Moment als ich den Motor startete, fiel mir der Brief ein, den mir die leicht betretene Hotelangestellte in die Hand gedrückt hatte. Unentschlossen trommelte mein Daumen auf das Lenkrad. Schließlich griff ich doch in meine Hosentasche und beförderte den Umschlag zu Tage. Wie lange ich das blütenweiße, zugeklebte Kuvert anstarrte, konnte ich nicht sagen, doch plötzlich ließ ich die Seitenscheibe runter, knüllte den Umschlag zu einem unförmigen Papierball und schmiss ihn einfach aus dem Auto. Dann gab ich Gas.

Was immer in diesem Brief gestanden hatte, ich wollte nicht mit ein paar einfachen Zeilen abgespeist werden. Ich wollte, dass Phili mir all das ins Gesicht sagte, was sie irgendwann in den frühen Morgenstunden zu Papier gebracht hatte. Ganz automatisch peilte ich den hiesigen Bahnhof an. Das schien mir am logischsten.

Vielleicht hatte ich ja Glück und Phili gammelte noch wartend (und hoffentlich auf glühendenden Kohlen) auf den nächsten Zug. Wie ein Wirbelwind stürmte ich zehn Minuten später durch die winzige Wartehalle, hechtete die kleine Unterführung durch und fand mich gleich darauf oben auf dem Bahnsteig wieder.

Da die morgendlichen Berufspendler schon alle weg waren, erblickte ich lediglich einen alten Opa, der sein ergrautes Haupt hinter einer Zeitung verschanzte und eine müde aussehende Mutter mit quengelndem Kleinkind. Von Phili keine Spur.

Etwas ratlos lief ich einmal den Bahnsteig rauf und wieder runter und ließ mich schließlich auf einer hölzernen Bank, in der Nähe der Unterführung nieder.

Mein leerer Blick saugte sich an den rostigen Schienen fest und je länger ich da hockte umso wütender wurde ich. Ich wurde richtig wütend.

So wütend, dass ich meinen ganzen Frust, meine maßlose Enttäuschung in einem dumpfen, gefährlich klingenden Schnaufen herausblies. Ich war so wütend und enttäuscht, dass es richtig wehtat.

Um meine Enttäuschung und Wut abzumurksen und auch um mein aufgewühltes Ego zu besänftigen, lenkte ich meine Gedanken in eine andere Richtung.

Eine ganz andere Richtung.

Und zwar zu Edward Lorenz. Dieser Mann war ein amerikanischer Theoretiker. Ein ziemlich berühmter Theoretiker sogar. Er war DER Chaos-Theoretiker, der die Sache mit dem Flügelschlag eines Schmetterlings in die Welt gesetzt hat. Als er seine, zugegebenermaßen haarsträubend klingende Theorie im Jahre 1963 der Welt präsentierte, hielten alle diesen Mann für völlig bekloppt. Oder wenigstens für leicht durchgeknallt. Möglicherweise mochte der Mann aber auch einfach keine Schmetterlinge und hat die armen Tierchen deswegen für seine These missbraucht. Wer weiß das schon.

Edward Lorenz hatte damals entdeckt, dass ein Schmetterling, der irgendwo in China, möglicherweise war es Shanghai, wenn der Schmetterling also dort mit seinen bunten Flügelchen wackelt, könnte das arme kleine Tier damit, rein theoretisch einen gewaltigen Wirbelsturm in New York auslösen. Ziemlich abgefahren, oder nicht? Leider hatte dieser Chaos-Theoretiker ziemlich viel mit mir gemeinsam. Allerdings nicht der Theoretiker selbst, sondern eher das Chaos.

In meinen Augen war diese Schmetterlings-Geschichte nur total abgefahren, wenn man nicht gerade Opfer einer dieser Chaos-Theorien wurde.

Und Schwupps…alle Wege führten nach Rom oder besser gesagt, alle Thesen führten zu Phili!

Diesen obligatorischen, ach so unschuldigen Flügelschlag konnte man gut und gerne auch in das normale Leben übertragen. In diesem Fall in mein Leben. Doch bei mir handelte es sich nicht um einen popeligen Schmetterling, der mal kurz seine Flügelchen wippen ließ.

Nein, bei mir handelte es sich eben um meine beste Freundin Phili. Und bei mir handelte es sich auch nicht nur um EINEN Wirbelsturm, sondern um einen 26, nein, fast 27 Jahre andauernden Wirbelsturm.

Phili…dieses kleine egoistische Miststück.

Entschuldigung. Das klang bestimmt ziemlich hart, zumal ich ihr bester Freund gewesen bin und sie eigentlich nicht so betiteln sollte. Man beachte: Die Betonung lag eindeutig auf ‚gewesen bin'. Also durfte ich dieses Frauenzimmer getrost Miststück nennen.

Was dieser Chaos-Theoretiker nun mit Phili zu tun hatte? Nun, Phili war MEIN rabiater Schmetterling.

Phili, oder wie ich sie früher manchmal genannt hatte, Rapunzel, stampfte nun seit einer gefühlten Ewigkeit in glitzernden High Heels durch die Welt und walzte rigoros alles platt, was ihren sagenhaften Stilettos nicht ausweichen konnte. Vorwiegend Männerherzen.

Obwohl da bestimmt auch das ein oder andere Frauenherz darunter sein könnte.

So genau wusste ich das auch nicht.

Mit ihrem blonden Haar (manchmal ein Hauch rosè) und nur schrumpfigen 162 Zentimeter entsprach sie eigentlich nicht dem Ideal einer herkömmlichen Traumfrau, dass jeder Mann tief in seiner Hypophyse genetisch beherbergte, dennoch rissen sich all die Jeans, Jaques, Carlos, oder wie sie alle hießen, freiwillig ihre schmelzenden Herzen aus der Brust und warfen es ihr zu Füssen. So wie man Perle vor die Säue warf.

Phili spießte diese liebestrunkenen Herzen dann triumphierend grinsend mit ihren spitzen Hacken auf, grillte sie und verspeiste sie zum Nachtisch.
Oder wahlweise auch zum Frühstück.
Das war nicht nett, doch das war Phili.
Sie klimperte mit ihren großen unschuldigen Puppenaugen und erwartete, dass die Welt sich plötzlich in die entgegengesetzte Richtung drehte. Tat sie dies nicht, füllten sich diese kullerhaften Puppenaugen mit Christbaumkugeln großen Krokodilstränen und durchweichten jeden gestählten Männerkern, bis er nur noch Wackelpudding in ihren Händen war. Leider fand Phili Wackelpudding ziemlich doof und der arme Kerl wanderte ohne Umwege auf ihre geistige Müllkippe.
Nach so vielen Jahren müssten sich die Kerle dort eigentlich gegenseitig auf den Füssen herumtrampeln. Vielleicht sollte man einmal Green Peace benachrichtigen? Gehörten solche absevierten Softies nicht eher auf den Sondermüll? War ich gerade zu hart in meinem Urteil? Egal…
Nun hockte ich wie ein gottverdammter begossener Pudel auf dieser dämlichen Bank, mitten auf diesem dämlichen Bahnhof, wo ich dennoch irgendwie hoffte, dieses Miststück aufzugabeln. Dabei blies ich rabenschwarzen Trübsal in die Morgenluft.
Phili besaß eigentlich den wunderschönen Namen Philomena. Er war Griechisch und bedeutete: Die die der Liebe treu bleibt. HAH…
Da hatten ihre Eltern wohl auf einer sarkastischen Ader geschlafen, als sie ihrem entzückenden Satansbraten diesen klangvollen Namen verpasst hatten.
Allerdings würgte der Nachname so einiges an Erhabenheit in diesem Namen ab.

Phili hieß mit vollem Namen: Philomena Müller. Aber alle nannten sie Phili. Das passte irgendwie auch besser zu diesem kleinen Wildfang.

Früher, in der Kindergarten- und Grundschulzeit hatte Phili lange goldblonde Locken gehabt. Bis über den Po. Daher auch der der geheime, mein geheimer Spitzname Rapunzel. Ich war auch der Einzige der sie so nennen durfte. Jedem anderen, der sie so nannte, knuffte sie äußerst schmerzhaft und ohne mit der geschwungenen Wimper zu zucken, auf das Nasenbein.

So lange, bis es blutete.

Ich dachte lange Zeit, dass es eine sagenhafte Bedeutung haben musste, weil sie mir NIE auf die Nase boxte, doch da hatte ich mich gewaltig getäuscht. Allerdings hatte es lange, unendlich lange 26, nein, fast 27 Jahre gedauert bis ich dies endlich erkannt hatte.

Meine Funktion in Philis Leben war von jeher die, einer emotionalen Mülltonne. Oder wahlweise auch der eines Mechanikers, einer Bank, eines Schreiners, eines Klempners, einer Jobvermittlung, einer Ausrede und so weiter. Die Liste meines Aufgabengebietes in Philis Leben war ellenlang.

Doch am heutigen Tag hatte dies ein Ende. Die kleine Phili überspannte den Bogen nun einmal zu viel. Deswegen saß ich auch hier am Bahnhof in St. Wendel und grübelte dunkle, böse Gewitterwolken. Es war der 13. April 2017 um genau 10 Uhr 32. Plötzlich lachte ich hart, denn mir fiel auf, dass es nicht nur ein einfacher 13. April war, nein, wir hatten Freitag, den 13.!

Ein kalendarischer Pechtag, der nun der Beginn meines neuen Lebens darstellte.

Ein Leben ohne Phili!

Und trotzdem saß ich hier auf der Bank, starrte auf die verwaisten, rostigen Gleise, kochte vor Wut über meine Naivität und wartete. Auf was? Keine Ahnung.

Ich wusste nur, der Drang aufzustehen und wegzulaufen wurde immer mächtiger.

Ich wollte einfach nur weg. Weg von Phili, an deren Schuhspitze nun wiederholt auch mein Herz sein blutiges Ende gefunden hatte.

Das hatte ich nicht verdient. Ehrlich nicht.

Ich war und bin ein rechtschaffener Mensch, der wusste wie man das Wort Verantwortung schrieb.

Ich besaß einen Beruf, der mich mit Freude erfüllte, ich war und bin überdurchschnittlich intelligent und die Baupläne meines Traumhauses lagen auch schon in meiner Schublade. Zweistöckig, mit großem Garten und einem alten, knorrig gewachsenen Baum darin, wo ich die Schaukel für meine Kinder daran aufhängen konnte.

Ich war und bin ein wirklich netter Mensch.

Und trotzdem schlitterte ich immer wieder in diese Falle.

In die Phili-Falle.

Das machte mich gerade so richtig wütend.

Unglaublich wütend.

So wütend, dass ich Phili am liebsten schütteln wollte, bis ihre chaotisch herumschwirrenden Gehirnzellen wieder an den richtigen, den vernünftigen Platz rutschten.

Genau deswegen saß ich hier auf dieser dämlichen Bank, auf diesem dämlichen Bahnhof.

Allerdings müsste ich ihr dann wieder gegenübertreten.

Doch dieses Opfer würde ich nur zu gerne bringen.

Aber ich weiß nicht einmal wo sie ist.

Also…, wenn ich ehrlich zu mir selbst war, so richtig ehrlich, dann würde ich dieses Opfer doch lieber nicht bringen wollen. Jetzt nicht mehr.

Wir waren um 9 Uhr in der Hotellobby verabredet gewesen, doch sie war nicht erschienen, sondern hatte sich einfach in Luft aufgelöst. Wiedermal.

Das machte mich nicht nur wütend, sondern auch irgendwie traurig, denn mir wurde auf einmal klar, dass dieser, von mir beschlossene, schwerwiegende Freundschafts-Bruch von nun an ein schwarzes Loch in meinem Leben hinterlassen würde.

Ein Phili-Loch.

Es ist ein großes Loch, von dem ich noch nicht wusste mit was ich es stopfen sollte.

Innerlich kochend erhob ich mich und stampfte zurück zum Auto, wobei ich krampfhaft versuchte an etwas anderes außer Phili zu denken.

Zum Beispiel dreckige Wäsche…die Spritpreise…der nächste Friseurbesuch…warum Bienen beim Fliegen summen…wie groß die Möglichkeit war, dass ein Blitz zweimal an der gleichen Stelle einschlägt oder wann der Penner auf der anderen Straßenseite das letzte Mal ordentlich hatte duschen können…

Mit versteinerter Miene und zerfleddertem, blutendem Herz, stieg ich ins Auto und fuhr nach Hause.

*

Und hier wären wir wieder am Anfang meiner Geschichte.
Sie finden, dies ist kein schönes Ende?
Nun, das finde ich auch. Aber so ist das halt.
Nicht alle Geschichten enden mit einem Happy End.
Manche enden halt einfach nur Kacke.
Aber das Leben rauscht dennoch einfach weiter…
…so, als ob nichts geschehen wäre…

23.04.2018

Mit einem missmutigen Seufzer reiße ich mir ein aufdringliches graues Haar aus meinem ansonsten rabenschwarzen Oberkopf raus. Mein drittes graues Haar in den letzten drei Monaten. Ich werde alt. Doch nicht das graue Haar verstimmt mich, nein, es ist der plötzlich aufgetauchte Gedanke an Phili, für den meine eigene, liebende Mutter verantwortlich ist.
Ein ganzes Jahr ist es mir gelungen, dieses Weib in jeglicher Form aus meinem Leben und meinem Kopf zu verbannen.
Ich hatte damals alle Erinnerungen an sie in eine stabile Eisentruhe gestopft, eine dicke Eisenkette drumgewickelt, diese mit einem Dutzend Sicherheitsschlösser gesichert, zusätzlich noch eine feuerfeste, Bombensichere Stahlbetonmauer drumherum gebaut und in meinem Kopf gaaanz weit nach hinten geschoben und ein einziger Telefonanruf meiner Mutter sprengt alle Ketten und macht alles zunichte. Die Mauer, die Ketten und die Schlösser sind mit einem Schlag wie filigrane Seifenblasen einfach verpufft. Nun thront diese Kiste wie ein klagendes Mahnmal, gleich der geöffneten Pandora-Büchse, mitten in meinen Gedanken und eine jahrzehntelange Fülle von Erinnerungen verteilt sich wie klebriger Sirup in meinem Gehirn. Zähflüssiger, unerträglich süßer Zucker.
Meine Gedanken schweifen in der aktuellen Zeitblase eine Stunde in die Vergangenheit. Die Stimme meiner Mutter klingt wie ein schrumpeliges Echo in meinem Ohr…

„Guten Morgen Schatz. Alles, alles Liebe zu deinem Geburtstag."

Aus den Tiefen des heimatlichen Hauses polterte mein Vater, „Und auch herzlichen Glückwunsch zu deiner Beförderung. Hast du echt Klasse gemacht. Ich bin ja so stolz auf dich."

Grinsend quetschte ich mir den Hörer zwischen Ohr und Schulter, damit ich die Hände freihatte, um mein knitterarmes Hemd vom Schrank aufs ungemachte Bett zu befördern.

„Danke, Leute. Vielen Dank. Nur schade, dass ihr heute nicht dabei sein könnt. Ein kleiner Tapetenwechsel hätte euch nicht geschadet."

„Wir wären ja auch gerne dabei gewesen. Es konnte ja niemand ahnen, dass der Krankenstand in der Firma deines Vaters dermaßen explodiert. Aber die braune Welle reißt im Augenblick alles mit sich, was zwei Beine hat. Nur gut, dass WIR noch davon verschont geblieben sind."

Mein Grinsen verbreiterte sich.

Mit brauner Welle meinte meine Mutter Brech-Durchfall. Sie hatte diese Krankheit schon immer braune Welle genannt. Warum?

Na ja, liegt ja irgendwie auf der Hand…beziehungsweise, in der Kloschüssel…

„Ich werde schauen, dass die Danny ein paar schöne Bilder für euch knipst."

„Ist denn das Päckchen schon angekommen? Wir haben diesmal etwas tiefer in die Tasche gegriffen, weil es ja nicht nur dein Geburtstag ist. Man wird ja nicht alle Tage gleichzeitig zum Geschäftsführer ernannt."

Ich schnaufte leise, weil das Päckchen bereits gestern angekommen war, „Ja, Mama. Es ist angekommen. Sicher und unbeschädigt."

„Und hast du es schon ausgepackt?"

Ich hörte den freudig erregten Unterton in ihrer Stimme und warf der kleinen Schatulle auf meinem Nachttisch einen zweifelhaften Seitenblick zu, „Ja, gleich als ich aufgestanden bin. Der Ring ist…!"

Ja, wie war der Ring? Protzig, mit leichter Tendenz zu Geschmacklos und Gold. Ein Herren-Siegelring. Ich hatte mich bei seinem Anblick leicht entsetzt gefragt, welche maulwurfsblinde Laus den beiden über die Leber geritten war, als sie ihn gekauft hatten.

„…der Ring ist super. War bestimmt sehr teuer. Das war echt nicht nötig gewesen."

Der Meinung war ich wirklich. DIESES Teil wäre nicht nötig gewesen. Trug ‚Mann' heutzutage überhaupt noch so einen Porno-Klunker?

Meine Eltern (eher meine Mutter) hatten eine ganz klare Meinung dazu, die sie nun auch äußersten.

„Die Idee hatte dein Vater. Wenn man in solch einer hohen Position ist, wie du jetzt, dann kann man das auch ruhig zeigen. Schließlich hast du hart dafür gearbeitet. Phili hat er übrigens auch richtig gut gefallen."

„Sag ruhig die Wahrheit Frau…sie hat gelacht."

„Ja, Hans. Weil er ihr so gut gefiel."

„Sie hat gelacht, weil es nicht Laurins Stil ist und es war DEINE Idee gewesen, nicht meine."

„Ach, du kannst einem alles vermiesen. Laurin gefällt der Ring."

„Laurin würde sich eher die Zunge abbeißen, als dir zu sagen, dass er den Porno-Ring am liebsten das Klo runterspülen will."

„HANS! BITTE. Laurin hat gesagt, dass er den Ring super findet!"

„Er kann ihn ja einschmelzen und eine Münze davon prägen lassen…als Wertanlage. Immerhin ist es echtes Gold." Albernes Männergekicher folgte.

„Also jetzt reicht es mir. Laurin wird doch den Ring nicht einschmelzen. Er wird ihn tragen…HEUTE!"

Während dieser Hintergrund-Debatte, die gerade in zirka 500 Kilometer Entfernung stattfand, war lediglich eine Aussage in meinem Gehirn hängengeblieben…Phili.

Der Rest schwappte wie ein Regenguss einfach an mir vorbei. Vor meinem inneren Auge entstand langsam, wie eine erblühende Rose, Philis Gesicht. Ihre makellose, helle Haut, ihr kirschroter Mund, ihre blauen Puppenaugen, ihr mitreißendes Lachen, ihr blondes, seidiges Haar, ihr schelmisches Zwinkern, ihre typische Verlegenheitsgeste, wenn sie eine Strähne hinter ihr Ohr strich, ihre leicht rauchige Stimme und ihr Duft.

Berauschend und tödlich zugleich. Phili.

„LAURIN? Bist du noch da?"

Ertappt zuckte ich heftig zusammen, „Ähm, ja…klar bin ich noch dran. Warum?"

„Ich habe dich jetzt schon dreimal gefragt, wann du wieder mal nach Hause kommst."

Eine simple Frage. Doch im Augenblick hatte ich einfach nicht den Nerv sie zu beantworten. Deswegen wimmelte ich meine Mutter unhöflich ab, „Du, ich bin schon spät dran. Ich melde mich die Tage. Nochmals vielen Dank für das tolle Geschenk. Hab euch lieb. Ciao."

Ehe die arme Frau, die mich vor genau 28 Jahren hinaus in die harte, unbarmherzige Welt gequetscht hatte, antworten konnte, drückte ich das rote Hörersymbol und weg war die heimatliche Strippen-Verbindung.

Meine Gedanken glitschen wieder zurück in die Gegenwart. Noch immer stehe ich vor dem Spiegel, glotze mein ausdrucksloses Gesicht an und frage mich zum gefühlten Millionsten Mal, warum, zum Teufel, hat Gott Phili auf mich gehetzt. Ich bin doch ein wirklich netter Mensch. Ich bin fleißig, strebsam, empathisch, großzügig und ich habe einen festen Lebensplan. Ein Lebensplan, der auch Gott bekannt sein dürfte.

Ich wollte bis zu meinem 30. Lebensjahr eine gute Position mit Zukunft haben und ausreichend Geld verdienen um eine Familie ernähren zu können. Eine Familie, die aus Frau und Kind oder Kindern bestand. Vielleicht noch einen Hund, wahlweise auch Katze, Schildkröte oder Frettchen. All dies wollte ich bis Dreißig erreicht haben.

Heute bin ich 28 geworden. Karriere okay, doch von Frau, Kind und Haustier keine Spur weit und breit.

Und warum?

Die Antwort liegt klar auf der Hand. Phili.

Immer wieder grätscht sie mir in mein Leben rein (oder ER lässt sie in mein Leben reingrätschen) und verhindert damit, dass ich mir meinen doch recht einfachen Lebenstraum erfülle. Warum lässt Gott dies zu?

Findet ER das etwa komisch?

Haha. Ich lache dann später mal.

Mein eigenes Spiegelbild grinst mir verzerrt zu. Ich grinse verzerrt zurück. Dämliche Phili.

Nachdem ich meinem Spiegelbild doch ziemlich kindisch die Zunge herausgestreckt habe, drehe ich mich abrupt um und flitze zurück in mein Schlafzimmer. Es ist ein schönes Schlafzimmer mit einem großen King-Size-Bett, in dem ich allerdings alleine schlafe. Das Schlafzimmer befindet sich übrigens in meiner neuen Eigentumswohnung in München/ Hohenbrunn, die ich vor vier Wochen erst bezogen habe. Schlappe 779 000 Euro hat mich dieses neue Domizil gekostet. Bestehend aus 3 Zimmer, Küche und Bad, verteilt auf 84 Quadratmetern. Dazu noch 11 000 Euro Renovierungs- und Einrichtungskosten. Dank meines großzügigen Verdienstes, der Tatsache, dass ich die letzten zwölf Monate in Hotels auf verschiedenen Kontinenten gelebt habe, die meine Firma bezahlt und wahrscheinlich von der Steuer abgezogen hat und mehreren nicht unwesentlichen Bausparverträgen, die meine Eltern bereits abgeschlossen hatten, als ich noch in die Windel gekackt habe, kann ich mir dies leisten.

Es ist eine wirklich schöne helle Wohnung, allerdings auch eine einsame Wohnung.

Eilig verdränge ich diesen traurigen Gedanken und widme mich meinem festlichen Ankleiden. Heue wird, mir zu Ehren, ein großes Fest in den Räumlichkeiten der neuen Zweigstelle, die nun unter meiner Fuchtel steht, stattfinden. Große Pläne dümpeln dort in den Schubladen meines ebenfalls neuen Schreibtisches vor sich hin.

Pläne, die äußerst lukrative Geschäftsbeziehungen nach New York, Dubai und Japan beinhalten. Ich freue mich echt tierisch auf diese interessanten Herausforderungen. Doch heute steht nicht die Arbeit im Vordergrund. Nun ja, nicht so richtig. Heute wird der Startschuss der neuen Zweigstelle gefeiert, mein Einstand in der oberen Chefetage und ein ganz kleines bisschen auch mein Geburtstag. Anwesend werden sein, die neue Belegschaft, teilweise bestehend aus der ‚alten, eingefleischten' Mannschaft, Rodriguez, der Mann, der mich damals unter seine Fittiche genommen und sich zu einem sehr guten Freund gemausert hat, zusammen mit seiner Frau Maria, einer unsagbar eleganten Frau um die 50 und ein paar andere hohe Tiere, die wohl nur sicherstellen wollen, dass die Investition auch gut angelegt worden ist.

Meine Eltern hätten ebenfalls anwesend sein sollen, doch diese ‚Überraschung' ist ins Wasser gefallen. Oder wie meine Mutter sich ausgedrückt hat, sie ist der braunen Welle zum Opfer gefallen. Schade.

Als ich mich zehn Minuten später im hohen Flurspiegel betrachte, komme ich nicht umhin, mir anerkennend über die Brust zu streichen. Nichts deutet mehr auf den kleinen, schmächtigen Jungen aus der Grundschule hin. Stolze ein Meter siebenundachtzig schauen mir entgegen.

Eingepfercht in edlen mattschwarzen Zwirn (passend zur Haarfarbe) und strahlend weißen Sneakers, bei deren Anblick meine style-kritische Mutter wahrscheinlich die Hände über dem Kopf zusammenschlagen würde.

Dieser Gedanke zaubert mir ein amüsiertes Lächeln auf die Lippen, dass jedoch sofort erlischt, als ich an den abrupten Telefon-Abbruch meinerseits denke. Vielleicht fahre ich am Wochenende doch mal schnell nach Hause und bringe ihr ein paar Blümchen mit? Da wird sie sich bestimmt riesig freuen und ich könnte meinen Eltern bei dieser Gelegenheit auch mal ans Herz legen, mein altes Zimmer endlich auszuräumen.

Beim letzten Übernachtungs-Besuch musste ich tatsächlich noch in meiner Kinderbettwäsche schlafen. Sogar meine alten Zeichnungen vom Eifelturm und den Pyramiden hängen noch an der Wand. Sollen sie doch ein gescheites Gästezimmer oder einen Hobbyraum daraus machen. Ich komme mir jedes Mal vor, als ob ich in einer Gedenkstätte übernachten muss.

Eine Gedenkstätte für meine verflossene Jugend.

Furchtbar.

Mit diesem vernünftigen Vorsatz schnappe ich nach meinen Autoschlüsseln und rausche ab.

Der neue Büro-Komplex liegt am Rande von München, nahe der A9. Somit wird gewährleistet, dass auch das dümmste Navi seinen Besitzer zu uns führt. Eine strategisch clevere Entscheidung, die auf meinem Mist gewachsen ist. Die Reihe von Parkplätzen vor dem weiß-blau getünchten Gebäude ist schon zur Hälfte gefüllt, obwohl es erst kurz nach zwei ist.

Die kleine Feierlichkeit soll um vier beginnen.

Am Seiteneingang parkt ein relativ großer LKW, der mich zuerst stutzig macht. Doch dann erkenne ich ein unbekanntes und überraschend dezentes Essens-Logo: Mophilari Feinkost & Catering.

Es handelt sich offenbar um eine Art Food-Truck. Der Name ist mir nicht bekannt, klingt allerdings ziemlich orientalisch. Ich mag orientalisches Essen, obwohl einige Gewürze meinen empfindlichen Verdauungstrakt im Eiltempo zu durchlaufen scheinen. Ich hoffe, heute nicht. Doch da ich weder für die Essensplanung, noch für sonst eine Planung an diesem Tag zuständig bin, vergesse ich den LKW und betrete voller Elan meinen zukünftigen, nigelnagelneuen Arbeitsplatz.

Der Empfangsraum ist bewusst klein und übersichtlich gehalten, da nicht vorgesehen wird, dass Kundschaft hier länger wartend verweilt. Lediglich ein halbrunder Schreibtisch, eine zwei Meter hohe Zimmerpflanze (Name unbekannt) und ein übergroßer moderner Kunstdruck des blauen Pferdes von Franz Marc gehören zur Einrichtung. Für die Kunden gibt es im zweiten Stock drei Konferenzräume, von denen zwei mit einer variablen Trennwand geteilt sind.

Für diesen Tag hat meine Sekretärin/ Assistentin Danny die Trennwand geöffnet. Kaum, dass ich den offenen, lichtdurchfluteten Raum betreten habe, kommt sie auch schon direkt auf mich zugeeilt. Ihr hübsches kastanienbraunes Haar, gebändigt in einem dicken Pferdeschwanz, wippt lustig auf und ab.

„Da ist ja unser Geburtstags-Chef. Alles Gute, Laurin. Wir wünschen dir viel Glück, Gesundheit und alles was verboten ist, aber Spaß macht! Geh bloß nicht in den ersten Besprechungsraum. Da drin sieht es aus wie Kraut und Rüben. Komm her, Großer und lass dich drücken!"

Ich beuge mich lachend nach unten, um ihre herzliche Umarmung in Empfang zu nehmen. Ich muss mich weit nach unten beugen, denn Danny ist nur einen Meter fünfzig. Einen Meter fünfzig geballte Energie auf zwei wuseligen Beinen.

Ich könnte keine bessere Assistentin haben.

„Du scheinst alles im Griff zu haben, wie ich sehe. Gibt es noch irgendwas, wo ich mit anpacken könnte?"

Mit einem Ruck löst Danny sich von mir und droht mit erhobenem Zeigefinger, „Untersteh dich und fass hier irgendwas an. Am besten verkrümelst du dich runter in dein Büro und tust…keine Ahnung…spitz deine Bleistifte oder shoppe was im Internet…egal was, nur lauf uns nicht in den Füssen herum."

Trotzdem schweift mein Blick kurz prüfend umher. Die Konferenztische reihen sich nun in einer Linie vor den Fenstern auf und es liegen bereits cremefarbene Damast-Tischdecken darauf. Dort wird wohl das Essen angerichtet. Ungefähr zehn große Stehtische, ebenfalls in cremigen Tisch-Hussen gehüllt, verteilen sich gleichmäßig im Raum. Im hinteren Bereich, wo normalerweise ein Beamer der neuesten Generation sein Bild auf die schneeweiße, babyhautglatte Wand projiziert, steht ein kleines Podium mit Mikrophon.

Innerlich stöhnend wende ich den Blick ab.

Ich hasse öffentliche Reden. Doch heute komme ich wohl nicht drumherum. Mit einem spielerischen Schulterklopfer verabschiede ich mich, „Na gut. Aber gib mir Bescheid, wenn Rodriguez eintrifft."

Danny nickt, obwohl ich sehen kann, dass ihre Gedanken bereits ganz woanders sind, „Okay."

Im nächsten Moment packt sie unsere vorbeischwirrende Azubine, ein kleines Pummelchen, namens Ilknur, am Arm und kommandierte, „Komm mit!"

Grinsend und kopfschüttelnd mache ich mich auf den Weg in mein Büro im Untergeschoss. Die Sicht aus meinem bodentiefen Fenster geht nach hinten, so dass ich die Parkplätze vorne nicht sehen kann.

Eine kleine Baumgruppe, von der ich hoffe, dass sie nicht irgendwann einem laut röhrenden Bulldozer weichen muss, verschönert mir die Aussicht. Gerade jetzt, wo das helle Grün der frischen Frühlingsblätter auf einen hoffentlich angenehmen Sommer hinarbeitet. Mit einem zufriedenen tiefen Durchatmen sinke ich auf den neuen Schreibtischstuhl und kippele mit der ergonomischen Rückenlehne ein Stück nach hinten.

In dieser bequemen Position schaue ich zum Fenster raus und ignoriere das Rumoren über meinem Kopf.

Danny hat Recht. Warum soll ICH mich an MEINEM Tag mit irgendeiner Lappalie herumärgern.

Doch diese angenehme und unverhoffte Muse, die ich gerade genieße, öffnet auch einen kleinen Schlitz in meinen Gedanken. Ein Schlitz durch den tröpfchenweise der Name ‚Phili' sickert. So lange, bis ich gedanklich in einer riesigen Phili-Pfütze hocke.

Ziemlich genervt rucke ich die Rückenlehne wieder gerade und denke krampfhaft an etwas völlig anderes.

Etwas, dass einem trockenen Brötchen gleicht und diese süße, klebrige Phili-Pfütze wie ein Schwamm aufsaugt.

Gibt es heute orientalisches Essen? Und ist der Plotter schon geliefert worden? Wenn ja, dann müsste dieser Spezialdrucker eigentlich im Keller sein. Vielleicht mal schauen gehen?

Sofort stemme ich mich auf und schmuggele mich ungesehen hinunter in die trockenen, kühlen Lagerräume.

Nachdem ich erst einmal gefühlte zehn Minuten nach dem Lichtschalter taste, zucken die Leuchtröhren an der Decke ein, zweimal und spenden kurz darauf ihr helles, ja fast grelles Licht und ich kann mich umschauen. Noch wirken die Regale etwas leer, doch das wird sich hoffentlich in den nächsten Jahren ändern.

Schließlich erblicke ich, was ich gesucht habe.

Im hinteren Bereich, eingegrenzt durch zwei große, winkelförmige Schreibtische, auf denen man problemlos Baupläne und Skizzen ausbreiten kann, schmiegt sich mein Lieblingsteil an die graue Wand.

Auf den ersten Blick könnte ein Unwissender dieses Ding mit einer überdimensionalen Pasta-Quetsche oder einer Bügelmaschine vergleichen.

Doch ich bin kein Unwissender und weiß die Dienste dieses (sehr teuren) Gerätes sehr zu schätzen. Aber heute nicht. Schade eigentlich. Während ich mir den Plotter liebevoll von allen Seiten betrachte, wandern meine Gedanke zu dem Grund, warum ich eigentlich hierher geflüchtet bin.

Phili.

Es ist schon sehr lange her, dass ich ganz bewusst über sie nachgedacht habe.

Die letzten Gedanken an sie, waren alles andere als nett gewesen. Ich weiß noch, dass ich sie für eine fiese, gemeine männerfressende Gottesanbeterin gehalten habe. Jemand, die Männer wechselt, wie andere Leute ihre Unterhose.

Jemand, die das männliche Geschlecht aussaugt, bis nur noch eine leere, vertrocknete Hülle übrigbleiben.

Jemand, für den schmachtende Männerherzen lediglich Kriegstrophäen waren. Jemand, ohne Gewissen und ohne Herz. Doch das stimmt nicht.

So war oder ist Phili nicht.

Eigentlich hatte nicht SIE die Männer ausgenutzt, sondern umgekehrt. SIE war am Ende immer die Gelackmeierte gewesen. Im Nachhinein würde ich ihr Verhalten eher als verzweifelte Suche bezeichnen.

Sie hatte doch nur jemand gesucht, der hinter ihr steht und für sie da ist. Jemand, der sie nimmt, wie sie ist, ohne sie zu verbiegen. Alles, was ich ihr hätte bieten können.

Warum zum Teufel, hat sie mich nicht einfach genommen? Es wäre so einfach gewesen. Ich habe mich ihr ja mein ganzes Leben quasi auf dem Silbertablett serviert.

Warum konnte sie mich nicht so lieben, wie ich sie liebe? Ja, jetzt habe ich es laut gedacht. Ich liebe Phili…noch immer. Traurig, nicht wahr?

Mit einem schwermütigen Bedauern lösche ich das Licht und schleiche wieder nach oben.

In diesem Moment erklingt ein glockenhelles Lachen.

Ein Lachen, bei dem mir das Blut in den Adern gefriert und ich wie angewurzelt mitten auf der Treppe stehenbleibe.

Dieses Lachen hat wie Philis Lachen geklungen.

Spinne ich jetzt?

Die Starre löst sich und ich hechte die letzten Stufen nach oben. Dort schaue ich mich wild um.

Zwei Frauen kommen in mein Blickfeld. Sie stehen an der Haupttür und unterhalten sich. Beide tragen weiße Jacken und beide sind braunhaarig. Sie scheinen sich über irgendwas zu amüsieren. Zumindest so lange, bis sie mein lautes Keuchen hören. Wie auf Kommando drehen sie sich zu mir um und mir fällt bei diesem Anblick ein gewaltiger Felsbrocken vom leicht enttäuschten Herz.

Keine der beiden war Phili. Aus irgendeinem Grund spielen meine Sinne offensichtlich völlig verrückt heute. Und das alles nur, weil meiner Mutter heute Mittag der Name ‚Phili‘ entschlüpft ist.

Danke Mama!

Erst jetzt bemerke ich meinen rasenden Puls und die dicken Schweißperlen auf meiner Stirn. Dieser Zustand erklärt vielleicht auch die fragenden Blicke der beiden Frauen, die sich bei näherer Betrachtung als Catering-Personal entpuppen. Betont unbefangen winke ich den beiden Frauen zu, „Hallo. Ich gehe mal in mein Büro.“

Keine Antwort. Warum auch? Den fremden Frauen ist es bestimmt völlig schnuppe wohin ich gehe. Wahrscheinlich wissen sie noch nicht einmal wer ich bin.

Ich fühle mich wie der größte Trottel aller Zeiten, als ich die Bürotür sachte wieder zudrücke.

Mit klopfendem Herzen nuschele ich leise vor mich hin, „Also, wenn ICH nicht am überschnappen und reif für die Insel bin, dann weiß ich es auch nicht. Heilige Scheiße, nee! Was für ein verrückter Tag.“

„Führst du öfter mal Selbstgespräche? Ich kenne da einen guten Therapeuten.“

Erschrocken wirbele ich herum und starre in die Richtung, aus der die Stimme erklungen ist. Ein graublondgelockter Mann sitzt auf meinem Schreibtischstuhl und grinst mich breit an.

Als er meine verdutzte Miene sieht, erhebt er sich gemächlich und kommt mit ausgebreiteten Armen auf mich zu, „Laurin, mein Freund. Herzlichen Glückwunsch!" Es ist Rodriguez Sanchez und er sieht wie aus dem Ei gepellt aus. Mit einer ausschweifenden Geste umfasst er mein Büro, „Zu deinem neuen Posten und zu deinem Geburtstag. Was bringt dich so aus der Fassung, mein Lieber? Die Verantwortung oder dein Alter?"

Ein gutmütiges Lachen begleitet diese freundschaftliche Frotzelei und ich verschwinde in einer warmen Umarmung. Kameradschaftliches Rückenklopfen, garniert mit einem duftigen Sahnehäubchen eines herben Aftershaves. Dann lässt er mich wieder los. Sein prüfender Blick taxiert meinen augenblicklichen und nicht zu übersehenden desolaten Zustand.

Das Lächeln verschwindet und macht einer ehrlichen Besorgnis Platz, „Ist alles in Ordnung, Laurin? Du siehst aus, als ob du gleich umkippen würdest."

Rodriguez Anblick und sein sympathischer Akzent ist Balsam für mein aufgewühltes Ego. Schnell beruhige ich mich und winke ab, „Alles gut. Es war eine lange Nacht. Sonst nichts."

Um nichts auf der Welt, würde ich meinem Freund und Arbeitskollegen meinen schimmeligen Liebeskummer aufs Brot schmieren. So etwas machen Männer mit sich selbst aus. Mein Schweigen wird allerdings falsch interpretiert. Rodriguez Augenbraue schnellt hoch und ein süffisantes Grinsen hebt seine Mundwinkel leicht nach oben, „Frauenbesuch?"

Ich schweige.

Er bohrt nach, „Kenne ich sie? Jemand von hier?"

Ich schweige eisern weiter. Dieses Schweigen beflügelt offenbar weiter seine (schmutzige) Fantasie.

Anerkennend schnalzt er mit der Zunge und klopft mir auf die Schultern, „Genieße es, so lange es geht. Wenn du erst einmal an der kurzen Leine liegst, ist es mit dem Herumstromern in fremden Betten ruckzuck vorbei."

Ich schweige noch immer, muss aber grinsen, denn ich weiß genau, Rodriguez liegt gerne an der unsichtbaren Leine seiner bezaubernden Maria. Er würde diese unglaublich charismatische Frau, mit den hypnotischen Mandelaugen niemals für ein nichtssagendes Betthupferl riskieren. Da ich noch immer nichts sage, ergreift er wieder das Wort, „Wir sollten uns mal langsam auf den Weg nach oben machen. Dort wartet noch eine kleine Überraschung auf dich. Vielleicht auch zwei. Mal schauen."

Schmunzelnd streicht er sich über den nicht vorhandenen Bart und zeigt mit der anderen Hand auffordernd Richtung Tür. Ich folge dieser deutlichen Geste und sehe beim Durchqueren des kleinen Foyers, dass die Parkplätze sich stark gefüllt haben. Wie es aussieht, sind alle (oder fast alle) Geladenen bereits da.

Fehlt nur noch die Hauptattraktion... meine Wenigkeit. An der zweiflügligen Tür werde ich allerdings von einer schweren Parfümwolke abgefangen.

Zentrum dieser Duftwolke, eine hochgewachsene spanisch aussehende Frau, gekleidet in ein langes schwarzes und vor allem figurbetontes Samtkleid. Mit theatralisch ausgebreiteten Armen kommt sie auf mich zugeeilt, „Felicidades, Laurin. Alles Gute zu deinem Geburtstag. Como te va, mi chico de oro?"

Grinsend empfange ich die obligatorischen Luftküsse rechts und links neben meinem Kopf, „Mir geht es hervorragend, Maria. Aber lass deinen eifersüchtigen Mann nicht hören, dass du mich Goldjunge nennst. Der macht mich glatt einen Kopf kürzer."

Rodriguez neben mir, schnauft wie ein Stier und erntet dafür einen liebevoll-spöttischen Blick seiner Frau, „Der ist doch nur ein tame bulle, ein zahmer Bulle."

Dann hakt sie sich bei mir unter, „Komm Laurin, ich habe ein Sorpresa, für dich."

Gespielt aufgeregt reiße ich die Augen weit auf, „Eine Überraschung? Für mich? Aber das ist doch nicht nötig. Ich…!"

„LAURIN, SCHATZ…ÜBERRASCHUNG!"

Meine Kinnlade sackt wie auf Kommando nach unten, „Mama? Papa?"

Im nächsten Augenblick wird mein Oberkörper nach unten gezogen und ein feuchter Schmatzer landet auf meiner Wange. Ich rieche Lavendel-Seife und Kokos-Shampoo. Der Duft meiner Kindheit. Anschließend folgt das obligatorische mütterliche Wangen-Tätscheln. Ich schaue in ihr schadenfroh grinsendes Gesicht, „Damit hast du wohl nicht gerechnet, stimmts? Dein Chef ist auf die Idee gekommen und du hast meine Schwindelei nicht bemerkt. Als ob wir eine Einladung von dir sausen lassen würden, tztztz! Hast du unsere Überraschung überhaupt schon gesehen?"

Noch immer sprachlos, mit dämlich offenstehendem Mund schüttele ich wie ein Roboter den Kopf und nehme auch den Glückwunsch meines Erzeugers in Empfang, „Mund zu, Junge. Es zieht. Da staunst du, ne?"

Dann nickt er mit dem Kinn misstrauisch zum aufgebauten Büffet, „Hast du die lilafarbenen Häppchen mit den giftgrünen Tupfen dort drüben gesehen? Sind die Deko oder kann man die auch essen?"

Hilflos werfe ich einen Blick auf die lange Tafel unter der Fensterreihe. Ich muss meinem Vater recht geben.

Das Essensbüffet ist wirklich äußerst farbenfroh.

Leider kann ich deshalb nicht ausschließen, dass sich zwischen all den Leckereien, auch nicht essbare Deko befindet. Deswegen zucke ich lediglich mit den Schultern und werde im nächsten Augenblick am Arm aus dieser überraschenden Situation herausgezerrt.

Es ist Danny, meine quirlige Assistentin.

Im Moment wirkt sie allerdings leicht gestresst, was ich an ihrer leisen zischenden Stimme bemerke, „Du musst Herr Claasen begrüßen. Er muss in einer Stunde wieder los. Wer weiß, wann du unseren Obermaker das nächste Mal persönlich vor die Linse bekommst. Na los. Komm."

Herr Claasen ist Vorstandsvorsitzender der Gesellschaft. Das sogar ER sich hierher nach München verirrt hat, ist eine wirklich große Ehre. Ich lasse mich widerstandslos von Danny in seine Richtung lotsen und streife dabei aus den Augenwinkeln über die köstliche und vor allem unglaublich kunstvoll angerichtete Futter-Auslage. Eigentlich viel zu schade um sie einfach schnöde zu verschlingen. Ein kurzes Lob entschlüpft mir,

„Das sieht super aus. Wo habt ihr diese Fress-Experten denn aufgetrieben?"

Danny lächelte kurz, „Ein Geheimtipp. Habe ich von deiner Mutter."

Bevor ich meiner verdutzten Verwunderung Ausdruck verleihen kann, streckt mir auch schon mein Chef, Herr Claasen, die Hand entgegen, „Hello Laurin, nice to see you. Congratulations in two respects. Birthday and inauguration!"

Dankend nehme ich seine doppelten Glückwünsche an, „Thank you very much. I am extremely pleasent that they were able to come today. I hope it's all their satisfaction."

Natürlich muss ich ihn nach seiner Meinung über unser neues Bürogebäude fragen.

Schließlich ist es eine Firmeninvestition. Da gehört sich das so. Anerkennend lässt Herr Claasen den Blick umherschweifen, „Oh, everything was great. A really nice complex. But that's also our job, isn't it?"

Ein kleiner Scherz, bezogen auf unsere Architekten-Branche und einem Bart, so lang wie der von Methusalem. Trotzdem lache ich höflich und werde, Gott sei Dank, bereits von meiner energischen Assistentin entschuldigend fortgezogen, „Please excuse us, Mister Claasen."

Erleichtert, dass ich einem langweiligen Smalltalk entrissen werde, seufze ich unauffällig. Doch meine Erleichterung ist nur von kurzer Dauer. Ohne weitere Vorwarnung schubst Danny mich nach vorne zu dem kleinen Podium. Dort liegt schon meine Rede bereit. Eine Rede, die Danny verfasst hat und die ich noch nicht einmal durchgelesen habe.

Doch ich vertraue meiner ‚rechten Hand', greife nach dem Blatt, hole tief Luft und setzte gleichzeitig eine feierliche Miene auf, „Sehr geehrte Damen und Herren, Freunde, Arbeitskollegen…" lächelnd schaue ich auf und grinse nach hinten, „…meine Eltern und Phili."

Beim letzten Wort erstarre ich zur Salzsäule. Phili?

Mit weit aufgerissenen Augen stiere ich in den hinteren Bereich des Raumes. Dort, genau neben meiner breit grinsenden Mutter, steht Phili. Ungläubig blinzele ich, doch es ist leider keine Fata Morgana.

Philis frisch getönter brauner Schopf, zusammengebunden zu einem strammen Pferdeschwanz verschwindet nicht. Ihre blauen Augen blitzen lächelnd durch den Raum. Auch wenn dieses Lächeln große Unsicherheit verrät. Vielleicht ist es gerade diese Unsicherheit, die meine Stimme wieder zum Leben erweckt, „Phili. Was tust du hier?"

Dannys entsetzter Blick entgeht mir vollkommen. Auch ihr wildes Herumgefuchtel rauscht ohne Kenntnisnahme an mir vorbei. Ich habe nur Augen für die Frau am anderen Ende des Raumes, der man in diesem Augenblick ansieht, dass sie sich am liebsten in Luft auflösen würde. Doch diese Möglichkeit hat sie nicht. Schon gar nicht unter meinem strengen Blick, der sie auf der Stelle festnagelt. Ich sehe, wie sie leicht den Kopf schüttelt und unauffällig mit der rechten Hand in Hüfthöhe zur Tür zeigt. Offensichtlich will sie ihre Anwesenheit draußen mit mir erörtern. Doch diesen Gefallen will ich ihr nicht tun. Zu oft schon hat sie mich wie eine heiße Kartoffel fallenlassen und ich habe in diesem Augenblick echt keinen Bock, mir noch mehr Lügenmärchen anzuhören (obwohl ich tief in mir drin weiß, sie hat mich eigentlich nie angelogen). Ihr verlegen wirkender Anblick gießt Öl auf mein erloschenes Temperament, „**Was willst du hier?**"
Mit einer scheuen Geste deutet sie auf die gedeckte Tafel, „Ich habe das Essen gebracht. Deine Mutter hat…!"
Mit einem schuldbewussten Seitenblick auf die vermeintliche Übeltäterin verstummt Phili. Sofort nehme ich meine Mutter aufs Korn, die mir mit hocherhobenem Haupte entgegenblickt. Ich kenne diesen sturen Blick. Sie würde sich von mir nicht ins Bockshorn jagen lassen, da sie sich ganz offensichtlich keiner Schuld bewusst ist. Doch ich habe ganz sicher nicht vor, meiner Mutter vorwurfsvolle Felsblöcke an den Kopf zu schleudern, denn eigentlich hat sie mit der ganzen Sache ja nichts zu tun. Und mit Sache meine ich, mein Verhältnis zu Phili. Das geht nur uns beide etwas an.
Deswegen schwenkt mein böser Blick zurück zu Phili, „Ich frage nochmal. Was willst du hier, Phili?"

Ich sehe den kleinen Ruck, mit dem sie ihren Rücken strafft. Ihr Gesicht hebt sich und sie schaut mir fest in die Augen.

[Phili] *Ich dachte, du weißt, warum ich da bin.*

[Laurin] *‚verbittertes Schweigen‘*

Phili nimmt tief Luft, als ob sie etwas laut sagen will. Tut sie aber nicht.

[Phili] *Laurin, lass uns bitte nach draußen gehen. Die schauen schon alle.*

Verdutzt rutscht meine linke Augenbraue zwei Millimeter nach oben. Seit wann schert sie sich darum, was andere von ihr denken könnten? Das sind ja ganz neue Töne.

Mir hingegen ist es völlig wurscht, was die anderen denken. Das einzige woran ICH denken kann, ist die Tatsache, dass Phili wieder an meinem vernarbten, wimmernden Herz herumreißen würde und dies will ich verständlicherweise verhindern.

Trotzig verschränke ich die Arme vor der Brust, „Sag, was du zu sagen hast, erledige deine Arbeit, für die du ja hergekommen bist und dann tu, was du immer getan hast. Verschwinden.“

Aus den Augenwinkeln kann ich den entsetzten Blick meiner Mutter erkennen. Auch die väterlichen Augenbrauen ziehen sich ernst zusammen.

Dannys erschrockener Atem, der sich wie das Zischen einer geöffneten Cola-Flasche anhört, dringt an mein Ohr. Und auch die anderen Anwesenden glotzen mich an, als ob mir ein Horn auf der Stirn gewachsen wäre. Ich weiß, dass das was ich zu Phili gesagt habe und auch WIE ich es gesagt habe, für Außenstehende herzlos klingt. Doch niemand von denen hat jemals in meiner Haut gesteckt, als Phili mich mehrmals in der Vergangenheit verlassen hat. Deswegen fühle ich mich im Recht.

Meine unnachgiebige Haltung bleibt unverändert. Auch als Phili hart schluckt und kurz unter sich blickt. Dennoch komme ich nicht umhin, ihre leisen Worte zu hören, die sie Richtung Fußboden spricht, „Ich liebe dich, Laurin. Ich habe dich immer geliebt und werde dich auch immer lieben. Das hatte ich dir auch in dem Brief geschrieben. Weißt du das nicht mehr?"

Alle Blicke wenden sich von Phili ab und nehmen mich ins Visier. Abwartend. Lauernd. Sensationslüstern.

Ich stehe wie auf dem Präsentierteller und klammere mich an das Pult fest, als ob ich Angst habe, umzufallen, wenn mich nichts stützt. In meinem Kopf rattern wie verrückt die kleinen Rädchen, die versuchen diese unglaubliche Information in irgendeine der vielen Phili-Schubladen abzulegen. Ohne Ergebnis. Währenddessen ich dastehe und einfach nur stumm nach vorne gaffe, schaue ich auf die Frau, die mich schon mein ganzes Leben lang in den Bann gezogen hat. Sie hat gesagt, sie liebt mich.

Worte, so süß wie Honig.

Worte, für die ich in der Vergangenheit wahrscheinlich über heiße Kohlen gelaufen wäre…barfüßig, versteht sich.

Worte, die mein Herz schmerzlich ziehen lassen und dennoch einen Keim der Hoffnung säen.

Doch diesem Spross der Hoffnung mache ich hastig den Garaus, „Und das soll ich dir glauben? Nach alldem, was geschehen ist?"

Phili zuckt hilflos mit den Schultern und will was sagen, doch ich falle ihr unhöflich und auch etwas schrill ins Wort, „Ich habe keinen Brief erhalten. Wann sollte der denn gekommen sein? Gibt es diesen Brief überhaupt?"

Ich bin mir bewusst, dass ich anfange ungerecht zu werden, doch zu groß ist meine Angst, noch einmal verletzt zu werden. Phili hebt den Kopf. Ich sehe Tränen in diesen unglaublichen Puppenaugen glänzen. Ganz kurz überlappt sich dieses Bild mit einer uralten, lang vergessenen Erinnerung. Phili, die im Sandkasten hockt, meinen Lolli im Mund und einen ausgestreckten Finger, mit dem sie mitfühlend eine meiner Tränen auffängt.

Mit einem ärgerlichen innerlichen Grummeln verscheuche ich diese Erinnerung. Wir sind schließlich keine drei Jahre mehr, sondern erwachsen und stehen mit beiden Beinen fest im Leben. ICH zumindest. Doch gerade in diesem Moment rüttelt Phili an den Grundfesten dieses Lebens, dass ich mir ohne sie eingerichtet habe, „Der Brief, bei unserem letzten Treffen vor einem Jahr. Hat dir die Hotelangestellte denn keinen Brief gegeben?"

Ich will schon den Kopf schütteln, als eine kleine Erinnerung hektisch zappelnd mit einem Umschlag von hinten heranstürmt. Die Hotelangestellte HATTE mir damals in der Tat einen Umschlag ausgehändigt.

Was ist mit diesem Brief geschehen?

Und plötzlich fällt es mir wieder ein. Ich habe ihn damals einfach aus dem Auto geworfen…ohne ihn zu lesen.

Tue ich Phili hier gerade Unrecht? Nun bin ich doch leicht verunsichert, „Was…ähm…was hat denn dringestanden?"

Phili neigt den Kopf leicht nach links. Ihr Blick sagt DAS, was alle anderen denken.

Der Blödmann hat den Brief ja gar nicht gelesen!

Plötzlich sehe ich mich in der Verteidigungsposition. Trotzig murmele ich halblaut, „Ich war sauer auf dich gewesen, Phili. Echt sauer. Du bist weggelaufen. Wiedermal. Hast du denn nur den Hauch von einem Schimmer, wie ich mich dabei gefühlt haben könnte?"

Eine Brise schlechten Gewissens huscht über ihr Gesicht,

„Doch. Deswegen habe ich dir ja auch den Brief geschrieben. Ich bin nicht weggelaufen. An diesem Tag nicht. Ich …ich…!"
Verzweifelt sucht sie nach Worten. Ich lasse sie suchen. Gemein, ich weiß.
Dann schaut sie mich an, „Ich wollte erst gut genug für dich sein."
Verdutzt klappt meine Kinnlade nach unten. Also mit DIESER Antwort habe ich ganz sicher nicht gerechnet.
„Ich verstehe nicht. Was heißt gut genug?"
In diesem Moment ärgere ich mich maßlos, dass ich den Brief damals einfach zum Fenster rausgepfeffert hatte. Warum habe ich Esel, denn nicht wenigstens einen kurzen Blick reingeworfen? Wäre dann alles anders gekommen? Auf die letzte Frage bleibe ich mir selbst die Antwort schuldig. Mit hektisch flackernden Lidern blinzele ich zu ihr rüber. Ich spüre, wie mein unbelehrbares Herz gierig um die feinen Wurzeln des Hoffnungskeims schleicht. Doch im Augenblick habe ich keine Zeit um ihm deswegen auf die Finger zu klopfen. Zu sehr brennt die Neugier, was in diesem vermaledeiten Brief gestanden haben mag.
Ich versuche mein Glück noch einmal.
Diesmal jedoch in einem ruhigen Ton, „Was hat in dem Brief gestanden, Phili?"
Mein Blick saugt sich an ihrem Gesicht fest. Ich sehe an ihrer Miene, wie sehr es in ihr arbeitet. Dann schnauft sie ergeben durch und schaut zum Fenster raus, als ob jemand genau in diesem Augenblick, jenen unseligen Brief von außen an die Scheibe drückt, „Du hast mir damals das großzügige Angebot gemacht, mich aufzunehmen und mir DIE Zeit zu geben, DAS zu finden, was ich ganz offensichtlich schon so lange gesucht habe. Und du hast nichts von mir erwartet. Keine Gegenleistung…nichts.

Du hast mich so sehr geliebt, um mir einfach nur Starthilfe zu geben und mich dann gehen zu lassen. In diesem Moment ist es mir wie Schuppen von den Augen gefallen. Ich wusste plötzlich, wonach ich die ganze Zeit gesucht hatte. Nach einem Weg. Einem verdammten Weg zu **dir**. Ich WOLLTE mit dir zusammen sein. Wirklich. Ich wollte schon immer mit dir zusammen sein. Doch ich wollte dies auf einer Augenhöhe."

Kurze Pause.

Sie schaut mit schmerzerfülltem Blick zum Fenster raus und redet leise weiter, „Weißt du, wann ich gemerkt habe, dass ich nicht gut genug für dich bin? Als wir damals an Felix Grab gestanden haben. An Weihnachten und du nicht nur für Felix ein Geschenk hattest, sondern auch für seine Mutter. DA habe ich dir gesagt…!"

Ich vollende den Satz für sie, „„Das ist aber verdammt nett von dir, Laurin. Das du überhaupt daran gedacht hast. Irre. Felix würde sich bestimmt tierisch darüber freuen, dass du seine Mutter nicht vergessen hast. Laurin, du bist wirklich ein außergewöhnlicher Freund."

Der Gedanke an diese längst vergangene Begebenheit lässt auch mich nun schmerzerfüllt lächeln. Phili schaut erstaunt zu mir rüber und schluckt ergriffen. Dann nickt sie, „Ja, du warst immer ein außergewöhnlicher Freund…

…ein außergewöhnlicher Mensch. Und ich wusste damals schon, ich könnte dir nie das Wasser reichen. Ich empfand mich immer als Bremsklotz in deinem Leben. Nach der Grundschule wolltest du meinetwegen auf die Hauptschule. Obwohl jeder wusste, dass du viel zu schlau bist und auf das Gymnasium gehörst. Du warst nie Durchschnitt. Du warst immer etwas Besonderes. Und ich WOLLTE so einen außergewöhnlichen Menschen an meiner Seite und wie du ja selbst weißt, habe ich lange ausgiebig und erfolgslos gesucht. Leider."

Ich erinnere mich plötzlich an jenen Tag, als sie mir auf der Treppe ihres Zuhauses sagte, ich solle auf das Gymnasium gehen. Es war das erste Mal, dass ich ihr Verhalten als eine Art Zurückweisung empfunden hatte. Doch es war keine Zurückweisung gewesen. Genauso wenig wie sie mich mit ihren vielen Freunden hatte verletzten wollen.

Phili lacht verlegen, doch es klingt alles andere als amüsiert. Ich verstehe jedoch, was sie mit all dem meint…viele warzige Frösche, ohne den einen Prinzen gefunden zu haben. Aber ich schweige.

Mit belegter Stimme spricht sie weiter, „Irgendwann gab ich die Hoffnung auf, solch einen Menschen, wie du es bist, zu finden und um herauszubekommen, woran es lag, schloss ich mich letztendliche dieser komischen Sekte an."

Ich sehe, wie meine Eltern sich einen wissenden Blick zuwerfen, schweige aber immer noch. Ja, die Sache mit der abenteuerlichen Rettung aus den Fängen dieses fragwürdigen Sonnengottes ist mir noch sehr gut im Gedächtnis…allerdings auch das Ende dieser Geschichte.

Ich sehe, wie Phili sich windet, dennoch tapfer ihr Herz weiter vor der versammelten Mannschaft entblättert,

„An diesem Abend, als du mir im Hotel die Haare gekämmt hast, wie damals im Kindergarten…da spürte ich, dass ich niemals einen Menschen wie dich finde und dass ich eigentlich auch niemals einen anderen Menschen gewollt habe. Ich wollte immer nur dich. Und ich spürte auch, dies ist meine letzte Chance. Meine Chance, nicht nur dir, sondern vor allem mir selbst zu beweisen, dass ich dir ebenbürtig bin. Ich wollte nicht, dass du dich für mich verantwortlich fühlst. Ich wollte, dass wir gleichberechtigt, beide gleich viel in diese Beziehung investieren. Deswegen bin ich damals fort. Ich bin zu meiner Freundin Larissa

nach Darmstadt gefahren. Zusammen mit IHRER besten Freundin Momo, die gerade ihren Job als Köchin hingeschmissen hatte, haben wir
diesen Catering-Service aus dem Boden gestampft. Der Clou ist unser Food-Truck, mit dem wir deutschlandweit agieren können. Deine Mutter hat mich immer auf dem Laufenden gehalten...und als diese Gelegenheit im Raum stand...naja, ich bat sie, ein gutes Wort für uns einzulegen. Ich wollte unbedingt, dass du weißt, ...dass du hundert Prozent weißt, dass ich nicht mit dir zusammen sein will, weil ich dich in irgendeiner Art und Weise brauche, sondern weil ich dich einfach nur will. Und ein kleines bisschen wollte ich auch, dass du stolz auf mich bist. Ja..., genau, das wollte ich."
Das sind ziemlich viel ‚wollen‘ finde ich. Obwohl dies alles doch etwas konfus in meinen Ohren klingt, kann ich auf irgendeiner verkorksten Ebene verstehen, was sie mir damit sagen will.
Ich spüre, wie mein Herz den Hoffnungskeim bettelnd an sich drückt und wie es sich eifrig dranmacht, die feinen Wurzeln in sich selbst zu verankern.
In diesem Moment trifft mich Philis Blick, „Ich wollte dir nie wehtun, Laurin. Das musst du mir glauben. Und dass du mich jetzt nicht mehr willst, habe ich mir wohl selbst zuzuschreiben. Wahrscheinlich habe ich den Bogen einmal zu oft überspannt und damit alles kaputtgemacht."
Langsam knöpft sie ihre weiße Jacke auf. Stück für Stück. Jedem Fingergriff folge ich wie hypnotisiert. Die linke Brusttasche ziert ein dezent gesticktes Logo ‚Mophilari‘. ‚Mo‘ für Momo, ‚phi‘ für Phili, ‚lari‘ für Larissa.
Zumindest mein logisches Denken funktioniert noch.
Mit einem schwermütigen Seufzer zieht sie die Arme heraus und hängt die Jacke über ihren Arm,

„Ich liebe dich Laurin und deswegen gebe ich dich frei. Ich
entbinde dich deiner selbsterwählten Verantwortung für
mich da zu sein und werde dich nie wieder belästigen oder
dir nachstellen. Auch keine verrückten Postkarten oder
Anrufe mehr. Versprochen. Ich wünsche dir alles Glück
dieser Welt. Machs gut."
Nach diesen schwerwiegenden Worten dreht Phili sich um
und geht. Einfach so.
Noch immer stehe ich am Pult und umklammere dessen
seitliche Kante, als ob es kein Morgen mehr geben würde.
Und noch immer starre ich auf die Stelle, an der gerade
eben noch Phili gestanden hat.
Phili, die nun nicht mehr dort steht.
Doch irgendwie läuft diese klare, visuelle Information
gegen eine innere Mauer. Erst ein schmerzhafter Rempler
in meine Rippen löst die Starre in meinen Gliedern.
Es ist Danny und sie funkelt mich böse von unten herauf
an, „Was ist, Chef. Steh nicht rum wie ein dämlicher
Ölgötze. Los!"
Es fühlt sich an wie ein Startschuss. Ohne nach rechts oder
nach links zu schauen, stürze ich vorwärts. Vorbei an
meinen grinsenden Kollegen, vorbei an meinem perplexen
Chef, der hoffentlich nichts von alldem verstanden hat und
vorbei an meinen lächelnden Eltern, die dieses Treffen mit
bestem Willen eingefädelt haben.
Phili durchquert gerade das Foyer, als ich sie endlich
einhole. Sachte stoppe ich ihre Flucht, indem ich ihren
rechten Oberarm festhalte.
Ihr Blick ist nach unten gerichtet. Vorsichtig lege ich einen
Zeigefinger unter ihr Kinn und hebe ihr Gesicht an.
Sie weint lautlos.

Ganz genau sehe ich die dicken Tropfen, die an ihrer Wange herunterkullern. Vorsichtig fange ich eine dieser Tränen auf und balanciere ihn auf meiner Fingerkuppe, genau vor ihren Augen.

Wie damals, vor unendlich vielen Jahren im Sandkasten.

„Phili…ich war nie frei und ich will auch nie die Verantwortung für dein Glück aufgeben. DU bist DIE Frau, die ich an meiner Seite haben will. Egal ob reich oder arm. Dick oder dünn. Glatt oder runzelig. Du bist alles, was ich je wollte. Bitte lass mich dein letzter Frosch sein!"

Langsam löst sich ihr Blick von der schimmernden Träne an meinem leicht zittrigen Finger.

Meine letzte Bitte, so albern sie auch geklungen hat, zaubert ein winziges Lächeln auf ihr hübsches Gesicht, „Bist du dir sicher, Laurin?"

Grinsend wische ich meinen feuchten Zeigefinger an ihrem Shirt ab, „Ich war mir damals im Sandkasten sicher, ich war mir in dem kleinen Holztipi im Wald sicher, ich war mir in Paris sicher…Phili…ich war mir immer sicher. Und jetzt küss endlich deinen letzten Frosch."

Den frenetischen Beifall aus dem ersten Stock bekomme ich nicht mit, denn in diesem Augenblick beginnt die wahre, die eigentliche Zukunft, UNSERE Zukunft, mit einem laaangen Kuss…

*

(Zeitungsannonce im heimatlichen Stadtanzeiger
‚Rund um Hermeskeil‘ vom 22.04.2019)

Am 23.04.2019 trauen sich
meine Eltern endlich!

Philomena Müller
&
Laurin van Boon

Zusammen mit Söhnchen Norik
freuen sich seine
Großeltern Iris & Peter Müller
mit
Gudrun & Hans van Boon